密室

Nattfåk

Johan Theorin

尤翰・提歐林——著　宋瑛堂——譯

每年冬天，亡靈群聚一堂慶祝耶誕節，某年卻有一名終身未嫁的老婦人因家裡時鐘停擺，太早起床，竟然在耶誕節前一天凌晨上教堂而誤闖。當時，教堂裡座無虛席，人聲喃喃，宛如正有一場儀式進行中。倏然間，老婦人瞥見年輕時的未婚夫。這位未婚夫已溺斃多年，如今卻在教堂裡隨眾人排排坐。

——十九世紀瑞典民間傳奇

楔子

一八四六年冬

卡翠妮，我的書從鰻岬莊園屋竣工的那一年寫起。對我而言，鰻岬曾是我母親和我的家，更是我蛻變為成年人的地方。

捕鰻人拉格納．大衛森曾告訴我，莊園屋興建期間，一艘德籍貨輪發生船難，船上載運的原木落水，經打撈後轉用，成為莊園屋建材主力。我相信他。穀倉閣樓盡頭牆上的木板刻著：紀念克里斯提恩．魯德維格。

我曾聽過亡魂在牆裡低語的聲音。他們肯定有訴不盡的往事。

在鰻岬一棟小石屋裡，瓦爾特．布隆姆森十指交扣坐著，求上帝保佑今夜海上狂風巨浪不至於擊垮他的雙燈塔。

他不是沒體驗過惡劣天候，但情況不曾如此險惡。陣陣冰雪從東北呼嘯而來，形同一堵白牆，施工被迫全面暫停。

主啊，保佑這兩座燈塔完工……

布隆姆森以興建燈塔為業，但在波羅的海沿岸打造稜鏡燈塔，這還是他今生頭一遭。去年三月，他前來厄蘭島，立即著手延攬工人，訂購黏土和石灰岩，招募強有力的役用馬。

在厄蘭島東岸，春季清爽，夏季溫暖，秋季陽光普照，氣候宜人，施工進度順利，雙燈塔緩緩朝天發展。

後來，太陽不見了，冬季來臨。當氣溫探底時，話題轉向暴風雪。最後，暴風雪來了。某日深夜，一場暴風雪宛如獸性大發，對著東岸撒野。

黎明時分，風勢終於開始減緩。

突然間，海面飄來陣陣哭喊聲，來自鰻岬近海的暗夜，外國人的求救聲綿長而悽苦。

布隆姆森被喊叫聲驚醒，趕緊喚醒筋疲力盡的建築工。

「發生船難了，」他說，「我們趕快去救人。」

工人們睡眼惺忪，意願不高，卻仍被他攆下床，推出門外。

一行人踏雪至岸邊，被冰冷的逆風吹得直不起腰。布隆姆森轉頭，看見半完成的岩造燈塔居然在水濱仍屹立不搖。

他轉頭往西一望，什麼也看不見。平坦的厄蘭島地形已淪為風雪交加的一片荒漠。

來到海邊，大家瞭望海面。

除了沙洲上深灰色陰影之外，他們看不清景物，但仍聽得見澎湃的浪濤夾雜微弱的呼叫——也聽得見木頭迸裂和鐵釘掙脫的吱嘎。

大船在沙洲擱淺，沉船在即。

到頭來，建築工只能束手站在海邊，聽著風浪聲和沉船傳來的呼救聲。他們三度搭乘小船出海，無奈白浪滔天，能見度也太低，而且到處浮沉著粗重的原木，三趟都無功而返。

擱淺的這艘輪船必定運載著大量的原木，沉沒之際，木頭被浪花沖散落海。這些原木長如攻城槌，成堆被沖上岸，鰻岬附近的小灣逐漸擠滿木頭，相互衝撞摩擦。

旭日從灰濛濛的雲端露臉，第一具屍體隨之浮現。死者是年輕人，浮沉在岸邊十幾碼外的浪裡，雙臂大張，彷彿死時仍拚命想抓住身旁的浮木。

兩名燈塔建築工涉水進淺水灘，揪緊死者身上的粗羊毛上衣，拖他來到水沙交界處。

拖到岸邊時，兩人各抓住冷冰冰的一腕，使勁拉他出水。死者高大寬肩，兩人抬不動，只好拖他到岸邊積雪的草地上。海水從他衣褲嘩嘩流瀉而出。

所有建築工默默圍觀著，不敢伸手碰。

久久之後，布隆姆森彎腰，動手翻屍體，讓他面朝天。

溺斃的青年是黑髮濃密的船員，闊嘴半張，彷彿呼吸到一半絕望了。他的眼珠子凝望著灰茫茫的蒼天。

工頭布隆姆森估計死者年約二十幾，希望他是單身漢，但他也可能有個待他撫養的家室。他死在異邦的海邊，死前大概連自己在哪一座島沉船都不清楚。

「我們最好趕快去請牧師來。」布隆姆森邊說邊為死者闔上眼皮，不想再看那雙無神的眼睛。

三小時後，五具船員屍漂上鰻岬一帶的岸邊，一面殘破的船牌也被沖刷上岸：克里斯提恩．魯德維格——漢堡市。

先後上岸的也有原木，數不清的原木。

隨浪登島的這批德國木料是天降之禮，如今歸屬於瑞典皇室財產。鰻岬建燈塔的出資者正是瑞典皇室。一夕之間，建築工多了一批從海上漂來的頂級松木可用，現賺數百瑞典國圓。

「大夥兒一起把木頭搬上岸吧，」布隆姆森說，「疊好，別讓海浪沖走。」

他自顧自的點點頭，放眼望向覆雪的平原。厄蘭島上森林資源貧乏。照原定計畫，供燈塔看守員家屬居住的小房子全以岩石砌築，現在鰻岬多了一批木頭，布隆姆森可以用來蓋一棟規模大幾倍的木造住家。

依布隆姆森的構想，這棟民房是封閉式莊園建築，風格氣派，裡面的廳室寬敞通風，讓負責看守這兩座海角燈塔的家庭有個安全的住所。

然而，以船難橫財蓋房子恐將招致噩運。最好以獻祭之舉，沖消這股邪氣。也許甚至另闢一間祈禱室，用來追思在鰻岬落海的死者，以彌補亡魂無法入土墓園的遺憾。

擴建房子的想法一直縈繞布隆姆森的腦海。同一天後來，他開始在工地邁大步測量尺寸。

風雪平息後，挨寒受凍的燈塔建築工開始搬運原木上岸，堆疊在草地上，許多工人卻仍聽得見怒海傳來的船員求救聲。

我確信，燈塔建築工終生難忘船員溺死前的吶喊。我也同樣確信，最迷信的幾人曾質疑布隆姆森為何決定以船難落水的原木蓋豪宅。建材是落海船員死命猛抱的原木，以這種材料蓋的房子——假如我母親和我知情，會貿然在一九五〇年代末搬進去住嗎？三十五年後，卡翠妮，你們一家貿然入住，是明智的抉擇嗎？

——米雅・蘭姆貝

改變人生——移居鄉下！

地　點：厄蘭島鰻岬地區

特　色：十九世紀中葉落成之燈塔看守員莊園屋，雄偉壯觀，地點清幽，隱私性高，波羅的海景觀優美，離海邊不到三百碼，最近的芳鄰是天空。岸上的大庭園有多處平坦草坪，是兒童玩耍最理想的場地，北邊有一座稀疏的落葉林，西邊是野鳥保護區（歐佛莫森泥炭沼），牧草地和原野往南延伸至海邊。

建物一：別緻雙層莊園屋（無地下室），總面積約兩百八十平方碼❶，需裝修並更新。木造骨架、托樑與門面。地板鋪瓷磚。玻璃遊廊朝東。五座暖爐狀況良好。所有廳室皆鋪松木地板。有自來水以及獨立式廢水處理。

建物二：平房附屬屋（石灰岩造增建屋），約八十平方碼❷，有水電，略行整修後適合出租。

建物三：穀倉（建材以木材與石灰岩為主），約四百五十平方碼❸，設施較精簡，狀況較差。

成交狀態：已售。

❶約七十一坪。
❷約二十坪。
❸約一百一十四坪。

十月

1

一陣高亢的叫聲響徹整棟屋子。

「媽─咪？」

聽見叫聲，他嚇一跳。睡眠好比一個充滿詭異回音的山洞，溫暖而黝暗，驟然清醒是件痛苦的事。人名或方位一時無法映入他腦海，只見混淆不清的回憶與思緒。是伊莎嗎？不對，不是她，應該是……卡翠妮，卡翠妮。他另外也想起一雙不解的眼睛眨呀眨，在黑暗中尋覓光明。

一秒後，他自己的姓名才從記憶深處浮現：尤瓦金．韋斯丁。他正躺在雙人床上，地點是厄蘭島北部的鰻岬莊園屋。

尤瓦金置身家中。他搬來這裡才住了一天。早兩個月，妻子卡翠妮提前帶兩子女入住，他自己昨天才到。

1:23。收音機上的鬧鐘顯示著紅色數字，為沒窗戶的臥房提供唯一光輝。

吵醒尤瓦金的聲響停息了，但他確信剛才有聲響。他剛聽見悶悶的牢騷聲或嗚咽聲，那人睡在屋裡另一區，睡得不安穩。

枕邊躺著毫無動靜的另一人。她是卡翠妮，熟睡中，在睡夢裡挪身到床緣，被子被她搶走。卡翠妮背對著他睡，但他看得見妻子柔美的輪廓，能感受到她散發的暖意。她獨自在這裡睡了將近兩個月，尤瓦金則隻身在斯德哥爾摩工作，每兩星期過來團圓一次，夫妻倆都難以適應。

他朝卡翠妮的背伸出一手，不料這時又聽見呼喊聲。

「媽—咪？」

這一次，他認出是莉維亞的尖嗓。他掀開棉被下床。

臥房一角的暖爐依然輻射著熱氣，但赤腳踩在木造地板上仍覺得冷冰冰。廚房和子女房間的地板已做過隔熱處理，接下來也該為臥房地板想想辦法，但這項工程非留到明年再說。現階段可以鋪幾張小地毯，應付今年冬天。也該多準備一些柴薪。夫妻倆該找便宜一點的木材來餵暖爐，因為自家土地上缺乏森林，無木材可砍伐自用。

在嚴冬正式報到前，他和卡翠妮該買的東西無以計數，明天兩人不能不開始整理採買清單。

尤瓦金屏息聆聽著。現在一絲絲聲響也聽不見了。

睡袍掛在椅背上，只穿睡褲的他拿起來靜靜披上，穿過兩個仍未拆封的箱子之間，悄悄出臥房。

摸黑才踏出幾步，他馬上走錯方向。在斯德哥爾摩郊區的老家，去小孩臥房的方向是右轉，但這裡應向左轉。

這棟莊園屋的廳室多如成串的山洞，尤瓦金和卡翠妮的臥房不大。臥房外的走廊有幾個紙箱，靠牆壁疊在一旁，走廊盡頭有一間大廳，裡面有幾扇窗戶，面對著有石板步道的中庭，兩旁由屋子的左右廂包圍。

鰻岬莊園屋朝海，背對著陸地。尤瓦金走向大廳窗前，瞭望圍牆外的海岸。

南燈塔的紅光在海邊閃耀著。兩座燈塔分別矗立在兩座小島上，南燈塔的光束掃遍水濱成堆的海藻，遠遠照向波羅的海；北燈塔則是漆黑無光。卡翠妮曾告訴他，北燈塔的燈始終沒亮過。

他聽見風在屋子周遭呼嘯，見到燈塔附近有陣陣黑影起伏騷動著。海浪。每見海浪，尤瓦金總聯想起伊莎，只不過，奪走她性命的不是浪水，是低溫。

事發至今才十個月。

悶悶的聲響又從他背後黑暗中傳來，但這次不再是嗚咽，聽起來像莉維亞默默自言自語。

尤瓦金回頭進走廊，謹慎跨過一道寬大的木門檻，進入莉維亞臥房。這一間只有一扇窗戶，房裡黝暗，綠色捲簾遮蔽窗戶，窗簾印有五隻粉紅豬圍成一圈，欣然起舞中。

「走開……」暗室裡的女孩說著，「走開。」

床邊地板上有個絨毛小玩具，被尤瓦金踩到。他把玩具撿起來。

「媽咪？」

「不對，」尤瓦金說，「是爹地。」

黑暗中，他聽見微弱的呼吸聲，偵測到印著小花圖案被子下的幼兒在睡夢中動一動。他俯身過去。

「妳醒了嗎？」

莉維亞抬起頭來。

「什麼？」

尤瓦金把玩具擺上床，讓玩具緊靠著她。

「福爾曼掉到地上了。」

「他有沒有受傷？」

「喔，沒有……他好像根本沒醒。」

她伸出一手，抱住她最寵愛的玩具。這玩具是個兩腿動物布娃娃，今年夏天去哥特蘭島[4]玩時買的。這玩具是半人半羊的怪物，尤瓦金叫他福爾曼，取名的靈感來自兩三年前以四十五歲高齡復出的拳王喬治．福爾曼。

他伸手輕撫莉維亞的額頭。皮膚涼涼的。她放鬆身體，頭躺回枕頭上，眼睛向上看著他。

「你進來很久了嗎，爹地？」

「沒有。」尤瓦金說。

「剛才有人進這裡。」她說。

「妳做夢而已。」

莉維亞點點頭，閉上眼睛，已經沉回夢鄉。

尤瓦金直起腰，轉頭又見南燈塔的微光從窗簾透進來。他朝窗前走一步，掀開窗簾一兩吋。這扇窗戶朝西，從這裡看不到燈塔，只見紅光掃過屋後的空地。

莉維亞的呼吸恢復平順，進入熟睡狀態。明天一早，她不會記得他進過房間。

他偷瞄另一間臥室。最近整修的就是這間。搬家進入最後階段，尤瓦金在斯德哥爾摩郊區打掃舊房子時，卡翠妮在此地裝潢這一間臥室。

---

[4] Gotland，瑞典第一大島，南部離厄蘭島不到六十公里。

這間毫無聲響。兩歲半的蓋布列爾睡在靠牆壁的小床上，蓋著棉被，沒有動靜。近一年來，蓋布列爾每晚八點就寢，睡滿十小時，夜裡幾乎從不哭鬧，是普天下家長夢寐以求的幼兒。

尤瓦金靜靜走開，緩步退回走廊。在他四周，房子幽然發出吱嘎聲和叩叩聲，而吱嘎響正如走在地板上的腳步聲。

他回床時，卡翠妮仍舊熟睡中。

這天上午，有一位五十多歲的中年人來訪，敲房子北邊的廚房門。以為是鄰居在敲門，尤瓦金趕緊去開門。訪客默默微笑著。

「嗨，」中年男子說，「我是邦特．尼伯格，地方報《厄蘭島郵報》記者。」

尼伯格站在門廊階上，大肚腩上挺著一台照相機，一手拿著筆記簿。尤瓦金和記者握手時略微不情願。

「聽說最近幾個禮拜，有好幾輛搬家大貨車開來鰻岬，」尼伯格說，「所以我過來碰碰運氣，看你在不在家。」

「剛搬進來的人只有我一個，」尤瓦金說，「其他家人早就搬來住一陣子了。」

「你們分階段搬家嗎？」

「我是個老師，」尤瓦金說，「之前一直在學校教書。」

記者尼伯格點點頭。

「你能瞭解吧，我們該報導這消息，」記者說，「今年春天，我們得知鰻岬的房子成交了，但現在讀者當然想知道買主是誰……」

「我們是個很平凡的家庭，」尤瓦金急忙說，「你可以這樣報導。」

「你們是哪裡人？」

「斯德哥爾摩人。」

「這麼說，就像皇室嘍，」記者說。他看著尤瓦金。「你打算效法國王嗎？大晴天，氣溫升高，才搬來住一陣子？」

「不會，我們全年都會定居這裡。」

卡翠妮剛進大廳，這時來到尤瓦金身旁。尤瓦金瞄她一眼，她匆匆點一下頭，夫妻一同邀請記者入內。尼伯格慢吞吞蹣跚跨進門檻。

夫妻決定請客人進廚房坐一坐。廚房裡有新廚具，木製地板抛光，是全屋子至今花費最多心血的一間。

八月裝潢廚房時，卡翠妮和地板工發現一件妙事：地板下面暗藏一個小密室，裡面有個石灰岩板隔成的盒子，盒裡放著一支銀湯匙和發霉的一只兒童鞋。地板工當時告訴她，這是祭鬼神的習俗，用意是確保屋主多子多孫，糧食充裕。

尤瓦金去泡咖啡，尼伯格在長方形橡木桌坐下，再次掀開筆記簿。

「當初是怎麼看上這房子的？」

「呃……我們喜歡木造的房屋。」尤瓦金說。

「我們很愛木屋。」卡翠妮說。

「可是……從斯德哥爾摩遠道而來，在鰻岬買房子，不是很冒險嗎？」

「不太算，」卡翠妮說，「我們本來在斯德哥爾摩郊區布洛馬有棟房子，不過也想換一棟，搬來這裡住住看。我們去年就開始看房子。」

「為什麼來厄蘭島北部看房子？」

這一次換尤瓦金回答：

「卡翠妮她……算是厄蘭島人吧。她家以前住在島上。」

卡翠妮對他使眼色，他明白妻子的心意：要談她身世，應該由她自己作主。而她鮮少有談個人身世的準備。

「是嗎？住過哪裡？」

「幾個不同地方，」卡翠妮不正眼看記者說。「我們常搬家。」

尤瓦金大可接話說，老婆的母親是米雅・蘭姆貝，外婆是朵倫・蘭姆貝。記者一聽之後，可能報導的段落會暴增，但他不語。卡翠妮和母親兩人之間幾乎毫無交流。

「我嘛，我是鋼筋水泥小孩，」他改說，「我小時候住首都郊區雅各布司堡的一棟八層樓公寓住宅區，醜得要命，車流量很高，被柏油路包圍。所以我從小就好想搬去鄉下住。」

起初，莉維亞靜靜坐在尤瓦金大腿上，但不一會兒，她聽大人閒聊聽厭了，跑去自己房間。弟弟蓋布列爾原本坐媽媽身旁，也跳下去跟著她溜走。

尤瓦金聽著塑膠小涼鞋啪啪踏地板離開，活力充沛。在涼鞋聲中，他重彈近幾月對斯德哥爾摩友人和鄰居彈的老調。

「我們知道這裡對小孩很理想。有牧草地，有森林，空氣清新，水質乾淨。不會感冒。沒有車子排放廢氣……住這裡對我們一家人都有益處。」

邦特．尼伯格寫下這幾句金言。然後，夫妻倆帶記者參觀一樓，介紹裝修過的地方，也看遍仍待整修的其他區，裡面仍有殘缺不齊的壁紙、修修補補的天花板、髒亂的地板。

「這幾座暖爐很不錯，」尤瓦金指著說。「木頭地板的狀況也維持得超乎想像……只需要偶爾刷洗一下。」

他對這棟莊園屋的興致之高，可能連記者也被感染到了，因為參觀不一會兒，記者不再訪問他，反而開始興致盎然四下觀看。記者也堅持參觀其他區——但尤瓦金面有難色。有太多地方尚未動手整修，他不太願意被提醒。

「別的地方其實不太值得參觀，」尤瓦金說，「全是一堆空房間而已。」

「看一下下就好。」記者說。

尤瓦金拗不過，只好點點頭，打開通往二樓的門。

卡翠妮和記者跟隨他上樓。扭曲的木造樓梯上面是走廊，儘管有一排面海的窗戶，這裡採光黯淡，因為窗戶全被塑合板遮住，僅有狹小的天光從窗外透入。

在黑暗的樓上房間裡，屋外呼呼風聲明顯可聞。

「樓上通風絕對良好，」卡翠妮苦笑說，「通風好的優點是，這棟房子能保持乾爽，把濕氣造成的損害降到最低。」

「嗯，是件好事……」記者看著凹凸不平的軟木地板，看著污損的壁紙，看著掛在飛簷下的蜘蛛網，沉思著。「不過，看樣子，你們要忙的地方還有很多。」

「對，我們明白。」

「我們等不及想動工。」尤瓦金說。

「完工後一定美不勝收……」尼伯格說，然後問：「對於這棟房子嘛，你們的瞭解有多深？」

「你指的是房子的歷史？」尤瓦金說，「不深，不過房屋仲介向我們介紹過一些。房子在十九世紀中葉落成，年代和兩座燈塔一樣。不過之後翻修很多次……前面的玻璃陽台看樣子是在一九一〇年前後增建的。」

語畢，他轉向卡翠妮，看妻子是否想補充說明——或許談談她母親和她外婆租屋時的情況，但卡翠妮迴避他的眼光。

「我們知道，燈塔長和看守員全家和僕人都住在莊園屋裡，」卡翠妮只說，「所以這裡面來來去去很頻繁。」

尼伯格點點頭，環視髒亂的二樓。

「最近二十年，住這裡的人大概不多吧，」尼伯格說，「四五年前，這裡收容巴爾幹半島戰爭難民家庭，不過沒收容很久。這房子空著，說來也有點可惜……房子的風格很雄偉。」

三人回到一樓。轉眼間，連一樓最髒亂的一間也顯得比樓上明亮溫煦。

「有名字嗎？」卡翠妮看著記者問，「你知道這裡有沒有取名？」

「什麼？」尼伯格說。

「這棟房子，」卡翠妮說，「大家老是說這裡叫鰻岬，不過，鰻岬畢竟是地名，不是房子本身的名字。」

「對，鰻岬附近有鰻魚淺灘，夏天有鰻魚群聚集在這裡……」尼伯格說，彷彿在吟詩。「不過，房子本身好像沒取名字。」

「房子通常有個小名，」尤瓦金說，「我們把在布洛馬的老家取名叫蘋果居。」

「這一棟沒取名字，至少就我所知是沒有。」尼伯格踏下最後一層樓梯，又說：「不過，這房子倒是有不少故事。」

「故事？」

「我聽過一些……據說，莊園屋裡有人打噴嚏，鰻岬沿岸風勢就會轉強。」

卡翠妮和尤瓦金同聲大笑起來。

「這樣的話，我們擦灰塵最好勤勞一點。」卡翠妮說。

「另外呢，當然也少不了幾個鬼故事。」尼伯格說。

啞然。

「鬼故事？」尤瓦金說，「房仲該講卻沒交代。」

他正要搖搖頭微笑，但被卡翠妮搶先一步。

「我去鄰居卡爾森家喝咖啡時，倒是聽過幾個故事。不過，他們叫我不要相信。」

「我們不太有信鬼的閒工夫。」尤瓦金說。

尼伯格點點頭，朝大廳跨出幾步。

「對是對，不過，房子空了好一陣子，風言風語難免會有。」他說，「趁天還沒黑，我們出去拍幾張相片吧？」

採訪到最後，邦特・尼伯格橫越中庭的草地和石板道，走馬觀看房子的兩邊——一邊是一座大穀倉，一樓牆壁以石灰岩砌成，木造二樓刷紅漆，較小的附屬屋塗白粉漆，隔著方形院子和穀倉對立。

尼伯格探頭進附屬屋的蒙塵窗戶，看一眼後說：「你們大概也會整修這一間吧？」

「當然會，」尤瓦金說，「我們一間一間來。」

「整修完，就能出租給避暑遊客住了！」

「也許吧。我們考慮，再過幾年，可以在這裡開一家民宿。」

「島上很多人都有過同樣的想法。」尼伯格說。

最後，在房子下坡泛黃的草地上，記者為韋斯丁家拍二十幾張全家福。

卡翠妮和尤瓦金並肩站在一起，對著寒風瞇眼，遙望燈塔外的海面。記者按快門之際，尤瓦金挺直腰，想著斯德哥爾摩鄰居的房子去年榮登光鮮亮麗的《美屋》月刊，篇幅多達三大跨頁。韋斯丁家的報導能上地方報就偷笑了。

蓋布列爾穿著一件略嫌太大的綠色羽絨夾克，騎坐尤瓦金肩膀上。莉維亞站在父母之間，鉤針編織白帽遮住整個額頭。她一臉狐疑看著鏡頭。

鰻岬莊園屋聳立在全家背後，宛如一座木石砌築的碉堡，默默觀望著。

記者走後，全家走向海邊。海風比剛才更冷，太陽已西垂，降到他們身後屋頂的上緣。空氣瀰漫著被沖上岸的海藻味。

走向鰻岬的水濱感覺像來到世界盡頭，宛如一段漫長的旅程結尾，遠離所有人。尤瓦金喜歡這份感受。

厄蘭島東北部似乎盡是一片浩瀚的天空，底下是一片狹窄的黃褐色土地。沿海的小島嶼看似長滿青草的礁岩。厄蘭島的海岸線平坦，小灣深，岬角窄，地與海的交界處不明顯，入水成為一片淺而平整的海床，混合著海砂和泥巴，漸次下降，遁入波羅的海。

離他們大約一百碼外，兩座白燈塔矗立在深藍色的天空下。

鰻岬雙燈塔。尤瓦金覺得，燈塔所在的兩座小島看似有人在海裡倒兩堆砂石，以更大的岩石和水泥固定後，形成兩座人造島。燈塔以北五十碼有一道略呈弧形的防波堤，從岸邊延伸進海面，以巨岩組成，用意無疑是保護燈塔免受暴風雪摧殘。

莉維亞腋下夾著福爾曼，突然走向通往燈塔的寬堤。

「我也要去！我也要去！」蓋布列爾喊著，但尤瓦金緊抓他一手不放。

「要去就一起去。」尤瓦金說。

離岸十幾碼後，堤防分岔成Y字形，兩道較窄的小堤分別通向燈塔所在的小島。卡翠妮喊：

「不准用跑的，莉維亞！小心，別掉進水裡！」

莉維亞停下，指向南燈塔嚷一句話，音量被風颳掉大半。「那一座是我的！」

「也是我的！」在她背後的蓋布列爾也喊。

「我說了就算！」莉維亞喊叫。

今年秋天，莉維亞在學前教育班學到這句話，收編為她的口頭禪。卡翠妮急忙走向她，下巴指向北燈塔。

「這樣的話，這一座是我的！」

「好，那，房子歸我管，」尤瓦金說，「如果你們三個都出一點點力，幫忙一下，房子兩三下就能整理乾淨。」

「我們會啦，」莉維亞說，「我說了就算！」

莉維亞笑著點頭，但尤瓦金當然明白這句並非玩笑話。反過來說，他仍期望肩挑起今年冬季等著他進行的所有工程。他和卡翠妮都打算在島上找教職，利用晚上和週末一同整修莊園屋。再怎麼說，她早已著手整修了。

來到岸邊草地上，尤瓦金駐足，久久望著背後的房子。

房仲廣告上標榜著：地點清幽，隱私性高。

莊園屋的主體之大，尤瓦金至今仍難以調適習慣。房子座落在梯田草坪的最上層，三角牆塗白漆，紅色木牆，兩座式樣典雅的煙囪如黑塔，聳立在屋瓦上。廚房窗戶和遊廊透著溫馨的黃光，房子其餘部分則黑漆漆。

多年來，曾在這裡居住的家庭不計其數，都在牆壁、門口、地板下過苦心。這些人的職稱無論是燈塔長、燈塔看守員，或燈塔助理，各個都在莊園屋留下腳印。

記住，當你入主一棟房子時，房子也反過來主宰你。尤瓦金曾在一本以整修木屋為主題的書中讀到。這定律不適用在他和卡翠妮身上，畢竟他們毫不眷戀首都郊區那棟房子。但幾年下來，他們曾遇過幾家人把房子視同親骨肉的例子。

「要不要去燈塔玩？」卡翠妮問。

「要！」莉維亞高喊。「我說了就算！」

「石頭可能很滑喔。」尤瓦金說。

他不希望莉維亞和蓋布列爾對大海掉以輕心，自行到海邊玩水。莉維亞只會游短短幾碼，蓋布列爾則是完全不諳水性。

但卡翠妮已帶莉維亞走上岩造堤防，大手牽小手。尤瓦金將蓋布列爾抱進右臂彎，猶疑地跟隨她們，踏上不平坦的防波堤。

石頭堆砌的堤防不如他想像的滑，只是顛簸難行而已。有幾處岩塊受海浪侵蝕，脫離水泥而崩落。今天海風清淡，但尤瓦金能意識到大自然的力量。冬季的浮冰、浪濤、惡劣天候年復一年衝撞鰻岬，兩座燈塔依然屹立不搖。

「它們有多高啊？」卡翠妮望著燈塔納悶。

「嗯，我身上沒帶尺——不過，差不多有六十英尺高吧？」尤瓦金說。

莉維亞歪著頭，仰望她的燈塔最頂端。

「為什麼沒開燈？」

「天一黑，應該就會亮吧。」卡翠妮說。

「那一座從來不打燈嗎？」尤瓦金向後仰，望向北燈塔。

「好像吧，」卡翠妮說，「從我們搬來到現在，一直沒亮過。」

走到防波堤分岔處，莉維亞選擇左邊，通往母親的燈塔。

「小心點，莉維亞。」尤瓦金說，向下看岩堤底下的黑水。

水深可能不過五六英尺，但黑影和寒意仍然倒盡他胃口。他的泳技還可以，但他向來不屬於夏天急著跳下水的那一型，天氣再熱也一樣。

卡翠妮已經抵達小島，走向水邊，左右看看海岸線，北邊只見無人的海灘和幾群樹木，南邊有牧草地，遠處有幾間小船庫。

「連個人影也沒有，」她說，「我本來以為，至少可能見到附近幾間民房。」

「小島和岬角太多，房子全被擋住了。」尤瓦金說。他以空手指向北岸。「看那邊。妳見過嗎？」

一艘沉船的殘骸在大約半英里外的石灘上，年代久遠，全船只剩殘破的船身，木板被曝曬得褪色。古早以前，這艘船遇暴風雪，被拋上岸，遠離海岸線，如今向右側躺在石頭之間，骨架朝天，尤瓦金覺得形狀像巨人肋骨。

「破船，對。」卡翠妮說。

「船員沒看見燈塔的光嗎？」尤瓦金說。

「有時候連燈塔也幫不上忙吧，我想……海象太惡劣了，」卡翠妮說，「幾個禮拜前，莉維亞和我去看破船。我們想找幾塊像樣的木頭，可惜木頭早被撿光了。」

燈塔門前有一座石拱門，門框有三英尺深，鋼鐵門厚實穩固，鏽蝕嚴重，原有的白漆僅存些許殘斑，沒有鑰匙孔，只有一道門閂和一個生鏽的掛鎖。尤瓦金伸手拉門，門卻不動如山。

「我在廚房碗櫥裡見過一串舊鑰匙，」他說，「改天拿那些鑰匙過來試一試。」

「不然，也可以聯絡海事委員會看看。」卡翠妮說。

尤瓦金點點頭，從門前退後一步。再怎麼說，燈塔並不列入成交項目。

「媽咪，燈塔不算是我們家的嗎？」莉維亞說。這時他們正往回走向岸邊。

莉維亞語帶失望。

「呃，」卡翠妮說，「有點算是啦。不過，我們不必照顧燈塔，對吧，金？」

她對尤瓦金笑一笑，尤瓦金點點頭。

「房子本身就夠我們忙了。」

半夜尤瓦金去關心莉維亞時，雙人床上的卡翠妮曾翻身，現在尤瓦金鑽回棉被下面之際，睡夢中的她伸手去碰他。他嗅到妻子的香味，閉上眼睛。

他們別無所求。

感覺上，夫妻倆已和都市生活一刀兩斷。斯德哥爾摩縮水成地平線上的灰點，尋找伊莎的那段往事也已淡去。

天下太平。

這時候，他又聽見莉維亞房間傳出微弱的嗚咽聲。他屏息聆聽。

「媽—咪—？」

綿長的哭聲在屋裡縈繞，這一次音量加大。尤瓦金疲倦地嘆一聲。

枕邊人卡翠妮抬頭聆聽。

「什麼事？」她半睡半醒說。

「媽—咪—？」莉維亞又喊著。

卡翠妮坐起來。她不像尤瓦金，可以在兩三秒內徹底清醒。

「我試過了，」尤瓦金輕聲說，「我以為她又睡著了，可是……」

「換我去。」

卡翠妮毫不遲疑下床，穿上拖鞋，匆匆套上睡袍。

「媽咪？」

「我來了，小淘氣。」她喃喃說。

不妙，尤瓦金心想。莉維亞每晚吵著要母親陪睡不是好事。但是，去年莉維亞常在半夜被吵醒，之後就養成這種壞習慣——可能是伊莎的緣故。莉維亞變得難以成眠，唯有卡翠妮陪她躺著，她才睡得安穩。目前為止，夫妻仍無法訓練莉維亞整晚獨睡。

「待會見了，帥哥。」卡翠妮說著輕輕離開臥房。

身為父母的職責。尤瓦金躺在床上。莉維亞的房間不再傳出聲響。卡翠妮已扛下重擔，他的情緒也鬆懈下來，閉上眼皮。慢慢地，睡蟲再一次偷偷侵襲他。

莊園屋裡一片靜謐。

他的鄉村生活就此展開。

2

在亨利克看來，玻璃瓶裡的那艘船是個小巧的藝術品。迷你戰艦有三根桅杆，以白布裁成帆，船身全長將近六英寸，全從同一塊木頭雕刻而成。每片船帆連接著黑線纏成的繩索，打結後固定在小塊輕木上。進瓶口前，桅杆先平躺。整艘船被鋼絲和鑷子謹慎塞進舊瓶子裡，按進代表大海的藍色油灰中，然後利用彎鉤針抬起桅杆並揚帆，最後才以軟木塞封閉固定。

製作瓶中船想必費時數星期，但一遇到索里琉斯兄弟，兩三秒就報銷。

大手一揮，湯米．索里琉斯把瓶中船掃下書架，玻璃瓶在度假屋的新拼花地板上轟然粉碎，船落地後無恙，只蹦到兩三碼外，被弟弟弗列迪的靴子踩住。弗列迪拿手電筒好奇照著，看了幾秒，然後抬腳重重踩三下，把船踏成碎片。

「團隊合作！」弗列迪得意地沉嗓說。

「狗屁手工藝品，我最討厭了。」湯米說，搔一搔臉頰，踹開小船的碎片。

度假屋裡的第三人是亨利克，原本在臥房衣櫃裡翻找貴重物品，這時走出來，見到小船的殘骸，不禁搖搖頭。

「不要再隨便破壞東西了，可以嗎？」他小聲說。

湯米和弗列迪愛聽玻璃被敲碎和木頭迸裂的聲音。早在合作的第一晚，亨利克就明白這對兄弟喜歡摔東西。三人聯手闖空門的第一次是在畢克索魯克南郊，六間因淡季而門窗深鎖的度假屋遭他們染指。往北的路上，路旁站著一隻黑白貓，兩眼爍亮，湯米把廂型車開過去，右輪輾過貓，悶悶頓了一下，兄弟倆霎時開懷大笑。

亨利克一向不破壞任何東西，總是小心拆窗戶以利闖進度假屋。然而，兩兄弟一旦爬進房子裡，馬上變成破壞狂，酒櫃被他們推倒，玻璃杯和瓷器被砸向地板。他們也撞破鏡子，但手工吹製的斯摩蘭花瓶逃過一劫，因為這款花瓶能賣錢。

至少這一夥不偷島上的民宅。打從一開始，亨利克決定只針對屋主是內地民眾的房子。

亨利克不欣賞索里琉斯兄弟，但他甩不掉他們。這對兄弟如同晚上登門拜訪卻拒絕告辭的親戚。

然而，湯米和弗列迪不是島民，也和他非親非故。索里琉斯兄弟是摩根．貝格倫的朋友。

九月底某晚十點前後，住波爾貢一棟小公寓的亨利克正想就寢，有人按他門鈴，他開門見到兩個年齡和他相仿的男人，肩膀寬厚，差不多都是大光頭。兩人點一點頭，不請自進，汗臭、機油味、車子髒座椅的氣息從走廊擴散至整間公寓。

「不錯嘛，亨利克。」其中一人說。

這人戴著一副大墨鏡，看起來好笑，但見到的人大概不敢笑他。他的雙頰和下巴有幾道長長的紅疤痕，好像曾被人刮傷。

「最近怎樣？」

「還可以吧，我想，」亨利克慢慢說。「你們是誰？」

「湯米和弗列迪。索里琉斯兄弟。呸，你總該聽過我們吧，亨利克……你應該曉得我們是誰吧？」

湯米調整一下墨鏡，以綿長的動作搔刮著臉頰。他臉上的疤痕從何而來，亨利克知道。不是打架的戰績，是他自己搞的。

隨後，兩兄弟在只有一臥房的公寓快速巡視一周，在電視機前的沙發駝背坐下。

「家裡有脆片嗎？」弗列迪說。

他把穿著靴子的腳伸到玻璃桌上擱著，解開羽絨夾克鈕釦，啤酒肚凸出，淡藍T恤上印有終身傭兵的口號。

「你的死黨摩戈跟你問好，」湯米說著摘下墨鏡。他比弗列迪略瘦，盯著亨利克看時，嘴角似笑非笑，一手提著一個黑皮袋子。「是摩戈建議我們來的。」

「來西伯利亞。」弗列迪說。他把亨利克端來的一大碗脆片挪向自己。

「摩戈？摩根．貝格倫？」

「對，」湯米說，在弟弟旁邊的沙發坐下。「你們是死黨，對吧？」

「以前是，」亨利克說，「摩戈後來搬走了。」

「我們知道，他搬去丹麥了。他在哥本哈根的賭場幹過活，搞黑手。」

「玩陰的。」弗列迪說。

「我們去過歐洲，」湯米說，「待了將近一年。不去還不曉得瑞典小得像屁眼。」

「真是他媽的偏鄉。」弗列迪說。

「第一站，我們去德國，在漢堡市和杜塞道夫待一陣子，棒透了，然後我們去哥本哈根，那裡也滿屌的。」湯米再度四下看一看。「現在，我們來到這裡。」

他點點頭，在嘴角塞一支香菸。

「別在這裡抽菸。」亨利克說。

他一直在想，他們在德國和丹麥的日子不是過得爽歪歪嗎？幹嘛離開歐洲大城，轉戰封閉的瑞典小鎮？是找錯吵架對象了嗎？八成是。

「你們不能借住這裡，」亨利克邊看自己公寓邊說，「我這裡住不下，你們看也知道。」

湯米放下菸。他似乎沒聽進去。

「我們是撒旦信徒，」他說，「我們剛才提過嗎？」

「撒旦信徒？」亨利克說。

湯米和弗列迪點點頭。

「你意思是惡魔崇拜者？」亨利克微笑說。

湯米沒跟著笑。

「我們誰也不崇拜，」他說，「我們信的是，撒旦是人類韌性的表徵。」

「力量。」弗列迪說。脆片被他吃光了。

「沒錯，」湯米說，「我們的信條是：『有力有真理』。你聽過厄萊斯特．克羅里❺嗎？」

「沒聽過。」

「大哲學家，」湯米說，「克羅里認為，人生是一場持續的戰役，敵對雙方是強者和弱者。

聰明人和傻瓜。勝出的一方一定是最強和最聰明的人。」

「對嘛，很合邏輯。」從不信教的亨利克說。他也不打算從今天開始信教。

湯米繼續左看右看著公寓。

「她是什麼時候走人的？」湯米問。

「誰？」

「你的女朋友。在你家裝窗簾、擺乾燥花和一堆爛東西的那個。總不可能是你自己搞的吧？」

「她今年春天搬走了。」亨利克說。

卡蜜拉的倩影不期然浮現他腦海，在兩兄弟坐的這張沙發上躺著讀東西。他意識到，湯米的頭腦比外表高明些——湯米懂得留意細節。

「她叫什麼名字？」

「卡蜜拉。」

「你想她嗎？」

「想個屁，」他急忙說，「總之，我剛講過了，你們不能住下來……」

「別緊張嘛，我們投宿在卡爾馬，」湯米說，「住的地方全搞定了。我們只是考慮來厄蘭島找工作。所以，我們需要一點幫助。」

❺ Aleister Crowley，1875-1947，英國文人玄學道士。

「哪一方面？」

「你和摩戈以前在冬天常幹什麼，他告訴過我們了。他提到那些避暑度假屋……」

「原來如此。」

「他說，你會很樂意東山再起。」

亨利克暗罵，謝了，摩戈。摩根走前曾為了分贓而吵架，這可能是他報復的舉動。

「那是好久以前的事情了，」亨利克說，「都四年了……而且，我們其實只幹了兩個冬天。」

「而且呢？摩戈說很好賺。」

「還好而已。」亨利克說。

幾乎每次闖空門都沒問題，但有兩三次，他和摩戈被隔壁發現，被迫翻牆開溜，活像偷摘蘋果的小孩。和摩戈合作時，兩人總事先規劃至少兩條逃脫路線，一條靠腳，另一條開車。

他繼續說：「有時候，房子裡找不到值錢的東西……不過有一次，我們找到一個碗櫥，真的很古老，是十七世紀德國櫥，運去卡爾馬賣到三萬五克朗。」

亨利克愈講愈手舞足蹈，近乎懷舊。他其實天生有點長才，能巧手撬開遊廊門窗，不需破門窗而入。他祖父曾在瑪內斯從事木工，對他的專長同樣引以為傲。

但他也記得這一行多累人，夜復一夜開車繞厄蘭島北部。這裡冬季酷寒，戶外有冷風，門窗緊閉的室內照樣冷。而度假村也冷清清。

「老房子是不折不扣的藏寶庫啊，」湯米說，「怎樣？你想不想參一腳？我們兄弟倆在這裡人生地不熟，要靠你帶路。」

亨利克不語。他暗忖，日子淒慘枯燥的人，本身必定也淒慘而枯燥。他不希望自己也屬於這一型。

「所以說，一言為定嘍，」湯米說，「對嗎？」

「大概吧。」亨利克說。

「聽起來像肯定。」

「大概吧。」

「不錯嘛。」湯米說。

亨利克點點頭，態度遲疑。

他想追求刺激，希望日子過得刺激。卡蜜拉搬走後，天一黑，氣氛變得淒慘，夜夜覺得空虛。儘管如此，他仍遲疑不決。亨利克之所以洗手不再闖空門，並非擔心落網。他另有別的顧忌。

「鄉下地方黑漆漆的。」他說。

「很好啊。」湯米說。

「黑到不得了，」亨利克說，「村子裡沒路燈，一到淡季，度假屋裡的電源通常被切斷了，什麼東西也看不見。」

「不成問題，」湯米說，「昨天，我們在加油站暗槓了幾支手電筒。」

亨利克徐徐點一下頭。手電筒當然能照破黑暗，但照亮的程度也有限。

「我有一棟船庫能用，」亨利克說，「用來暫時存放贓物，等找對買主再說。」

「太好了，」湯米說，「這樣的話，我們下一步只要找對房子就行。摩戈說，你知道哪幾間很不錯。」

「幾間而已，」亨利克說，「是我這一行的本事。」

「報幾個地址給我們，我們可以檢查一下安全性多高。」

「什麼意思？」

「我們可以請教厄萊斯特。」

「什麼？」

「我們常和厄萊斯特聊天，」湯米說著，把皮袋子提上桌，打開，從中取出一個窄而扁的黑木製盒子。「我們用這東西跟他聯絡。」

亨利克默默看著湯米打開木盒，攤開在桌上。木盒裡灼印著字母、文字、數字，包含全套字母表和從零到十的阿拉伯數字，也有YES和NO。隨後，湯米從皮袋子裡取出一只小杯子。

「我小時候試過這玩意兒，」亨利克說，「杯中仙，對吧？」

「對個屁，這是正經事。」湯米將杯子放在攤開的木盒上。「這是通靈板。」

「通靈板？」

「名稱是這樣，沒錯，」湯米說，「木頭是舊棺材蓋做的。燈可以調暗一點嗎？」

亨利克暗笑著，但他還是走向電燈開關。

三人圍著桌子坐。湯米伸出小指，按著杯子，閉上眼皮。

室內安靜下來。他慢動作搔一搔喉嚨，似乎正在聽取什麼訊息。

「是誰啊？」他問，「是厄萊斯特嗎？」

頭幾秒沒動靜。隨後，杯子開始在湯米小指下動了起來。

隔天，天色一暗，亨利克立刻去祖父的船庫預做準備。

船庫是一棟簡陋的小木屋，漆成紅色，蓋在水邊十幾碼的草地上，附近有兩棟較小的度假屋，屋主只有夏季才來。八月中旬之後，度假屋周圍全無人煙。來這裡不會有閒人干擾。

祖父亞格特死後把船庫留給他。祖父生前每年夏天常帶他出海下網，回船庫過夜，清晨五點起床去收網。

在波羅的海沿岸的他懷念祖孫時光，為祖父不在人間的事實感傷。祖父退休後繼續做木工，有空也做一點建築，只離開厄蘭島幾次，卻也似乎活得心滿意足，直到最後一次心臟病發作。

亨利克打開掛鎖，望進漆黑的船庫內部。祖父過世六年了，船庫卻和六年前大同小異，漁網掛牆上，工作檯仍擺在地上，鐵暖爐在一角生鏽。卡蜜拉曾想清空這裡面所有雜物，全部塗白漆，但亨利克認為維持原狀就可以了。

他清走地板上的油罐、工具箱等東西，在地上鋪一張防水布，準備存放贓物，然後走上岬角的防波堤，呼吸含有海藻和鹽味的海風。朝北看，他見到鰻岬雙燈塔聳立在海面上。

防波堤裡停放著他的無罩式汽艇。他走過去一看，發現雨水積滿了船底。他進船開始舀水。

他一面忙著，一面回憶昨晚和索里琉斯兄弟坐在廚房舉行的「通靈會」。能通靈才怪。

當時，小杯子在通靈板上持續移動，有問必答，但說穿了，讓杯子移動的人當然是湯米。雖然湯米眼睛閉著，他一定不時睜眼偷看，以確定杯子沒走錯地方。

總之，最後顯示，幽靈力挺他們去度假屋闖空門的計畫。亨利克曾提議從岩灣村下手，湯米問幽靈可不可行，杯子移到YES。湯米再問，岩灣的度假屋有無貴重物品，得到的回應相同：YES。

湯米的最後一問是：「厄萊斯特，你認為……我們三人能信任彼此嗎？」

小杯子靜止幾秒鐘，然後才緩緩走向NO。

湯米短促爆笑一聲，嗓音沙啞。

「無所謂，」他看著亨利克說，「反正我誰也信不過。」

四天後，亨利克和索里琉斯兄弟首度北上岩灣，前進避暑度假屋叢集區。此地由亨利克建議，經過厄萊斯特核可。這裡只有閉鎖無人的住宅，在暗夜裡烏漆墨黑。

這三人撬開窗戶，鑽進度假屋，目標並非值錢的細軟。他們明瞭，前來避暑的旅客不會笨到在度假屋留下現金、名錶、金項鍊過冬。然而，一旦假期結束，有些物品不便運送回內地，只得留在鄉下，例如電視機、音響、酒、盒裝香菸、高爾夫球桿。工具室裡也有鏈鋸、罐裝汽油和電鑽。

湯米和弗列迪毀損瓶中船，被亨利克唸一句之後，三人分頭，繼續在屋內尋寶。

亨利克進較小的房室找。這棟度假屋面對岩岸和海峽，透過觀景窗，他看得見粉白的半月高掛海面上。岩灣村位於厄蘭島西岸，是人煙稀疏的小漁村之一。

亨利克進的每一間都幽靜無聲，但他仍隱然覺得，牆壁和地板都在監視他。基於這原因，他行動謹慎，不製造髒亂。

「喂，老亨？」

是湯米。亨利克回應：「你在哪？」

「在這裡，在廚房旁邊……這間有點像工作室。」

亨利克追隨湯米的語音，穿越狹窄的廚房而去，來到一個無窗戶的房間，見湯米靠牆站著，戴著手套的右手往上指。

「你覺得這東西怎樣？」

湯米臉上沒笑；湯米少有笑臉，但在他抬頭望牆的此刻，臉上的表情暗示他可能有了重大發現。牆上掛著一個大時鐘，材質是深色木頭，玻璃門底下的時間以羅馬數字呈現。

亨利克點頭。「對……可能值點錢。是古鐘嗎？」

「我想是，」湯米邊說邊掀開玻璃門。「運氣好的話，這東西八成是古董。德國或法國貨。」

「聽不見滴答聲。」

「大概是發條沒上緊。」他合上玻璃門，高喊：「弗列迪！」

過了幾秒，胞弟弗列迪砰砰砰踏地進廚房。

「什麼事？」

「伸手幫我一下。」湯米說。

三人當中以弗列迪的手臂最長。他解開鐘背的牆鉤，把時鐘拿下來，亨利克從旁幫忙提著。

「搬去外面吧。」湯米說。

廂型車停放在度假屋後面的黑影中。

左右車身有卡爾馬管線焊接公司的字樣。卡爾馬其實沒有這家焊接公司。湯米的構想是，半夜開無名舊貨車到處跑，容易勾起疑心，不如假造一個名號，買塑膠字母貼在車上混淆視聽。

合力把老爺鐘從遊廊窗戶搬出來時，亨利克說：「下禮拜，瑪內斯要成立一間派出所。」

今晚幾乎無風，但空氣清新冷冽。

「你怎麼知道？」湯米說。

「今天早上看報讀到的。」

他聽見黑暗中的弗列迪發出沙啞的笑聲。

「喔，那好啊，」湯米說，「你乾脆打電話給派出所，檢舉我們兩個，搞不好你的刑期會短一點。」

湯米下唇往下垂，露出牙齒；這是他的招牌微笑法。

在黑暗中，亨利克以微笑回應。全島的度假屋有幾千棟，警察怎麼管得了全部？更何況，警察通常只上白天班。

三人把老爺鐘抬上廂型車後面，已經上車的是一輛摺疊式健身單車、兩個磨光石灰岩製成的大花瓶、一台錄放影機、一個船用外掛型小馬達、一台電腦和印表機，以及一台立體音箱電視機。

湯米關好廂型車後門，然後說：「可以收工了吧？」

「好……大概沒有別的東西好偷了。」

亨利克還是回屋內一下子，為的是關窗。他從地上撿兩小塊頁岩，嵌進木窗框，以固定窗戶。

「快點啦。」湯米對著他的背嚷嚷。

闔完空門還關門窗，兄弟倆認為是浪費時間。但亨利克知道，度假屋一空就是幾個月，窗戶如果沒關好，室內裝潢必定躲不過雨雪蹂躪。

亨利克坐進副駕駛座，湯米啟動引擎，然後掀開車門面板的一部分，伸手入內，掏出幾小包俗稱冰毒的甲基安非他命，用紙巾裹著。

「要不要再來一包？」湯米說。

「不用了。剛嗑的就夠了。」

冰毒是兄弟倆從內地帶來的，既可賣人，也可以自用。嗑冰毒能提振一下精神，但亨利克一晚如果多嗑一次，全身會像旗桿一樣抖個不停，難以進行邏輯思考，想法會在腦殼裡彈來彈去，難以成眠。

亨利克畢竟沒有毒癮——但他倒也不是掃興的人。嗑一次就好。再嗑一次，湯米和弗列迪似乎沒問題，或者是，回卡爾馬之後，兄弟倆打算通宵不睡。他們連帶紙巾一起把冰毒塞進嘴，從後座拿塑膠水壺灌水吞下。然後，湯米踩油門，讓廂型車繞過受災戶，駛上無人車的村道。

亨利克看錶，快十二點半了。

「我們去船庫吧。」他說。

車子開上主要公路後，儘管路上空蕩蕩，湯米照規定在「停車再開」的號誌前停車，然後轉南。

十分鐘後，恩斯倫達的路標出現時，亨利克說：「在這裡轉彎。」

四面八方看不到其他人車。這條砂石路的盡頭是船庫，湯米倒車，盡可能靠近。

海邊的環境如同山洞一般黑暗，但北方可見鰻岬燈塔閃爍的光輝。

亨利克打開廂型車門，聽見海浪聲。水聲從炭黑的海面飄來，令他聯想起祖父。六年前，祖父亞格特正是死在這裡。當時，爺爺年高八十五，罹患心臟病，卻仍在颳大風的冬日爬下床，搭計程車來這地方。司機讓他在路邊下車，不久後，想必他是心臟病發，卻仍設法來到船庫前，最後被人發現死在門邊。

「我想到一個點子。」湯米說。這時，在手電筒照亮下，大家忙著卸下贓物。「聽我提議，說說你們的看法。」

「什麼提議？」

湯米不語。他只伸手進廂型車，取出一個黑黑的東西。這物品看似大羊毛帽。

「我們在哥本哈根撿到的。」他說。

語畢，他把毛帽舉向手電筒，亨利克發現這東西不是帽子，而是搶匪常戴的那種套頭面罩，整顆頭只露眼睛和嘴巴。

「我的提議是，下次大家都戴這個，」湯米說，「而且不要再偷度假屋了。」

「不偷度假屋？不然偷哪裡？」

「全年有人住的民房。」

在岸邊的陰影中，三人無語片刻。

「可以啊。」弗列迪說。

亨利克看著搶匪面罩，說不出話。他正在動腦筋。

「風險會提高……這我明白，」湯米說，「不過，獲利同樣也會增加。在度假屋，我們永遠偷不到現金或珠寶……這些東西只在全年住人的房子裡才有。」他把面罩放回廂型車，繼續說：「當然，我們要先請教厄萊斯特可不可行。另外，我們也該挑選幾棟安全一點的房子，偏遠一點，沒安裝警報系統的。」

「也沒養狗。」弗列迪說。

「對。不想遇到臭狗。而且，戴了面罩能防止被人指認，」湯米說，看著亨利克。「你覺得怎樣？」

「再說吧。」

錢並非亨利克的主要考量。最近，亨利克的本行生意不錯，闖空門是為了追求刺激感，也能驅散日常生活的枯燥。

「這樣的話，弗列迪和我只好自己去嘍，」湯米說，「人少一個，我們分到的錢比較多，所以沒關係。」

亨利克趕緊搖搖頭。和兄弟檔合作的次數可能不多，但他仍希望歇手的決定權由自己掌握。

他想起瓶中船粉碎的下場，說：「我加入好了……如果大家下手能輕一點的話。我也不希望有人受傷。」

「我們能傷到誰？」湯米說。

「屋主。」

「屋主都呼呼大睡了，你講啥屁話……就算真有人醒了，我們改講英文，他們會以為我們是外國賊。」

亨利克點點頭，不盡然聽信他的說法。他拿防水布覆蓋贓物，鎖好船庫門。

三人跳上廂型車，往南駛回波爾貢。

二十分鐘後，車子進入市區，一排排路燈趕走十月的暗夜，但人行道依然空蕩如鄉村路。湯米放慢車速，在亨利克住的公寓區靠邊停車。

「好，」湯米說，「等一個禮拜吧？下禮拜二晚上怎樣？」

「行……不過，我大概在下禮拜之前會去那裡一趟。」

「你喜歡住這種鳥不拉屎的地方？」

亨利克點頭。

「好吧，」湯米說，「不過，你可別想自己去找買主。我們會去卡爾馬找買主。」

「可以。」亨利克說，關上車門。

他走向黑漆漆的門口，看錶，凌晨一點半。儘管忙了一陣，現在時間還不算太晚，他能在寂寞的床上睡五小時，等鬧鐘叫醒他去上班辦正事。

他想著，島上有無數民宅，裡面睡著人。安安穩穩。

如果民宅裡一有動靜，他會馬上開溜。偷東西時，假如屋主醒來，他二話不說就走人。兄弟檔和他媽的杯中仙？自求多福吧。

3

在瑪內斯鎮老人安養院走廊裡，蒂妲・大衛森坐在親戚耶洛夫・大衛森房間外，帶著裝有錄音機的背包。走廊上不獨她一人。不遠處有張沙發，上面坐著兩名瘦小的白髮婆婆，可能等著喝下午咖啡。

兩位老婆婆絮叨不休但音量小，蒂妲不知不覺偷聽起來。

兩人語調心煩而不滿，宛如一長串吐不完的嘆息。

「他們是空中飛人，老是飛來飛去，」最靠近蒂妲的老婆婆說。「出國的行程一個接一個。愈遠愈好。」

「妳說得對，最近他們絕不會捨不得享受，」另一個老婆婆說。「真的，一點也不會捨不得。」

「而且啊，他們犒賞自己的東西……花錢像流水，」第一個老婆婆說。「上禮拜，我打電話給我小女兒，她說她和老公正要再買一輛新車。我說：『可是，你們現在的車很不錯啊。』她說：『對是對，不過，我們這條街上的其他鄰居今年全都換車了。』」

「他們就是這樣，買買買，一直買。」

「對啊。而且他們也懶得聯絡。」

「就是說嘛……我兒子從來不打電話，連我過生日也不來一通。主動打電話的人總是我，而他從來都沒有講電話的空。他老是正要去哪裡，總推說他有個電視節目想看。」

「提到電視啊，他們老是在買電視機，非得買一台跟房子一樣大的電視不可……」

「也買新冰箱。」

「也買新爐子。」

蒂妲無法再旁聽，因為耶洛夫的房門開了。

耶洛夫修長的背微微佝僂，腿也略有顫抖的現象，但他對蒂妲展露笑顏，猶如一名無憂無慮的老人，蒂妲也認為，他今天的精神比去年冬天好多了。

耶洛夫誕生於一九一五年，最近在岩灣的度假屋慶祝八十大壽，兩女兒都來了。大女兒蓮娜帶丈夫和小孩來，小女兒尤莉雅也帶新婚夫和他的三個小孩前來祝壽。那一天，風濕纏身的耶洛夫被迫整個下午坐同一張扶手椅，但現在，他拄著拐杖，站在門口，身穿西裝背心和深灰色斜紋毛織長褲。

「氣象預報結束了。」他輕聲說。

「好。」

蒂妲站起來。她之所以在門外等，是因為耶洛夫想聽氣象預報。天氣這麼冷，他幾乎足不出戶，氣象有這麼重要嗎？蒂妲不太懂。但她猜，耶洛夫曾是波羅的海貨輪的船長，關心風勢和天候是難改的老習慣。

「進來，進來。」

她踏進門，耶洛夫和她握握手。耶洛夫不是以擁抱打招呼的那一型。蒂妲甚至從沒見過他拍拍別人肩膀。

握手時，耶洛夫的手勁強而穩。耶洛夫十幾歲就出海，儘管退休回岸上已二十五年，現在依然滿手是繭，原因是長年拖拉繩索，搬運貨箱，鐵鍊也曾屢次撕扯手指的皮膚。

「結果，你聽到什麼樣的預報？」蒂妲問。

「甭提了。」耶洛夫嘆一口氣，在小咖啡桌旁的椅子坐下，雙腿不靈活。「預報開始的時間又被電台改了，害我漏掉各地高低溫預測。不過我聽到北九省會變冷，所以我猜南方的這裡也快了。」書架旁有個氣壓計，他以狐疑的目光瞥一眼，然後望向窗外枯樹，接著說：「今年冬天會來得早，會很難熬，而且會很冷。晚上看星星那麼亮就知道了，尤其是北斗七星。從今年夏天也能判斷。」

「夏天？」

「夏天多雨，表示冬天會很冷，」耶洛夫說，「這是人人都曉得的事實。」

「我就不曉得，」蒂妲說，「氣象對我們有什麼差別嗎？」

「絕對有。漫長嚴寒的冬季差不多能影響一切。例如波羅的海的船運。海冰能延誤船班，獲利會因此下跌。」

蒂妲走進裡面，迎面所見是耶洛夫航海生涯的所有往事。牆上有他歷年船隻的黑白照，有油光閃閃的船牌，也有裱框的船證。另外更有已故雙親和亡妻的小相片。

歲月在這裡凍結了，蒂妲心想著。

她在耶洛夫對面坐下，把錄音機放在兩人之間的桌上，然後插上扁平的桌上型麥克風。

耶洛夫面對錄音機的態度如同剛才瞄氣壓計的眼神。這台錄音機不是很大，但蒂妲看得出，耶洛夫的目光在機器和她之間來回不定。

「我們就直接……談嗎？」他說，「談我哥的事？」

「其他事也行，」蒂妲說，「很直接了當，對吧？」

「可是，為什麼呢？」

「嗯，為了保存記憶和往事……以免往事消失掉，」蒂妲說，隨即趕緊補一句：「當然，耶洛夫，你會長命百歲啦，別誤會我的意思。我只想先把往事記錄下來，保險一點。你知道，我爸過世前不常對我提我爺爺的事。」

耶洛夫點頭。「我們可以談一談。不過，錄音的時候，講話可要當心點。」

「不成問題，」蒂妲說，「錄音帶可以洗掉重錄。」

蒂妲八月來電說，她即將遷居來瑪內斯鎮，也說她想錄音訪問他，他不假思索就答應了，但他現在仍顯得有點緊張。

「在錄了嗎？」他小聲說，「錄音帶有在轉嗎？」

「沒有，還沒，」蒂妲說，「錄的時候，我會告訴你。」

她按下「錄音」鍵，見帶子運轉中，才點頭鼓勵耶洛夫開講。

「好……開始了。」蒂妲直起上身。她接著再開口時，自覺語氣比平常緊繃而正式：「我是蒂妲．大衛森，目前在瑪內斯，我祖父拉格納的胞弟耶洛夫想談談家族往事……談談我祖父在瑪內斯的過去。」

耶洛夫彎腰向麥克風，動作有點僵硬，以明確的嗓音糾正她：「我哥拉格納不住瑪內斯。他住在若爾比村郊外的海邊，在瑪內斯以南。」

「謝謝你，耶洛夫……拉格納的往事，你記得多少？」

耶洛夫遲疑片刻。

「有很多值得回味的往事，」他最後說，「一九二〇年代，我們一起在岩灣長大，不過，後來當然是從事完全不同的行業……他買下一棟小房子，成了農夫和漁夫，我則搬家南下波爾貢，結婚，買了我的第一艘貨輪。」

「你們兩個多久見一次面？」

「每次跑船回來就見面吧，一年兩次。一次是耶誕節，另一次是在夏天。通常是拉格納來波爾貢找我們。」

「有什麼樣的慶祝嗎？」

「有，特別是在耶誕節。」

「熱鬧嗎？」

「人很多，不過玩得開心。飲食很豐盛。鯡魚、馬鈴薯、火腿、豬蹄、馬鈴薯肉丸。拉格納當然每次都帶好多鰻魚來，煙燻的和醃的都有，也有好多泡在鹼液裡的鱈魚……」

耶洛夫愈講愈放鬆，蒂妲也同樣鬆懈下來。

訪談延續了大約半小時。然而後來，他講到一次岩灣風車失火事件，講了很久，講完後他舉起一手，有氣無力揮一揮，蒂妲明白他累了，趕緊關掉錄音機。

「好精采，」她說，「耶洛夫，你記得好多東西，真厲害。」

「我聽過祖傳家族往事幾百遍了，到現在還有印象。像這樣談往事能加強記性。」他看著錄音機。「妳覺得，有錄到聲音嗎？」

「當然有。」

她倒轉錄音帶，按「播放」鍵。錄音帶裡的耶洛夫音量偏低，口氣略嫌暴躁，內容也多有重複，幸好語音清晰。

「那就好，」他說，「可以提供給學者去研究老百姓的日常生活。」

「這主要是給我聽的，」蒂妲說，「我在爺爺過世以後才出生，我爸也不擅長談家族往事，所以我才好奇想知道。」

「這跟年齡有關。往事累積愈來愈多，人會開始想追憶過去，」耶洛夫說，「人會開始想尋根。我自己的兩個女兒也有同樣現象……妳今年幾歲？」

「二十七。」

「妳是來厄蘭島上班嗎？」

「對。我已經受完所有訓練了。」

「想待多久？」

「不一定。至少到明年夏天吧。」

「很好。年輕人來島上找工作總是好事。妳打算住在我們瑪內斯鎮嗎？」

「我住廣場旁的公寓套房，往南看得見海岸……幾乎能看到爺爺的小屋。」

「現在屋主換人了，」耶洛夫說，「不過，我們還是可以過去看一看。當然也可以去看我在岩灣的小屋。」

四點半剛過，蒂妲告別瑪內斯安養院，背包裡帶著錄音機。

她裹緊夾克，往瑪內斯鎮中心走去，這時一名少年騎乘淡藍色輕型機車，迎面噗噗噗而來，呼嘯而去。她對騎士搖搖頭，面露反感，但騎士不看她。二十秒後，他已經揚長而去。

以前蒂妲覺得，世上最炫的莫過於十五歲機車男，如今，她卻認為，機車少年比較接近蚊蟲，是討人厭的小東西。

她調整背包，繼續走向瑪內斯鬧區。雖然明天她才正式報到，她想今天先去打聲招呼，然後才回自己的小公寓繼續開箱。也打電話給馬丁。

機車的噗噗聲並未完全消散，這時音量反而加大，原來是小騎士騎到教堂附近掉頭回來，直衝鬧區。

這一次，騎上人行道的他不得不從蒂妲身旁超越。他稍微減速，但催油聲兇巴巴，想繞過她前進。她直視小騎士眼睛，站到人行道中間擋路。小騎士停車。

引擎聲中，小騎士提高嗓門喊：「幹嘛啊？」

「人行道上禁止機車通行，」蒂妲和他比大聲。「你已經犯法了。」

「對是對啦，」男孩點點頭。「可是，騎人行道比較快。」

「也可能撞到人。」

「管他的，」男孩說，擺出莫可奈何的神態。「不然妳想報警啊？」

蒂妲搖搖頭。「我不想，因為——」

「因為這裡已經沒警察了。」男孩握著機車油門，加一加油。「派出所都收攤兩年了。厄蘭島北部連一個條子也沒有。」

蒂妲已厭倦跟噗噗響的引擎比大聲。她彎腰向前，一個快動作，扯斷點火線，機車立刻變啞巴。

「現在有了，」她輕聲說，語氣鎮定。「我是警察，來島上報到了。」

「妳？」

「從今天開始。」

男孩凝視著她。蒂妲從夾克口袋掏皮夾，打開，出示證件。男孩傻眼看了好久，才把視線轉回她臉上，表情多了一份敬意。

民眾一旦發現對方是警察，總會顯出另眼相看的表情。蒂妲穿上制服後，甚至也會對自己另眼相看。

「名字？」

「史蒂芬。」

「史蒂芬什麼？」

「史蒂芬．艾斯崇。」

蒂妲取出筆記本，寫下男孩姓名。

「這次只警告你，下次再犯，一定開罰單，」她說，「你這輛機車改裝過。你是不是把汽缸磨薄了？」

史蒂芬點頭。

「那你最好下來，牽車走回家，」蒂妲說，「然後把引擎改成合乎法律規定。」

史蒂芬下車。

兩人默默並肩走向瑪內斯廣場。

「去跟你朋友們宣傳，瑪內斯又有警察了，」蒂妲說，「下次再被我查到改裝機車，我一定沒收，也一定開罰單。」

史蒂芬再次點頭。被警察逮到後，他現在似乎認為是走運。

來到鬧區，他問：「妳有槍嗎？」

「有，」蒂妲說，「鎖在局裡。」

「什麼型的？」

「西格紹爾。」

「妳用那把槍射過人嗎？」

「沒有，」蒂妲說，「我也不打算在這鎮上用槍。」

「瞭解。」

史蒂芬面露失望之情。

她曾答應馬丁，在他下班回到家前打電話給他，大約六點左右。在打電話前，她有點時間，想去看一下今後的職場。

瑪內斯的新派出所離廣場兩條街，設在一條巷子裡，門框上方的警徽仍裹著白色塑膠封套。昨天，蒂妲去波爾貢警局領新派出所鑰匙，這時她從口袋掏出來，走到前門才發現門沒上鎖。她聽見裡面有男人在對話。

這間派出所只有一個房間，沒設接待室。蒂妲記得小時候來過瑪內斯，這間以前是糖果店。現在的派出所裡面陳設簡樸，沒有窗簾，木板地上沒鋪地毯。

兩名壯碩的中年男子站在裡面，身穿夾克和戶外鞋，其中一人穿深藍色警察制服，便服的另一人穿著綠色羽絨夾克。兩男見蒂妲進來，視線迅速轉向她，不再交談，彷彿不雅的笑話講一半被她澆冷水。

蒂妲見過穿便服的那人。他是哥特．宏布拉德督察，統管地方警力。他短髮灰白，嘴角總掛著一抹淺笑，似乎認得蒂妲。

「嗨，妳好，」他說，「歡迎來新轄區報到。」

「謝謝你。」她和上司握手，隨後轉向另一人。這人黑髮較稀薄，眉毛濃密，五十幾歲。「我是蒂妲．大衛森。」

「我是漢斯．麥諾爾。」他握手的力道強勁，不帶感情，握一下就放。「我猜，我們兩個今後會在這地方合作。」

聽他口氣，他不盡然相信兩人能合作無間，蒂妲心想。她張嘴想贊同一句，卻被麥諾爾搶先再說：

「我當然不會太常來這裡，先告訴妳一聲。我會偶爾進來看一看，但我主要會在波爾貢執勤。這裡的辦公桌我會保留著。」

他面向地方主管微笑一下。

「好，」蒂妲說。她頓悟到，日後在厄蘭島北部執警察勤務，她勢孤人單的情形將超出她預期。「你正在忙什麼特定的案子嗎？」

「可以說是，」麥諾爾說。他望向窗外街景，彷彿看得見什麼可疑的行蹤。「緝毒啦，當然。那種鬼東西也蔓延到島上了，跟其他地方沒兩樣。」

「這一張是妳的辦公桌，蒂妲，」站在窗前的宏布拉德說。「我們當然會安裝幾台電腦，以及傳真機……也會在這裡加一台警用無線電。目前，妳只能暫時用電話聯絡。」

「好的。」

「反正妳閒坐辦公室的機會也不太多。正好相反，」宏布拉德說，「地方警力改革的重點就在這裡：警察應該走出警局，到街上去，讓民眾看得見。現階段焦點放在交通罰單、刑事毀損、小額竊案和闖空門。調查複雜性較低的案子。另外當然還有青少年犯罪。」

「合我胃口，」蒂妲說，「過來這裡的路上，我就逮到一輛改裝機車。」

「很好，很好。」長官點點頭。「所以妳以行動顯示警力回流了。下禮拜是正式開幕典禮。我們已經發邀請函給媒體。報社、地方電台……到時候，妳會來吧？」

「當然。」

「很好，很好。我預期妳在這裡的表現會……嗯，我知道妳剛從韋克舍畢業過來。在我們島上，妳的勤務會比較獨立。是好是壞不一定。自行支配勤務時間的彈性比較高，不過，責任也更重大……我的意思是，從波爾貢北上這裡的車程要半小時，而且波爾貢警局也不是全天候有人鎮守，所以說，萬一出狀況，妳可能要等一陣子，才會有人來支援。」

蒂妲點頭。「在警校，我們常演練後援延誤的狀況。我的教官們非常注重——」

麥諾爾從辦公桌那邊哼一聲。「警校教官哪懂實際狀況？」他說，「他們好久沒實地操作了。」

「他們在韋克舍警校的訓練很精實啊。」蒂妲連忙說。

在警局交通車上，菜鳥坐最後面，不准隨便開口，讓學長講個夠，蒂妲當時恨透這種潛規則，現在的情形也差不多。

長官宏布拉德看著她說：「我的意思只是，妳務必記住，在單獨執行麻煩勤務之前，一定要考量島上路途遙遠。」

她點頭。「希望到時候我能見招拆招。」

長官又張嘴，可能想繼續訓話，不料這時牆上的電話鈴響了。

「我接，」他說，箭步走向辦公桌。「可能是從卡爾馬打來的。」

他撈起話筒。

「瑪內斯派出所，我是宏布拉德。」

他聆聽一下。

「在哪裡？」他說。

再度沉默一陣。

「好，」他最後說，「我們最好趕過去。」

他放下話筒。

「從波爾貢打來的。緊急專線接到一通電話說，厄蘭島北部有人意外喪生。」

麥諾爾從空桌前站起來。「在附近嗎？」

「在鰻岬燈塔那邊，」宏布拉德說，「誰知道地方？」

「鰻岬在這裡以南，」麥諾爾說，「大概四、五英里。」

「好，我們不開車去不行，」長官說，「已經出動救護車了……據報是意外溺斃事件。」

一八六八年冬

兩座燈塔竣工之後，鰻岬地區多了一股安全的氣息，對船隻和民眾都有好處。至少這是燈塔建築工的想法。他們相信沿岸的日子能過得全年安康無事。至於本地的女人，她們知道這可就不一定了。

在那年代，死神的腳步不遠，而且會直接走進家裡。

在舊穀倉的閣樓上，有個女人名被倉促雕刻在牆上：摯愛的卡洛琳納，一八六八年。卡洛琳納已作古一百二十年，但她曾穿牆對我低語，傾訴鰻岬可能的遭遇——有時被人稱為美好的往昔。

——米雅・蘭姆貝

莊園屋蓋得好大。柯絲丁在屋裡逐間找尋卡洛琳納，但這屋子裡的廳室實在太多了。鰻岬能躲的地方太多，莊園屋裡能躲的房間也太多。

此外，暴風雪將至，感覺天空垂掛著鉛錘。而柯絲丁知道，就快來不及了。

莊園屋蓋得牢靠，禁得住惡劣天候，問題是屋裡的人會受什麼影響。一場暴風雪能讓所有人像迷途鳥聚集暖爐邊，等風平浪靜。

這年島上夏季天氣不佳，農作物歉收，隨之而來的是酷寒的冬季。現在是二月的第一個星期，沿海地區風寒刺骨，除非必要，否則無人外出。然而，燈塔看守員和鐵匠仍需前往燈塔輪班。今天，除了燈塔長卡爾森外的所有壯丁全前進岬角，為雙燈塔補強，以迎戰暴風雪。

女人們留守莊園屋裡，但四處不見卡洛琳納的人影。柯絲丁找遍樓上樓下所有房間，也上去柱子林立的閣樓找她。她不能問其他女僕，也不能問燈塔看守員妻子，因為她們不清楚卡洛琳納的狀況。就算她們抱有疑心，也無從確認。

卡洛琳納這年十八歲，比柯絲丁小兩歲，兩人都是女僕，效勞的對象是燈塔長史文．卡爾森。柯絲丁自認想法比卡洛琳納周到，做事也比較謹慎。卡洛琳納比較好動，容易信任別人。在有些方面，她和柯絲丁的姊姊芬娜同樣敢冒險。去年，芬娜移民美國了。個性愛冒險的人難免會闖禍。最近，卡洛琳納闖的禍愈來愈大，但她只向柯絲丁透露。

如果卡洛琳納出走，躲進森林，或往泥炭沼的方向前進，柯絲丁不可能找得到她。卡洛琳納明知暴風雪快來了，有可能狗急跳牆嗎？

柯絲丁步出莊園屋。在積雪的中庭裡，風從天空往下灌，在建築物之間螺旋轉，找不到出路。暴風雪迫近中，這只是前兆而已。

柯絲丁聽見慘叫聲，隨即靜下來。不是風聲。

是女人的慘叫聲。

疾風撕扯著柯絲丁的方巾和圍裙，迫使她向前折腰。她使勁打開穀倉門進去。

她進乳牛群找人，牛哞哞叫，不安分，動來動去。不見人影。她爬陡梯，登上大閣樓。這裡的空氣冷如冰霜。

牆壁邊有高高一堆乾草，底下有微微動靜，四周是塵埃和陰影。找到卡洛琳納了。她以乾草為床，躺在地上，不動的雙腿蓋著髒毛毯。柯絲丁接近時，聽見她呼吸虛弱，咻咻喘著氣，一臉羞慚。

「柯絲丁……剛才……」她說，「出來了。」

柯絲丁走向毛毯，心裡充滿戒慎恐懼。她跪下去。

「毯子底下有什麼嗎？」卡洛琳納低語。「只有血嗎？」

蓋在好友膝蓋上的毛毯濕黏黏。但柯絲丁掀起一角，點點頭。

「有，」她說，「它出來了。」

「活著嗎？」

「沒有……它不……完整。」

柯絲丁湊近她無血色的臉。

「妳痛不痛？」

卡洛琳納的目光飄忽不定。

「它沒受洗就死了，」她喃喃說，「我們該……我們應該把它埋葬在墓園，以免它……不下葬的話，會嬰靈不散。」

「沒辦法下葬啊，」柯絲丁說，「暴風雪來了……我們一走到路上，保證會被凍死。」

「非把它藏起來不可，」卡洛琳納低語，努力想呼吸。「他們會以為我很淫蕩……以為我想甩掉它。」

「別在乎別人怎麼想了啦。」柯絲丁摸一摸卡洛琳納發燙的額頭，小聲說：「我又收到我姊姊的信了。她叫我去美國，去芝加哥。」

卡洛琳納似乎再也聽不進去了，只顧著微喘，但柯絲丁照說不誤：

「我準備渡過大西洋去紐約，然後趕路去芝加哥。在哥特堡，我姊甚至幫我訂了船票。」她再挨近一些。「妳可以一起走，卡洛琳納。妳想不想走？」

卡洛琳納不回應。她不再奮力呼吸了。空氣從她體內滲透而出，幾近無聲。

最後，躺在乾草上的她靜止不動，雙眼圓睜。穀倉內一片幽靜。

「我馬上就回來。」柯絲丁以哭嗓低聲說。

她把乾草上的它推進毛毯，再三裹好，以免血和羊水滲漏。包好後，她站起來，抱著布包。

她走出穀倉，進入院子，風勢仍一陣比一陣強。她緊貼穀倉的石牆走，跋涉回莊園屋的主體。進莊園屋後，她直接進自己的小房間，收拾自己少少幾件細軟，也為卡洛琳納打包，然後多穿幾件衣物，準備在風雪減弱後踏上艱苦的旅程。

接著，柯絲丁毫不猶豫，踏進迎賓廳。這裡有油燈和暖爐，能在黑暗的冬夜傳播暖意和光芒。燈塔長史文．卡爾森坐在客廳中央的扶手椅，旁邊有張桌子，黑制服遮不住暴凸的肚腩。

燈塔長屬於皇室僕役，因此卡爾森在本教區貴為權勢階級，莊園屋將近半數廳室全歸他支配。在若爾比村的教堂，他也有專屬的一排座位。妻子安娜這時坐在他身旁，高高坐在華美的椅子上。幾名女僕在後面徘徊著，等候暴風雪平息。陰暗的一角坐著老婆婆莎拉。原本她住在若爾比的救濟院，後來燈塔長以最低價標到她的照養權，她才搬進莊園屋。

「妳剛去哪裡了？」安娜見柯絲丁問。

平時，安娜就嗓門大，聲音尖銳，而現在為了壓過呼嘯的風聲，她的嗓音比平常更刺耳。

柯絲丁屈膝向她敬禮，默默站到桌前，等所有人的視線集中向她。她想著遠在美國的姊姊。

然後，她把布包放在桌上，擺到燈塔長卡爾森的正前方。

「晚安，燈塔長，」柯絲丁高聲說著，解開毛毯。「我帶來一個東西……顯然是你遺忘的東西。」

4

尤瓦金搬進鰻岬莊園屋，第三個早晨是快樂一天的開始。之後多年，他不曾有過開心的一天，也許今生也無緣再有。

遺憾的是，雜念太多的他無心體會自己心情多好。

昨天，他和卡翠妮忙到深夜才就寢。小孩上床後，夫妻倆在一樓向南的廳室走一圈，討論什麼顏色最能展現兩人互異的個性。整個一樓當然全以白為底色，牆壁和天花板都是，但木造的小地方，例如飛簷和門框，應該每一間各別考量。

討論到十一點半，夫妻才上床。當時，屋裡一片安詳，但過了兩三小時，莉維亞又開始喊叫了。卡翠妮只嘆一口氣就下床，沒多說什麼。

六點過幾分，全家起床了。東邊的天空依然未露白。

尤瓦金知道，象徵冬季的大黑幕即將來臨。只剩兩個月就是耶誕節了。

六點半，全家聚集在廚房。尤瓦金要趕緊去斯德哥爾摩一趟。他幾乎在卡翠妮和小孩坐下之前，就已喝完茶。把茶杯放進洗碗機時，他看見旭日在天邊透出一道橙光，太陽仍委身海平面以下。在較高的天空，人字形的鳥群正微微起伏著，飛越波羅的海。

是雁？是鶴？天色還不夠亮，看不清楚，而且他不太懂得辨識飛行中的鳥。

「看得見那一群鳥嗎？」他轉頭說，「牠們正在做我們剛完成的事……南移。」

沒人回應。卡翠妮和莉維亞正在啃三明治，蓋布列爾拿著奶瓶，喝著嬰兒濃縮米漿。

水濱的雙燈塔朝天聳立著，宛如兩座童話故事裡的城堡，南燈塔有規律地閃現紅光。至於北燈塔，頂部的玻璃窗透出微弱的白光，不見閃動。

尤瓦金覺得有點怪。從來不亮的北燈塔怎麼會亮？他彎腰靠近窗戶一點。白光有可能是日出的反光，但愈看愈覺得是塔內在發光。

「是不是有更多鳥會往南飛，爹地？」背後的莉維亞說。

「那倒不是。」

尤瓦金不再看燈塔。他回桌收拾餐具。

候鳥的旅程漫長，正如今天的尤瓦金。他即將駕車遠行兩百七十英里，回斯德哥爾摩郊區的布洛馬，去載最後一批家當過來新家。母親英格麗住在郊區雅各布司堡。他會去母親家過一夜，隔天開車回厄蘭島。

這是他最後一次去斯德哥爾摩了。至少年底前不會再去。

蓋布列爾顯得活潑愉悅，但莉維亞看似心情不佳。在卡翠妮催促下她才起床，現在仍睡眼惺忪，話不多。她一手拿著三明治，雙肘撐在桌面上，眼睛瞪著桌上一杯牛奶。

「快吃啦，莉維亞。」

「嗯嗯。」

她絕非早起精神好的一型。但她一到托兒所，精神通常會活躍起來。上星期，她剛轉到年齡稍大的一班，似乎玩得很開心。

「今天妳去托兒所想做什麼？」

「不是托兒所啦，爹地。」她抬頭看他，一副想吵架的表情。「上托兒所的人是蓋布列爾。我是去上學。」

「學校。」莉維亞說。

「是幼稚園，」尤瓦金說，「對了吧？」

「好吧……那妳今天想做什麼？」

「不知道。」莉維亞說，再度瞪著桌面。

「妳不想跟新朋友玩嗎？」

「不知道。」

「好吧，趕快喝牛奶就是了。我們不久就要去瑪內斯……去上學。」

「嗯嗯。」

七點半不到，朝陽已經從地平線探頭，黃色光束謹慎地伸向平靜的海面，不散播任何暖意。今天會出大太陽，但氣溫偏低，屋外牆上的溫度計顯示攝氏三度。

尤瓦金出來院子，刮掉富豪車擋風玻璃上的霜。然後，他打開車子後門，讓子女上車。莉維亞懷抱福爾曼，在兒童座椅上坐好，旁邊有個較小的座椅給蓋布列爾坐，尤瓦金為他繫好安全帶。尤瓦金坐進駕駛座。

「媽不來揮手送我們嗎？」他問。

「她去上廁所了，」莉維亞說，「她去上大號。她上大號喜歡坐久一點。」

早餐後，莉維亞情緒迅速好轉，話也明顯變多。等她一進托兒所和同學玩，她會變得精神百倍。

尤瓦金靠向椅背，看著院子裡的兩輛腳踏車。莉維亞的車有兩輪，蓋布列爾的車有三輪。他注意到，單車全未上鎖。不過這裡是鄉下，應該沒事。

兩三分鐘後，卡翠妮走出來，順手關掉門廳燈，關門後鎖上。她穿紅豔的冬季帽兜夾克和藍色運動長褲。在斯德哥爾摩，她常一身黑，但在厄蘭島上，她改穿較寬鬆的衣褲，顏色也稍微鮮豔些。

她揮揮手，輕輕拍一拍門邊漆成紅色的木牆。睡眠不足導致她眼袋黑沉，但她仍對著車子微笑。

尤瓦金也對著他們的莊園屋，向卡翠妮揮了揮手。

「好了，我們走吧。」後座的莉維亞說。

「出發嘍！出發嘍！」蓋布列爾一邊叫道，一邊揮別莊園屋。

尤瓦金發動車子，車頭燈發光，照亮房子外面。地面薄霜晶瑩，預示著冬季即將到來。很快他就得為車子換雪地輪胎。

莉維亞戴上耳機，開始聽她的小熊邦瑟[6]歷險記。爸媽剛送她一台錄放音機，她馬上學會按

[6] Bamse，瑞典卡通人物。

按鈕。故事當中有配樂的時候，她也會讓蓋布列爾聽。

通往沿海公路的是一條碎石子路，一旁是濃密的落葉小樹林，另一旁是沿著舊石牆腳流的水溝，路窄而彎曲，尤瓦金放慢車速，緊握方向盤。他對這些彎道還不是很熟悉。

在公路旁，他們家新的金屬郵箱掛在木樁上。尤瓦金減速，觀察左右有無來車的車燈，只見一片黑，毫無聲響，和馬路對面一樣荒涼。馬路對面是一座黃褐色的沼澤，一直延伸到遠方。

穿越小村莊若爾比，前進瑪內斯鎮，沿途不見任何車影。進入鎮裡的時候也沒見到多少行人。這時有一輛運魚的廂型車經過他們，有兩個年約十歲的學童奔向學校，背包在背上蹦蹦跳跳。

尤瓦金轉進大街，前往空曠的鎮中心廣場。再往前開幾百碼就是瑪內斯小學，隔壁有個封閉式的院子，圍牆裡有溜滑梯、沙地、幾棵樹，這裡是莉維亞和蓋布列爾的幼稚園，外觀是一棟低矮的木造建築，大窗透著溫煦的黃光。

有幾名家長已把子女載到學校，在門前人行道讓他們下車。尤瓦金停在車陣盡頭，但並沒有熄掉引擎。

有幾位家長對他點頭微笑。昨天《厄蘭島郵報》出刊後，瑪內斯許多民眾現在知道他是誰了。

「小心車，」尤瓦金說，「要走人行道。」

「掰掰！」莉維亞開車門說，扭身脫離兒童座椅。她道別時不會依依不捨，因為她已習慣他不在家。

蓋布列爾什麼也沒說。尤瓦金將他從兒童座椅抱了出來，他立刻飛奔而去。

「掰！」尤瓦金對著他背影喊一聲。「明天見！」

車門關上時，莉維亞早已遠在幾碼外，蓋布列爾緊跟在後。尤瓦金換檔，把車子開向馬路另一邊，掉頭回鰻岬。

來到房子前面，尤瓦金停在卡翠妮的車子旁，下車去拿過夜行李包，向她道別。

「哈囉？」他在門廊上喊著。「卡翠妮？」

沒回應。房子靜悄悄。

他進臥房，拿起行李包，再一次出門。

來到石子路上，他停下來：

「卡翠妮？」

安靜幾秒後，他聽見中庭隱約傳來窸窸窣窣的摩擦聲。

尤瓦金轉頭。是穀倉的黑色大木門打開的聲響。卡翠妮從漆黑的穀倉走出來，向他揮手。

「嗨！」

他也向她揮手。她走過來。

「妳在忙什麼？」他問。

「沒什麼，」她說，「你要走了嗎？」

尤瓦金點點頭。

「開車小心點。」

卡翠妮靠過去，快動作唇貼丈夫的嘴，在寒天裡更顯溫暖。他嗅到髮香和肌膚香，再吸最後一次。

「代我向斯德哥爾摩問好，」她說著看他一眼，目光徘徊不去。「等你回家，我再告訴你閣樓的事。」

「閣樓？」尤瓦金說。

「穀倉上面的閣樓。」卡翠妮說。

「有什麼好說的？」

「明天帶你去看。」她說。

他看著妻子。

「好吧……今晚我會從媽家打電話給妳。」他打開車門。「別忘記去接我們的孩子回家。」

八點二十分，來到前往波爾貢的路口時，尤瓦金駛進加油站。他事先來這裡付款租了一輛拖車，現在只需把掛鉤鉤好，就能再上路。

行經波爾貢之後，車流增加，尤瓦金陷入車龍。多數人可能是通勤族，家住島上，但在內地的卡爾馬上班，大家以鄉下人的悠閒車速前進。

馬路彎向西。車子開著開著，地面不見，他已來到橋上。這條跨海大橋凌駕海峽上，連接厄蘭島和內地，他喜歡開車過橋。這天上午，天色太昏暗，他看不見橋下的海面。下橋後，他匯入通往斯德哥爾摩的沿海道路時，波羅的海上空的旭日爬得更高了，尤瓦金感受得到暖意從側窗透進來。

他開電台聽搖滾樂，踩油門，向北全速奔馳，通過沿海小村落。這條路迂迴，景色在寒冷的陰天依然秀麗。沿途，他路過茂盛的松林，見到水濱一叢叢稀疏的落葉樹，也經過小灣，也有流向大海消失的溪澗。

馬路繼續逐漸偏西，脫離岸邊，前進北雪平市。來到郊外，尤瓦金在一間冷清的旅館餐廳停下，點了兩份三明治。冷藏櫃裡有七款瓶裝水任他挑選：瑞典、挪威、義大利、法國……他知道現在回到文明世界了，但他選擇喝自來水。

吃完三明治，他繼續上路，先駛向南泰利耶市，然後進入斯德哥爾摩。下午約一點半，富豪車來到市郊西南的公寓大廈區，車子和拖車混入車陣中，和多線道裡大小不一的其他車輛一同前進市中心區，沿途是綿延不絕的倉儲、公寓住宅區、通勤電車站。

遠遠望去，斯德哥爾摩是俊美的大城，座落於波羅的海上羅列的大小島嶼。這裡是尤瓦金從小生長的地方，但返鄉的他沒有欣快感。他只聯想到熙來攘往的人群、大排長龍、爭先恐後的景象。這地方經常苦無空間可用，能住的房子太少，停車位不夠多，托兒所短缺，甚至連墓地都告急。尤瓦金曾在報上讀到，最近建議喪家火化遺體，以免教堂墓園被擠爆。

他已經在想念鰻岬了。

高速公路不斷分岔，擴散為路口和橋梁交織而成的大迷宮。尤瓦金下交流道，進入市區街道網，到處是紅綠燈、噪音、道路施工區。在一處路口，他枯坐車上，被夾在公車和垃圾車之間，看著一名婦人推著嬰兒車裡的小孩過馬路。小孩問了一句，但婦人不理會，只臭著臉凝視前方。

在瑞典首府，尤瓦金有兩件事要辦。首先，他去鬧區鄂斯特摩姆一家小藝廊領取一幅前人留下的風景畫。他不太想負這份責任。

藝廊老闆不在，但他上了年紀的老母親在畫廊，她認得尤瓦金。她見尤瓦金出示收據後，打開保險門，取出一幅蘭姆貝的名畫，以扁平的木盒包裝，有幾枚螺絲固定。

「昨天裝箱前，我們欣賞過了，」老婦人說，「無與倫比。」

「是的，我們很想念它。」尤瓦金嘴巴這麼說，內心卻不盡然想念。

「厄蘭島上還有別的藏品嗎？」

「我不清楚。皇室好像收藏一幅，不過不太可能掛在夏宮的迎賓廳裡吧？」

名畫妥善擺進後車廂之後，尤瓦金朝西駛向郊區的布洛馬。此時才兩點半，尚未出現下班塞車問題，他只開了大約十五分鐘就脫離市區，轉往老家蘋果居的方向。

一見老家，一股念舊情懷湧上心頭，比重回斯德哥爾摩的情緒強烈。這棟房子離岸只幾百碼，四周有一座大庭園環抱，最外圈是圍牆和濃密的紫丁香叢。同一條街上另有五棟大房子，但只有一棟沒被樹木掩蔽。

蘋果居是一棟高挑而通風的木屋，二十世紀初落成，原屋主是某銀行總裁，但在尤瓦金和卡翠妮接手之前，這棟房子被一群力行「新時代運動」的年輕人盤據多年，居民是屋主的親戚，房間隨便租人，大家顯然比較熱衷打坐冥想，對粉刷或維修興趣缺缺。

上一批居民既不尊敬這房子，也沒有久留的意思，導致左鄰右舍長年致力於驅逐他們出境。

後來，尤瓦金和卡翠妮買下這棟破舊不堪的房子，庭園幾乎長滿雜草，但兩人憑著之前第一次合作的經驗齊心整修，造就了今日的蘋果居。兩人第一次合住的公寓位於羅斯川街，原屋主是一名養了七隻貓的八十二歲瘋婆娘。

尤瓦金當時是美勞教師，利用晚上和週末潛心整修房子，卡翠妮當時仍兼職教美術，其餘時間全花在房子上。

莉維亞兩歲生日時，房子地板凌亂破碎，油漆桶、成捲的壁紙、各種電動工具到處擺，只有冷水可用，因為那星期熱水器不巧故障了。一同慶生的人另外有伊莎和母親英格麗。

莉維亞三歲生日時，情況完全改觀。木頭地板煥然一新，牆壁磨平，貼上壁紙，樓梯和扶手也已修好並抹油，家裡能好好辦一場傳統兒童宴會。到了蓋布列爾週歲時，房子已經整修得差不多了。

當前，蘋果居又恢復二十世紀初的風采，能以完善的面貌交屋，美中不足的只有庭園裡的落葉和有待修剪的草坪。新屋主是三十多歲的史登伯格夫婦，沒小孩，平日在市中心上班，但希望能在郊區安居。

尤瓦金駛進砂石車道，倒車好讓拖車靠近車庫，停妥後下車，環視周遭。

四處無聲響，唯一看得見的房子是赫斯林夫妻家。比鄰而居多年，兩家夫婦成為好朋友，但這天下午，麗莎和米凱爾．赫斯林家的車道上不見車子。今年夏天，他們重新粉刷，這次換黃色。去年，他們家登上《美宅》雜誌專題報導，當時還是白色。

尤瓦金轉頭看木製的院子門，看看通往蘋果居的砂石步道。

不由自主地，他的心思轉向伊莎。事情已過將近一年，他卻仍記得她的呼叫聲。圍牆邊有一條窄徑，穿越一小叢樹而過。那天入夜後，沒人目擊伊莎走在這條小路上，但通往水邊最短的路非這條莫屬。

他舉步走向門口，抬頭看一下門面。光澤仍在。他記得去年夏天曾親手刷上亞麻仁油塗料，從上到下塗得徹底。

他打開門鎖，開門入內，隨手帶上門，又停下腳步。

近幾星期以來，他為了搬家在房子裡大掃除，地板看樣子仍一塵不染。所有傢俱、地毯和牆上的圖畫全運走了，但記憶尚存。這裡有數不清的往事。他和卡翠妮花了三年多的心血，全投注在這棟房子上。

四周安靜到聽得見一根針落地，但在他腦海裡，他能聽見敲敲打打和鋸木頭的聲響。他脫掉鞋子，走進門廳，空氣瀰漫著一股微弱的清潔劑氣息。

他漫步在屋裡走動，可能今後再也沒機會了。樓上有兩間客房，他在其中一間門口駐足片刻。這間很小，只有一扇窗，貼著素白壁紙，地板無雜物。伊莎搬進來同住時，睡的就是這一間。

有些搬家卡車裝不下的物品仍堆在地下室。樓梯窄而陡，尤瓦金走下去，開始集中這些傢俱：一張扶手椅、幾張椅子、兩張床墊、一座小梯子、一個蒙塵的鳥籠——主人是名叫威廉的鸚鵡，幾年前過世了。地下室尚未好好打掃過，幸好有一台吸塵器仍在。他把插頭插好，快動作清理粉刷過的水泥地，然後抹一抹碗櫥和壁架。

現在，房子裡空曠乾淨。

然後，他收拾吸塵器、水桶、清潔劑、抹布等清潔用品，擺在地下室樓梯尾。

左邊是木工區，尤瓦金的備用工具有許多仍掛在牆上，其中有鐵鎚、銼刀、鉗子、電鑽、丁字尺、螺絲起子。現代螺絲起子固然比較好用，但耐用度不如老爺螺絲起子。

油漆刷、手鋸、水平儀、摺疊尺……

尤瓦金握著刨子之際，突然聽見有人打開樓上的正門。他直起腰，仔細聽。

「哈囉？」傳來一個女人的聲音。「金？」

是卡翠妮，口氣焦慮。尤瓦金聽見她進門後帶上門，走進門廳。

「我在下面！」他喊著，「在地下室！」

他聽著，但等不到回音。

他朝地下室樓梯跨出幾步，繼續聽，只聽見一樓一片死寂。他快步上樓的同時領悟到，見到卡翠妮站在門廳是多麼不可能的事。

結果，當然沒看見卡翠妮。門廳和他半小時之前進門時一樣空蕩。而且正門關著。

他走過去，試一試門把。沒鎖。

「哈囉？」他對著屋內大喊。

無人回應。

接下來十分鐘，尤瓦金明知不可能找到卡翠妮，照樣走遍整棟空屋找。不可能，她待在厄蘭島上。

她怎可能連一通電話都不打，就開她自己的車，一路直追而到斯德哥爾摩？聽錯了。剛才一定是聽錯了。

尤瓦金看時鐘。四點十分。窗外幾乎快天黑了。

他掏出行動電話，按鍵打回鰻岬。照理說，這時卡翠妮應該去幼稚園接子女回家了。電話響了六聲、七聲、八聲。無人接聽。

他改打她的行動電話。無人接聽。

尤瓦金盡量按捺住慌張的心，收拾好最後幾樣工具，和傢俱一起搬上拖車。搬完之後，他熄滅屋內所有電燈，鎖好門窗，再掏出行動電話，按市內號碼。

「韋斯丁嗎？」

母親英格麗接電話時，語氣總帶一分憂慮，尤瓦金心想。

「嗨，媽，是我。」

「嗨，尤瓦金。你到斯德哥爾摩了嗎？」

「到了，可是……」

「你幾點過來？」

母親聽見是他，口氣難掩喜悅之情，他聽得出來。他說明今晚無法去她家時，母親的失望也同樣明顯。

「為什麼不來？出了什麼事嗎？」

「沒有沒有，」他急忙說，「我只覺得，今晚趕回厄蘭島比較保險。我把蘭姆貝的畫放在後車廂，拖車裡也載了一大堆工具，不想把車停在外面過夜。」

「瞭解。」英格麗幽幽說。

「媽……卡翠妮今天有沒有打給妳？」

「今天？沒有。」

「那就好，」他趕緊說，「我只是問問而以。」

「那你哪天來看我？」

「不知道，」他說，「我們已經搬去厄蘭島了，媽。」

電話一掛，他立刻打去鰻岬。

仍然無人接聽。四點半了。他發動車子，駛上街。

尤瓦金往南轉之前的最後一件事是去房屋仲介辦公室，留下蘋果居的鑰匙。從今以後，他和卡翠妮不再擁有斯德哥爾摩郊區的房地產。

車子上高速公路後，前往郊區的下班車流達到巔峰，他費了四十五分鐘才脫離市區。等到車流終於減少，已經五點四十五了。尤瓦金把車子開進南泰利耶市的一處停車場，再打給卡翠妮。

電話響了四聲。有人接聽了。

「我是蒂妲．大衛森。」

接聽者是女人，但尤瓦金不認識對方姓名。

「喂？」尤瓦金說。

一定是按錯號碼了。

「你是誰？」女子問。

「我是尤瓦金．韋斯丁，」他慢慢說，「我住在鰻岬莊園屋。」

「原來如此。」

她不多說。

「我太太或小孩在家嗎？」尤瓦金問。

電話彼端遲疑一下。

「不在。」

「妳是誰？」

「我是警察，」女子說，「我希望你能——」

「我太太在哪裡？」尤瓦金急著問。

又遲疑一下。

「你在哪裡，尤瓦金？人在島上嗎？」

女警的嗓音年輕，略顯緊繃，尤瓦金不太信得過她。

「我在斯德哥爾摩，」他說，「不對，應該說，正要離開……我在南泰利耶郊外。」

「所以說，你正要回厄蘭島？」

「對，」他說，「我來斯德哥爾摩搬老家最後一批東西回去。」他想明確交代事實，好讓女警坦誠釋疑。「發生什麼事？妳可以告訴我嗎？是不是有誰——」

「不是，」女警打斷他。「我不能多談。不過，你最好盡快趕回家。」

「是不是——」

「小心留意速限。」女警語畢掛電話。

尤瓦金坐在車上，沉寂的行動電話貼耳，雙眼凝視空曠的停車場。身旁的高速公路上，亮著車頭燈的車呼嘯來去。

他換檔上路，繼續往南走，超出速限十二英里。然而，當妻小三人在鰻岬房子外揮手的影像映入腦海時，他再度靠邊停車。

這一次，電話只響了三聲。

「我是大衛森。」

女警不語。

「是不是發生意外了？」他問。

「你還在開車嗎？」女警問。

尤瓦金懶得打招呼和自我介紹。

「妳非告訴我不可。」尤瓦金追問。

「停車了。」

對方沉默幾秒，隨後回答：

「這裡發生一件意外。有人溺水。」

「溺……溺死了？」尤瓦金說。

女警又沉默幾秒，最後回話時，語氣彷彿是憑記憶背出公式：

「警方從不在電話上提供這一類資訊。」

小小的行動電話在尤瓦金手中似乎重達兩百磅，握到右手臂的肌肉顫抖起來。

「算妳有道理好了，不過這次妳非告訴我不可，」他慢慢說，「講個名字就好。如果我家有人溺水，妳非給我一個名字不可，不然我會一直打給妳。」

對方沉默不語。

「等一下。」

女警走開，尤瓦金覺得過了好幾分鐘。他在車上打哆嗦。接著，聽筒傳來沙沙聲。

「我掌握到名字了。」女警輕聲說。

「誰？」

女警的口氣機械化，彷彿正在朗誦什麼。

「受害者的姓名是莉維亞·韋斯丁。」

尤瓦金屏息，垂下頭。姓名一傳進他耳朵，他真想逃出這一刻，飄離這一天。

受害者。

「喂？」女警說。

尤瓦金閉上眼睛。他想用手捂住耳朵，遮蔽所有聲響。

「尤瓦金？」

「我在，」他說，「我聽見名字了。」

「好，這樣我們可——」

「我還有一個問題，」他打斷女警。「卡翠妮和蓋布列爾在哪裡？」

「他們去鄰居家，開農場的那一家。」

「好，我馬上趕回去。我這就出發。幫我……轉告卡翠妮，我在回家的路上了。」

「警方會整晚守在這裡，」女警說，「我們會派人和你見面。」

「好。」

「要不要警方安排牧師？我可以——」

「不用麻煩了，」他說，「我們自行處理就好。」

尤瓦金按掉電話，發動車子，迅速再上路。

他不想再和女警或牧師講電話，只願直奔卡翠妮身旁。女警剛說，卡翠妮正在鄰居家。開大農場的那家人位於鰻岬西南，乳牛常在岸邊的草地啃草，但他沒有那家人的電話號碼，現在甚至想不出對方姓什麼。顯然卡翠妮跟他們有交情。可是，她總該親自通知一聲吧？難道是她被嚇呆了？

倏然，尤瓦金發現，怎麼淨想卡翠妮？想錯人了吧？

他再也看不清任何東西了。淚水撲簌簌滑下臉頰，他不得不停靠路旁，開緊急燈，把額頭靠在方向盤上。

他閉上雙眼。

莉維亞走了。今天早上，她還坐在後座聽音樂，如今卻走了。

他抽泣著，望穿擋風玻璃。路面黑暗。

尤瓦金想著鰻岬，想著古井。

她一定是掉進古井了。中庭裡不是有個井蓋嗎？

井蓋有裂縫的古井。為什麼沒檢查住家附近有無古井？怎麼能放任莉維亞和蓋布列爾裡外隨心所欲到處跑？早該跟卡翠妮討論潛在危機才對。

為時已晚。

他咳一咳，發動富豪車引擎。他不願再停車了。

卡翠妮正在等他。

重新上路後，卡翠妮的臉映入眼簾。兩人結緣，是那天碰巧去看同一間公寓。然後，莉維亞來了。

他回想，當初挑下莉維亞這重擔，無異於跨出一大步。他和卡翠妮都想養兒育女，但還不是時候。卡翠妮做事有先後順序。兩人原本計畫先賣掉公寓，在郊區買房子，安頓下來之後再考慮懷第一胎。

他記得，那陣子他和卡翠妮坐在廚房桌前，輕聲討論莉維亞的事，談了幾小時。

「我們怎麼辦呢？」卡翠妮當時說。

「我很願意照顧她，」尤瓦金說，「我只是不確定現在是不是時候。」

「不是時候，」卡翠妮口氣有點衝。「差太遠了。只不過，我們躲也躲不掉。」

最後，夫妻決定接受莉維亞。當時，反正房子已經買了，三年後，卡翠妮懷孕，依計畫生下蓋布列爾，情況和莉維亞不同。

然而，不出尤瓦金預料，撫養莉維亞的過程令他沉醉。尤瓦金愛她清亮的嗓音，愛她的活力、她的好奇心。

卡翠妮。

現在的她必定心亂如麻吧？今天下午，卡翠妮曾隔空呼喚他，他聽見了。

尤瓦金換檔，踩油門。車尾掛著拖車，他無法全速飆回厄蘭島，但也差不多了。

此刻最要緊的是盡快回莊園屋，回到妻小身旁。一家人需要團圓。

車前的黑夜浮現卡翠妮爽朗的一張臉，他看得見。

5

晚間八點不到，鰻岬燈塔四周恢復沉寂。蒂妲．大衛森站在莊園屋的大廚房裡。整棟房子一片死寂。連海上的微風也止息了。

蒂妲左右看，穿越時空的錯覺油然而生。除了現代廚具之外，這裡簡直像十九世紀末期的古代家庭。富甲一方的世家。餐桌大而沉重，材質是橡木。架子上有銅鍋、東印度群島瓷器、手工吹製的玻璃瓶。牆壁和天花板粉刷成白色，但碗櫥和木製飛簷漆成淺藍色。

每天早晨，蒂妲多想走進卡爾．拉森❼風格的這種廚房，無奈現在的她只能屈就瑪內斯鎮廣場旁的簡便小廚房。

屋裡只剩她一人。七點左右，漢斯．麥爾納和另兩名同事離開鰻岬。同事遠從波爾貢趕來意外現場。哥特．宏布拉德督察也一起趕來，但行事低調，五點就走，幾乎和救護車抵達的時間相同。

鰻岬這戶的男家長名叫尤瓦金．韋斯丁，正從斯德哥爾摩回來，預計在深夜抵達。照情況看，留守和他見面的人是蒂妲。當時，主動願意留守的人只有她，同事順勢贊成。

蒂妲希望，叫她留守的主因不是性別，而是因為她最年輕，在警界的資歷也最淺。

輪晚班也還好。整個下午，除了回應無線電呼叫和接聽電話之外，她的任務只有攔阻一名記者。《厄蘭島郵報》記者揹著照相機，一度想接近意外現場。她把記者介紹給駐卡爾馬的值班新聞官。

救護人員抬著擔架到海邊時，她也跟過去，站在防波堤旁，看著他們從防波堤和北燈塔之間，慢慢打撈屍體。撈到時，往生者手臂死氣沉沉下垂，海水從衣物嘩嘩流瀉。投身警界至今，這是蒂妲見過的第五具屍體，但撈上岸或從車禍現場拖出來的屍體看再多，她也不會麻木。

接聽尤瓦金・韋斯丁來電的人也是蒂妲。在電話上告知親屬死亡消息，有違警方程序，但今天的過程還算可以。這項噩耗是最慘絕人寰的消息，但對話之中，韋斯丁的語音聽來鎮靜自如。聽壞消息是長痛不如短痛。

給受害者和家屬的資訊是愈正確愈好，愈快愈好。在警校，馬丁曾這樣教她。

蒂妲離開廚房，進房子其他地方。這裡有微弱的油漆味。最接近廚房的房間剛貼壁紙，門也剛磨光過，溫馨又舒適的感覺，但她順著走廊前進，沿途見到幾個陰冷的房間，傢俱付之闕如，令她聯想起初任女警的那陣子，她曾走訪過幾間危樓裡的公寓，裡面沒暖氣，居民過著老鼠一般的日子。

鰻岬這棟房子不太合蒂妲理想，特別是在冬季的這段時日。這房子太大了。陽光普照的時候，海邊固然詩情畫意，但天一黑，荒涼的感受苦不堪言。瑪內斯鎮只有一條街可逛，但和空曠的鰻岬相形之下，簡直像人口稠密的大都會。

她不關燈外出，走進玻璃遊廊，打開外門。

❼ Carl Larsson，1853-1919，瑞典畫家。

一陣濕冷的空氣從海面飄進來。外面僅有一盞燈，玻璃燈罩上有裂痕，裡面有單一燈泡，黃光灑向中庭的礫石地和雜亂的草叢。

蒂妲以大穀倉石牆為依傍，站在一大疊濕落葉旁，掏出行動電話。她真想聽聽人聲，但她傍晚苦無機會打給馬丁，如今約定的時間已過數小時，他早已下班回到家。蒂妲只好打給住附近的卡爾森家，電話響了兩聲，女主人接聽。

「他們情況怎樣？」蒂妲問。

「我剛去查看，他們兩個都睡了，」瑪麗亞・卡爾森小聲說，「他們睡客房。」

「那就好，」蒂妲說，「你們今晚幾點睡？等尤瓦金・韋斯丁回來，我想帶他一起過去，不過他從斯德哥爾摩開車出發，我估計要等三、四個鐘頭，才等得到他。」

「不管多晚，儘管過來吧。有必要，羅傑和我熬夜再久也沒關係。」

蒂妲按掉行動電話，孤寂感瞬間又湧回心頭。

這時是八點三十。她考慮回瑪內斯的公寓，休息一小時左右，但又唯恐韋斯丁或別人打來這房子找人。

她從遊廊回到房子裡。

這一次，她順著這條短走廊繼續走，停在一間臥房門口。這間臥房小而舒適，猶如陰森城堡裡的一座光明禮拜堂。裡面貼著黃壁紙，以紅星星點綴，牆邊有幾張小木椅，上面坐著十幾個絨毛玩具。

這間想必是女兒的臥房。

蒂妲謹慎入內，站在臥房中央的軟地毯上。她猜，父母先裝潢子女的房間，好讓小孩快一點適應莊園屋的居家環境。她回憶童年和弟弟同住的小房間，當時全家住在卡爾馬的出租公寓裡。她總奢望能單獨睡一間。

這臥房裡的床短而寬，有一條淺黃色棉被，也有眾多軟綿綿的方枕，上面畫著戴睡帽、各自躺在小床上的卡通小象和獅子。

蒂妲在床上坐下，床發出微弱的吱嘎一聲，音量甚小。屋內依然四處幽靜無聲。

她往後仰，獲得方枕支撐，放鬆身心，目光固定在天花板。任思緒飛翔的話，空白的天花板儼然是電影院的投影幕，上映著她回憶裡的影像。

蒂妲看見睡在床上的馬丁映在天花板上。最後一次見到馬丁時，他是枕邊人，地點在她以前位於韋克舍那間公寓，將近一個月前的事了。她但願馬丁能趕快來找她。

世上沒有比兒童臥房更溫暖舒適的地方。

她徐徐吐出一口氣，閉上眼皮。

如果你不來找我，我只好來找你……

蒂妲倒抽一口氣驚醒，猛然坐起來，搞不清楚置身何處。奇怪，父親在她身邊，她聽得見父親在講話。

她睜開眼睛。

不對，父親早就過世了。十一年前，他開車衝出路面。

蒂妲眨眨眼，前後左右看一看，才明白剛剛睡著了。

她嗅到剛塗亮光漆的木板香，看見天花板剛粉刷過，明瞭到自己躺在鰻岬莊園屋裡的小床。

轉瞬間，不堪回首的往事湧現腦海──水從剛上岸的屍體衣物嘩嘩流瀉。

她剛在小孩臥房裡睡著了。

蒂妲眨掉懵懵睡意，急忙看時鐘，十一點十分。她睡了兩個多小時，夢到父親，夢境詭異。

父親進來小孩臥房陪她。

她聽見聲音，抬頭。

屋內不再是徹底無聲。她聽見忽起忽落的微弱聲響，好像有一人或多人正在講話。

是沉聲講話的聲音。

聽起來像悶悶嘟噥聲。一群人在講話，音量小，語氣熱烈，在屋外不知某處。

蒂妲悄悄下床，感覺自己正在偷聽別人講話。

為了聽清楚一些，她暫停呼吸，朝門口靜靜踏出兩步，離開臥房，再仔細聽一聽。

也許只是風從建築物之間吹過的聲音？

她再度走進遊廊。正當她自以為能明辨窗外人聲時，講話聲突然停息。

建築物之間一片漆黑，毫無動靜。

隨即，一道亮光橫掃室內，是車頭燈。

她聽見引擎接近的微弱聲響，知道尤瓦金．韋斯丁回家了。

蒂妲再回頭看屋內一眼，以確定一切正常。她想起剛才聽見的聲響，隱約覺得自己觸犯了某種禁忌。在溫暖的室內等屋主回家是名正言順的事，談得上什麼禁忌？她穿上靴子，再度步入黑暗。

她來到外面，車子正好把拖車掉頭過來，停在轉彎區。

駕駛熄火下車。尤瓦金·韋斯丁，高瘦，年約三十五，牛仔褲和冬衣。蒂妲看不太清楚他的長相，只覺得他正以陰沉的表情看著她。他下車的動作敏捷而緊繃。

他關上車門，走向蒂妲。

「嗨。」他說。他點著頭，但不主動伸手。

「嗨。」蒂妲也點頭。「我是蒂妲·大衛森，本地警察……之前我們通過電話。」

她但願目前是一身警察制服，而非平民裝。在幽暗的今夜，穿警察制服感覺比較不失禮。

「家裡只有妳一個嗎？」尤瓦金·韋斯丁說。

「是的。我同事都走了，」蒂妲說，「救護車也是。」

兩人沉默下來。尤瓦金站著，躊躇不前，她想不出該問什麼才好。

「莉維亞，」尤瓦金最後說。他抬頭看著透光的窗戶。「她……她不在這兒了嗎？」

「有人在處理，」蒂妲說，「他們把她的屍體帶去卡爾馬了。」

「發生了什麼事？」尤瓦金看著她問，「出事地點在哪裡？」

「事故……是在燈塔附近的岸邊發生的。」

「她是不是跑去燈塔玩？」

「不是……應該說，我們還沒查清楚。」

尤瓦金的視線在蒂妲和房子之間飄忽。

「卡翠妮和蓋布列爾呢？他們還待在鄰居家？」

蒂妲點點頭。「他們睡著了。我之前打電話去關心過。」

「是那一家嗎？」尤瓦金望向西南方的燈火。「那座農場？」

「對。」

「我想過去。」

「我可以開車送你去，」蒂妲說，「我們可以——」

「不用了，謝謝妳。我想用走的。」

他走過蒂妲身旁，爬石牆而過，邁步走進黑暗。

絕不能讓苦主獨處，蒂妲受訓時學到。她急忙追過去。若為了緩和氣氛，而問他從斯德哥爾摩回程的情形之類的瑣事，怎麼問也不太近人情，所以她只默默跟著走，橫越田野，走向遠方的燈火。

早知道就帶手電筒或提燈來。這裡到處黑漆漆。但尤瓦金似乎認得路。

蒂妲以為他忘了有人尾隨，但他冷不防轉頭，低聲說：「小心點……這裡有帶刺鐵絲網。」

他帶蒂妲繞過圍牆，靠近路邊前進。蒂妲聽得見東邊有淡淡的海潮聲，幾乎近似耳語，令她聯想起剛才在屋裡聽見的聲響。穿牆而來的低沉人聲。

「莊園屋裡有沒有住其他人？」她問。

「沒有。」尤瓦金回答得很乾脆。

他不問她想問什麼，她也不多說。

再走幾百碼，他們來到一條砂石路，能直通農場，沿途經過一棟像筒倉的建築物和一排農機。蒂妲嗅到糞肥味，聽見另一邊的農場有間黑漆漆的穀倉傳來微弱的哞哞聲。

走到卡爾森家，一隻黑貓下門階，轉彎溜走，這時尤瓦金小聲問：「是誰發現她的？……是卡翠妮嗎？」

「不是，」蒂妲說，「好像是幼稚園的工作人員。」

尤瓦金轉頭看她，久久目不轉睛，彷彿聽不懂她的語意。

事後蒂妲才發現，進門前應該先跟苦主多談幾句才對。但這時候的她再朝門口走兩步，輕敲玻璃窗幾下。

大約一分鐘後，一名穿著毛線衣和裙子的金髮婦人前來應門。她是瑪麗亞．卡爾森。

「請進，」她說，「我去叫醒他們。」

「妳可以讓蓋布列爾繼續睡。」尤瓦金說。

瑪麗亞．卡爾森點頭離開，兩人慢慢跟隨她，穿越門廳，來到一處大廳。這一間有用餐、看電視雙重功能。他們停在門口。窗台上有幾盞燭火，音響播放著清幽的長笛音樂。

蒂妲認為，這房子裡有一種舉行喪禮的氣氛，好像這家裡死了人，而不是鰻岬燈塔旁出人命。

瑪麗亞．卡爾森走進一個黑暗房間，一兩分鐘後，才帶小女孩走向光明。

小女孩穿著長褲和毛衣，腋下緊夾著一隻絨毛玩具，眼睛看著大人，一副想睡、不感興趣的表情。但她一認出大廳另一邊站著的人是誰，神情立刻開朗，展露笑顏。

「爹地！」她高呼，直奔而去。

蒂妲明白這女孩被蒙在鼓裡，到現在仍沒人告知母親溺死的消息。

更值得一提的是，她父親尤瓦金愣在門邊，絲毫沒有走向女兒的意思。

蒂妲看著他，發現他的態度不再緊繃，現在顯得惶恐而迷糊，近乎嚇壞了。

尤瓦金的語氣充滿恐慌。

「可是，莉維亞在這裡啊，」他說，看著蒂妲。「卡翠妮呢？我太太，她……卡翠妮在哪裡？」

十一月

6

在卡爾馬的區醫院一棟矮樓外，尤瓦金坐在木製長椅上等候。儘管出太陽，但驅散不了冬日的嚴寒。旁邊坐著一名年輕的醫院牧師。牧師穿藍色冬衣，一手拿著《聖經》，兩人都沒說話。矮樓裡有個房間，卡翠妮躺在裡面。入口旁邊有個牌子註明：停屍間。

尤瓦金拒絕入內。

新進女醫師和尤瓦金見面時曾說：「我建議你最好看看她。如果你能節哀的話。」

尤瓦金搖搖頭。

「我可以說明一下裡面的情形，」醫師說，「裡面非常莊嚴肅穆，燈光較暗，點著蠟燭，死者躺在棺材裡，上面蓋著一塊布——」

「——遮住遺體，只有臉露出來，」尤瓦金說，「我知道。」

他知道，因為去年他才在類似場所看過伊莎。但這一次，他無法去看躺在裡面的卡翠妮。他視線下垂，默默搖頭。

最後，女醫點頭。

「那就在這裡等吧。沒這麼快。」

女醫師入內，尤瓦金則在屋外等候，十一月蒼白的陽光照在他身上，他抬頭痴痴地望著蔚藍的天空。穿著厚夾克的駐院牧師坐在他身旁，不安地扭動身體，似乎很想打破這尷尬的沉默。

「你們結婚很久了嗎？」他終於問道。

「七年，」尤瓦金說，「三個月。」

「有小孩嗎？」

「兩個。一男一女。」

「我們也歡迎帶小孩進去道別，」牧師輕聲說，「對他們也許有益……幫助他們重新站起來。」

尤瓦金再一次搖頭。「我才不讓他們吃這種苦。」

隨後，沉默再度籠罩長椅。幾分鐘後，女醫帶來幾張拍立得相片和牛皮紙包裝的一大包東西。

「找好久才找到相機。」她說。

她把相片交給尤瓦金。

尤瓦金接下，看著卡翠妮的臉部特寫。其中有兩張正面照，兩張側面照。卡翠妮的眼睛閉著，但尤瓦金無法騙自己說，她只是在睡覺而已。她的皮膚白皙無血色，額頭和一邊臉頰有黑痂。

「她受過傷。」他輕聲說。

「跌倒時摔傷的，」女醫師說，「她在防波堤外的石頭上滑一跤，撞到臉，掉進水裡。」

「可她……不是溺死的嗎？」

「是失溫致死……冷水導致休克。接近年底的這季節，波羅的海的水溫在十度以下。」女醫師說，「她沉到水面下，海水吸進肺臟裡。」

「他們說她是跌進水裡，」尤瓦金說，「她是怎麼跌進去的？」

醫生沒有回答他的問題。

「這裡是她的衣物，」醫師說著遞交包裹。「你不想見她一面嗎？」

「不。」

「不想說聲再見？」

「不了。」

卡翠妮死後，一整個星期，子女各自在自己臥房睡覺。可在睡覺之前，他們總是不停地問問題，問媽媽為什麼還不回家。不過，不管怎樣，他們最後還是都睡著了。反觀尤瓦金，他躺在雙人床上，凝望天花板，數小時難以成眠。終於睡著後，他也睡不安穩。同樣的夢夜復一夜連番而來。

他夢見自己離家好久，多年後才回到鰻岬。

在燈塔旁的無人海岸，他站在灰沉沉的天空下，然後踏上回家的路。莊園屋顯得荒涼，破舊不堪，紅漆早被雨雪沖刷一空，門面只剩淺灰色。

遊廊的窗戶破了，門開著一道縫，裡面一片漆黑。

通往遊廊的圓石門階龜裂彎曲，尤瓦金緩步上去，走進暗室。

在漆黑的門廊上，他打著哆嗦，四下張望，只見裡面和外面同樣破敗寒酸。壁紙脫落了，小石子和灰塵覆蓋地板，傢俱全不翼而飛，到處找不到他和卡翠妮動工整修的跡象。

他也夢見，屋內幾個地方的聲響傳進他耳朵。

廚房裡有囁嚅人聲和摩擦聲。

尤瓦金從走廊走過去，停在門口。

廚房桌坐著莉維亞和蓋布列爾，駝著背，正在玩紙牌。子女仍幼小，但兩人嘴邊和眼角細紋密布。

媽媽回家了嗎？尤瓦金問。

莉維亞點頭。她在穀倉裡。

她住在穀倉的閣樓裡，蓋布列爾說。

尤瓦金點頭，慢慢退出廚房，子女留在原位，默不作聲。

他退回屋外，穿越雜草叢生的中庭，推開穀倉門。

哈囉？

沒人回應，但他照樣走進去。

來到通往閣樓的陡梯，他駐足，然後往上爬，台階濕冷。

爬到木樓梯最上面，他不見乾草，地上只見幾灘水。

卡翠妮站在牆邊，背對著他，身上是她的白色睡袍，渾身卻濕淋淋。

妳冷不冷？他問。

她搖搖頭，並未轉身。

那天在岸邊出了什麼事？

別問，她說。她開始慢慢沉進地板的縫隙。

尤瓦金走向她。

媽—咪？遠方有人在呼喚。

卡翠妮紋風不動，站在牆邊。

她說，莉維亞醒了。你趕快去照顧她，金。

在自己臥房，尤瓦金驚醒過來。

喚醒他的聲音不是夢。是莉維亞在喊。

「媽—咪？」

黑暗中，他睜開眼睛，但停留在床上。孤伶伶。

四周恢復沉寂。

床邊的時鐘顯示三點十五分。尤瓦金確定自己才入睡幾分鐘，但卡翠妮的夢卻延續不休。

他閉上眼睛。如果按兵不動，說不定莉維亞會再睡著。

再一次呼喚響徹屋內，宛如剛才那次的回音：

「媽—咪？」

這時候，他知道再拖也無濟於事。莉維亞醒了，沒有把母親喚到床上陪睡，她絕對不甘休。

尤瓦金慢慢坐起來，打開床頭櫃上的檯燈。屋裡很冷，一陣寂寞感揪心難耐。

「媽─咪？」

他知道自己必須照顧孩子。他不想，也沒氣力照顧，但當前沒人能和他分擔親職。

他脫離溫暖的床，默默走出臥室，去莉維亞的房間。

來到床邊，他彎腰，莉維亞抬頭。他摸一摸她額頭，沒說什麼。

「媽咪？」她喃喃說。

「不是，是我啦，」他說，「快睡吧，莉維亞。」

她不回應，只緩緩躺回枕頭上。

尤瓦金站在黑暗裡，直到她呼吸再次和緩下來，才向後退一步，然後再一步。他轉向門。

「別走，爹地。」

清晰的一句喊話令他在冰冷的地板上立定。

躺在床上的莉維亞雖然像毫無動靜的影子，這句話聽來卻像她神智清醒。尤瓦金慢慢轉身面對她。

「為什麼不讓我走？」他小聲問。

「留在這裡。」莉維亞說。

尤瓦金不回應。他屏息聆聽。剛才她不像在說夢話，但他仍認為聽起來像。

原地不動站了大約一分鐘，不吭一聲，他漸漸覺得自己像置身暗室的盲人。

「莉維亞？」他低聲說。

沒聽到回應，但莉維亞的呼吸聲不規律而且緊繃。他知道，莉維亞不久又會再叫他。

他突然心生一計。起先，這想法令他不舒服，但隨後決定試試看。

他溜出房門，進入黑漆漆的浴室，摸黑向前走，撞到洗手台，接著碰到浴缸旁的洗衣木籃。籃子快滿了，因為將近一星期沒洗衣服。因為尤瓦金使不出力氣。

這時候，他聽見莉維亞房間傳來呼聲，一如他預期：

「媽—咪？」

尤瓦金知道她會繼續喊卡翠妮。

「媽—咪？」

情況會像這樣，夜復一夜，永無休止。

「安靜啦。」站在洗衣籃邊的他嘟噥。

他掀開籃子蓋，開始翻找衣物。

幾種相異的氣息撲鼻而來。多數髒衣物是她的，是她在出事前幾天穿過的毛衣、長褲、內衣褲。尤瓦金取出一件牛仔褲、一件紅羊毛衣、一件白棉裙。

忍不住，他把臉深埋進衣服裡。

卡翠妮。

她的氣息激活了尤瓦金的記憶，有苦也有樂，他多想逗留在這裡，奈何莉維亞哀戚的哭求促使他行動。

「媽—咪？」

尤瓦金帶走紅羊毛衣，走過蓋布列爾的房間，回去看莉維亞。

棉被已被她踹開，她正要醒來，尤瓦金進門時她抬頭默默看，一臉迷糊。

「快睡吧，莉維亞，」尤瓦金說，「媽咪在這裡。」

他把卡翠妮的厚毛衣放在莉維亞臉旁邊，把棉被蓋到她下巴，像繭一樣確實包好。

「睡吧。」他又說，這次音量更低。

「嗯嗯。」

她喃喃講一句夢話，逐漸鬆弛，呼吸變得和緩，一手摟著母親的毛衣，臉埋進厚實的羊毛裡。在哥特蘭島買的小綿羊睡在枕頭另一邊，被她冷落了。

莉維亞再度沉沉入睡。

危機解除。尤瓦金知道，明早她根本不會記得半夜曾醒來。

他吐氣，在床緣坐下，垂著頭。

一個熄燈的房間，一張床，窗簾閉著。

他想睡一覺，想和莉維亞睡得一樣熟，睡到遺忘自我。他真的再也沒辦法動腦，一絲力氣也沒有。

而他卻睡不著。

他想起洗衣籃，想起卡翠妮的衣物。兩三分鐘後，他下床，走回浴室。走向洗衣籃。

他想找的東西幾乎是被壓在最底下：卡翠妮的白睡袍，正面有一顆紅心的圖樣。他從洗衣籃裡抽出來。

來到走廊，他停在子女臥房外，仔細聽，全安靜無聲。

尤瓦金進自己房間，開燈，整理雙人床。他抖一抖床單，抹平，拍一拍枕頭，摺好棉被，然後再上床，閉上眼睛，吸收卡翠妮的體香。

他伸手撫摸柔軟的布料。

早晨又來了。在聲聲催的鬧鈴中，尤瓦金醒來。這表示他肯定成功入睡了。

卡翠妮死了，他自言自語。

他聽得見蓋布列爾和莉維亞各自在床上蠢動的聲響，隨後聽見姊弟赤腳踏地板，啪啪走向浴室。他這才發現自己嗅到妻子的體香，雙手握著軟而細緻的東西。

她的睡袍。

在黑暗中，他凝視著睡袍，態度近乎尷尬。他記得昨夜在浴室的行為，趕緊拉棉被遮羞。

尤瓦金下床，洗澡，穿好衣服，然後幫小孩穿衣服，讓他們坐下來吃早餐。他瞄一眼，看小孩是否在觀察他，只見他們都專心用餐中。

早晨黑又冷，似乎能為莉維亞增添活力。蓋布列爾離開廚房去上廁所時，她看著父親。

「媽咪什麼時候回家？」

尤瓦金閉目不語。他站在流理台邊，背對著她，雙手捧著咖啡杯暖暖手。

童言在廚房裡徘徊不去。他聽了受不了。自從卡翠妮過世後，莉維亞每天早晚都重複相同的疑問。

「我不太知道，」他慢慢回答，「我不知道媽咪什麼時候回家。」

「到底什麼時候嘛？」莉維亞加大音量說。

她等著父親的答覆。

尤瓦金不講話，但最後還是轉身。訴說真相的正確時機永遠不會來。他看著莉維亞。

「其實……我不認為媽咪會回來，」他說，「她走了，莉維亞。」

莉維亞瞪著他看。

「不對，」她語氣堅定果決說，「她才沒走咧。」

「莉維亞，媽咪不會回——」

「會就會啦！」莉維亞從桌子另一邊叫嚷。「她會回來啦！我說了就算！」語畢，她繼續吃三明治。尤瓦金低下頭，喝咖啡；他被打敗了。

每天早晨八點，他駕車送子女去瑪內斯鎮，遠離鰻岬的幽靜。步入蓋布列爾的托兒所，迎面而來的是歡笑聲和海豚音。尤瓦金絲毫不剩一丁點氣力。父子道別時，他只給兒子疲憊的一抱。抱完，蓋布列爾趕快轉身，衝進軟綿綿的遊戲間，投奔友伴歡樂的場景。

尤瓦金心想，孩子長大後就不會像這樣精力充沛了，小孩總有一天會變老，臉皮會變得灰沉而枯槁，晶亮的眼眸底下是一副眼眶空洞的骷髏頭。

他甩頭驅散雜念。

他送莉維亞到幼稚園入口的掛衣處。「掰掰，爹地，」莉維亞說，「媽咪今天晚上會回家嗎？」

簡直把他早餐講的話當耳邊風。

「不會，今晚不會，」他說，「不過，妳下課，我會過來接妳。」

「會早一點嗎？」

莉維亞總希望被早一點接走，但每次尤瓦金提前來，她每次都不想扔下朋友回家。

「好，」他說，「我早點來接妳。」

他點點頭，莉維亞朝同學們飛奔而去，同一時間，一名頭髮灰白的女子從掛衣間探頭出來。

「嗨，你好，尤瓦金。」她面帶同情地說。

「嗨，妳好。」

他認得她是瑪莉安妮，是幼稚園部主任。

「情況怎樣？」

「不太好。」尤瓦金說。

他和波爾貢的葬儀社有約，見面時間在二十分鐘後。他急著走向門口，但瑪莉安妮朝他跨出一步。

「我能體會，」她說，「我們都能體會。」

「她怎麼樣？」尤瓦金下巴指向裡面說。

「你說莉維亞？她還好……」

「我是說，她會不會提起她母親的事？」

「說得不多。我們也不太講。我的意思是……」瑪莉安妮停頓了一兩秒，隨即繼續：「你可別介意，我們這裡的教職員以平常心對待莉維亞。對她沒有差別待遇。」

尤瓦金點點頭。

「你應該已經知道了吧……發現她溺水的人是我。」瑪莉安妮說。

「對。」

尤瓦金不問，但她照樣自答，彷彿有必要告知似的：

「出事那天，全校只剩莉維亞和蓋布列爾沒人接走……五點過了，還是沒人來接。我打電話去你家也沒人接聽。所以我開車送他們回鰻岬。門沒鎖，他們直接衝進房子裡……整個家卻沒人，靜悄悄的。我出去找了一會兒，發現水裡泡著紅紅的東西，就在燈塔邊。後來發現是件紅夾克。」

尤瓦金聽著，同時也納悶著，在薄薄的皮膚底下，瑪莉安妮的頭顱會是什麼模樣。他想著，相當窄的頭蓋骨，白色顴骨突出。

她繼續：「我看見夾克，然後看見長褲……然後我才領悟到，水面漂浮著一個人。所以我打電話叫救護車，然後衝向海邊。不過，我看得出來……來不及了。總覺得好奇怪……我是說，我前一天還跟她講過話。」

瑪莉安妮視線往下墜，講不出話。

「沒有別人在場嗎？」尤瓦金說。

「什麼意思？」

「小孩不在場吧？他們沒看見卡翠妮。」

「對，他們待在房子裡。後來，我帶他們去鄰居家。他們完全沒看見。」

「那就好。」

「孩子們會適應的，」瑪莉安妮說，「他們……他們會忘記的。」

走回車子的路上，尤瓦金能確定一件事：他不希望莉維亞忘記卡翠妮。他也一定不能淡忘她。怎麼可以忘記忘卡翠妮呢？

一八八四年冬

鰻岬北燈塔的燈光在這一年熄滅。據我所知，之後就再也不亮了。然而，拉格納・大衛森曾告訴我，有時候仍看得見北燈塔透光——在人死的前一晚。也許，北燈塔不時會死灰復燃。慘劇的回憶。

——米雅・蘭姆貝

入夜兩小時，鰻岬北燈塔的燈火熄滅了。

這天是一八八四年十二月十六日。下午登陸的暴風雪目前正值巔峰期，呼號的狂風與滔天巨浪淹沒了燈塔周遭的聲響。

燈塔看守員馬茲・邦特森冒風雪前往南燈塔。若非他瞭望海邊，否則在風雪交加之下難以察覺狀況有異。南燈塔如常照耀著，北燈塔卻不發光，燈火熄滅了，彷彿蠟燭被人吹熄。

邦特森看傻眼了。隨即，他往回跑，越過中庭，踏上門階，扯開門廊門，衝進莊園屋。

「燈火熄了！」他對著屋內吶喊。「北燈熄了！」

邦特森聽見廚房裡有人應聲，也許是妻子麗莎，但他絲毫不敢留戀溫暖的室內，很快又迎著暴風雪出去了。

海邊牧草地積雪，他不得不彎腰踮足前進，感覺北極風能穿身而過。

助理看守員楊恩．克拉克曼獨守北燈塔。他凌晨四點開始輪班。克拉克曼是邦特森的至交。邦特森知道，不管燈火熄滅的原因是什麼，克拉克曼可能需要幫助，燈塔才能再大放光明。

入冬之初，一長排的鐵柱之間拉起一條繩索，能見度不佳時方便看守員前往燈塔。邦特森把這條繩索當成救生繩，雙手緊握著，迎風奮力走向海邊，走向通往燈塔的防波堤。這裡有一條鐵鍊，可供他握住，但冰霜覆蓋的岩石非常光滑，讓他寸步難行。

總算抵達北燈塔所在的小島上，他抬頭望向漆黑的塔頭。儘管火熄了，他依稀看見塔頭大玻璃窗透著黃光。

上面有東西在燒，或者在發光。

是石蠟。取代煤的新燃料。一定是石蠟著火了。

邦特森設法打開燈塔的鋼鐵門，進入之後，門轟然關上。裡面一切無動靜，但也不是無聲，因為暴風雪仍在外面肆虐。

石梯沿著牆壁螺旋而上，他快步衝上樓。

邦特森開始氣喘吁吁。樓梯共一百六十四階，跑過無數次的他曾經數過。上樓途中，他全程感到暴風雪撼動厚實的燈塔壁。燈塔似乎在狂風中搖搖晃晃。

上樓到一半，一陣嗆人的臭味撲鼻而來。

是烤肉燒焦的氣味。

「楊恩？」邦特森呼喊。「楊恩！」

他又往上爬了二十階，終於發現楊恩，他的頭朝下，倒栽蔥趴在陡梯上，活像被隨手亂扔的一塊破布。黑制服仍在燃燒。

克拉克曼想必是在塔頭裡一腳沒站穩，被石蠟燒得全身都是。

邦特森朝他跨出最後幾步，脫掉外套，著手救火。

背後有人跟著上樓了。邦特森不回頭就喊：「他著火了！」

他繼續對著克拉克曼的身體滅火，想消除燃燒中的石蠟。

「在這裡！」

一隻手按在他肩膀上，是助理看守員韋斯特伯格。他帶來一條繩索，迅速套住克拉克曼腋下。

「可以一起抬他了！」

韋斯特伯格和邦特森迅速抬著冒煙的克拉克曼，奔下螺旋梯。

下完樓梯，終於能正常呼吸了。只不過，克拉克曼還有呼吸嗎？韋斯特伯格提來一盞燈，放在地上，邦特森藉燈火看見好友燒傷多嚴重。克拉克曼有幾根手指被燒得焦黑，火焰也燒到頭髮和臉。

「趕快抬他出去。」邦特森說。

兩人推開燈塔門，踉踉蹌蹌抬克拉克曼走進風雪。邦特森吸進新鮮而冰冷的空氣。暴風雪勢力已減弱，但浪頭仍洶湧。

抬到岸邊時，兩人已經耗盡力氣，韋斯特伯格抓不住克拉克曼的腿，喘著氣，腿軟跪進雪地。邦特森也鬆手，但他湊近楊恩．克拉克曼的臉。

「楊恩？聽得見嗎？楊恩？」

來不及挽救了。克拉克曼躺在地上，沒有動作，渾身燒傷嚴重，靈魂早已離身遠去。

邦特森聽見哭聲和焦躁的人聲接近，抬頭一看，見燈塔長雍森和四名看守員頂著風趕過來，後面跟來女眷。邦特森看見，其中一人是克拉克曼的妻子安妮－瑪莉。

他腦裡一片空白，想不出該對她說些什麼。發生天大的慘事，該怎麼說才好？

「啊！」衝向前來的一婦人大喊。她悲慟欲絕，彎下腰，搖甩著克拉克曼的遺體，痛不欲生。

不料，這婦人不是克拉克曼妻，而是邦特森夫人麗莎。她趴在死屍前面哭泣。

邦特森一臉愕然站在那裡。

妻子從地上爬起來時，視線和他相接。恢復理性的麗莎發現情況不對，但邦特森只點點頭。

「他是我朋友。」他只說，目光隨即轉向黝黑的塔頭。

7

「所以說，你覺得過去一切都比現在好嘍，耶洛夫？」瑪雅．尼曼說。

這裡是瑪內斯安養院。耶洛夫把杯子放在咖啡桌上，依照老習慣，他思索幾秒才回答。

「不是一切。也不是每一次都是。不過，在過去，很多東西絕對……規劃比較完善，」他最後說，「從前人做事前有時間思考一下。現代人哪來的閒工夫。」

「規劃比較完善？」瑪雅說，「你這麼認為嗎？……岩灣的那個鞋匠，你難道不記得啦？就是我們小時候村裡的那個鞋匠。」

「妳是說鞋匠保爾森？」

「沒錯，艾恩．保爾森，」瑪雅說，「全世界最差勁的鞋匠。他要不是分辨不出左右鞋子的差別，就是以為左右不重要。所以他只做同一種鞋子。」

「是啊，」耶洛夫輕聲說，「我記得他做的鞋子。」

「別的會忘記，腳痛保證忘不了，」瑪雅微笑說，「保爾森的木鞋穿了不是太緊就是太鬆，而且跑的時候老是脫落。過去比較好嗎？」

蒂妲也在安養院的飯廳裡，和他們同坐一桌，聽得出神。她差點忘掉了工作上的困擾。

她心想，像這種談過去的對話，應該多加保存才對。可惜錄音機放在耶洛夫書桌抽屜裡。

「不會不會，」耶洛夫邊說邊拿起咖啡杯。「就算從前人的預想不是很周到，最起碼他們還是會動動腦。」

過了二十分鐘，蒂妲和耶洛夫叔公回他房間，取出錄音機，再開始側錄訪談內容。壁鐘在背後滴答響，耶洛夫談起早年在波羅的海擔任少年船長的往事。

蒂妲發現，安養院人生未必枯燥單調，其實日子過得很安逸。在耶洛夫叔公的小房間裡，她覺得愈來愈滿足，因為窩在這裡的她，幾乎能忘卻近幾天發生的事。那天在鰻岬的錯誤實在太離譜。

名字錯置，死者資訊搞錯，作法有瑕疵。辦喪事的丈夫拒絕和她對話，身為新任地方警官的她無疑也招致同事不少閒言閒語。

然而，做錯事的人又不只她一個。

她突然注意到耶洛夫歇口了，正在看她。

「情況就是這樣，」他說，「一切都會變。」

桌上錄音機裡的卡帶仍在運轉。

「對，年代進入現代了，」蒂妲大聲說，「至於從前的年代呢……你回想過去，都懷念什麼東西？」

「這個嘛……以我來說，當然想念船運的日子，」耶洛夫看著錄音機說，眼神帶疑慮。「想念波爾貢港口進進出出的那些雄偉的貨輪。想念登船時嗅到的氣息……松焦油、油漆、燃油……船艙裡的污水、從伙房飄出的油炸香。」

「所以說，在那段日子裡，最棒的是什麼？」蒂妲說。

「安寧感……寂靜無聲。不管什麼事情都慢慢來。我行駛貨輪的那段日子，多數貨輪用的當然是小輪機，不過，在靠帆航行的貨輪上，晚上風一停，船就沒轍了，只好下錨，等隔天風勢再起。而且，那年代哪有電話和短波無線電？貨輪停在哪裡，只有天曉得。總有一天，船總會出現在近海，揚帆全速航向家鄉的港口。進港後，老婆暫時可以放鬆心情了。」

蒂妲點點頭。隨即，她再度想起上週取得錯誤資訊的烏龍事件。她問：「耶洛夫，你對鰻岬莊園屋的瞭解有多少？」

「鰻岬？嗯，瞭解一點點。岩灣在厄蘭島西岸，鰻岬在東岸，不過，妳爺爺拉格納以前住鰻岬附近。」

「是嗎？」

「差不多。他的小屋在莊園屋以北大概一英里。拉格納常去鰻岬捕鰻魚，而且他當過燈塔看守員。」

「莊園屋有特殊一點的往事嗎？」

「莊園屋嘛，的確有點來頭，」耶洛夫說，「據說，那房子的地基是從荒廢禮拜堂挖來的花崗石，原木來自觸礁擱淺的貨船。即使是古代人也搞回收。」

「為什麼只有一座燈塔會亮？」蒂妲說。

「發生過什麼意外吧。好像是一場火災……建雙燈塔的原意是讓鰻岬燈塔有別於厄蘭島其他燈塔，但最後，我猜，每晚維持兩座燈塔燒錢太兇，一座就夠用了。」耶洛夫思索片刻，隨即又說：「當然嘍，在現代，輪船能靠衛星協助導航，所以即使剩下那一座也可有可無。」

「現在什麼都現代化了。」蒂姐說。

「是啊。再也沒有兩只同邊鞋了。」

接下來，兩人沉默了一會兒。

「妳去過鰻岬嗎？」耶洛夫問。

蒂姐點頭。大衛森家族的事談完了，於是她關掉錄音機。

「我上禮拜去過莊園屋，」她說，「有人淹死了。」

「喔，我在《厄蘭島郵報》上讀過。一個少婦。我猜是房子的女主人吧。」

「對。」

「是誰發現的？」

蒂姐猶豫一下。

「我不方便透露太多信息。」

「對，當然是。再怎麼說，這是警方辦的案子。也是悲劇一樁。」

「對。對丈夫和孩子尤其是。」

最後，蒂姐還是說出大部分，說她被調去意外現場，說她看見遺體從燈塔旁被打撈上岸。

「死者卡翠妮．韋斯丁當時單獨一人。那天她吃完午餐，把餐具收拾進洗碗機，然後走向海邊，踏上防波堤，摔了一跤，掉進水裡。」

「結果溺水了？」耶洛夫說。

「對。雖然那地方水很淺，她還是馬上溺水。」

「那一帶不是到處都淺。防波堤那邊的水比較深。我見過帆船停靠在那裡。那件意外，有沒有人目擊？」

蒂妲搖搖頭。「可惜沒有證人出面。海邊很荒涼。」

「厄蘭島海岸入冬後幾乎天天荒涼，」耶洛夫說，「鰻岬附近也查不到他人的跡象嗎？不排除是被人推下水吧？」

「沒有，她單獨走上防波堤。想上防波堤，要先走過海灘，而沙灘上沒有別人腳印。」蒂妲看著錄音機。「我們再談談爺爺拉格納可以嗎？」

耶洛夫似乎置若罔聞。他有點吃力地起身，走向書桌，從抽屜取出一本小筆記簿。

「我每天記錄天氣，」他說。他翻到他想找的一頁。「那天幾乎沒風。風速每秒三到六英尺之間。」

「對，我想也是。鰻岬那天風平浪靜。」

「所以，浪不會沖刷岸邊，把線索全捲走。」耶洛夫說。

「對。沙灘上仍然有女人鞋子留下的蹤跡——我親眼看到的。」

「她有沒有受什麼傷？」

蒂妲遲疑一陣才回答。浮現腦海的是她不想見到的影像。

「我只匆匆看過她一眼而已，不過，她額頭有個小傷。」

「擦傷嗎？」

「對……可能是摔倒時頭撞到防波堤岩石。」

耶洛夫再次慢慢坐下。「有仇家嗎？」

「什麼？」

「溺水的那女人，她有沒有跟人結仇？」

蒂妲嘆氣。「我哪曉得，耶洛夫？在島上，小小孩的媽媽常有死對頭嗎？」

「我只是考慮到——」

「該換個話題了。」蒂妲看著年邁的叔公，表情嚴肅。「我知道你喜歡抽絲剝繭，不過，我不應該跟你討論這類的事情。」

「對，對，妳畢竟是警官。」耶洛夫說。

「是地方警察，沒錯，不是命案調查員。」她趕緊接著說，「何況，這案子反正不朝命案方向偵辦。缺乏動機，也沒證據顯示是刑案。她丈夫好像不信是意外，但連他也舉不出誰想殺害她的理由。」

「對，嗯，我只是稍微動動腦筋而已，」耶洛夫說，「如妳所說的，我喜歡抽絲剝繭。」

「好。不過，我們該再多錄一點了。」

耶洛夫沉默不語。

「我要按錄音鍵了，可以嗎？」蒂妲說。

「從海上呢？」耶洛夫說。

「什麼？」

「如果有人乘船過來海邊，把船停泊在鰻岬防波堤，」耶洛夫說，「這樣一來，沙灘上就不會留下足跡。」

蒂妲嘆氣。「好吧，那我最好開始調查船隻了。」蒂妲看著他問：「耶洛夫，錄音訪問你，是不是為難你了？」

耶洛夫猶豫不語。

「談已經過世的親戚，對我來說是有點難，」他最後說，「感覺像他們正隔牆坐著旁聽。」

「我認為他們會感到榮幸。」

「也許會吧。也許不會，」耶洛夫說，「大概要看我怎麼評論他們吧。」

「我最想聽的東西，以我爺爺為主。」蒂妲說。

「我知道。」耶洛夫嚴肅點頭一下。「不過，他可能也在聽。」

「你有拉格納這哥哥，是不是覺得他很難纏？」

耶洛夫幾秒不講話。

「有些時候是。他很會記恨。如果他認為上了誰的當，他一輩子從此不跟那人打交道……不公不義的事，他永遠忘不了。」

「我對他沒印象，」蒂妲說，「我爸也幾乎不記得他了。總之，我爸從來不提起他。」

再次陷入沉默。

「有一年暴風雪，拉格納被凍死，」耶洛夫繼續說，「被人發現躺在小屋南邊的岸上。妳爸有沒有告訴妳？」

「有喔，發現爺爺屍體的人就是他。那天，爺爺好像要出海捕魚，對吧？我爸是這樣說的。」

「那一天，他想出海查看他在海床佈下的漁網，」耶洛夫說，「後來風勢轉強，他在鰻岬靠岸。他畢竟是看守員。有人看到他出現在燈塔附近。船八成是被海浪打沉了，因為拉格納想沿著海邊走回家……後來，暴風雪來襲。拉格納死在風雪中。」

「被凍僵的人不一定會死，」蒂妲說，「有幾個案例，人被埋進雪堆凍僵了，沒有脈搏，被抬進室內，溫暖一陣後卻復活了。」

「是誰說的？」

「馬丁。」

「馬丁？誰啊？」

「我的……男朋友。」蒂妲說。

話一出口，她立即後悔用語不當。馬丁絕不會喜歡被貼上男友的標籤。

「所以，妳交到男朋友嘍？」

「對……隨便你怎麼稱呼他。」

「『男朋友』應該合適得很吧。他姓什麼？」

「他名叫馬丁．歐奎斯。」

「不錯嘛，」耶洛夫說，「妳的馬丁，他住島上嗎？」

我的馬丁，蒂妲心想。

「不是，他住在韋克舍。他是教官。」

「不過，他應該會抽空來看妳吧。」

「但願。他提過。」

「很好。」耶洛夫微笑說，「看妳一副談戀愛的樣子。」

「有嗎？」

「談到馬丁時的妳滿面春風，好可愛。」

他在桌子對面以微笑鼓勵蒂妲，蒂妲也以微笑回應。

和耶洛夫坐在這裡，談論馬丁，一切顯得好單純，一點也不複雜。

8

每晚睡覺時，莉維亞把卡翠妮的紅羊毛衣放在身旁，尤瓦金則把她的睡袍壓在枕頭下，他才睡得安詳。

鰻岬的生活讓他覺得度日如年。每週一到週五，他負責去瑪內斯接送小孩。平日他獨守莊園屋七小時，但他也不得閒。葬禮前，葬儀社多次來電，問到尤瓦金難以招架。他也必須聯絡銀行和多家公司，以刪除卡翠妮的資訊。卡翠妮和尤瓦金的親戚都和他聯繫，斯德哥爾摩的朋友也送花過來，其中幾人想前來參加喪禮。

尤瓦金真正想做的是扯掉所有電話插頭，把自己封鎖進鰻岬。閉關。

當然，莊園屋內部有浩大的裝修工程等他進行，庭園和屋外環境也需整理，但他最想整天躺在床上嗅卡翠妮的衣物，凝視白色天花板。

另外還有警察。假使他擠得出力氣，他會問警方，如果內部正在偵辦本案，負責本案的人是誰。但他實在渾身乏力。

唯一主動聯絡他的警察是那位年輕的瑪內斯女警，蒂妲・大衛森。

「對不起，」她說，「我是真的非常對不起。」

她並沒有關懷他的心境，只顧著一直為了搞錯名字而道歉。她表示，她是照著同事給的字條宣讀名字，純屬誤解。

誤解？尤瓦金從內地趕回來是想安慰妻子，結果竟發現妻子死了。

他默默聆聽蒂妲．大衛森，只以「是」或「不是」回應，不追問什麼，對話簡短。

結束後，他在全家用的電腦前坐下，投書《厄蘭島郵報》，簡述卡翠妮身故之後的事件，結尾寫道：

有好幾小時，我以為溺斃的是我女兒，妻子還活著，實情卻正好顛倒。對警方而言，分辨生死是基本要務，這樣的要求是強人所難嗎？

我不認為是；畢竟，家屬有權利瞭解情況。

他並不期望警方有人為此負責，所以他也沒覺得失望。

兩天後，他和主持葬禮的牧師歐克．賀格斯崇首度見面。

兩人商討完喪禮流程後，牧師邊喝咖啡邊問：「你最近睡得好嗎？」

「還可以。」尤瓦金回答。

他努力回想剛才敲定哪些事項。他和牧師致電唱詩班的領唱，挑選喪禮曲目，他記得討論過，但最後決定哪幾首，他已經沒有印象。

瑪內斯這位教區牧師現年五十幾，蓄薄鬍，笑容溫和，身穿黑夾克和高領灰毛衣。牧師府的書房裡，靠牆的書架上擠滿琳琅滿目的書籍，立在桌上的牧師相片秀出他抓著一條水亮的河鱸，舉向鏡頭。

「燈不會干擾到你嗎？」牧師問。

「燈？」尤瓦金說。

「鰻岬燈塔的燈火每晚還會不停閃爍嗎？」

尤瓦金搖搖頭。

「你大概習慣了吧，」牧師說，「大概跟窗外的車聲沒兩樣吧。你搬來這裡之前，不是住在斯德哥爾摩市中心嗎？」

「偏郊區。」尤瓦金說。

閒話家常的用意在於沖淡對話的沉重感，但對尤瓦金而言，講話仍需耗費好大的心力。

「所以在曲目方面，先是二八九號聖歌，禱告完後是二五六號聖歌，以二九七號聖歌收尾，」牧師說，「這樣安排可以嗎？」

「沒有問題。」

葬禮前夕，十幾名親友從斯德哥爾摩前來，包括尤瓦金的母親、舅舅、兩名親戚，以及他和卡翠妮的幾位摯友。在莊園屋裡，客人小心地參觀著，多半只彼此閒聊。家裡一下子來了好多客人，莉維亞和蓋布列爾好興奮，卻不問大家一起上門的原因。

星期四上午十一點，喪禮在瑪內斯教堂舉行。兩個小孩不在場。上午八點，尤瓦金如常送他們去上學，不多說什麼。對小孩而言，今天和往常一樣，但尤瓦金送小孩上學後回家，穿上黑西裝，躺回雙人床。

壁鐘在走廊裡滴滴答答，尤瓦金記得上緊發條的人是卡翠妮。她走了，時鐘不該再滴答響才對，但它仍繼續走。

他凝望著臥房天花板，想著卡翠妮留在房子裡外的所有物品。在他腦殼裡，他聽得見卡翠妮對他呼喚。

一個小時後，尤瓦金坐進不舒服的教堂木頭長椅，定睛看著一幅大壁畫，畫中的主角年齡和他相仿，被釘在古羅馬人的十字架上。

瑪內斯教堂內部挑高，回音繞樑，輕輕的啜泣聲在拱形岩石天花板下面迴盪。

尤瓦金坐第一排，身邊坐著母親。她蒙著黑紗，低著頭，謹慎小聲嗚咽啜泣著。他自知哭也哭不出來，正如去年伊莎喪禮上的他不掉一滴淚。淚水總姍姍來遲，總在夜闌人靜時。

十點五十八分，教堂門打開，邁步進來的是一名寬肩長腿婦人。她穿黑外套，黑紗遮住眼睛，但嘴唇塗得紅豔。她的高跟鞋敲得石地叩叩迴響，引來教堂裡眾人目光。婦人大步上前，在前排右邊坐下，旁邊坐著卡翠妮的四個同母異父弟妹。

這婦人是卡翠妮和他們的母親米雅·蘭姆貝，也就是尤瓦金的岳母。她是畫師兼歌手。上次見到米雅是七年前，在他和卡翠妮的婚禮上。和那一天相較之下，米雅顯得神智清醒多了。

米雅一坐下，教堂鐘塔響起噹噹鐘聲。

四十五分鐘不到，葬禮結束了，尤瓦金幾乎不記得牧師說了什麼，對教堂裡的聖歌也沒印象。腦海裡全是波濤翻滾的畫面和流水聲。

事後，大家穿越寒冷刺骨的墓園，聚集在社區集會廳，許多人過來慰問他。

「很遺憾，尤瓦金，」一名鬍子男拍他肩膀說，「我們都跟她很合得來。」

尤瓦金仔細一看，猛然意識到他是斯德哥爾摩來的舅舅。

「謝謝你……非常感謝你。」

然後他再也不知道該說什麼了。

還有幾個人想拍拍他的肩膀，或者擁抱他。他只是站在那裡被動接受著大家的安慰。

「太慘了……幾天前，我才跟她講過話。」年約二十五的女孩哭著說。

女孩拿著手帕拭眼，尤瓦金認出她是卡翠妮的妹妹，名叫索洛絲，是日出的意思，他記得。米雅生了五個小孩，分別為他們另外取一個意義奇特的名字。卡翠妮被取為孟絲卓樂，意思是月光，但卡翠妮一點也不喜歡。

「最近她比以前開心多了。」索洛絲繼續說。

「我知道……我們搬來島上她很高興。」

「對，她也高興她終於知道生父是誰。」

尤瓦金看著她。

「她的生父？」他說，「卡翠妮不是從來沒和父親打過交道嗎？」

「對，」索洛絲說，「不過我媽寫了本書，裡面提到了他的身分。」

她又落淚了。她擁抱尤瓦金，然後走向自家人。

尤瓦金逗留在原地，見到斯德哥爾摩市中心來的朋友瑪爾姆夫妻阿爾賓和薇多莉亞。和他們同桌的是郊區布洛馬來的老鄰居赫斯林一家。

他也看見母親獨坐一桌喝咖啡，但沒有前去陪她。

他轉身，遠遠看見牧師正在和一位瘦小的灰髮老婦人講話。他走過去。

牧師轉頭看他，目光親切。「尤瓦金，」他說，「你心情怎樣？」

尤瓦金沒有回答，只是點了點頭。這樣的反應比較適當。老婆婆也對他點頭，微笑看他，若有所求，但也似乎不知該說什麼才好。隨即，她遲疑向後退兩步走開。

尤瓦金暗忖，辦喪事就是這樣。苦主散發陰氣，外人避之唯恐不及。

「我一直在反覆想一件事。」他對牧師說，口吻嚴肅。

「哪一件事？」

「一個人如果在內地，聽見島上的人對他呼喚，兩人相隔幾百英里，這意味著什麼？」

牧師茫然看著他。「相隔幾百英里……怎麼可能聽得見？」

尤瓦金搖搖頭。「可是，事實是這樣沒錯，」他說，「我太太卡翠妮……她過世的時候，我聽見她的聲音。那時候，我在斯德哥爾摩，在她溺水的瞬間聽見她在對我呼喚。」

牧師低頭看自己的咖啡杯。「會不會是你聽到別人在喊你？」牧師沉聲說，彷彿觸及禁忌話題似的。

「不是，」尤瓦金說，「的確是卡翠妮的嗓音。」

「我瞭解。」

「我明明聽見她，」尤瓦金說，「這意味著什麼呢？」

「誰曉得呢，誰曉得？」牧師只這麼說，輕輕拍他肩膀。「快去休息吧，尤瓦金。過幾天，我們可以再談。」

語畢，牧師也走了。

尤瓦金站在原地，凝視牆上一張募捐海報，對象是車諾比核災受害者。核災至今已過十年了。

請每天節約一點日常糧食，為飽受煎熬的核輻射受害者出一份力。海報標題寫著。

我每天都飽受煎熬，尤瓦金心想。

天終於又黑了，尤瓦金回到鰻岬。漫長的一日接近尾聲。

在屋裡，奶奶已經讓莉維亞和蓋布列爾上床。赫斯林夫婦麗莎和米凱爾在門前，站在自家車旁邊。時候不早了，他們回斯德哥爾摩的路還很長，但他們仍陪尤瓦金一起回莊園屋。

「感謝你們跑這一趟。」尤瓦金說。

「小事。」米凱爾說。他把塑膠袋包著的黑西裝放進後座。

肅靜的氣氛籠罩雙方。

「趕快來斯德哥爾摩找我們，」麗莎說，「或者帶小孩來哥特蘭島，住我們的度假屋。」

「再說吧。」

「保持聯絡，尤瓦金。」米凱爾說。

尤瓦金點頭。哥特蘭島比斯德哥爾摩順耳。他再也不想去斯德哥爾摩了。

麗莎和米凱爾上車，尤瓦金後退一步讓他們開走。

車子上路，車燈不見後，尤瓦金轉身望向燈塔。

小島上的南燈塔朝海面閃現紅光，但北燈塔——卡翠妮的燈塔——是暗夜中的一支黑色擎天柱。他只見過北燈塔發光一次。

找了幾次，他才找到通往海邊的小徑，循著秋天他曾帶妻小走過多次的路線前進。他聽得見黑夜裡的浪潮，感受到酷寒的海風。他小心翼翼走向水濱，走過岸邊和沙灘上的草叢，踏上保護燈塔的防波巨岩。

在暗夜中，海浪像遲緩的呼吸聲，尤瓦金心想。就像夫妻做愛時的卡翠妮。床上的卡翠妮會拉近他摟緊，對著他的耳朵呼吸。

卡翠妮比他堅強。決定遷居來此地的人是卡翠妮。

尤瓦金記得，兩人第一次來這裡時，海岸風光多麼明媚。那時候是春天，五月初，晴空萬里下的莊園屋簡直像一座木造宮殿，聳立在波光粼粼的海邊。

看完房子後，他們手牽手，沿著海邊小徑散步，穿越一片怒放的花毛茛。

在海邊空曠的天空下，北邊的平坦小島覆蓋著青翠的綠草，看似漂流在海上，景色奇幻。海鳥隨處可見，有成群的姬鷸、蠣鷸、雲雀，有的凌空翱翔，有的衝向水面。在燈塔另一邊，有幾小群黑白色的鳳頭潛鴨載浮載沉。較靠近岸上的海面有綠頭鴨和水鳥。

豔陽下卡翠妮的臉龐，尤瓦金記得。

我好想留在這裡，她當時說。

他不禁打一陣哆嗦。他步步謹慎，走向防波堤盡頭，看著腳下的黑水。

那天，她站的地方就是這裡。

沙灘上的足跡顯示，卡翠妮獨自踏上防波堤。然後，她不是不慎落水，就是尋短，隨即沉沒水面底下。

為什麼？

他求不到解答。他只知道，在卡翠妮溺水的那一刻，他正站在斯德哥爾摩近郊一座地下室裡，聽見她的呼喚穿門而入。

尤瓦金當時聽見她在呼喚。他十分肯定，現在他百思不得其解。

吹了約莫半小時的冷風後，他往回走向莊園屋。

葬禮過後，唯一留下的親人是母親英格麗。這時，她坐在廚房桌前，尤瓦金進來，嚇了她一跳，一臉焦慮地望著他。隨著年歲的增長，母親額頭上的皺紋愈來愈深。這些年，她經歷過太多痛苦，起先是丈夫病重，後來是伊莎帶回家的每一場危機。

「他們全走了，」尤瓦金說，「孩子們睡了嗎？」

「應該是。蓋布列爾喝完整瓶奶，馬上睡著。可是，莉維亞睡得一點也不安穩……我見她睡著了，本想偷偷溜出去，她就抬頭喊我。」

尤瓦金點點頭，走向流理台泡一壺茶。

「她有時候是裝的，」他說，「她裝睡騙我們。」

「她剛提到卡翠妮。」

「對。妳想不想來杯茶？」

「不用了，謝謝你。她是不是常提起，尤瓦金？」

「睡前不會。」

「你都怎麼告訴她？」

「卡翠妮的事嗎？」尤瓦金說，「不多。我告訴她……媽咪走了。」

「走了？」

「說她離開一陣子……就跟當初卡翠妮帶小孩搬來這裡、我留在斯德哥爾摩那陣子一樣。現階段，我狠不下心對她進一步說明。」他看著母親，忽然渾身不自在。「那妳呢？剛才怎麼告訴她？」

「我什麼也沒說。這事應該由你跟她說，尤瓦金。」

「我改天會告訴她的，」他說，「妳回去後……我會單獨跟他們說。」

媽咪死了，莉維亞。她淹死了。

什麼時候才是時候呢？這無異於要他不分青紅皂白地給莉維亞一個耳光，他做不到。

「你會搬回去嗎？」母親問。

尤瓦金盯著母親，知道她一直都希望他放棄這裡的生活，但他仍假裝有點驚訝。

「回去？妳的意思是，回斯德哥爾摩？」

*要我離開卡翠妮？*他心想。

「對……我的意思是，畢竟，我住那裡。」母親說。

「斯德哥爾摩容不下我了。」尤瓦金說。

「你總可以買回布洛馬那棟房子吧？」

「我買不起，」他說，「就算我想，也湊不出錢了，媽。錢全砸在這一棟了。」

「可以啊，你總可以賣掉……」

母親不說話了，環顧了一眼廚房。

「賣掉這房子？」尤瓦金說，「這種狀況的房屋，誰要？這房子要先整修……原本，卡翠妮和我想一起整修。」

母親不語，只凝視窗外，神情落寞。然後她問：「葬禮上遲到的那個女人……她是卡翠妮的母親嗎？那個畫師？」

尤瓦金點頭。「她是米雅．蘭姆貝。」

「我就覺得在你婚禮上看過她。」

「我不知道她會來。」

「她當然會來，」母親說，「卡翠妮終究是她的骨肉。」

「不過，她們母女幾乎沒聯絡。自從婚禮以後，我就沒見過她了。」

「母女是不是鬧翻了？」

「不是……不過，我覺得她們也不盡然算朋友。她們有時候會通電話，不過卡翠妮幾乎從來不提米雅。」

「她住島上嗎？」

「不是。她好像住在卡爾馬。」

「你打算跟她保持聯絡嗎？」母親說，「我認為你應該。」

「不會吧，」尤瓦金說，「不過，將來我們有可能不期而遇。厄蘭島畢竟不大。」

他望向窗外漆黑的中庭。他完全不想見任何人。他想把自己深鎖在鰻岬莊園屋中，永遠足不出戶。他不想另尋教職，也不想繼續翻修房子。

他只想睡覺，睡掉餘生，陪睡在卡翠妮身旁。

9

十一月的夜晚乾燥而寒冷，外面夜霧瀰漫。唯一的天光是淡淡的半月，被細緻如絲綢的薄雲遮掩。

最理想的闖空門時機。

這棟民房在厄蘭島西北岸脊，完工才兩三年，由建築師設計，以木頭和玻璃為主。屋主是錢太多的避暑客，亨利克心想。他記得祖父不管有錢人是內地哪裡來的，一律稱呼他們是斯德哥爾摩人，簡稱「摩人」。

「不錯嘛，」湯米．索里琉斯邊說邊搔一搔脖子。「我們進去吧。」

弗列迪．索里琉斯和亨利克跟隨他，走向通往房子的砂石上斜坡。三人都穿牛仔褲和深色夾克，湯米和亨利克各揹一個黑背包。

三人從波爾貢北上之前，在亨利克的公寓廚房裡，索里琉斯兄弟又請出通靈板。在午夜前一個半小時，他們點燃三支蠟燭，湯米把通靈板放上廚房桌，小杯子擺板子中間。

大家不吭聲，氣氛凝重起來。

「有人在嗎？」湯米一指按小杯子問。

問號懸掛在空中，逗留了大約十到十五秒，杯子陡然動一下，側移，停在YES上。

「是厄萊斯特嗎？」

小杯子不動。

「厄萊斯特，今晚理想嗎？」湯米問。

小杯子在YES上再停幾秒。

然後，杯子朝字母移動。

「寫下來！」湯米咬牙對亨利克說。

亨利克逐字寫下，胃腸裡有一股冰冷不適的預感。

鰻——岬

最後，小杯子又靜止，停在通靈板中間。他看自己剛記下的字：

「鰻岬鰻岬藝術品獨自去鰻岬。」他朗讀著。

「鰻岬？」湯米說，「什麼鬼地方？」

亨利克看著通靈板。「我去過……那裡有一座燈塔。」

「裡面有很多藝術品嗎？」

「我倒沒看見。」

午夜前後，亨利克和索里琉斯兄弟抵達目的地，把廂型車停在五百碼外的船庫後面，然後躲進岸邊岩石堆，靜候時機。一樓有幾扇閃亮的觀景窗，裡面最後一盞燈終於熄滅了，他們再等將近半小時，各吞一劑冰毒，然後戴上黑頭罩，朝屋子前進。

亨利克感覺有點冷，幸好冰毒加快他的心跳。風險愈高，他愈亢奮。在這樣的夜晚，他幾乎不想念卡蜜拉。

海水在背後的砂石灘上潮來潮往，平穩的節奏沖淡他們前進的腳步聲。他們踏著幾近無聲的步伐，走上陡坡。

一道鐵圍牆包圍整座庭園，但亨利克知道，面海的那邊另有一道沒鎖的外門。不久後，他們進庭園，迅速躲進房子牆邊的黑影中。

一樓有一道滾動式玻璃門，以簡單的門閂扣住，亨利克從背包取出鐵鎚和鑿子，用力一戳，門閂就開了。

湯米推開門，小滾輪在鋼鐵軌道上吱吱滑動，音量低，和海風輕拂聲不相上下。

暗夜中沒有響徹全屋子的警報聲。

戴著頭罩的湯米探頭進門，然後轉身，對亨利克點頭。

弗列迪在門邊負責接應，其他兩人走進溫暖的室內。海風聲消退了，四周盡是屋內的幢幢陰影。

湯米和亨利克走過一片塗過油漆的水泥地板，進入一座相當大的地下室，正中央有一張桌子。是撞球桌。地下室裡有好多東西。

湯米學突擊隊比手勢，示意分頭進行。亨利克點頭，朝右邊走，來到地下室一邊的小吧檯，上面陳列著十幾瓶酒，其中五瓶未開，他小心一瓶一瓶拿起來，放進背包。隨後，他深入地下室，走過通往一樓的木樓梯。

他進入電視廳，這裡有一張皮沙發，對面有一台小電視和錄放影機，被他搬去給守在門外的弗列迪。然後他回地下室，檢查沙發底下。

他看見亮晶晶的大東西。一組高爾夫球桿？

他彎腰，稍微加一把力氣，才拉出一張摺起來的防水布。壓在防水布上面的是全套潛水用品，有蛙鞋，有幾個黃色氧氣筒，有某種氣壓表，以及一套黑色潛水衣，看樣子從來沒用過。也許是家裡的青少年暑假悶得發慌，想學潛水，後來興頭消了。

防水布上另有一物：一支老獵槍。

這支步槍的木製槍托擦得光亮，真皮肩帶也油光飽滿，似乎保養得不錯，旁邊擺著一個紅色紙盒，裡面是彈匣。

亨利克決定一次拿一樣東西。他先搬氧氣筒，撞上正要把電腦顯示幕搬出門的湯米。

湯米看見氧氣筒，點頭表示讚賞。

「裡面還有。」亨利克低聲說，再回地下室。

他把剩下的潛水用具夾在腋下，獵槍上肩，把子彈盒收進背包，回到玻璃門，見湯米正忙著搬走一台健身車。這台腳踏車看起來也是新品，但亨利克搖搖頭。

「擺不下。」他悄悄說。

「擠得進去啦，」湯米說，「拆開就——」

黑暗中傳來悶悶的碰撞聲。

隨即是腳步聲。從樓上傳來。

接著，樓梯燈亮起來。

「什麼人？」一個男人喊道。

「健身車算了吧！」亨利克以氣音說。

三人同步狂奔而去，從玻璃門穿越草坪，衝出圍牆門，直奔海邊，一身贓物沉重，而且滿地鵝卵石，幸虧廂型車停在不遠處。

亨利克放下贓物，深吸一口氣，四面張望。屋子裡現在燈火通明，但似乎沒有人跟過來。

「搬上車！」湯米吼著。他摘下頭罩，坐上駕駛座。

湯米發動引擎，不開車頭燈。

亨利克和弗列迪急忙把贓物全推進廂型車後面，包括背包、電視機、潛水裝備……偷到手的東西總算全塞上車了，只缺那台健身車。亨利克的肩膀仍荷著獵槍。

湯米把油門踩到極限，廂型車奔馳而去，上路後沿著海邊南下，遠到看不見那棟民房時，他才亮車燈。

「走朝東岸的那條路。」亨利克說。

「你在怕什麼？」湯米說，「怕路檢嗎？」

亨利克搖頭。

「往東走就對了。」

現在是凌晨一點三十，但亨利克絲毫無睡意，心跳如鼓。得手了。在海邊尋到寶了。情形幾乎和以前一樣，像他和摩戈聯手的那陣子。

車子駛上大公路後，湯米說：「媽的，太輕鬆了！我們一定要再幹一票。」

「還算輕鬆，」副駕駛座上的亨利克說，「但屋主被我們吵醒了。」

「吵醒又怎樣？」湯米說，「他能怎麼辦？我們動作比他快，快進快出。」

東向道路的路標出現了，指向一條小路，湯米踩煞車，然後轉方向盤。

「你想去哪裡？」亨利克問。

「還剩一件事，真的很簡單，做完就回家。」

小路左邊的樹林露出一棟高大的白岩建築物，形狀長而窄，以聚光燈照明。是教堂，亨利克發現。

瑪內斯這棟白色的教堂建於中世紀。他隱約記得，幾十年前，祖父母就是在這裡結婚的。

「還開著嗎？」湯米說，車子靠向教堂墓園的牆邊，再前進幾碼，來到教堂旁的一條砂石小徑，停在密集的樹蔭下。「平常可以直接走進去。」

「晚上不行。」亨利克說。

「那又怎樣？門沒開，我們只好撬門進去。」

亨利克搖著頭，湯米熄火。

「我不進去。」他說。

「為什麼？」

「這次，你們兩個可以自己去。」

亨利克不想提及祖父母在瑪內斯教堂結婚一事。湯米點頭的同時，他只盯著湯米看。

「好吧，你坐在車上，好好幫我們把風，」湯米說，「不過，如果我們進裡面偷到東西，沒你的份。全歸我和我弟弟。」

湯米取出裝著工具的背包，甩上車門，走向教堂，和尾隨的弗列迪遁入黑夜。

亨利克靠向椅背等著。樹木之間的黑影深沉。祖母從小在這一帶長大，他回憶著她。

車門突然打開，嚇了亨利克一跳。

是弗列迪。每次大有斬獲，他的目光總顯得炯亮，這次亦然，而且講話快如連珠砲。

「湯米快回來了，」他說，「你看看！剛才裡面有個碗櫥，那裡是聖什麼室……媽的，叫做什麼聖器室來著？」

「聖器收藏室。」亨利克說。

「你覺得這些東西值錢嗎？」

弗列迪舉著四座古燭台，亨利克看著，材質像銀。祖父母結婚時，這些燭台也在場嗎？很有可能。

湯米揮汗回到車上，情緒亢奮。「車給你開，」他對亨利克說，「我想數一數這堆錢。」錢幣碰撞聲中，他跳進副駕駛座。

他一手提著塑膠袋，把裡面的東西倒進大腿之間，嘩嘩掉出來的是鈔票和硬幣。

「他們的捐款箱是木頭做的，」他呵呵笑說，「就擺在門邊，我踹一腳就開了。」

「有好幾張一百克朗的大鈔。」弗列迪彎腰鑽進前座中間說。

「我來數數看，」湯米說著看亨利克一眼。「別忘了，這筆錢全歸我們。」

「你們自己留著。」亨利克小聲說。

這下子，他心情開朗不起來了。進教堂偷錢，太過分了。誰曉得那筆善款是給老年人，或是捐給索馬利亞痲瘋病患之類的。媽的，太超過了。不過，既然做了就做了。

「這是什麼東西？」湯米彎腰說。

他剛發現座椅下面有一支槍。

「我從房子裡偷來的。」亨利克說。

「操。」湯米拾起獵槍。「是古董毛瑟槍。識貨的人都愛收藏這種東西，不過，現在還有人拿這種槍打獵。可靠耐用。」

他的視線在槍管上下遊走，拉桿被他向後拉。

「槍在手上，當心點。」亨利克說。

「沒事啦……保險栓關著。」

「看樣子，你懂槍？」

「懂啊，」湯米說，「我以前常獵駝鹿。我爸沒喝醉的時候，常帶我進森林。」

「既然這樣，乾脆交給你保管算了。」亨利克說。

他發動車子，開燈，轉彎緩緩將車子駛出樹林。

車子回到路上時，亨利克說：「我不想太常做。」

「什麼？」

「這幾趟。再多做幾次，我會受不了。」

「我們應該再偷幾回。再四次。」

「兩次，」亨利克說，「我可以跟你們再合作兩次。」

「好。選哪裡？」

駕駛座上的亨利克無言。

「選我知道的兩個地方，」他說，「一個是牧師家，裡面可能有些珠寶。另外，也許可以偷鰻岬那棟莊園屋。」

「鰻岬？」湯米說，「厄萊斯特提示過的那一棟？」

亨利克點頭，只不過他相信，在通靈板上移動小杯子的人名叫湯米，不是厄萊斯特。

「我們可以去那裡，看看他有沒有騙我們。」湯米說。

「可以……不過，之後我就不玩了。」

亨利克鬱悶地看著前方冷清的路面。可惡。太不懂節制了，完全不像以前和摩戈合作的那幾次。

剛才制止他們別偷教堂時，應該再努力一點才對。

偷教堂會招來噩運。

10

「警力重返瑪內斯鎮了。我們會盯緊所有不法人士。我希望厄蘭島北部所有民眾都明白這件事實。」

督察宏布拉德當眾演講的才華真不是蓋的，蒂妲邊聽邊想。而且，督察似乎喜歡置身矚目焦點。寒風中，在瑪內斯新派出所前的街道上，他凝望著現場十幾位民眾，其中有幾名記者、幾位同事，也許有兩三個鎮民。就職演說繼續：

「地方派出所是警務的新面相之一，是更為親近民眾的執法方式……可媲美從前認識轄區所有民眾的治安官。當然，今日社會複雜化，人際脈絡的層次增多，但厄蘭島北部的地方警官有備而來。他們將集結民間社團和公司行號的協助，特別關注年輕人犯罪問題。」

宏布拉德督察停頓一下。「歡迎發問。」

「廣場附近出現塗鴉，有辱鎮風，」一名老年人說，「警方有什麼對策？」

「任何人只要噴漆塗鴉，將會被警方繩之以法，」宏布拉德回答，「警方有權搜身並沒收任何噴漆罐。在此方面，警方當然也將採取零容忍原則。反過來說，學校和家長也同樣需要正視毀損市容的問題。」

「竊盜案呢？你有什麼對策？」另一名男性民眾說，「教堂和度假屋最近常遭小偷。」

「非法入侵是地方警力的查緝重點之一，」宏布拉德說，「我們將以偵破竊案為當務之急，將涉案人逮捕歸案。」

蒂妲站在督察背後，宛如假人一具，腰桿僵直，兩眼穩定正視前方。在場的女性唯獨她一人。在這一天，她最不願待的地方就是瑪內斯。她也但願自己能換個身分，最好不是警察。這身制服太厚也太緊了，束縛到喘不過氣。

她也不想太靠近新同事漢斯．麥諾爾。

三天前，鰻岬莊園屋的苦主尤瓦金．韋斯丁投書《厄蘭島郵報》，痛斥警方生死者不分，誤將亡妻誤報為女兒。文章中，他並未指名道姓，但當天報紙一出刊，蒂妲覺得街頭鎮民已開始用異樣的眼神審視並裁決她。昨晚，督察宏布拉德打電話命令她，今天陪他去鰻岬，為的是道歉。

「……最後，我有兩項東西，想交給團隊新成員漢斯．麥諾爾和蒂妲．大衛森。一項是派出所鑰匙，另一項是……」督察說。他拿起一個靠在講桌旁的長方體牛皮紙包，裡面是一幅油畫，主題是怒海中的一艘三桅帆船。「這是波爾貢警局送的禮物……象徵警民同舟共濟。」

督察鄭重將油畫交給麥諾爾和蒂妲，兩人也各接下一串鑰匙。麥諾爾以鑰匙打開派出所正門，大手一揮，邀請所有來賓入內。

蒂妲靠邊站，讓男士先進門。

辦公室裡面最近剛打掃過，地板一塵不染，牆上有幾張厄蘭島和波羅的海地圖。督察預先訂購一批明蝦單片三明治，擺在麥諾爾和蒂妲工作檯之間的咖啡桌上。

蒂妲辦公桌上已有幾堆文書。她拿起其中一份塑膠檔案夾，走向同事。

麥諾爾站在自己辦公桌旁，一面拿著三明治狼吞虎嚥，一面和波爾貢來的兩名男同事講話，同事聽了哈哈笑。

「漢斯，可以借幾分鐘嗎？」

「沒問題，蒂妲。」麥諾爾對同事微笑，轉向她。「什麼事？」

「我很想找你談一談你的字條。」

「什麼字條？」

「鰻岬死者的字條。」蒂妲走向一邊，麥諾爾跟進。「你認得這字條吧？」

她從檔案夾取出一張紙，舉起來。這是她的證物。出事當天，麥諾爾給她的正是這張字條。

字條裡寫著三人姓名，首先是莉維亞・韋斯丁，其次是卡翠妮・韋斯丁，最後是蓋布列爾・韋斯丁。

莉維亞姓名旁多一個圖形：十字架。

「那又怎樣？」麥諾爾點頭說，「是急救中心提供給我的名單。」

「沒錯，」蒂妲說，「你應該註明溺斃的是哪一位。請你註明的人是我。」

麥諾爾笑不出來了。

「那又怎樣？」

「你把十字架畫在莉維亞・韋斯丁前面。」

「怎樣？」

「你搞錯了。溺水的人是母親卡翠妮・韋斯丁。」

麥諾爾拿叉子叉起幾隻蝦子，塞進嘴巴，似乎對眼前的話題興味索然。

「好，」他邊嚼蝦邊說，「錯就錯。即使是警察，有時候也難免出錯。」

「對，不過，出錯的人是你，」蒂妲說，「不是我。」

麥諾爾看著她。

「所以說，妳不信任我？」他說。

「可以這麼說，不過——」

「那好，」麥諾爾說，「妳可別忘了——」

「你們兩個正在互相瞭解嗎？」一個聲音打斷了他們的談話。

也不知道督察宏布拉德什麼時候來的。蒂妲點點頭。

「我們正在嘗試互相瞭解。」她說。

「很好。蒂妲，要記得，這裡結束後，妳要陪我跑一趟。」

宏布拉德點頭微笑，走向地方報社派來的文字和攝影記者。

麥諾爾拍拍蒂妲．大衛森肩膀。

「信得過同僚是件很重要的事，大衛森，」他說，「妳不贊同嗎？」

蒂妲點點頭。

「那就好，」麥諾爾說，「不管誰對誰錯，有事發生的時候，我們做警察的必須確定自己不是孤立無援的。」

說完，他轉身離去，走回剛才和他聊天的同事。

蒂妲還呆呆地站在原地，仍舊希望自己沒有出現在這樣的場合。

半小時後，四分之三的三明治下肚，其他送進冰箱，督察宏布拉德說：「我們走吧，坐我的車去。」

這時候，這間新成立的警局裡只剩蒂妲和督察兩人。漢斯．麥諾爾是最早走的人之一。到這階段，蒂妲已認定，她連假裝和他合得來也想省了。

她戴上警帽，鎖上門，和督察一同走向停車處。

坐上車後，督察解釋：「我們沒有義務跑這一趟。不過，韋斯丁兩度打去卡爾馬，想找我或相關長官講話，所以我覺得，當面跟他溝通一下比較恰當。」督察啟動車子，駛離路邊，繼續說：「要緊的是避免民眾提出正式申訴引發調查。這樣子跑一趟不是例行動作，通常卻能釐清多數誤解。」

「韋斯丁妻子過世後幾天，我聯絡過他，」蒂妲說，「他當時沒興趣跟我講話。」

「這一次，我可以盡量和他講道理，」宏布拉德說，「這樣可能比較好。說實在話，這不是道不道歉的問題，而是——」

「我沒什麼好道歉的，」蒂妲說，「提供錯誤資訊的人不是我。」

「不是妳？」

「一位同事給我一張字條，上面的記號打錯了，我只是照著唸。」

「喔？話說回來，妳應該曉得，最好不要在電話上向家屬報告死訊。在本案上，例行程序脫鉤了，我認為大家都有責任。」

「我同事也這麼說。」蒂姐說。

車子離開瑪內斯，沿岸南下行駛向鰻岬。這天下午，一路上不見人車。

「我考慮在島上買一棟房子，考慮了好久，」督察說，瞥向岸邊牧草地。「在東岸這一帶。」

「是嗎？」

「這裡景觀真的好美。」

「對，」蒂姐說，「我家族是這裡人，在瑪內斯附近的村莊。我父親那邊的家人。」

「瞭解。所以妳才回來島上？」

「是原因之一，」蒂姐說，「這份工作也很吸引人。」

「工作，對，」督察說，「今天隆重登場。」

幾分鐘後，車子來到寫著「鰻岬」的黃路標，宏布拉德轉彎駛進曲折的砂石小路。看得見燈塔了，也看得見幾棟紅色建築物。這一次，儘管陽光被灰雲遮住，蒂姐終於能在白天看見燈塔看守員住宅的模樣。

車子來到莊園屋正面，宏布拉德熄火。

「記住，」他說，「妳如果不想開口，什麼話也不必講。」

蒂姐點點頭。最菜的菜鳥，所以閉嘴準沒錯。小時候在家，上有兩個兄長的她，一起進餐時也有相同的規矩。

鰻岬莊園屋在白天比較中看，蒂姐心想。但對她而言，佔地仍太大，不合乎她理想的住家。督察敲敲廚房門的玻璃窗。約莫一分鐘後，門開了。

「午安，」督察說，「我們來了。」

尤瓦金．韋斯丁的臉比上次更蒼白了，蒂妲心想。她知道他三十四歲，外表卻像五十，兩眼無光，滿是倦意。他只對督察點一點頭，甚至懶得正眼看蒂妲，無視於她的存在。

「請進。」

韋斯丁走進黑暗中，他們跟進。廚房裡一切整齊乾淨，不見灰塵聚集成的毛球，但蒂妲四下看一看，覺得房間裡所有的東西都籠罩著一層灰色薄膜。

「要不要咖啡？」韋斯丁問。

「好的，謝謝你。」督察說。

韋斯丁走向咖啡沖泡機。

「現在你們自己住嗎……你和小孩子？」督察問，「沒其他親戚？」

「我母親在我們家住過幾天，」韋斯丁說，「不過，她已經回斯德哥爾摩了。」

一陣沉默。督察調整著制服。

「首先，我們最想誠摯表達遺憾……那種狀況萬萬不該發生，」他說，「命案通知家屬的程序在當天出現瑕疵。」

「說得好。」韋斯丁說。

「是的，出那種錯，我們真的很遺憾。但是……」

「我以為是我女兒。」韋斯丁說。

「什麼？」

「害我以為我女兒溺死了。從斯德哥爾摩一路到厄蘭島的幾個鐘頭，我一直誤以為是女兒。一路上，唯一的安慰……有總比沒有好的安慰是，我妻子卡翠妮還在家裡等我，想到她的心情甚至會比我更糟。等我回家後，我起碼能盡力一輩子安慰她。」韋斯丁停頓一下，然後以極低的音量說：「至少我們還能相依為命。」

他沉默下來，凝望窗外。

「如我剛才所言，我們在此誠摯表達遺憾，」督察說，「憾事既然發生了……我們只能確保同樣的錯誤不再發生……我的意思是，不要發生在別人的家屬身上。」

韋斯丁似乎不太聽得進去了。他端詳著自己的雙手。督察講完時，他問：「調查進行得怎樣？」

「調查？」

「偵辦。偵辦我妻子命案的進度。」

「沒有偵辦，」督察連忙說，「唯有在疑似他殺的情況下，警方才會進行偵辦或初步調查。本案查無疑點。」

韋斯丁的視線從桌面上移。「照你這麼說，發生這案子是稀鬆平常的事？」

「呃，當然不盡然是正常的事，」督察說，「不過呢……」

韋斯丁深吸一口氣，繼續說：「那天早上，我太太在房子外跟我道別，然後她回房子裡，刷洗窗戶。然後，她煮午餐自己吃，之後她走向海邊。她一路走向防波堤盡頭，跳進水裡。這樣的舉止，你認為正常嗎？」

「沒人說這件事是自殺，」督察說，「不過如同我所言，目前無跡象顯示本案涉及他殺。舉例來說，假設她午餐喝了兩杯葡萄酒，然後走上防波堤，岩石滑溜溜——」

「你看見我們家裡有酒瓶嗎？」韋斯丁打斷他。

蒂妲左右看一看。的確，廚房裡不見葡萄酒瓶。

「卡翠妮不喝酒，」韋斯丁繼續說，「她從不碰酒精。驗血就能檢查酒精濃度，警方化驗過嗎？」

「對是對，不過——」

「我也不喝酒。這裡完全找不到酒。」

「你們為什麼不喝酒，方便我問原因嗎？」督察說，「你們信教嗎？」

尤瓦金．韋斯丁看著督察，似乎覺得他問得太魯莽。蒂妲心想，說不定這家人是虔誠信徒。

「我們見證過酗酒嗑藥的下場，」韋斯丁久久之後才說，「所以不希望家裡出現酒和毒。」

「我能諒解。」督察說。

大廚房裡沉寂下來。蒂妲望向窗外的燈塔和海景。她想起叔公耶洛夫，想起他源源不絕的好奇心。

「你太太招惹過誰嗎？」她冷不防問道。

從眼角，蒂妲看得出督察看她的眼神有異，好像她憑空出現在廚房桌前似的。

韋斯丁也似乎對這問題感到錯愕。不是惱怒，只是錯愕。

「沒有，」韋斯丁說，「我們兩人都沒跟別人結仇。」

但蒂妲認為他的語氣似乎有一絲遲疑，彷彿欲言又止。

「所以說，在島上，她沒有被人威脅過？」

韋斯丁搖搖頭。「就我所知是沒有……近幾個月，卡翠妮自己帶兩個孩子住這裡，我只趁週末從斯德哥爾摩南下。她倒沒提過受到什麼人威脅。」

「所以說，出事前，她一切顯得正常？」

「差不多是，」尤瓦金・韋斯丁說。他低頭看自己的咖啡杯。「也許有那麼一點點疲倦，情緒低落吧……我遠在斯德哥爾摩忙，卡翠妮相當難自我調適。」

三人再度沉默。

「可以借一下洗手間嗎？」蒂妲說。

韋斯丁點頭。「從門廊出去，進走廊右邊就是。」

蒂妲離開廚房，一下子就找到浴室。畢竟，她在這棟房子裡待過。門廊和走廊的新漆味幾乎散盡了，房子裡稍微多了一分人氣。

通往浴室的走廊新掛上一幅油畫，刻畫著灰白的景物，看起來像厄蘭島北部的冬景。一場風雪席捲全島，模糊了所有輪廓線，畫風如此陰暗懾人，蒂妲總覺得沒有哪個畫家會以這種陰暗的手法描繪海島，她在畫前駐足了半晌才進洗手間。

洗手間不大，卻很溫馨。從地板到天花板全貼上瓷磚，地上鋪著一塊厚厚的藍地毯，古風浴缸以四支鑄鐵獅腳站立。上完廁所，她回到走廊，路過門關著的小孩房間。隔壁那間臥房的門半開著。

看一下就好？

蒂妲探頭進去，見小房間裡有一張偌大的雙人床，床邊有個小床頭櫃，相框裡的卡翠妮．韋斯丁正從窗內揮手。

然後，蒂妲看見衣服。

十幾件女用衣物，用衣架掛在臥房牆壁上，當成相片掛。毛衣、長褲、胸罩、短上衣。

雙人床上的床具整潔，一件白睡袍整齊摺疊，放在枕頭上，好像正等著主人天一黑回來穿上。

看著這幅異象，盯了半晌，蒂妲才退出臥房。

回廚房途中，她聽見督察說著：

「嗯，我們該回去執勤了。」

宏布拉德喝完咖啡，從桌前起身。

現在，房間的氣氛似乎沒之前那麼緊張了。尤瓦金．韋斯丁站起來，匆匆向蒂妲和督察瞥一眼。

「好，」他說，「感謝兩位來這一趟。」

「不客氣，」督察說，隨即再說：「我要你明白，你如果想進一步關心案情，當然是你的自由，不過，我們當然也非常感激你不——」

韋斯丁搖搖頭。「我不會再進一步……結束了。」

他伴隨兩人進門廳。來到門階上，他和兩位警官握手。

「謝謝你請我們喝咖啡。」蒂妲說。

暮色低垂了，環境瀰漫著焚燒落葉的氣息。燈塔在岸邊閃耀。

「我們恆久的伴侶。」韋斯丁以下巴指著燈塔說。

「燈塔的哪一方面需要你負責嗎？」督察問。

「不用，全部自動化。」

「聽說，燈塔裡的石頭是從荒廢的禮拜堂搬來的，」蒂妲指向北邊的森林說，「在岬角那附近。」

聽她口氣，她像在扮演導遊的角色，炫耀著知識，但韋斯丁居然聽進去了。

「誰告訴妳的？」

「耶洛夫，」蒂妲說，然後解釋：「我叔公，他住在瑪內斯，對鰻岬的瞭解相當深。如果你還想進一步瞭解，我可以請他……」

「好，」韋斯丁說，「妳跟他說，隨時歡迎他來我這兒喝咖啡。」

回到車上的時候，蒂妲望向巨大的莊園屋。她想著屋裡許許多多幽靜的廳室。接著，她想起掛滿臥房牆壁的女裝。

「他的狀況不太好。」蒂妲說。

「當然不好，」督察說，「畢竟他正在療傷。」

「我在想，不知道他的小孩情況怎樣？」

「孩子還小，很快就忘光了。」督察說。

他把車子駛上濱海道路，前往瑪內斯。他朝蒂妲．大衛森看一眼。

「妳剛在廚房裡提的問題……來得很突然，大衛森。有特別用意嗎？」

「沒有……我真的只想跟他交流一下。」

「嗯，說不定起作用了。」

「剛才我們也許應該可以多問幾句。」

「喔？」

「我認為，他有話想告訴我們。」

「你指哪方面？」

「我不知道，」蒂妲說，「大概是……家族秘密吧。」

「人人都有秘密，」督察說，「問題癥結在，是尋短或是意外……可惜這不在我們的偵辦範圍之內。」

「不過，我們倒可以尋找跡象，」蒂妲說，「不帶一點私心。」

「什麼跡象？」

「呃……現場有沒有其他人。」

「現場查到的跡象只有死者留下來的，」督察說，「更何況，最後見到她的人是韋斯丁，是他親口說的。不管查到什麼跡象，如果警方朝他殺偵辦，該偵訊的第一個對象應該是他。」

「我剛在想，如果我有空能——」

「妳不會有空的，大衛森，」督察繼續說，「地方警官老是時間不夠用。妳會忙著拜訪學校、帶走醉漢、查緝塗鴉、調查竊盜案、巡邏瑪內斯街頭、留意鎮外路上的車流。妳也要寫報告給波爾貢警局。」

蒂妲思索片刻。

「換句話說，」她說，「如果這些任務忙完了，我還能抽空，我就可以去鰻岬挨家挨戶敲門訪查，看看有沒有人目擊卡翠妮．韋斯丁命案。這樣的話總可以了吧？」

督察凝視擋風玻璃前的路況，一臉嚴肅。

「我懷疑，我身邊坐了一個未來的督察。」他說。

「謝了，」蒂妲說，「不過我的目標不是升官。」

「大家都這麼說，」督察嘆氣，彷彿正在思索個人的前途。「隨便妳吧，」他最後說，「像我剛才說的，大衛森，妳得自己分配時間。不過，如果妳查到任何東西，一定要交給專家處理。重點是，所有行動都要呈報波爾貢警局。」

「我愛文書作業。」蒂妲說。

一九〇〇年冬

卡翠妮，如果地表突然出現深淵時，妳怎麼辦？停留在原地嗎？或者跳下去？

在一九五〇年代末期的厄蘭島北部，我坐在火車上，身邊有一名老婆婆，她想去波爾貢。她名叫艾芭．林德，父親是燈塔看守員。她聽說我住鰻岬，向我透露莊園屋的一件往事。發生那件事隔天，她帶刀爬上穀倉的閣樓，在牆壁木板刻上哥哥的姓名和年分：培特．林德　一八八五生，一九〇〇逝。

——米雅．蘭姆貝

這年是新世紀的第一年。一月三十一日星期三這天放晴，沒有一絲風，但鰻岬全然與外界隔絕。

上星期，一場暴風雪橫掃厄蘭島十二小時，海岸全被冰雪覆蓋。如今風勢停息，戶外氣溫卻低達攝氏零下十五度，路面積雪數英尺。六天以來，莊園屋裡的幾家人接不到信，也無人上門。穀倉裡的牲口仍有充足的糧秣，但馬鈴薯所剩無幾，柴薪和往年一樣告急。

林德家的培特帶妹妹艾芭外出，想鋸冰塊回莊園屋的地下室冷藏食品，以備春天來臨時善用。早餐後，兄妹倆來到鰻岬海邊，在冰山雪地爬上爬下。旭日剛東昇，照耀著綿延不絕的大片冰雪。九點左右，他們走過最後一座小島，踏進一個浩瀚無垠、晶瑩閃爍的雪景和豔陽天地。

隔著冰雪，腳底下是水。兄妹倆踏水而行，覆蓋著海冰的雪在靴子下嘎吱作響。

培特今年十五歲，比艾芭大兩歲。他在前面帶路，不時回頭看妹妹。

「你沒事吧？」他問。

「沒事。」艾芭說。

「現在感覺暖和點了嗎？」

她點頭，差點氣喘到講不出話。

「從這裡看得見哥特蘭島南部嗎？」她問。

培特搖搖頭。「哥特蘭島太平坦了……而且那座島離這兒太遠。」

再過大約三十分鐘，兩人終於能看見冰雪以外的海景。浪頭在陽光下閃耀，但海的顏色黑如煤炭。

海上有許多海鳥。成群的長尾鴨聚集在海面上，接近冰雪處有一對天鵝在划水。一隻海鷗在水冰交界線上空盤旋。艾芭認為，牠盯上獵物了，可能是長尾鴨，然而，海鷗突然俯衝後沖天，爪子上多了一條細長的黑生物。她對培特喊：

「快看！」

是鰻魚，成千上百條銀光閃閃的鰻魚在冰上搖頭晃尾，牠們從海裡爬到冰上，現在卻回不去了。培特很快跑了過去，把冰鋸擱在雪地上。

「我們抓幾條回家。」他喊著，彎腰打開背包。鰻魚扭身想溜走，但他追過去，揪住一條，接著又抓到幾隻，六、七條，背包頓時熱鬧起來。入袋的鰻魚想鑽出去，彼此纏扭著，背包也跟著蠢動。

艾芭再往北走幾步，也開始抓鰻魚。她抓住扁平的鰻魚尾，提起來，以免被尖銳的小牙齒咬到，無奈鰻魚黏滑，很難抓緊。鰻魚身上有很多肉，母鰻魚一條重達好幾磅。

她把兩條推進自己的背包，去追第三條，總算抓住了。

氣溫下降了。她抬頭，看見羽狀卷雲已從天邊向西飄走，宛如一層薄紗籠罩太陽。低層烏雲隨之而來，風勢也再起。

艾芭原本沒注意到風勢增強，這時聽見大海傳來白浪滔滔聲。

「培特！」她高喊。「培特，我們該往回走了！」

培特在一百碼外，置身冰上鰻魚群中，似乎沒聽見。

浪愈翻愈高，逐漸打進冰雪區，冰面慢慢開始起起伏伏。艾芭感覺到冰面晃動。

她放開手裡的鰻魚，拔腿跑向培特，但她接著聽見恐怖的巨響，近似雷聲，不是來自天上的烏雲，而是腳底下的冰。

海浪和大風將冰塊劈成兩半，同時伴隨低沉的斷裂聲。

「培特！」她再次大聲喊道，一種從未有過的恐懼襲來。

鰻魚抓夠了，培特這時候歇手轉身，但距離妹妹仍將近一百碼。

艾芭聽見刺耳的轟聲，宛如近距離發射的大砲，隨即見到冰面裂開，在遍地白的中間出現一道黑縫，離陸地十幾碼。

海水沖刷著冰面。裂痕不斷迅速加寬。

艾芭的直覺反應是拋下一切，逃命要緊，但她來到裂縫時停下來。裂痕幾乎有三英尺寬了，而且持續擴展中。

艾芭不會游泳，向來都很怕水。她看著裂縫，絕望地回頭望去。

培特奔向她，一手抱著背包，但仍遠在五十步之外。他朝著陸地揮手。

「跳啊，艾芭！」

她縱身一躍，跳過黑黢黢的裂縫，滾落地上。

好險！她差點沒能越過。

大塊浮冰上剩下培特。艾芭跳過去才過三十秒，培特趕來水邊，可惜裂縫已寬達數碼。他停下，躊躇一陣，間隔變得更大了。

兄妹倆大眼瞪小眼，嚇呆了。培特搖搖頭，指向岸邊。

「快去喊救命，艾芭！叫人開船過來！」

艾芭點頭轉身，在冰雪上飛奔。

風浪繼續撕扯冰面，裂縫直追她背後而來。甚至還有兩次被大裂縫堵住去路，幸好她都奮力跳了過去。

她轉身看哥哥最後一眼。培特獨自站在巨大的浮冰上，面對一道不停擴寬的黑鴻溝。

她非開始再跑不可了。破冰聲沿著海岸線迴盪，震耳欲聾。

艾芭馬不停蹄地跑，背面的風勢漸增。終於，她看見雙燈塔之間的莊園屋了，她的家園。然而，巨宅在陸地上只是深紅色的一個小點，冰面上的她仍遙不可及。為了培特也為她自己，她祈求上帝原諒他們的冒失。

眼前又出現一道裂縫，她縱身躍過，滑了一下，繼續再跑。

最後，她終於來到海邊的冰脊。現在，她已經筋疲力盡，但她還是一邊哭著一邊拚命爬了過去。至此，她已沒有生命危險之虞了。

艾芭起身往後面望去。海平線已經消失在薄霧中。

浮冰也不見了，全漂向東流向芬蘭和俄羅斯。

繼續往岸上，艾芭邊哭邊走。她知道非快點回家不可，快去叫燈塔看守員划船出海。只不過，划去哪裡才找得到培特呢？

她用盡最後一絲力氣，腿軟跪在雪地上。

坡地上的莊園屋低頭看著她。屋頂白雪皚皚，但窗戶呈炭黑色。是黑如冰川下的深淵還是憤怒的眼睛？上帝的眼睛一定也是黑的，艾芭這樣想。

11

日子一天天過去。

嘴巴雖然絕口不提，但莉維亞和蓋布列爾似乎以為，母親只離開一陣子，遲早會回家。誤導小孩固然不妥，但時日一久，尤瓦金也幾乎信以為真了。

卡翠妮去度假了，總有一天或許還有可能回到莊園屋。

兩位警官登門拜訪隔日，尤瓦金站在廚房望向窗外。在十一月的這一天，他看不見南飛的候鳥，只見零星幾隻海鷗在海面盤旋。

兩小時前，他送小孩去瑪內斯上學，出門的時候他就決定去鎮上買點吃的。來到廣場，他進一家店，卻只呆呆站著看。

商店裡的東西琳琅滿目，標示牌鋪天蓋地。

生鮮肉櫃檯上方的海報寫著：瘦肉排骨，一磅只售39.5克朗。

是瘦肉排骨嗎？自己是不是看錯了，但他忽然怕起來，不敢近看到底寫什麼。他緩緩倒退走，從店門離開。

現在，尤瓦金連購買食物這樣的小事也應付不了了。

開車回家後，他步入深遠的寂靜中，脫掉戶外服裝，然後來到窗前，呆呆地站在那裡，什麼都不想做。

眼前的淺色木製流理台上有個盤子，裡面有一顆被遺忘的萵苣。是他買的嗎？或者是卡翠妮？他不記得了。但幾天下來，塑膠袋裡的萵苣發黑變爛。廚房裡有食品腐敗不是好現象，應該拿出去扔掉。

可他實在打不起精神。

他對著窗外再瞄最後一眼，望向鰻岬以外的陰霾天空和冷清海面，天地一片灰濛濛，這時他心生一計：他想去床上躺，從此不再下床。

尤瓦金進臥房，整個人躺進雙人床上，直盯天花板。原本有幾塊難看的石膏板釘住天花板，被卡翠妮拆下來，恢復白色天花板的原狀。原始的天花板年代可能遠至十九世紀。

天花板看起來很不錯，躺在床上宛如置身一朵白雲底下。

忽然間，在寂靜中，他聽見一陣遲疑的敲門聲。指關節敲得玻璃咚咚響。

尤瓦金轉頭。

壞消息嗎？他隨時有迎接更多壞消息的準備。

敲擊聲再起，這次力道加大。

聲音源於廚房門。

他慢慢下床，穿越廚房，走進門廳。

透過門上的玻璃窗，他看見門階上站著身穿深色衣服的兩人，一男一女，年齡和尤瓦金跟卡翠妮差不多。男人穿西裝，女人穿深藍色外套和裙子。他開門，兩人面露親善的微笑。

「嗨，」女人說，「我們是菲利普和米莉安。我們方便進門嗎？」

他點頭，把門開大。是瑪內斯的葬儀社派人來嗎？他不認得這兩人，但近幾星期以來，葬儀社人員曾多次和他聯絡，態度都非常親切。

一男一女走進廚房，女人說：「哇，好美喔。」

男人四下看一看，點點頭，轉向尤瓦金。「我們這個月來島上遊覽，」他說，「注意到這一棟有人在家。」

「我們全年住這裡……我太太和我和兩個小孩，」尤瓦金說，「要不要喝咖啡？」

「謝謝你，不過我們不沾咖啡因。」菲利普說，在廚房桌前坐下。

「怎麼稱呼你？」米莉安說，「不介意我問吧？」

「尤瓦金。」

「尤瓦金，我們真的很想送你一個東西。很重要的東西。」

米莉安從包包取出一份簡介書，放在尤瓦金面前的桌上。

「看一下。很美，不是嗎？」

尤瓦金看著薄薄的簡介，封面畫著一片藍天綠野，草地上坐著一對白衣男女，男人一手摟著趴在草地上的小綿羊，女人一手抱著一頭大獅子，兩人相視微笑。

「是天堂樂園，不是嗎？」米莉安說。

尤瓦金的視線從圖畫轉向她。「以前，我認為這裡是天堂，」他說，「現在不這麼認為了。」

米莉安看著他，滿臉疑惑幾秒，然後又微笑起來。

「耶穌為世人而死，」米莉安說，「他犧牲自己，好讓我們享受這麼美好的事物。」

尤瓦金再看圖畫，點點頭。「美好。」他指著背景的群峰。「好漂亮的山。」

「那地方是天國。」米莉安說。

「我們死後能繼續活下去，尤瓦金，」菲利普說。他上半身靠向桌面，彷彿正在洩漏天機。「永生不死……不是很棒嗎？」

尤瓦金點頭。他一直看圖，無法移開視線。像這種簡介，他不是沒看過，但這次才發現天堂圖有多麼美。

「我真的想住在畫裡的山上。」他說。

新鮮的高山空氣。他本可和卡翠妮搬去山上。然而，他們搬來住的這座島到處是平原，沒有高山。也沒有卡翠妮……

尤瓦金忽然呼吸困難。他向前彎腰，覺得大顆大顆的淚珠湧進喉嚨。

「你身體是不是……是不是不舒服？」米莉安說。

他搖頭，趴在桌上，痛哭起來。對，不舒服。他身體不舒服，一直都在懵懵懂懂地過活。

唉，卡翠妮……

在廚房桌上，他痛哭流涕幾分鐘，難以自扼，自成一個世界。在遙遠的某地，他聽見有人交頭接耳，聽見椅子輕輕磨地的聲音，但他無法停止哭泣。他覺得有人放一手在他肩膀上，停留幾秒才收走。然後，外門輕聲關上。

終於眨掉淚水之後，屋裡只剩他一人。他聽見屋外有車子啟動的聲響。

畫著草地和人獸的簡介書仍在桌上。引擎聲遠去之後，尤瓦金在寂靜的廚房裡抽噎，看著圖畫。

再這樣下去不行。該做點事，什麼都可以。

他疲憊嘆一聲，站起來，把簡介書扔進洗手台底下的垃圾桶。

室內四周是徹底的安靜。他從走廊進空蕩的待客室，地上排著一堆瓶瓶罐罐和抹布。卡翠妮走的前一個星期，顯然才剛開始清理窗框。

在室內裝潢方面，她的構想遠比尤瓦金明確，已經挑選了全套色系、壁紙和木製裝潢品，也買齊了材料，全擺在牆腳的地上等人用。

尤瓦金再嘆一口氣。

接著，他打開一瓶清潔劑，拿起一塊抹布，開始清理窗框，態度固執，心無旁騖。

抹布摩擦木框，聲音在寂靜中顯得蒼涼。

不能擦太用力，金，他聽見卡翠妮在腦海一隅叮嚀。

週末到了。兩個孩子都在家中，此刻，兩人正在莉維亞的房間裡玩耍。

尤瓦金處理完大房間裡的窗戶，這週六打算進西南角的房間貼壁紙。早餐後，他擺好一張桌子，調配好一桶壁紙膠。

這一間是比較小的臥房，角落有一座一百二十年歷史的壁爐，許多間都有。多數房間的小花壁紙看似二十世紀初產品，可惜損害太嚴重，無法保存下來。古董壁紙有多處受潮痕跡，有些地方甚至大片大片剝落。今年秋初，卡翠妮動手剝除老壁紙，然後抹平牆壁，逢洞就補，預先為貼壁紙做好了完善的準備。

卡翠妮生前特別鍾情這個角落小房間。

但尤瓦金不想在這時候再追憶她。他不想動腦，只想貼壁紙。

他拿起幾捲鋅白壁紙。這產品是厚重的英國手工壁紙，和他們在蘋果居用的是同一款。他拿起刀和長尺，開始裁壁紙。

他和卡翠妮總是合作貼壁紙。

尤瓦金嘆氣，但也開始動工。貼壁紙是不可能累垮的，因此尤瓦金一邊忙，一邊進入近似冥想的境界，化為僧侶，房子成了他的修道院。

頭四片貼好後，尤瓦金拿刷子抹平，隨後突然聽見一記輕微碰撞聲。他走下梯子，仔細聽。碰撞聲有規律，間隔幾秒，來自戶外。

他走向窗前，外面是莊園屋後院。他打開窗戶，酷寒的空氣灌入。

一名男童站在下面的草地上，可能比莉維亞大一兩歲，腳邊有一個黃色塑膠足球。男童的褐髮捲曲，從冬季羊毛帽底下鑽出來，羽絨夾克扣錯孔。他抬頭看尤瓦金，表情有些許好奇。

「嗨。」尤瓦金說。

「嗨。」男童說。

「來這裡亂踢球不好吧，」尤瓦金說，「準頭不夠好，窗戶會被你打破。」

「我都對準牆壁踢啊，」男童說，「每次都很準的。」

「那就好。你叫什麼名字？」

「安吉亞斯。」

男童以手掌揉一揉被凍得紅通通的鼻子。

「你家住哪裡？」

「那裡。」

他指向農場。原來安吉亞斯是卡爾森家的小孩，星期六早上自己跑出來玩。

「你想進來嗎？」尤瓦金說。

「進去幹什麼？」

「你可以跟我們家莉維亞和蓋布列爾打招呼，」尤瓦金說，「莉維亞年紀跟你差不多。」

「我今年七歲，」安吉亞斯說，「她也七歲嗎？」

「還沒。不過，她年紀快跟你一樣大了。」

安吉亞斯點頭。他再揉揉鼻子，然後決定了。

「一下下就好。我們家快開飯了。」

他抱起足球，繞去房子一側。

尤瓦金關窗戶，離開廚房。

「莉維亞，蓋布列爾！」他喊著，「有客人上門了。」

幾秒後，女兒出現，一手抱著福爾曼。

「什麼事？」

「有人來我們家想認識妳。」

「誰呀？」

「一個男孩子。」

「一個男孩子？」莉維亞睜大眼睛。「我才不想認識他。他叫什麼名字？」

「安吉亞斯。他住在隔壁的農場。」

「可是爹地，我又不認識他。」

她語帶恐慌。尤瓦金想對她來個機會教育，讓她明白交新朋友不會害自己生病。這時外門打開，安吉亞斯走進門廊，停在踏腳墊上。

「進來吧，安吉亞斯，」尤瓦金說，「脫掉帽子和夾克。」

「好。」

男童脫掉戶外衣服，扔向地板。

「你以前進過這棟房子嗎？」

「沒有。以前一直鎖著。」

「現在不鎖了，開放參觀。我們現在住這裡。」

安吉亞斯看著莉維亞，莉維亞也看著他，兩人都不肯打招呼。

房間裡的蓋布列爾羞赧地探出頭來，同樣不吭聲。

過了一會兒，安吉亞斯四下看一看，說：「從那邊的牛欄，我幫過爸媽把牛趕進來。」

「今天嗎？」尤瓦金說。

「不是，是上禮拜。現在乳牛不待在裡面不行，不然會被凍死。」

「對，冬天大家都需要吹暖氣，」尤瓦金說，「不管是牛是鳥或是人類。」

莉維亞仍好奇盯著客人看，不加入對話。尤瓦金小時候同樣害羞，如果她被遺傳到就太可惜了。

「你可以在我們家踢足球一陣子，」尤瓦金說，「我們有個大房間可以讓你用。」

尤瓦金帶頭走，三個小孩跟上，來到一間迎賓廳，裝潢幾乎仍付之闕如，僅有兩張用餐椅，地上有少數幾個紙箱。

「你可以在這一間踢球。」尤瓦金說，順手把三個紙箱疊在窗前保護玻璃。

安吉亞斯放下足球，在木頭地板上遲疑地運球一下，然後踹向莉維亞，激起灰色如薄霧的塵埃。

見球跑過來，莉維亞伸出腳卻沒踢中。蓋布列爾匆忙追球但沒追到。

「要先用腳擋球，」尤瓦金對子女說，「然後才能控制住球。」

莉維亞對他擺臭臉，好像嫌爸爸多嘴。她迅速轉身，在角落用雙腳夾住球，用力把球踢回去。

「踢得好。」安吉亞斯說。

尤瓦金暗罵，這麼小也會撩妹。但莉維亞面帶滿足的微笑。

「去站那邊，」安吉亞斯指向另一道門。「球門給妳守，我們來射門。」

莉維亞連忙奔向雙扉門，尤瓦金離開房間，穿過走廊回去貼壁紙，聽得見足球在身後蹦跳的聲音。

「得分！」他聽見安吉亞斯大喊，莉維亞和蓋布列爾也尖叫起來，然後三人捧腹大笑。歡樂的嘈雜聲響徹整棟房子，太好了，他為自己的小孩物色到一個朋友。

他把刷子伸進壁紙膠的桶子，攪拌一下，開始塗抹長牆。壁紙一面接一面黏上去了。房間變了一個顏色，逐漸光明起來。尤瓦金刮掉壁紙下面的氣泡，拿濕海綿抹去多餘的壁紙膠。舊壁紙只剩兩三英尺時，他恍然發現，迎賓廳不再傳出兒童的玩樂聲。

整棟房子恢復沉寂。

尤瓦金下梯子，仔細聽。

「莉維亞？」他呼喚，「蓋布列爾？你們想不想喝果汁？要不要吃餅乾？」

沒回應。

他再聽一會兒，然後走出這一間，進走廊，前往迎賓廳途中望向窗外，看一看院子，停下腳步。

大穀倉的門開著。

之前不是關著嗎？

隨即他看見，安吉亞斯．卡爾森的戶外衣服已從地板上消失。

尤瓦金穿上夾克和靴子，走進院子。

穀倉門很重，三個小孩一定是合力才打開。說不定他們進裡面了。裡面黑漆漆。尤瓦金走過去，停在穀倉門口。

「哈囉？」

沒回應。

是在玩捉迷藏嗎？他踏著穀倉的石地板前進，吸到舊乾草的氣息。

他曾和卡翠妮討論過，有空可以清走所有乾草和牛糞，消除所有牲口住過這裡的痕跡，將來可以把穀倉改裝成藝廊。

他又不由自主想起卡翠妮了。在卡翠妮出事那天早晨，他見到她從穀倉走出來，一臉尷尬狀，好像做壞事被逮個正著。

穀倉裡毫無動靜，但尤瓦金卻聽見閣樓有輕敲聲或吱嘎聲，又像是腳步聲。

通往閣樓的是一座狹窄而陡峭的木造樓梯，他抓住扶手往上爬。

從陰暗的走道和牛舍進閣樓，感覺像走進教堂，他心想。在閣樓，只見一個供草風乾的開放大空間。照房屋仲介的慣用術語，這叫做開放式解決方案。黑暗中，他頭上的屋頂朝天高高拱起。閣樓全長有幾根大柱子支撐，聳立於尤瓦金頭上幾英尺高。

與莊園屋二樓不同的是，在穀倉閣樓裡，人不可能走丟，只不過這裡堆積的雜物太多，走路時必須步步提高警覺。

成堆的報紙、花盆、破椅子、舊縫紉機隨處擺，把閣樓當成垃圾掩埋場使用。有兩個農機輪胎高度和人差不多，也靠牆擺著。大輪胎是怎麼運上來的？

眼前的閣樓亂七八糟，尤瓦金見了忽然想起自己曾夢見卡翠妮站在這裡。然而，夢境裡的閣樓很乾淨，她則站在最遠的牆邊，背對著他，他不敢走過去。

冬風在穀倉屋頂上空輕輕呢喃著。這閣樓很冷，他不太喜歡獨處。

「莉維亞？」他大喊。

前方的木頭地板吱了一聲，但他聽不見回應。也許小孩躲進暗處了，八成正在陰影裡偷窺他。

孩子們正在和他玩捉迷藏。他四處看，四處聽。

「卡翠妮？」他輕聲說。

沒有回應。他在黑暗中靜候幾分鐘，結果閣樓上的寂靜持續不變，他才轉身下樓梯。

回到屋內，他發現孩子們了，全在剛才應該先找的地方：莉維亞的臥房。

莉維亞坐在地上畫圖，若無其事。蓋布列爾顯然獲姊姊准許，也在這裡。他從自己房間搬來幾輛玩具車，坐在她身旁。

「你們剛去哪裡了？」尤瓦金生氣地問道。

低頭畫圖的莉維亞抬起頭來。卡翠妮雖然是美術老師，卻從來不以作畫自娛，不過莉維亞沒事時喜歡畫畫。

「在這裡啊。」她說，彷彿不說也知道。

「可是剛才……你們有沒有去外面？妳和安吉亞斯和蓋布列爾？」

「一下下而已。」

「不准你們進穀倉，」尤瓦金說，「你們有沒有躲進裡面？」

「沒有啊。穀倉裡又沒什麼好玩的。」

「安吉亞斯去哪裡了？」

「回家去了。他們家快開飯了。」

「好。我們也快開飯了。不過，莉維亞，以後沒告訴我，不准你們出門。」

「好。」

當天夜裡，莉維亞睡覺的時候又開始喊媽媽了。

那天晚上，她就寢時沒有狀況。蓋布列爾在七點左右睡著。尤瓦金在浴室幫莉維亞刷牙時，莉維亞近距離研究他的頭，好奇心相當濃。

「你的耳朵好奇怪喔，爹地。」她看半天之後說。

尤瓦金把女兒的漱口杯和牙刷放回架子上，問：「什麼意思？」

「你的耳朵看起來……好老。」

「對。不過，它們再老也不會比我老。它們裡面有沒有毛？」

「不多。」

「那就好，」尤瓦金說，「鼻毛耳毛太長，不太好看……嘴巴裡面長毛也是。」

莉維亞想再多照鏡子一會兒，扮一扮鬼臉，被尤瓦金輕輕拉出浴室。他帶她上床蓋被子，讀故事書給她聽，小淘氣愛彌兒❽的頭被湯碗卡住的故事連講了兩遍，他才熄燈。正要離開房間之際，他聽見莉維亞往棉被深處鑽，頭在枕頭上躺好。

卡翠妮的羊毛衣仍擺在她身旁的床上。

他進廚房，幫自己做兩份三明治，啟動洗碗機，然後關掉所有電燈。他摸黑回自己臥房，熄滅大燈。

雙人床在臥房裡，冷冰冰，無人。床邊的牆上掛滿衣物。卡翠妮的衣服如今氣味早已蕩然無存。該收下來了，但他今晚無心動手。

他熄燈，上床，在黑暗中一動不動躺著。

「媽咪？」

莉維亞的聲音令尤瓦金抬頭，睡意全消。

他聽著。廚房裡的洗碗機已經停息，收音機上的電子鐘顯示十一點五十二分。他睡了一個多小時。

「媽—咪？」

哭聲又來了。尤瓦金下床，走回莉維亞的房間，站在門口，等她夢話再起。

「媽咪？」

他走向床邊。莉維亞蓋被子躺在床上，眼皮闔著，但在走廊燈的光線裡，尤瓦金看得出她的頭在枕頭上動個不停，一手緊抓卡翠妮的毛衣。他小心翼翼解開她的小拳頭移開毛衣。

「媽咪不在這裡。」他小聲說著，摺好毛衣。

---

❽ Emil i Lönneberga，一九七〇年代瑞典經典童書系列，作者Astrid Lindgren。

「她在。」

「快睡吧，莉維亞。」

她睜開眼睛，認出爸爸。

「我睡不著，爹地。」

「睡得著。」

「睡不著啦，」莉維亞說，「我要你也睡這裡。」

尤瓦金嘆息。莉維亞這時清醒了，他想不出別的辦法。原本這一向是卡翠妮的任務。

他在床緣小心躺下。這床太短，他絕對無法成眠。

過了兩分鐘，他呼呼大睡。

房子外面有人。

尤瓦金在黑暗中睜眼。他聽不見任何聲響，但能意識到有外人上門。

他再度睡意全消。

幾點了？他沒概念。可能睡了幾小時吧。

他抬頭聆聽。屋內靜悄悄。只有時鐘微弱的滴答聲，另外還有身旁幾乎聽不見的呼吸聲。

他靜靜坐起來，謹慎下床，可惜才走三步，他聽見背後傳來聲音：

「別走，爹地。」

他停下腳步，轉身。

「為什麼？」

「別走。」

莉維亞面牆側躺著，沒動作。醒著嗎？

尤瓦金看不見她的臉，只見一頭金髮。他回床上，小心翼翼在她身邊坐下。

「妳在睡嗎，莉維亞？」他小聲問。

過幾秒，她回應：

「沒。」

她說話的聲音像是醒來了，語氣顯得很放鬆。

「妳在睡覺嗎？」

「沒有……我看得見一些東西。」

「在哪裡？」

「牆壁裡面。」

她的語調無起伏，呼吸緩慢而平靜。黑暗中，尤瓦金湊近她的頭部。

「妳看得見什麼？」

「燈光、水……影子。」

「另外呢？」

「光。」

「看得見人嗎？」

她又沉默不語，然後才回應：

「媽咪。」

尤瓦金一怔。他暫停呼吸，忽然擔心事態嚴重了：睡夢中的莉維亞真能看穿牆壁。他暗叫自己：別再問了，快睡。

但他非追問不可：

「妳在哪裡看得見媽咪？」他問。

「燈光後面。」

「妳有沒有看見——」

莉維亞打斷他，語氣多了一分熱切：

「大家都站在那裡等。媽咪也跟他們在一起。」

「什麼人？有誰在等？」

她不回答。

莉維亞以前不是沒講過夢話，但口齒從未如此清晰。尤瓦金仍懷疑她其實醒了，其實是在耍爸爸。但他照樣問個不停，無法自制。

「媽咪情況怎樣？」

「她很傷心。」

「傷心？」

「她想進來。」

「告訴她……」口乾舌燥的尤瓦金乾嚥一下。「告訴她，想進來，隨時都可以。」

「她不能。」

「她不能接近我們嗎？」

「不能進屋子。」

「妳能跟她講話嗎？」

莉維亞又不說話了。尤瓦金放慢速度，字正腔圓說：

「妳能不能問媽咪……那天她為什麼去海邊？」

床上的莉維亞沒動靜。他等不到回音，但也不願放棄。

「莉維亞？妳能不能和媽咪講話？」

「她想進來。」

在黑暗中，尤瓦金坐直，不再追問。感覺上，再問也是枉然。

「妳一定要試——」

「她想講話。」莉維亞突然插嘴。

「是嗎？」他問，「想講什麼？媽咪想講什麼？」

但莉維亞不再開口。

尤瓦金也不吭聲，只緩緩從床緣起立，膝蓋發出啪聲。僵著背的姿勢坐太久了。

他靜靜走向窗簾，窺視房子後院，看見玻璃映著自己的臉，朦朦朧朧，窗外的東西不太清楚。

沒月亮，沒星星。滿天雲。地上的草在風中微微蕩漾，其餘萬物一概不動。

外面有人嗎？尤瓦金離開窗簾。如果出門去查看，家裡勢必只剩兩小，他放不下心。他停留在窗前，拿不定主意，最後轉頭。

「莉維亞？」

沒回應。他朝床鋪踏出一步，但看得出莉維亞睡得很熟。

他想繼續發問。或許甚至想叫醒她，問她記不記得夢境。然而，逼問她當然不好。

莉維亞蓋著小花圖案的棉被。尤瓦金把棉被拉到小肩膀，幫她蓋好。

他悄悄走回自己床鋪。鑽進棉被底下時，棉被感覺像一面盾牌，能對抗黑暗。

他聆聽著，心情焦慮，等著聽見莉維亞房間的聲音透過走廊傳進來。房子寂靜無聲，但尤瓦金想著卡翠妮。熬了幾小時，他總算睡著。

12

十一月底，週五夜。

位於哈傑比村的這棟高大的牧師公館歷史近兩百年，座落在森林小徑盡頭，離村子大約半英里遠，所有權不再屬於瑞典教會。亨利克知道，這棟房子已經賣給來自恩瑪波達的退休醫師夫婦。

亨利克和索里琉斯兄弟開車過來，把廂型車停進主要公路旁的樹林裡，只從車上帶走兩個背包，裡面有少少幾件工具，以便多收些東西走。穿越樹林，經過教堂和墓園邊的石牆，就是目的地。在出發之前，三人各吞了一包冰毒，搭配啤酒嚥下肚。

亨利克這次喝的啤酒比平日多，因為今晚他緊張到臨界點了，全都怪索里琉斯兄弟亂搞什麼通靈板。

出門前，在夜裡十一點左右，三人在亨利克家的廚房通靈。亨利克關掉大燈，弗列迪點起幾根蠟燭。

湯米把食指按在小杯子上。

「有人在嗎？」

杯子立刻動起來，停在YES上。湯米彎腰向前。

「是厄萊斯特嗎？」

杯子移到A，然後L……

「他來了。」湯米輕聲說。

不料，杯子繼續走向G，然後O，然後T，之後才停下。

「亞格特？」湯米說，「媽的，誰啊？」

亨利克怔住了。小杯子又開始在通靈板上遊走，他趕緊拿一張紙過來，寫下杯子指出的字母。

亞格特 亞格特 不好 亨利克不要蹚混水會死人 不妙 亨利克不

亨利克寫不下去了。

「我不想再玩了。」他快口說，推開筆下的紙。

他深呼吸，站起來，打開大燈，然後吐出一口氣。

湯米從小杯子收手回來，看著他。

「好了啦，放輕鬆嘛，」他說，「通靈板只提供建議而已……我們走吧。」

他們到達醫師家時已經十二點半了。那晚天空雲層密布，房子周圍一片漆黑。通靈板的訊息仍纏繞著亨利克的思緒。亞格特？他去世爺爺的名字正是亞格特。

走到庭園下坡處，在樺樹林的影子下，湯米悄聲說：「有人在家嗎？」弗列迪和亨利克也跟他一樣，戴上了黑頭罩。

亨利克抖一抖全身。一定要提起精神，專心辦事。

「他們在家，我確定，」亨利克說，「不過，他們睡樓上。就在那邊，窗戶開著的那一間。」

他指向窗戶開一小道縫的房間，位於屋角。

「好，我們走，」湯米說，「不錯嘛。」

他帶頭踏上石板道和台階。他彎腰向前，打量著門鎖。

「看起來滿堅固的，」他悄聲對亨利克說，「要不要改爬窗戶進去？」

亨利克搖頭。「這裡是鄉下，」他悄聲回應，「而且他們是老年人……看。」

他伸手，靜靜壓下門把，門開了。根本沒上鎖。

湯米不語，只點點頭，走向屋子裡。亨利克跟進，弗列迪跟在他後面。

不妥——三人一起進屋子，人多手雜。他以手勢表示，弗列迪應該待在門外把風，但弗列迪搖一搖頭，還是進門了。

湯米打開下一道門，正式進入房子裡面。亨利克跟進。

這裡是一座陰暗的大門廳。室內溫度高——亨利克心想，老人怕冷，總是把暖氣調得很強。地板鋪著深紅色波斯地毯，有助於消除腳步聲。牆上有一面金框大鏡子。

亨利克停下來。鏡子下面的大理石桌上有個厚厚的黑皮夾。他趕緊拿起皮夾，塞進夾克口袋。往上一瞧，他看見自己的側影映在鏡子裡，身穿黑衣的他駝著背，蒙著頭罩，揹著一個大背包。

賊，他想著。他幾乎聽得見爺爺亞格特在腦海深處喊話。全是頭罩的效果。不論是誰，戴上頭罩都像凶神惡煞。

門廳有三道門，其中兩道沒關緊。湯米在中間的一道門前停下，聽一聽，搖頭，選擇進右手邊那道門。

亨利克跟著進去，聽得見弗列迪的呼吸聲和腳步聲緊跟在後。

這一間是迎賓廳，裝潢典雅，有幾張小木桌，桌上擺滿物品，很多看起來是垃圾，但其中一張桌上擺著一個斯摩蘭名產大水晶花瓶。好。亨利克把花瓶撥進背包。

「亨利克？」

湯米在迎賓廳另一邊低聲說。他剛打開一個櫥櫃，拉開幾個抽屜，發現寶物了。亨利克看見幾排精緻刀叉、十幾個黃金餐巾環，也有項鍊和仕女胸針，更有幾疊瑞典幣百元鈔票和外幣。挖到寶藏了。

三人協力清光櫥櫃裡的物品，不發一言。收拾刀叉時，碰撞出微微叮噹幾聲，亨利克拿亞麻布餐巾裹住消音。

背包飽滿起來，變得沉重。

還有東西需要換主人嗎？

牆上掛著幾幅畫，可惜太重。亨利克瞥見窗前有個高瘦的物體。他掀開窗簾。是一個老舊的馬廄提燈，以幾塊玻璃包圍，木製的部分塗亮光漆，高約十二英寸，寬約六英寸。古色古香。這東西如果銷贓不成，擺進自己的公寓也耐看。他拿桌布包好提燈，放進背包。夠了。

回到門廳時，弗列迪不見人影了。他往屋子裡面去了嗎？

有門徐徐打開來，是通往廚房的那道門，亨利克以為一定是弗列迪，所以頭也不回，冷不防卻聽見湯米倒抽一口氣。

亨利克轉頭，看見門口站著一個白頭髮的老人。

這人穿著褐色睡衣褲，正要戴上厚厚的眼鏡。

幹。又被逮到了。

「你們想怎樣？」

傻問題一個，不值得回應。但亨利克意識到，身旁的湯米繃緊身手，像一部被設定成攻擊模式的機器人。

「我要報警了。」老人說。

「閉嘴！」

湯米動起來。他比老人高出一個頭，推老人一把，老人往廚房退後。

「不許動！」湯米喝斥，踹他一腳。

門口的老人沒站穩，倒進廚房門邊，眼鏡隨之落地。他只發出一聲拖得很長的哮喘。

湯米跟過去，手裡有個尖尖的東西，不是刀，就是螺絲起子。

「夠了！」

亨利克箭步上前，想阻止湯米，不料竟被一塊碎呢小地毯絆倒，重皮靴一腳踩中老人的手，發出碎裂聲。

「快走！」有人喊著，也許是亨利克自己。

亨利克向後踉蹌幾步，撞上門廳的大理石桌，大鏡子被震落，墜地連續嘩嘩幾聲。幹。四面八方模糊一陣，像在舞池上，景象變幻無常，再也無法掌握狀況。弗列迪呢？死到哪裡去了？

隨即，他聽見背後傳來更高亢的嗓音。

「滾出去！」

亨利克旋身看見地板上的老人身旁站著一個女人。她比老人更矮，神色驚恐。

「貢納，」她彎腰呼喚，「貢納，我剛報警了。」

「快啊！」

亨利克連看也不看湯米是否遵命，自己拔腿就溜。四處不見弗列迪的蹤影。穿過遊廊而去，進入夜色。

亨利克在草地上狂奔，結霜的草地堅硬。他繞過屋角，衝進樹林裡，樹枝鞭笞著他的臉，肩膀被背包磨破皮，他找不到出路，照樣繼續跑。

他一腳被異物勾到，整個人瞬間騰空。

他全身垂直墜入陰影裡，被濕落葉和地面植物接住。

他後腦勺重重一撞，周遭頓時一片朦朧。

他感覺糟透了。

甦醒後，亨利克採取狗爬式，慢慢在地上爬，他的頭痛得要命，只想爬到前面的黑洞裡。他鑽進洞口，蜷縮躲著。有人在追他，幸好躲進這裡很安全。

躲了幾分鐘，亨利克逐漸清醒過來。他抬起頭，四下張望。

這裡一團漆黑，一點聲音也沒有，媽的，怎麼會來這鬼地方？

他發現手指壓著泥土，才知道剛才爬進來的地方是岩塊搭建的地穴，地點是老醫師家附近的樹林裡。這裡感覺濕冷。

一股發霉的蕈味撲鼻而來。

他突然覺得，自己躺在一個前人的停屍間裡。一個土坑，用來存放擇吉日下葬墓園的屍首。有個長腿昆蟲降落在他耳朵上。一隻剛醒來的蜘蛛。他急忙用手趕走。

密室恐懼漸漸在亨利克心裡滋生。他慢慢爬出地洞，背包被洞頂勾住，側身才爬出來，摸到結霜的地面。

新鮮的冬季空氣。

他站起來，踏著植被前進。隔著樹林，醫師家裡的燈火閃閃發光，離他愈來愈遠。來到墓園外牆時，他才知道自己沒走錯方向。

忽然，他聽見廂型車門關上的聲音。他豎起耳朵聽。

遠處黑暗中，有引擎啟動的聲響。

亨利克急忙穿越樹林，來到一條寬步道後開跑。樹林愈來愈稀薄，他看見索里琉斯兄弟正要倒車上路。

亨利克及時趕上，摜開側門。

弗列迪和湯米轉頭發現是他。

「開車。」

亨利克跳上車，甩上門，車子上路之後，他總算吐氣，向椅背靠，心跳如鼓。

「媽的，你出什麼事了？」湯米回頭問，呼吸急促，雙手緊握方向盤，肩膀仍殘留無法釋懷的怒火。

「我迷路了，」亨利克說著抖掉背包。「被樹根絆倒。」

弗列迪偷笑著。

「我不得不跳窗逃命！」他說，「直接掉進樹叢。」

「還好，我們偷到不少好東西。」湯米說。

亨利克點頭，下巴繃得僵硬。湯米踹倒的老人後來怎麼了？亨利克現在不願擔心這個。

「往東走，」他說，「去我的船庫。」

「為什麼？」

「警方今晚會走這條路，」亨利克說，「案子如果牽涉到暴力，警察會火速從卡爾馬殺過來……我不想在公路上被他們攔截。」

湯米嘆一口氣，但還是轉進東向的沿海道路。

抵達船庫後，足足耗了三十分鐘，才把所有贓物搬下車。藏在這裡比較保險，辛苦也值得。搬完之後，回到車上，亨利克背包裡僅剩鈔票和古意盎然的玻璃提燈。

他們開上東岸替代道路前往波爾貢，沒看見警方出勤務的跡象。來到波爾貢郊外，湯米輾死一隻貓或野兔，但這次他累到感受不到樂趣。

進入街燈林立的市區，湯米說：「我們休息一陣子吧。多放幾天假。」

車子駛進亨利克的公寓住宅區。凌晨三點十五分。

「好，」他邊說邊開門。「我們現在只需把這些東西換成錢……確保不會出什麼事。」

亨利克念念不忘的是，兄弟檔居然有意把他丟包樹林、自己開車逃走。

「保持聯絡。」湯米從打開的車窗說。

亨利克點頭，走向公寓。

進自己家門之後，亨利克才發現自己渾身多髒，牛仔褲和夾克佈滿黑泥漬。他把髒衣服丟進洗衣籃，喝一杯牛奶，無神凝望窗外。

在他印象裡，今晚行竊的過程從頭到尾是一片恍惚，他無心回憶。遺憾的是，記憶最清晰的部分是他的靴子踩扁老人的手。他不是故意的，可是……

直到熄燈上床的時候這件事仍在腦海裡揮之不去。

他在床上輾轉難眠，現在額頭還隱隱作痛，全身上下的神經繃得緊緊的，直到凌晨四點，他才逐漸睡著。

過了兩小時，亨利克被敲擊聲吵醒。

有人在敲玻璃。接著恢復寂靜。

他從枕頭抬起頭來，在漆黑的房間裡左看右看，摸不清楚狀況。

柔和的敲擊聲又來了。似乎來自門廳。

亨利克離開溫暖的被窩，跌跌撞撞走進陰影，仔細聽一聽。

敲擊聲來自背包裡面。叩叩叩三聲，停息。接著再叩兩次。

他彎腰，拉開背包拉鍊。偷來的提燈在背包裡，仍裹在桌布裡面。

亨利克揭開桌布。

照理說，上車後，提燈的木框冷卻了，如今在較高的室溫裡，提燈跟著膨脹，所以才發出叩答答的聲響。

他把提燈放在廚房桌上，關門，回床再睡覺。

廚房不時傳來微弱的叩叩叩，和關不緊的水龍頭同樣擾人，但亨利克太累了，最後照睡不誤。

13

要緊的是，絕對不能淡忘卡翠妮。

每當尤瓦金忘記她，哪怕只忘了片刻，等他突然又想起卡翠妮已撒手人寰，冷酷的心痛再度回流。基於這原因，他盡量隨時將卡翠妮擺在心上，擱在哀慟之神盤據的邊界線外，但時時不放她遠走。

出事後三星期，週日這天，他帶子女去住家附近遠足。出發時，他們的方向是西，朝內陸前進，尤瓦金能感受到背後的鰻岬仍盤桓心頭。他想像著，卡翠妮留守家中，忙著貼壁紙，或許不久後也能出門追上他們。

十一月的這天多風但晴朗，他們帶著糕餅和熱巧克力遠足。尤瓦金的背包內建幼兒椅，可供走不動的蓋布列爾坐，但多數時候，蓋布列爾跟著莉維亞在草地上亂跑。

走到主要公路時，尤瓦金喝令他們止步。照莉維亞和蓋布列爾學到的常識，左右確定無來車，才一起過馬路。

近幾天，莉維亞夜裡睡得安詳多了，白天似乎一點也不累。反觀尤瓦金，睡眠不足的他總覺得眼窩深處隱隱鼓脹著。現在他又著手整修房子了，白天心情稍微好一些，但夜晚依然艱苦。即使莉維亞睡熟了，他仍躺在黑暗中，等待著。聆聽著。

看來說夢話並沒有對莉維亞造成什麼不良影響，反而讓她更有活力。

然而，她開始把她在幼稚園畫的圖帶回家，其中許多畫著一名黃髮婦女，有時候站在一片藍海前，有時背後畫著一棟紅色大房子。在圖畫最上面，她寫著大字「媽咪」。

幾乎每天早晚，莉維亞仍問卡翠妮幾時回家，尤瓦金一律回答：「我不知道。」

路旁有一座老石牆，尤瓦金帶他們翻牆而過，發現眼前的景象平坦而灰沉沉，空曠的水面點綴著蘆葦叢和淡黃色草叢，水色黑沉幽靜，難以目測深淺。

「這叫做泥炭沼。」尤瓦金說。

「會淹死人嗎？」莉維亞問。

她拿棍子插進泥水潭，沒注意到尤瓦金被問得怔了一下。

「不會……不會游泳才會。」

「我會游泳！」莉維亞大叫。

今年夏天，她在斯德哥爾摩上過四堂游泳課。

蓋布列爾陡然驚叫一聲，哭出來了。穿雨鞋的他踏到水邊草地，陷入泥地了。尤瓦金拉他出來時，泥淖發出失望的「啵」聲。他把兒子放到硬土地上，瞭望黑水，突然想起莊園屋的房仲開車路過泥炭沼時提過一件事。

「鐵器時代的古人在這裡的習俗，你聽過嗎？」尤瓦金這時問。「好幾百年以前的古代。」

「什麼？」莉維亞問。

「我聽說，古人在這裡對鬼神獻祭。」

「獻祭？什麼意思啊？」

「意思是，你交出你喜歡的東西，」尤瓦金說，「希望能換回更多好東西。」

「那古人交出什麼東西？」莉維亞問。

「金子、銀子、寶劍之類的東西。古人把東西丟進水裡，算是送給鬼神的禮物。」根據房仲的敘述，有時候，動物和活人也會被獻祭，但這類故事絕對不適合小孩子。

「為什麼？」莉維亞說。

「我不知道……不過我猜，古人相信，獻祭能讓鬼神高興，日子會過得比較輕鬆。」

「什麼樣的鬼神？」莉維亞說。

「民俗鬼神。」

「什麼意思啊？」

「意思嘛，民俗鬼神……有時候比較兇，」尤瓦金說。他對宗教史不太熟。「像奧丁和芙蕾雅這一類的北歐鬼神。也有住在泥土和樹上的大自然鬼神。不過，現代已經不存在了。」

「為什麼不存在？」

「因為現代人不信鬼神，」尤瓦金說著再往前走。「我們走吧。蓋布列爾，你想不想坐上背包椅？」

兒子爽朗地搖一搖頭，又跑過去追莉維亞。泥炭沼一側有條窄徑，父子三人循這條路往北走。泥炭沼盡頭是幾片原野，更遠處是若爾比村，白色教堂聳立在天邊。

尤瓦金繼續踏青，但走進原野之後，小孩的步伐慢了許多。他脫下背包。

「點心時間到了。」

十五分鐘後，水壺裡的熱巧克力喝完，糕餅一個也不剩。他們找到乾岩石坐著，四周萬籟俱寂。尤瓦金知道泥炭沼是野鳥保護區，但他們一整天連一個鳥影也沒看見。

吃喝完畢，穿越公路後，尤瓦金選一條沿著小樹林的步道。這座樹林位於鰻岬西北方，樹長得矮胖，如同他在島上見過的所有樹林，以松樹為主，全朝著內陸微微彎腰，以躲避嚴苛的海風。松樹之間有幾叢榛樹和山楂。

三人繼續往海邊走，風勢轉強，溫度也下降。太陽快西下了，天空已流失藍光。

快到海邊時，莉維亞大叫：「破船在那裡！」

「破船！」蓋布列爾應和。

「我們可以去那邊嗎，爹地？」

遠遠望去，殘船仍有些許船體的模樣，近看卻比較像一堆破舊不堪的木板，唯一尚未碎裂的部分是龍骨——半埋在海沙裡的一根彎木柱。

莉維亞和蓋布列爾繞行破船一圈，失望而回。

「修不好了，爹地。」莉維亞說。

「對，」尤瓦金說，「它走到終點了。」

「船上所有人都淹死了嗎？」

尤瓦金暗想，她老是提起溺水。

「沒有，他們得救了，」他說，「我相信是燈塔看守員救他們上岸。」

往南走，踏濕沙前進，浪捲沙灘，莉維亞和蓋布列爾想盡量在不泡水的情況下靠近海水。大浪捲過來時，他們連忙跳開，而後一陣哈哈大笑。

過了十五分鐘，他們走到燈塔防波堤。莉維亞從沙灘奔去，爬上防波堤的第一塊巨岩。三星期前，卡翠妮來過這裡，直接上防波堤，掉進水裡。

「別上去，莉維亞。」尤瓦金呼喚。

她轉身看父親。「為什麼不行？」

「妳會滑倒的。」

「我才不會。」

「萬一會呢。快下來，拜託妳！」

最後，莉維亞還是爬下來，板著臉，不講話。蓋布列爾看著姊姊和父親，不確定誰對誰錯。

路過通往燈塔的石徑，尤瓦金心生一計，盼能挽回莉維亞的好心情。

「我們進燈塔探險吧。」他說。

莉維亞猛然轉頭。「可以嗎？」

「當然可以，」尤瓦金說，「只要能打開門鎖。家裡有一串鑰匙，我知道擺在哪裡。」

他帶頭回家，打開廚房門鎖，如常在進門之際按捺呼喚卡翠妮的衝動。

碗櫥裡有一個房仲交接給屋主的金屬盒，裡面有交代本屋歷史的文件，也有一串舊鑰匙，以鐵環串著十來支鑰匙，有些比他見過的鑰匙更大更重。

屋裡比較暖，蓋布列爾不想出門了。他想看《企鵝家族》[9]錄影帶。尤瓦金把卡帶插進錄放

---

[9] Pingu，瑞典黏土動畫卡通。

影機。

「我們一會兒就回來。」他說。

已融入劇情的蓋布列爾只點一下頭。

尤瓦金拿起鏗鏘響的鑰匙串，迎頭走進寒風，莉維亞走在身旁。

「怎樣？該挑哪一棟？」

莉維亞思考一陣，指著。「那一棟，」她說，「媽咪的燈塔。」

尤瓦金望著北燈塔，再也不亮的那一座。但是，尤瓦金記得看過那座燈塔亮一次，就是在卡翠妮走上防波堤當天的清晨。

「好，」他說，「我們試試看那一座。」

於是，父女走向海邊，踏上石徑，來到路口走左邊。

抵達小島了。燈塔金屬門前面有一大塊拋光的石灰岩，大到父女能一起站上去。

「好，我們研究一下能不能進去，莉維亞……」

尤瓦金看著掛鎖，選擇一支看起來相配的鑰匙，可惜太大，插不進鑰匙孔。他選的第二支插得進去但轉不動。

第三支也插得進去。尤瓦金握緊鎖頭，費了一番工夫，鑰匙居然轉動了。

他用盡全力拉一拉門把。

門徐徐開啟，鉸鏈不靈活，開了六、七英寸，開不動了。

都怪門口這一大塊石灰岩。經年累月下來，冬季的海浪和冰雪，或許四周生長的雜草，逐步把石灰岩往上推，因此卡住燈塔門的底部。

尤瓦金抓住鐵門的上半部，門往外彎一兩英寸，然後拒絕再開。

他往裡面窺視，隱隱覺得眼前是一道黑漆漆的山縫。

「裡面有什麼？」背後的莉維亞問。

「哇，」他說，「地板有一具骷髏。」

「什麼？」

他轉身，見女兒瞠目的表情而微笑。

「逗妳的啦。我看不太清楚……裡面幾乎黑漆漆一片。」

他後退，站上巨岩，讓莉維亞看一下。

「我看見裡面有樓梯。」她說。

「對，樓梯能上燈塔。」

「是旋轉梯，」莉維亞說，「繞圈子……往上爬。」

「一直爬到燈塔頂。」尤瓦金說，接著再說：「妳在這裡等我。」

剛才在水邊，他曾看見一塊長方形石頭，這時他過去搬來，方便他墊腳上去開門。

「妳向後退一點，好不好，莉維亞？」他說，「我想爬進去，從裡面把門推開。」

「我也想進去！」

「等我先進去再說。」尤瓦金說。

他站在石頭上，盡量把門的上半部向外扳開，然後鑽進去。成功了，他慶幸自己沒有啤酒肚。

他一進燈塔，天色頓時消失，再也聽不見海風呼嘯。他下來，踩到平坦的水泥地，感受到周圍是岩石砌築的厚牆。

視覺慢慢適應後，他前後左右看。多久沒有人進這座燈塔了？大概幾十年了吧。石灰岩建築裡面空氣乾燥，這裡亦然，表面全覆蓋著灰色粉塵。

莉維亞看見的岩造樓梯幾乎就在他腳邊，順著牆壁盤旋而上，螺心是燈塔中央的一根大柱子，頂端消失在黑暗中，但他隱約見到上面有微光。他推想是燈塔窄窗透進來的光線。

有人在地上留下東西。兩個空啤酒瓶、一疊報紙、一個寫著CALTEX的紅白金屬罐。岩造樓梯旁有一道矮木門。尤瓦金稍微打開一道縫，看見裡面有更多雜物：幾個堆疊著的舊木箱、幾個空瓶、牆上掛著深綠色漁網。裡面甚至有個看似舊軋布機的東西。

有人把這燈塔當成垃圾場使用。

「爹地？」

莉維亞在喊他。

「什麼事？」他回應。他聽見自己的聲音在螺旋樓梯間迴盪。

小臉從門口探進來。「可以讓我進去嗎？」

「可以試試看……妳能不能爬到石頭上，我看看能不能拉妳進來？」

她一開始從門縫鑽進來，他頓時想到自己無法在推門的同時拉莉維亞進門。一不小心，她可能會被門夾住。

「看樣子是行不通，莉維亞。」

「可是，我也想進裡面啊。」

「我們可以去南燈塔試試看，」他說，「說不定我們能——」

忽然，尤瓦金聽見上面有窸窸窣窣的聲響。他轉頭聆聽。

腳步聲。螺旋樓梯高處似乎迴盪著腳步聲。

聲響來自燈塔內部。腳步聲是想像力在作祟，但聽起來的確像沉重的步伐，彷彿來人正要慢慢下樓梯，腳步堅定。

不是卡翠妮，而是另有他人。

沉重的腳步聲……聽起來像男人。

「莉維亞？」尤瓦金呼喚。

「什麼事？」

她仍在門外。尤瓦金想著，她離水多麼近。假如她往後退兩步，不巧跌一跤……而蓋布列爾呢？蓋布列爾獨守家裡。怎麼能丟下他呢？

「莉維亞？」他再喊。「別亂跑，我這就出來。」

他抓住門框，引體向上，鐵門似乎想挽留他，但他奮力往門縫裡鑽，姿勢像在模仿胎兒分娩，不知情的人或許會覺得滑稽，但他心臟噗噗直跳，莉維亞則站在門外看著他，目光恐懼。

尤瓦金往下爬，站上門外石頭，吸一口沁涼的海風。

「好了，」他邊說邊趕緊關上背後的鐵門。「我們回家陪蓋布列爾吧。改天再去另外那座燈塔探險。」

說著，他急忙把掛鎖扣回門上，鎖好鐵門，本以為莉維亞不從，幸好莉維亞不發一語。她默默牽爸爸的手，走防波堤回去，來到岸邊。這時，天差不多黑了。

尤瓦金思忖著燈塔裡的聲響。

肯定是海風吹襲燈塔的聲音，不然就是海鷗用嘴在磨蹭玻璃。不是腳步聲。

一九一六年冬

亡魂想跟我們交流，卡翠妮。它們有話要說，希望我們聆聽。它們想對我們說什麼呢？也許想勸我們不要太急著尋短。

穀倉閣樓牆壁刻著一個第一次世界大戰時代的日期：一九一六年十二月七日。日期後面畫了一個十字架，接著是寫了一半的名字：格奧……

——米雅・蘭姆貝

在莊園屋背面的房間裡，燈塔長的妻子艾爾瑪・永格倫面對織布機坐著。牆上的時鐘在她背後滴滴答答。坐在這裡，艾爾瑪看不見海，正合她心意。丈夫格奧爾格率領燈塔看守員去海邊做一件她不想看的事。

屋裡其他婦女全去海邊了，室內幽靜無人聲。艾爾瑪知道她也該去為男人們打氣，但她沒膽。她幾乎連呼吸的勇氣都沒有，哪有為人打氣的能耐？

壁鐘持續滴答。

大戰開打，進入第三年，這天早晨，寒冬中的鰻岬有個海怪被沖上岸。昨夜強烈暴風雪過境後，海邊出現一個圓形的黑色怪物，全身長滿鐵針。

歐陸大戰方酣，瑞典宣布中立，卻依然受戰火波及。

被沖上岸的海怪是一顆水雷，據推測是俄軍去年佈下的武器，意在阻止運輸鐵礦的德軍往來波羅的海。水雷來自哪一國並不重要，只要是水雷，殺傷力同樣厲害。

滴答聲突然停息。

艾爾瑪轉頭看。

背後的壁鐘停擺了，鐘擺與地面垂直。

從織布機旁的籃子，艾爾瑪拾起一把黑色的羊毛剪，起身出去，拿披肩披上，踏進莊園屋正面的遊廊。她仍拒絕眺望海邊。

近日暴風雪連綿，水雷一定是被波濤沖離部署點，慢慢漂向陸地，如今緊緊卡在多沙的海床，與冰糊為伍，距南燈塔僅五十碼。

去年，一枚德軍魚雷漂流到瑪內斯北郊海邊，被炸成碎片，我國海軍因此堅持以同樣方式對付水雷。俄軍水雷非引爆不可，但這水雷太接近燈塔，不宜引爆，燈塔看守員奉令以繩索套住水雷，步步為營，將水雷拖離現地，遠離燈塔再行處置。

燈塔長格奧爾格．永格倫帶隊出海，站在無罩式汽艇的船頭上，遊廊上的艾爾瑪聽得見丈夫雄渾的嗓音迴盪岸邊，命令聲傳向莊園屋。

門打開，她更能聽得一清二楚。

艾爾瑪走進冷風中，穿越剛除完雪的院子，走向穀倉，不看海邊一眼。

穀倉裡沒人，但當她打開厚重的門入內之際，黑暗中的乳牛和馬匹紛紛動起來。惡劣的天候擾得牲口不安分。

艾爾瑪慢慢爬梯上閣樓。上面一樣無人。

乾草幾乎堆積到屋頂，但牆邊留著一條小走道，她能勉強走過去。

來到最遠的一面牆，她停下腳步。近幾年來，她數度前來這裡，但現在的她照樣讀著牆上的名字。

讀完，她取出羊毛剪，尖端對準一塊木板，刻下今天日期：一九一六年十二月七日。接著刻名字。

海邊的吆喝聲停息。

四處變得鴉雀無聲，閣樓上的艾爾瑪放下羊毛剪，在牆邊合掌祈求上帝。

鰻岬四處無聲無息。

突然，轟的一聲。

頓時，彷彿莊園屋周遭的空氣遭壓縮，在同一瞬間，轟然爆裂聲從海邊傳向內陸，震波在一秒之後趕到，穀倉有幾面窗戶應聲破裂，艾爾瑪暫時失去聽覺。她閉著眼睛，癱倒在乾草堆裡。

水雷太早爆炸了，艾爾瑪知道。

震波平息之後，她在閣樓站起來。

沉寂了幾秒鐘之後，樓下的乳牛開始哞哞叫，隨即是海邊草地上的吆喝聲。眾人的喊叫聲急速接近莊園屋。

艾爾瑪急忙下樓梯。

她看見兩座燈塔依然挺立，不受影響，但水雷不見了，取而代之的是一潭灰濁水，四處不見燈塔看守員乘坐的小船。

艾爾瑪見到兩位女眷趕過來，一位是藍紐德，另一位是埃渥，夫婿都是看守員。兩人凝視著她，神態木然。

「燈塔長怎麼了？」艾爾瑪問。

藍紐德生硬地搖搖頭，這時艾爾瑪才發現，她的圍裙血淋淋。

「我的艾伯特……剛站在船頭。」

她腿軟了，艾爾瑪踏著石徑衝向她，適時攙扶住她。

14

這星期天夜裡，莉維亞睡得香甜。尤瓦金睡了三小時，一個夢也沒做，在破曉時分醒來。最近，他一直無法一次睡三小時以上，醒來時累得頭脹痛不已。

早晨，他照常送小孩去瑪內斯上學，回家後，家裡冷清空蕩。他繼續為南端的臥房貼壁紙。

下午一點左右，他聽見一輛車接近鰻岬。他望向窗外。

一輛酒紅色大賓士車正高速駛進碎石道。尤瓦金認得這輛車。在瑪內斯教堂舉行葬禮當天，比這輛更早離開的車子沒幾輛。

卡翠妮的母親來了。

即使這輛車子大，不知為何，車上的女駕駛竟顯得更龐大。她彷彿被方向盤和駕駛座卡住，費了一番力氣才下車，最後站在房子前面。她身穿扣環眾多的皮夾克、緊身牛仔褲、尖頭靴，年約五十五，塗著紅唇膏，眼線和睫毛膏畫得黑濃。

她調整頸子上的粉紅絲巾，上下打量莊園屋一番，態度嚴峻。然後，她點菸抽。

米雅．蘭姆貝，家住卡爾馬的岳母。葬禮過後不聞不問。

尤瓦金深吸一口氣，徐徐呼出，然後走向廚房去開門。

「哈囉，尤瓦金。」她邊說邊從嘴角吐煙。

「嗨，米雅。」

「很高興你在家。最近怎樣？」

「不太好。」

「我能理解……這種事誰遇上都會很難受。」

他只能從岳母嘴裡得到這種慰問。米雅把菸屁股丟在碎石上，走向廚房門，尤瓦金讓開，在她擦身而過時嗅到濃濃香水味夾雜的菸味。

進廚房後，她停下來，四下看一看。三十多年前，她曾住過這裡，想必裡外環境和當年截然不同，尤瓦金知道。花了這麼多心血整修，尤瓦金見她不予置評，忍不住問：

「這一間大部分是卡翠妮今年夏天整修的。妳覺得怎樣？」

「不錯，」米雅說，「朵倫和我租那間附屬屋的時候，莊園屋裡住了幾個單身漢。看起來讓人不爽。到處髒兮兮。」

「燈塔歸他們管嗎？」尤瓦金問。

「在我們那年代，燈塔早就沒有看守員了，」米雅口氣很衝。「他們不過是流浪漢罷了。」

她抖一抖身子，彷彿想轉移話題。她問：「咦，我的小孫子和孫女在哪裡？」

「莉維亞和蓋布列爾上學去了。在瑪內斯。」

「已經上學了？」

「呃，是幼稚園。莉維亞去和六歲小朋友一起做活動。」

米雅點點頭，臉上無笑容。

「什麼幼稚園……」她說，「還不是跟狗園一樣。」

「沒那麼糟糕，」尤瓦金說，「他們玩得很開心。」

「我相信他們是，」米雅說，「在我那年代，我們叫做小小學。同樣的狗屁……每天都一樣。」

她突然又轉身。「說到狗……」

她說著走向外面。

尤瓦金待在廚房裡，懷疑米雅想逗留多久。岳母一上門，整個家頓時縮小幾倍，彷彿空氣不夠用似的。

他聽見車門甩上，見岳母回廚房，兩手各拎一包東西。她舉起其中一包，裡面是一個有提把的灰色箱子。

「不要錢的，我從鄰居那裡拿來的，」她說，「不過，其他零碎的東西全是我買的。」

尤瓦金發現，箱子其實是貓籠，裡面不是空的。

「妳開玩笑吧？」他說。

米雅搖搖頭，打開貓籠，裡面有一隻灰色黑條紋的成年公貓。貓跳出來，在地板上伸懶腰，以猜忌的目光看著尤瓦金。

「他叫拉斯普丁[10]，」米雅說，「來這裡住，他能過著俄國僧侶生活，對不對？」

她打開一大包東西，取出幾個貓罐頭、一個盤子、一個裝貓砂的托盤。

[10] Rasputin，二十世紀初俄國宮廷寵信的神僧。

「我們不能收留他。」尤瓦金說。

「當然能，」米雅說，「他能讓這裡的氣氛活潑起來。」

拉斯普丁在尤瓦金的腳邊蹭了蹭，很快跑進門廳，見米雅打開外門，一溜煙衝出去。

「他出去抓老鼠了。」她說。

「我從來沒見過這裡有老鼠。」尤瓦金說。

「那是因為牠們比你聰明。」米雅從廚房桌上的水果盆拿起一顆蘋果，繼續說：「你呢？什麼時候來卡爾馬看我？」

「有人邀請我們嗎？我怎麼不知道？」

「當然有。」她大咬蘋果一口。「隨時都歡迎。」

「就我所知，妳從不邀請卡翠妮。」尤瓦金說。

「邀也是白邀，反正卡翠妮不會來，」米雅說，「不過，我們有時候倒是會彼此通電話。」

「一年一次，」尤瓦金糾正她。「去年耶誕，她打給妳，不過她每次和妳講電話都關門。」

米雅搖頭。「我一個月前才跟她通過電話。」

「目的是？」

「沒什麼特別的……聊聊我最近在卡爾馬辦的畫展。也談我新交的男友伍爾夫。」

「換言之，妳們通電話談的主題是妳。」

「也談她。」

「她怎麼說？」

「她搬來這裡很寂寞，」米雅說，「她說她不懷念斯德哥爾摩……但很想你。」

「那段日子，我不得不再繼續教書一段時間。」他說。

他當然能提早辭職。有很多事令他悔不當初，但他不想跟米雅討論這方面的事。

她往屋內隨興走，來到尤瓦金臥房外，在蘭姆貝名畫前駐足。

「這一幅是我送卡翠妮的二十歲生日禮物，」她說，「紀念她外婆。」

「她真心喜歡這幅。」

「不應該掛這裡的，」米雅說，「朵倫上一幅畫拍賣到三十萬克朗。」

「真的？不過，我們家的這一幅沒人知道。」

米雅熱切凝視著油畫，視線循著灰黑線條遊走。

「連一條水平線也找不到，所以看起來才與眾不同，」她說，「冒著暴風雪作畫，才能畫成這樣。」

「朵倫也是嗎？」

「對。是我們搬來這裡頭一次遇到冬天。氣象局發出風雪警報，朵倫照樣出門去泥炭沼那一帶。她喜歡往內陸走，然後坐下來作畫。」

「我們昨天去過那裡，」尤瓦金說，「泥炭沼附近的風光很美。」

「暴風雪來的時候可就不同了，」米雅說，「朵倫來不及收拾，畫架就被颳跑了，轉眼間能見度只有幾碼。太陽躲起來了。四面八方除了雪還是雪。」

「她逃過一劫？」

「她正要離開泥炭沼，一腳沒踏穩，踩進水裡，幸好那時風雪平靜了一陣子，她看見燈塔的閃光。」米雅看著油畫，繼續沉吟：「她說幸虧雪下得小了，她在泥炭沼裡掙扎的當下看見亡魂……鐵器時代被獻祭的古人。鬼魂從水面飄出來，伸手想抓她。」

尤瓦金凝神傾聽。他開始領會朵倫作品裡的氣氛從何而來。

「那次之後，她的視力一直有毛病，」米雅繼續說，「就是從那陣子開始的。當然嘍，最後她失明了。」

「被暴風雪颳瞎？」

「可能吧……總之，她連續好幾天睜不開眼睛。暴風雪激起原野的沙子，伴隨雪一起颳……颳進眼睛，就像被針刺到。」

油畫前的米雅向後退一步。

「現在人不想要這種黑沉沉的東西，」她說，「在厄蘭島上，作品一定要畫得晴空萬里，海水湛藍，黃花遍野，其餘一概不要。色彩鮮明，用白色畫框裱起來。」

「就是妳畫的那種東西。」尤瓦金說。

「正是。」米雅點頭如搗蒜說，顯然絲毫不以為忤。「給避暑族欣賞的夏日晴天畫。」她四下張望。「你們家好像沒有米雅．蘭姆貝的作品嘛。有嗎？」

「沒有。卡翠妮倒是有幾張明信片，不知道擺在哪裡。」

「那也好，明信片也能增值。」

尤瓦金想脫離臥房地帶，因為這一區感覺太私密了。他朝廚房的方向退回去。

「朵倫的作品本來有多少幅？」他問。

「好多。起碼有五十幅。」

「現在只剩下六幅，對不對？」

「六幅，對。」米雅表情轉陰鬱。「被救回來的六幅。」

「大家都說——」

米雅語帶怒氣打斷他：「我曉得大家說什麼……說作品被她女兒毀了，行情幾百萬的一批作品……說什麼有一年冬天我們怕被凍死，作品被我送進暖爐燒掉了。」

「卡翠妮說沒那回事。」尤瓦金說。

「喔？」

「她說妳太羨慕朵倫……所以把她的作品扔進海裡。」

「事情發生的隔年，卡翠妮才出生，所以她不在場。」米雅嘆一口氣。「我在島上聽見風言風語，說什麼米雅．蘭姆貝是個難搞定的老女人……小白臉一個換一個，酒癮很深……我猜卡翠妮也這麼說，對吧？」

尤瓦金搖搖頭，但他記得在波爾貢舉行婚禮當天，米雅在場走來走去，站不穩，還想勾引比新郎年輕的表弟。

這時候，他和岳母站在遊廊上。米雅解開皮夾克。

「跟我來，」她說，「我帶你去看一個東西。」

尤瓦金跟著她步入院子，見拉斯普丁從圍牆溜掉，朝海邊走去。

踩著凹凸不平的石子路，米雅對他說：「外面和以前差不多嘛。雜草一樣到處都是。」

她停下來，再點一支菸，從佈滿塵土的附屬屋窗戶往內看。

「沒人。」她說。

「房仲稱呼這間是客房，」尤瓦金說，「我們想在明年春天修好……至少原先的構想是這樣。」

刷成白色的附屬屋外觀呈長方體，只有一樓，屋頂有屋瓦，屋裡有柴火爐和木工室，洗衣間地板有水損跡象，三溫暖烤箱在一九七〇年加裝，另有兩間各附淋浴間的客房。以往，夏天太熱時，莊園屋的屋主會搬來客房裡避暑。

米雅看著附屬屋，搖搖頭。

「我們在這裡住了三年，朵倫和我。裡面全是老鼠，積滿了灰塵。冬天感覺像住在冰箱裡面。」

米雅轉身，背對著附屬屋。

「我想帶你去看的東西……在這裡。」

她走向穀倉，開門，裡面是深而廣的黑幕。

米雅捻熄香菸，開燈，尤瓦金跟著她踏著石地板前進。她指向閣樓。

「東西在上面。」她說。

尤瓦金遲疑片刻。接著，他跟隨米雅爬陡梯上樓，環境和他上次進閣樓一樣髒亂。

「不能從這裡走進去吧。」他說。

「行啊，怎麼不行？」米雅說。

她毫不遲疑走過去，不顧一路上的行李箱、盒子、舊傢俱、生鏽零件。她在雜物之間找到窄道，一路走到最遠一邊的牆壁，然後停下，指著寬大的木板。

「看……三十五年前我發現這個。」

尤瓦金湊近看。藉著窗外透入的微光，他看見素面牆板上刻著一連串名字和日期，也偶有幾個十字架符號或《聖經》章節：

緊鄰天花板的地方刻著摯愛的卡洛琳納一八六八。下面是楊恩，一八八四年見天主，永誌難忘。再下面一點是緬懷亞瑟．卡爾森，一九一一年六月三日溺斃，約翰福音3:16。

牆上另有無數個名字，但尤瓦金不再讀下去，轉頭面向米雅。

「這是什麼？」

「全是過世的莊園屋居民，」米雅說。大嗓門的她此時音量遽減，帶有近乎恭敬的語氣。「刻下他們名字的人是親朋好友。我小時候，這裡就刻了好多名字……這幾個是新的。」

她指著接近地板的兩個名字，一個以細字刻著CIKI，另一個刻著SLAVKO。

「這兩個可能是難民，」尤瓦金說，「鰻岬幾年前成立一個難民營。」他看著米雅。「可是，為什麼刻在這裡？」

「呃，」米雅說，「人死了，為什麼要立墓碑呢？」

尤瓦金想著，自己上星期才為卡翠妮挑選一塊花崗岩，石匠承諾耶誕節之前交貨。他看著米雅。

「這樣……他們就不會被人遺忘了。」他說。

「沒錯。」米雅說。

「妳對卡翠妮講過這道牆的事嗎？」

「有啊，夏天的時候。她聽了一副很感興趣的樣子……不過，她有沒有上來這裡，我就不清楚了。」

「我認為她來過。」尤瓦金說。

米雅以手指輕撫木板牆上的刻字。

「少女時期，我發現這些名字後，反覆讀了再讀，」她說，「後來，我漸漸納悶這些人是誰，為什麼住這裡，怎麼死的……想停止思念亡者是很困難的事，對不對？」

尤瓦金看著牆，默然點點頭。

「我以前也聽過它們。」米雅繼續說。

「聽過誰？」

「亡魂。」米雅湊近牆邊。「如果你仔細聽聽看……可以聽見它們在低語。」

尤瓦金靜下來，但什麼也聽不見。

「今年夏天，我寫了一本關於鰻岬的書。」米雅說著。這時兩人正要離開閣樓。

「我知道。」尤瓦金說。

「卡翠妮搬來這裡後，我送了她一本。」

「是嗎？她怎麼從來沒提過？」

米雅倏然停腳，看著地板，似乎在找東西。她移開一口破箱子，看著底下。

箱子下面的地板刻著兩個名字，非常靠近，同時也註明年分。

米雅與馬庫斯 一九六一

「米雅……」尤瓦金讀著，視線轉向她。「是妳刻的？」

她點點頭。

「當時我們不想把自己名字刻在牆上，所以刻在這裡。」

「誰是馬庫斯？」

「他是我男友。馬庫斯·朗菲斯特。」

米雅不再開口，只喟嘆一聲，大步踏過地上的名字，走向樓梯。

他們在莊園屋前道別的時候米雅不如來時那般精神了。她最後再久久看莊園屋一眼。

「我可能會再來。」她說。

「隨時歡迎。」尤瓦金說。

「我說過，你一定要帶小孩來卡爾馬。我可以請他們喝果汁。」

「好……如果這隻貓住不習慣，我會帶他回去。」

米雅冷笑一陣。「諒你不敢。」

語畢，她坐進賓士車，發動引擎。

米雅駛往濱海道路的方向離開後，尤瓦金慢慢往回走過庭院。他往海邊的方向瞭望——貓跑去哪裡了？

穀倉的大門仍開著。剛才出來時沒關好。

尤瓦金被吸引過去，最後踏進幽暗的內部。裡面肅靜如大教堂。

他再爬樓梯上閣樓，走向最遠的牆壁，一個接一個讀遍牆上所有名字。

他耳朵貼近牆壁傾聽，但聽不見低語。

地板上有根釘子，他撿起來，謹慎地在較低的木板上刻下卡翠妮・韋斯丁，以及生辰忌日。刻完，他向後退，看一看整面牆。

對卡翠妮的思念存留在這裡了。心情舒坦多了。

孩子們當然愛拉斯普丁。蓋布列爾摸摸他，莉維亞倒一碟牛奶餵他。姊弟倆一刻也不想離開貓身邊。然而，米雅・蘭姆貝來訪隔天，南邊的鄰居請全家來農場吃晚餐。安吉亞斯的兄姊不在家。七歲大的他和大家同桌進餐，飯後陪韋斯丁姊弟進廚房吃冰淇淋。

尤瓦金留在飯廳，陪卡爾森夫妻羅傑和瑪麗亞喝咖啡。閒聊的話題免不了：受天候摧殘的濱海住家該如何維護修繕。然而，尤瓦金也有話想問。他最後說出口：

「我在想，兩位有沒有聽過我們鰻岬這棟房子的什麼事蹟？」

「事蹟？」羅傑・卡爾森說。

「對，鬼故事或什麼傳聞的，」尤瓦金說，「卡翠妮說她夏天跟你們提過……提過房子鬧鬼的事。」

前來作客前，他曾自我約束，不要三句不離亡妻，這是他首度提及卡翠妮。畢竟，他不希望被人認為他滿腦子想亡妻。他的確不是滿腦子想她。

「她完全沒有向我提起鬧鬼的事。」羅傑說。

「她過來喝咖啡時，倒是跟我提過，」瑪麗亞說，「她只是想知道，鰻岬以前的風評是不是很差。」她看著丈夫。「說真的，我們小時候，大人常提及，鰻岬有個房間鬧鬼……你記得嗎，羅傑？」

丈夫搖搖頭，顯然鬼故事對他勾不起太大興致，但尤瓦金不禁彎腰向前。

「是哪一個房間？妳知道嗎？」

「沒概念。」羅傑邊喝咖啡邊說。

「我也不清楚，」瑪麗亞說，「不過，我祖母說過，好像每年耶誕節，那個房間都會鬧鬼，她說死人會回莊園屋，聚集在特定房間，然後它們帶——」

「胡說八道啦，荒唐。」羅傑說著拿起咖啡壺，對著尤瓦金問：「咖啡還要不要？」

15

星期天早上，蒂妲．大衛森香汗淋漓，一絲不掛地躺在薄薄的彈簧床上。

「昨晚舒服嗎？」她問。

馬丁坐在床緣，背對著她。

「呃……舒服。」

下床後，他迅速穿上內褲和牛仔褲，蒂妲見狀應該有所警覺才對。

馬丁在床緣坐下，看著窗外。

「我覺得這樣下去不行。」他終於說。

「什麼不行？」她問。棉被下的她依然一絲不掛。

「我是說……我們……不能再這樣下去了，」他仍望著窗外。「卡琳可能懷疑了。」

「懷疑什麼？」

蒂妲依然渾然不知自己快被人甩了。搞過即丟——司空見慣的事。

這次幽會約在星期五晚間，馬丁很晚才到，一切情況似乎和往常沒兩樣。蒂妲沒問他給妻子什麼藉口，蒂妲從不過問。晚上，他們待在她的小公寓，她燉魚招待。馬丁顯得身心放鬆，對她分析這學期警校新生的資質良莠。

「不過，我預期，我們遲早能把他們調教成好手。」他說。

蒂妲點點頭，回想自己初入警校的情景。當時，同梯總共二十個新生，多數是男生，女生寥寥無幾。開學沒幾天，新生就把教官區分成三大類。第一型是老教官，是警界的學長，態度慈祥，就嫌有點古板。第二型是傳授法律的專業，對執法實務一竅不通。第三型是年輕教官，主要負責指導實務。這些教官來自基層，有精采的歷練可談，學生視他們為學習榜樣。馬丁・歐奎斯屬於最後這一型。

星期六，馬丁開車載她北上，一路兜風到厄蘭島最北端。蒂妲童年來過這裡，現在仍記得當時覺得來到世界盡頭。在十一月的這一天，海風冷冽，燈塔附近不見人影，粉筆白的燈塔聳立在隆格艾瑞克岬，令她聯想到鰻岬雙燈塔。她想和馬丁討論案情，但想想還是作罷。她這週末休假。

冬季在畢克索魯克只有一家餐廳營業。下午一兩點，他們來這家吃午餐，然後回瑪內斯，不再出門。

就是在回公寓後，馬丁的態度才變得內斂，蒂妲認為。她已經盡力找話題聊，避免冷場，可惜事與願違。

無言中，兩人睡著了，但隔天早上，馬丁坐在床緣，談著「行不通」。他不看蒂妲一眼，說自從蒂妲搬來厄蘭島後，他不斷考慮著人生中的許多抉擇。如今，他決定了。他覺得這決定是對的。

「對妳也有好處，」他說，「對所有人都好。」

「你的意思是……你要甩了我？」她幽幽說。

「不是。我們倆是時候結束了。」

「我是為了你才搬家的。」蒂妲看著馬丁毛茸茸的裸背。「本來我待在韋克舍好好的，是因為你我才搬來這的。希望你明白這一點。」

「什麼意思？」

「那陣子，有人在講我們閒話。我搬家是想遏止謠言。」

馬丁點頭。

「誰不愛八卦呢？」他說，「不過這下子，大嘴巴沒啥好講了。」是真的沒啥好講了。過了五分鐘，馬丁穿好衣服，拿起地板上的行李，不看她一眼。

「就這樣了。」他說。

「所以，這一段情很不值得？」她問。

「值得，」他說，「很長一段時間都值得。但現在不了。」

「你就這麼害怕這些是非？」她說。

馬丁不語。他打開前門。

蒂妲按捺住衝動，才不至於對他妻子獻上誠摯的祝福。

她聽見門關上，腳步聲逐漸下樓梯。馬丁即將走向停在廣場的車，開車回家，把這段情當成過往雲煙。

蒂妲仍舊裸躺在床上。

四處靜悄悄。地上有個用過的保險套。

窗戶映著朦朧的她。她對窗問：「妳配得上他嗎？」

配不上。妳自以為配得上嗎？

妳只不過是個小三。

坐著顧影自憐三十幾分鐘，忍下剃掉滿頭金髮的衝動後，蒂妲站起來。她去沖個澡，穿好衣服，決定去安養院探望叔公耶洛夫。現在她最想陪伴的是毫無情慾瓜葛的老人。

不料在她動身之前，電話響了，波爾貢值班警官在呼叫她。昨天，瑪內斯北郊的醫師家遭小偷，一對退休夫婦下床抓賊，結果丈夫頭部受傷，多處骨折，正住院接受治療。

只有工作才能減輕蒂妲的痛苦。

午後兩點，她來到失竊的民宅，這時島上的天色已漸漸變暗。

在現場，她遇到的頭一個人是漢斯．麥諾爾。與她不同的是，麥諾爾身穿全套制服，正拿著一捲藍白警戒線走來走去，一手也拿著幾面閒人勿入的警語。

「咦，妳昨天去哪裡了？」他問。

「我昨天休假，」蒂妲說，「沒人呼叫我。」

「沒呼叫，妳自己也該關心一下有沒有發生需要瞭解的狀況。」

蒂妲用力甩上車門。「閉嘴啦。」她說。

麥諾爾轉身。「妳剛說什麼？」

「我叫你閉嘴，」蒂妲說，「不准你再動不動批判我。」

此言一出，她是徹底和麥諾爾撕破臉了，但她不在乎。

他呆立幾秒，彷彿不太理解她的語意。

「我不是在批判妳。」他說。

「不是嗎？那捲警戒線給我。」

她默默拉警戒線包圍醫師家後面，在庭園裡尋找鞋印覆蓋好。週一上午，刑事鑑定人員才會從卡爾馬過來。

房子周圍的泥地上確實有幾枚鞋印，看似男靴或男鞋，鞋底有深紋。進一步蒐證後發現，樹林裡的植被上也有跡象顯示，某人曾一頭栽向地面，然後以狗爬式爬走。

蒂妲查看著現場，研判竊賊可能有三人。

這時，有名婦人從陽台走了出來。原來她是這裡的鄰居。出事後，老夫婦遠在卡爾馬的醫院，這位鄰居有鑰匙，所以過來幫忙看家。她請兩位警官進她家喝咖啡。

和麥諾爾喝咖啡？

「我倒寧願進去巡一圈，謝了。」蒂妲說。

送走鄰居後，蒂妲踏石階而上。

通過陽台時，她發現門廳有鏡子摔成的一地碎片，地毯凸起，血濺門口和木頭地板。

通往迎賓廳的門半開，她跨越碎玻璃，往門內瞧一瞧。

裡面是一團糟。櫥子的玻璃門敞開。一個舊櫥櫃的抽屜全被拉出來。蒂妲還看到磨光的木地板上仍留有帶泥的鞋印，可供鑑識人員化驗的線索多的是。

查看完現場，兩名警官一句話不說，各分東西。蒂妲上自己車，駛向叔公耶洛夫住的安養院。

「剛才去調查一起住宅竊盜案。」蒂妲向叔公解釋自己遲到的原因。

「真的？」耶洛夫說，「在哪裡？」

「哈傑比村的醫生家。屋主被打傷了。」

「嚴重嗎？」

「滿嚴重的，他還被刺傷了……明天報紙一定會登，相信到時候你能讀到更詳細的內容。」

她在小咖啡桌前坐下，取出錄音機，惦記著馬丁。他現在應該到家了吧？應該已經進門，抱一抱妻子卡琳和孩子們，埋怨說卡爾馬舉行的警察會議多無聊。

耶洛夫剛才似乎說了什麼，蒂妲沒有注意聽。

「什麼？」

蒂妲沒聽進去。她一直在想，早上馬丁走出門時頭也不回。

「妳有沒有採集到小偷的線索？」

蒂妲點頭，不願談細節。

「鑑識小組明天會去蒐證。」她按下錄音鍵。「可以談一談家族往事了吧？」

耶洛夫點點頭，卻仍問：「那麼，在刑案現場的任務有哪些？」

「鑑識人員會保存蛛絲馬跡，」蒂妲說，「拍照攝影存證，也尋找指紋、毛髮、紡織品碎屑，也就是從衣物脫落的纖維。另外當然也採集血液之類的生理證物。然後，他們在戶外製作鞋印的模型，也能保存室內鞋印，方法是用靜電——」

「妳挺敬業的嘛。」耶洛夫打斷她。

蒂妲點頭。「我們盡量按部就班做事。根據我們猜測，歹徒不止一人，開轎車或廂型車，不過目前線索還不充分。」

「最重要的是找到那些竊賊。」

「當然。」

「可以從書桌拿一張紙給我嗎？」

蒂妲拿紙給他，靜靜看著他寫下幾行字。寫完，他把紙交給她。

耶洛夫以工整的字體寫下三人姓名：

約翰・哈格曼

妲格瑪・卡爾森

依拉・古斯塔夫森

蒂妲看一遍，視線轉向耶洛夫。

「嗯，」她說，「小偷是這三個？」

「不是。他們是我的老朋友。」

「喔……」

「他們能幫妳。」耶洛夫說。

「怎麼幫？」

「我相信他們會看到一些東西。」

「好吧……」

「他們全住在公路附近，常留意往來車輛，」耶洛夫說，「對約翰和依拉和妲格瑪來說，路上有車子來去是大事一樁，尤其是在冬天。有車子經過，依拉和妲格瑪常不顧一切放下手邊的事，跑去看看車子是誰在開。」

「好。那我最好去找他們聊一聊，」蒂妲說，「不管能提供大小資訊，我們都感激。」

「對。先去找約翰，他住在岩灣，我跟他交情不錯……幫我跟他打聲招呼。」

「也問他有沒有見過陌生車輛。」蒂妲說。

「對。約翰一定見過沿海道路上的車子……然後，妳去找妲格瑪，她住在轉進歐妥普的路口。妳問她同樣的事。最後是依拉．古斯塔夫森，她住胡提特，也值得去找她談一談。她家在斯培特比附近的大馬路旁邊，在前往波爾貢路上。」

蒂妲看著名單。

「謝謝，」她說，「如果路過，我會去拜訪一下。」

隨即，她按錄音鍵。

「耶洛夫……你想到哥哥拉格納的時候，常聯想到什麼？」

耶洛夫沉默不語，仔細思考著這個問題。

「鰻魚，」他最後說，「秋天的時候，他喜歡開小船去檢查他在海床佈下的漁網。他還喜歡誘捕鰻魚……夜裡，他試用幾種誘餌，引誘母鰻魚進漁網，然後抓進魚籠。」

「母鰻魚？」

「只捕母鰻。」耶洛夫對她微笑。「公鰻魚沒人要，太小也太軟弱。」

「大多數男人也這樣。」蒂妲說。

16

有天晚上，尤瓦金哄莉維亞睡覺時，她問：「耶誕夜是哪一天，爹地？」

「快到了……再等一個月。」

「等幾天？」

「再等……」床邊牆上掛著長襪子皮皮⓫月曆，尤瓦金看著數：「二十八天。」

莉維亞點頭，面露沉思狀。

「妳在動什麼腦筋？」他問，「是在想耶誕節能收到什麼禮物嗎？」

「不是，」莉維亞說，「不過，到時候，媽咪總該回家了吧？」

尤瓦金起初不回應。

「我不確定。」他慢慢說。

「會啦。」

「我覺得最好不要抱太大希——」

「她一定會啦，」莉維亞放大嗓門說，「到時候，媽咪一定會回來。」

說完，她把被子蓋到鼻子，拒絕再開口。

⓫ Pippi Longstocking，一九四〇年代瑞典童書，作者為 Astrid Lindgren。

搬來鰻岬才兩星期，尤瓦金就發現，莉維亞睡覺養成一種新習慣。她會連續安穩睡兩夜，第三夜變得不安分，喊他過來。

「爹地？」

通常，她會在午夜之後大約一小時呼喚，睡得再熟的尤瓦金一聽就頓時睡意全消。

莉維亞的哭聲也會吵醒拉斯普丁。他跳上窗台，凝望深夜，彷彿看得見建築物之間有東西在動。

「爹—地？」

走向女兒房間之際，尤瓦金心想，至少進步了。她不再喊卡翠妮了。

星期四這天半夜，他過來坐在莉維亞床緣，摸一摸她的背。她沒醒來，只翻身面向牆壁，緩緩放鬆下來。

尤瓦金坐在原位，等她開口。等了兩分鐘，她講話了，語氣鎮定，稍顯呆板。

「爹地？」

「什麼事？」他輕聲回應。「妳看得見誰嗎，莉維亞？」

她仍背對著他側躺。

「媽咪。」她說。

現在的他有心理準備。但他仍不確定莉維亞是真的在睡夢中，或處於半睡半醒的迷茫階段。同樣無法確定的是，如此對話，對她或對他是否有益。

「她在哪裡？」他問，「媽咪在哪裡？」

尤瓦金看著她右手從棉被下舉起，無力擺一擺。他轉頭，當然只見陰影。

他再低頭看女兒。

「卡翠妮能不能……媽咪想不想對我說什麼？」

莉維亞沒有回答。他發現只要問題長一點，女兒就不太想回答。

「她在哪裡？」尤瓦金再問，「媽咪在哪裡，莉維亞？」

依然不語。

尤瓦金思考片刻，然後慢慢問：「那天媽咪上防波堤做什麼？她為什麼去海邊？」

「她想……去找。」

「去找什麼？」

「真相。」

「真相？問誰？」

莉維亞沉默不語。

「現在媽咪在哪裡？」他問。

「附近。」

「她是不是……她在家裡嗎？」

莉維亞不回答。尤瓦金意識到，卡翠妮不在房子裡。她想保持距離。

「妳現在能和她講話嗎？」他問，「她有沒有在聽？」

「她在看。」

「她能看見我們嗎？」

「也許吧。」

尤瓦金屏息。他斟酌著問題。

「妳現在能看見什麼，莉維亞？」

「海岸上有人……在燈塔旁邊。」

「那一定是媽咪。她有沒有——」

「不是媽咪，」莉維亞說，「是伊莎。」

「什麼？」

「是伊莎。」

尤瓦金寒徹心底。

「不對，」他說，「那不可能是她的名字。」

「是。」

「不是，莉維亞。」

他提高音量，幾乎是在吶喊。

「是伊莎。她有話說。」

尤瓦金仍坐在床緣，無法動作。「我……不想談，」他說，「不想跟她談。」

「她想——」

「不要，」尤瓦金連忙說。他心跳如鼓，口乾舌燥。「伊莎不能來這裡。」

莉維亞再度噤聲。

他無法呼吸，他只求逃出這房間。但他繼續坐在莉維亞床緣，嚇得肢體僵硬，目光不斷瞟向半開的門。

房子完全靜悄悄。

這時候，莉維亞渾身不動，蓋著棉被躺著，頭仍偏離尤瓦金。他聽得見她微弱的呼吸聲。

最後，他勉強起身，強迫自己出門，走進黑暗的走廊。

屋外一片光明，因為滿月從雲層鑽出來了，從剛上過漆的窗戶照耀進來，但尤瓦金不想向外望，唯恐看見一個女人的瘦臉瞪著他，表情充滿仇恨。

他定睛看地板，走進門廊，看見通往遊廊的外門沒上鎖。上床前怎麼老是忘記鎖門？哼，從今以後，他絕對不會再忘記了。

他匆匆走過去上鎖，對著中庭的陰影瞥一眼。

然後，他轉身，悄悄回床睡覺。他從枕頭底下抽出卡翠妮的睡袍，蓋著棉被緊緊抱住。

經過那一夜的經驗，尤瓦金決定不再過問莉維亞的夢境。他不想再鼓勵她談夢，自己也開始害怕聽她回答。

週五上午，他送小孩上學後，在繼續整修一樓房間之前，他做了一件既荒謬又重要的事情。

他在房子裡到處走，對已逝的姊姊喊話。

他進廚房，站在桌子旁。

「伊莎，」他說，「妳不能待在這裡。」

他本不應該這樣傻傻地跟死去的姊姊說話，但他內心只有哀傷和寂寞。接著，他走到外面，被寒冷的海風吹得睜不開眼睛，小聲說：「伊莎……對不起。這個家不歡迎妳來。」

最後，他走向穀倉，打開大門，站在門口。

「伊莎，走吧。」

姊姊已過世，他不指望她回話，也沒聽見她應聲。但他心情好轉了，只稍微好一些，彷彿已成功叫她保持距離。

星期六，有客人上門了。赫斯林夫婦米凱爾和麗莎是斯德哥爾摩的老鄰居。幾天前，赫斯林夫婦來電說，他們即將從丹麥回國，路過厄蘭島是否能借住一晚。尤瓦金很高興，因為他和卡翠妮都和這對鄰居相處融洽。

「尤瓦金，」赫斯林夫婦把車子停妥，走進門廳的時候麗莎喊道。她抱住他，久久才鬆手。「我們早就想來看你了……你現在很累嗎？」

「有點。」他說，拍拍她的背。

「你看起來的確有點累。你應該好好睡一覺。」

尤瓦金只點點頭。

米凱爾拍拍他肩膀，走進屋裡，面帶好奇的表情。

「看情況，你最近又繼續忙著整修了，」他說，「牆腳板很別緻。」

「是原始的裝潢，」尤瓦金說著跟隨他進走廊。「我只不過用砂紙磨掉表層、刷一刷油漆而已。」

「壁紙的封邊條搭配得很棒嘛，和整個房子十分搭配。」

「謝謝，我的用意正是這樣。」

「所有房間都漆成白色嗎？」

「一樓是的。」

「看起來很不錯，」米凱爾說，「清爽又和諧。」

整修至今，尤瓦金首度為夫妻倆的努力微微感到光榮。儘管意外橫生，他仍接下卡翠妮的棒子繼續跑。

麗莎走進廚房，點頭稱許。

「氣氛很不錯……咦，你們請風水師進來看過嗎？」

「看風水？」尤瓦金說，「沒有吧……重要嗎？」

「絕對重要。能量的流向和運勢的關係，這是一定要懂的，特別是海邊的房子。」麗莎走走看看，一手貼胸。「這裡也有強大的地力……我能感應到。地力不宜被擋住，一定要在房子內外自由流動。」

「我會記在心裡。」

「我們請過一位很厲害的風水師，幫我們在哥特蘭島的度假屋重新配置過。我可以把她的電話給你。」

尤瓦金點頭，腦海深處聽見卡翠妮嘻嘻笑著。她一向喜歡調侃麗莎太迷信。

那天晚上，他們圍坐在餐桌旁吃了一頓豐盛的晚餐。尤瓦金去瑪內斯買鰈魚回家煎，搭配客人帶來的一瓶白酒。尤瓦金喝下多年來的第一杯，風味不是特別香醇，但他情緒放鬆了一些，幾乎能忘記莉維亞夢囈提起亡姊一事。

晚餐期間，莉維亞也顯得開朗愉悅。她和大人坐同桌，對麗莎說，幼稚園有三個老師，其中兩個常溜出去偷抽菸，騙小朋友說，他們只是出去透透氣。

米凱爾告訴小孩說，車子經過斯摩蘭時，他們看見一隻母駝鹿帶小駝鹿在路邊奔跑。蓋布列爾和莉維亞聽得津津有味。

有客人遠從大都市來，兩個小孩都興奮不已，很難哄他們換穿睡衣去睡覺。蓋布列爾一上床就呼呼大睡，莉維亞則要求麗莎讀小淘氣愛彌兒的故事給她聽。

二十分鐘後，麗莎回廚房。

「她睡著沒？」尤瓦金問。

「睡了。她累垮了……整晚會睡得像隻小豬。」

「希望如此。」

尤瓦金待在廚房，再陪麗莎與米凱爾聊一小時，然後幫他們提行李去屋角，進入迎賓廳另一邊的那間臥房。

「我剛忙完這一間，」他說，「兩位是新房開張的第一對嘉賓。」

他事先點燃暖爐，如今客房暖烘烘，氣氛宜人。

過了半小時，大家都上床了。尤瓦金躺在暗室裡，聆聽麗莎和米凱爾在客房喃喃細語。有客人的感覺真好。鰻岬需要多一點客人。

活生生的客人。

新鄰居卡爾森夫妻曾提及莊園屋亡魂一事，他不禁想起。此外，莉維亞也提過同樣的事，說卡翠妮會在耶誕夜回家。

能再見她一面。能和她講講話。

不行。不能往那方面胡思亂想。

幾分鐘後，屋子裡沉靜下來。

尤瓦金閉上眼睛，沉沉入睡。

一陣驚呼聲響遍全屋子。

尤瓦金驚醒過來，瞬間閃現的一個念頭是：

莉維亞？

不對，是男人的叫聲。

尤瓦金睡眼惺忪，搞不清楚情況，逗留在床上，隨即想起，家裡有客人。

在黑暗中驚呼的人是米凱爾．赫斯林。

接著，他聽見匆忙的腳步聲，也聽見麗莎在走廊問話。

尤瓦金下床。這時是凌晨一點四十。他先去關照小孩。莉維亞和蓋布列爾都熟睡中，貓當然已經跳出籠子，正在牆邊緊張走來走去。

尤瓦金走向廚房。門廳的燈亮著。他進門廳時，麗莎剛穿上外套和靴子，一臉困惑。

「發生什麼事？」他問。

「不知道……米凱爾一醒過來就開始亂叫。他衝出去坐進車子。」麗莎扣好外套。「我最好去看看他哪根筋不對勁。」

她走到外面，尤瓦金睡眼惺忪再次回到廚房。

拉斯普丁也不見了，房子裡一片寂靜。他燒水準備泡壺茶。

茶泡好後，他端著茶杯，站在窗前，看見車上的麗莎坐在米凱爾身旁。外頭飄著細雪，雪花在空氣裡晶瑩亮麗。

麗莎似乎在問米凱爾問題。米凱爾坐在駕駛座上，兩眼直盯擋風玻璃外面，搖著頭。過了幾分鐘，麗莎回屋裡。她看著尤瓦金。

「米凱爾做惡夢……他說剛才有人站在床邊看他。」

尤瓦金暫停呼吸。他點頭，輕聲問：「他還進屋嗎？」

「他想在車上多坐一會兒，」麗莎說，隨後又說：「我們可能開車南下算了，在波爾貢那間旅館過夜。那間冬天照樣營業吧？」

「好像是。」尤瓦金停頓一下，然後問：「他平常……也會做惡夢嗎？」

「不會，」麗莎說，「在斯德哥爾摩不會……最近他有點煩。目前工作不是很順利。他不太想提，不過——」

「這裡沒有什麼險惡的東西。」尤瓦金說。隨即他想起莉維亞的夢話。他又說：「當然，最近這幾個禮拜這裡出了不少事。話說回來，假如我們覺得……不安全，我們也不會住下來。」

麗莎匆匆四下看一眼。「這裡有一股強大的能量，」她說，隨即改成遲疑的口吻，問：「你是不是覺得卡翠妮還在家裡？是不是覺得她在守護全家人？」

尤瓦金遲疑一下才點頭。「對，」他說，「有幾次，的確有這種感覺。」

他又沉默下來。他多想傾訴近日來的心路歷程，但麗莎．赫斯林並非合適的聽眾。

「我該去收拾行李了。」她說。

十五分鐘後，尤瓦金回到廚房窗前，看著赫斯林夫婦的大轎車開走。他的視線跟隨他們許久，直到尾燈消失在幹道上。

屋子裡依然寂靜無聲。

尤瓦金不關大廳裡的燈，先去查看子女是否仍睡得安穩，然後回臥房。他爬回床上，躺在暗室裡，眼睛睜著。

星期一上午，他開車送小孩上學。一樓剩兩間臥房待整修，他進其中一間，用砂紙磨牆壁，上漆，貼壁紙，一邊忙著，一邊留心聲響，但什麼也沒聽見。

包括短暫的午休在內，他花了五小時，總算完成三面牆。下午兩點左右，他收工，煮咖啡休息。

他端著咖啡杯走上陽台，呼吸著冰冷的空氣，見到太陽已經掉進附屬屋背後。

中庭陷入黑影，但尤瓦金看得見穀倉門半開著。禮拜五在赫斯林夫婦上門前，不是已經關好了嗎？

他穿上夾克，打開外門。

二十步就能到穀倉。走到門口，尤瓦金把巨大的門推到全開，走進黑暗中。黑色的開關老舊，位於較短的一道牆中間。他走過去開燈，兩顆小燈泡有氣無力地照在石頭地板、空蕩蕩的畜欄和飼料槽上。

一切靜悄悄。儘管天寒地凍，老鼠似乎尚未進駐穀倉過冬。

每次他進穀倉都會有新發現。這次他注意到，門內的地板看似有人剛打掃過。今年秋天，他和卡翠妮討論家裡這三棟建築物時，卡翠妮曾說，她一直在打掃穀倉。

尤瓦金望向閣樓的樓梯，回想上一次岳母帶他上樓的情景。他想再去看一看那面紀念亡魂的牆壁。

看一下就好。

上閣樓後，那裡還有陽光。太陽掛在附屬屋的屋頂上空，從穀倉南邊的小窗戶照進來。

尤瓦金慢慢走著，小心別踩到滿地垃圾。

最後，他站在最遠一面牆前方，藉著冬陽的黃光，默讀著牆上的刻字。名字在木板上顯得醒目，字體被黑影包圍。

接近最下面的一塊木板上刻著卡翠妮姓名和生辰忌日。

他的卡翠妮。尤瓦金再三默唸著她的名字。

木板之間的空隙很窄，裡面漆黑，但當他站在這幾塊寬木板旁邊時，他隱約能意識到木板另一邊的黑暗。他靈光一閃，心想，身旁這面牆和穀倉的外牆並非同一面。

莉維亞和蓋布列爾快放學了，他不管，急忙下樓去穀倉外面。他離開穀倉幾步遠，數著樓上的小窗戶。一、二、三、四、五。隨後，他再爬上閣樓。

這裡有四扇窗，高高位於屋頂底下。最後一扇窗戶肯定是在牆的另一邊。

這面牆沒有門，也找不到縫。木板很厚，尤瓦金按了幾下，但所有木板不動如山。

17

親愛的卡琳：

這封信的執筆人對妳無惡意，只想勸妳早日覺醒。當前的事實如下：長久以來，馬丁對妳不忠。三年多之前，他在韋克舍警校負責接訓，班上有一名小他將近十歲的女學員。第一學年結尾有一場慶祝會，會後馬丁和這名學員開始交往，延續到現在。

兩人的關係在幾天前結束了。

我之所以敢確定這件事，是因為我就是那位女學員。交往到最後，我再也受不了馬丁的謊言，希望妳發現真相後也不要忍受了。

或許，沒有證據，妳無法盡信片面之詞吧？我不想寫太私密的細節，只能舉例描述，他鼠蹊右側有一道兩英寸長的疤痕，因為幾年前他接受過疝氣手術。你們在歐勒佛斯郊外有一棟鄉村別墅，他在搬石頭時不慎得疝氣，對不對？

另外，他的背部和屁股毛太多，偶爾也該用熱蠟除毛一下，妳不贊同嗎？肌肉線條練得那麼完美，那麼虛榮，怎能省略除毛手續呢？

誠如我所言，我不願傷害任何人，但我明白妳可能被真相刺傷心靈。世界上的謊言太多了，狠毒的騙子也層出不窮。願妳我能齊心，至少能整治其中一個。

「第三者」祝福妳

蒂妲在電腦上打好這封信，靠向椅背，再檢查最後一次。

時間是上午七點四十五分。昨晚，她用紙筆在家打好草稿，今早七點進派出所打字。全派出所別無旁人。和平常一樣，漢斯・麥諾爾不會這麼早進來。他通常拖到差不多十點才進辦公室，有時更懶得露臉。

蒂妲只見過馬丁的太太卡琳一次。那天，馬丁帶兒子安東來警校幾小時，等媽媽卡琳接。下午大約四點，她從指揮交通練習區走出來。她比蒂妲高出一個頭，捲髮深褐色。她記得，卡琳帶小孩臨走前，和丈夫互道再見，當時對著丈夫的微笑充滿驕傲和愛意。

蒂妲看著派出所窗外冷清的街道。

心情比較舒服了嗎？如此報復馬丁，感覺痛快嗎？

對。

她累了，但信寫好後，她心情確實比較舒暢。她趕快列印一份出來。

拿出一只純白信封後，她又猶豫起來。馬丁曾告訴她，卡琳在郡政府環保局上班。蒂妲考慮寄信去她辦公室，以免被馬丁攔截。然而，寄到郡政府的信件通常會被拆封登錄，最後她只好在信封註明卡琳家的地址，以公整的大寫字體寫好。她不認為馬丁認得出她的筆跡。寄件人姓名省略。

她把信塞進她的棉質背包，連同錄音機放在一起，然後穿上夾克，戴上警帽，離開派出所。警車附近人行道上有個黃色郵筒，蒂妲駐足，並沒有從背包取出告密信。

信仍未封好，也沒貼郵票，她不想現在就寄。

今天午餐後，她要去一所小學，對三個班級的學生上法治課，但去學校前，她有時間開車出去一陣子，看看交通情形，去鄉下拜訪幾個人。

依拉．古斯塔夫森住在斯培特比附近的一棟小紅屋裡，有石灰岩大草原的景觀可欣賞。這附近樹不多，幹道直接從她家旁邊經過。

時光在這裡凍結了。蒂妲心想，就是應該住在荒野才對，離所有男人遠遠的。

她帶著背包上門按電鈴，開門的是一位模樣壯碩的婦人。

「嗨，我名叫蒂妲——」

「我知道，」婦人打斷她。「耶洛夫說妳會來。快請進。」

兩隻黑貓躲進廚房去，但耶洛夫的親戚上門，依拉似乎很高興。依拉態度愉悅，充滿活力，不太想聽蒂妲解釋來意。她趕緊去泡咖啡，從食品儲藏間端幾盤小點心過來。有的小點心塗果醬，有的撒上珍珠糖屑，有的是巧克力口味，總共有十種之多，擺在銀盤上，在小客廳裡顯得氣派。蒂妲坐下，凝視著咖啡桌。

「這麼多點心，我好像第一次看過。」

「真的嗎？」依拉語帶驚訝。「妳沒進過糕餅店嗎？」

「呃，有是有，不過……」

蒂妲看著牆上一幅黑白結婚照，想起那封寫給馬丁夫人的信。她決定今晚寄出，好讓卡琳在週末之前收到，有整個週末好好叫馬丁滾蛋。

她清一清喉嚨。

「我有一兩個問題，依拉。不知道妳有沒有看過報紙，哈傑比村最近有民房遭小偷，屋主受重傷，警方想尋求民眾協助。」

「我家也遭過小偷，」依拉說，「小偷進車庫，偷走一桶汽油。」

「真的？」蒂妲說，「什麼時候的事？」

「一九七三年秋天。」

「喔……」

「我之所以記得，是因為我先生那時還在世，我們那輛車子也還在。」

「好，不過，我們目前調查的是最近的竊案，近幾個月的案子。」蒂妲舉起筆記本。「所以我來請教妳，最近有沒有看見陌生車輛在主要公路上往來……耶洛夫告訴我說，妳對路過的車子很注意。」

「我很注意窗外，沒錯。是我的老習慣。我聽得見車子愈來愈近。不過，最近車子好多啊。」

「現在不是冬天了嗎？路上的車應該不多才對吧？」

「對，比起旅遊旺季是沒多少車輛……不過，我已經不寫下車牌了，來不及寫嘛。車子一下子就飛過去了。而且，我也不太會分辨車子的廠牌。」

「那妳最近這幾天，有沒有見過陌生車輛？例如上禮拜五……深夜？」

依拉思索一陣。

「大車子嗎？」

「可能是。那些竊賊有時候會一次偷很多東西，所以車子大才裝得下。」

「這裡經常有卡車路過。垃圾車也有。另外也有農機。」

「我想他們不會開卡車去作案。」蒂妲說。

「上禮拜五，有一輛黑色大車子路過這裡。往北走。」

「像廂型車嗎？是在深夜嗎？」

「對，在快十二點的時候。我剛關掉臥房燈，」依拉說，「一輛黑色大廂型車，沒錯。」

「好……看起來是新車或舊車？」

「不特別新。車身有字。『卡爾馬』，好像是什麼焊接公司。」

蒂妲記下來。

「很好。感謝妳幫這個大忙。」

「有獎賞嗎，如果抓到小偷？」

蒂妲放下筆記本，遺憾地搖搖頭。

拜訪過依拉之後，蒂妲往北回去，在瑪內斯以南轉進濱海路，經過鰻岬。她的目的地不是鰻岬。回派出所之前，她想去紹亞登，看一下祖父拉格納的老房子。

路邊一塊木頭寫著：私人道路。一條雜草叢生的冰雪小徑，通向海邊。路面有凹凸不平的輪痕，蒂妲的警車顛簸前進。

小路經過一處鐵器時代喪葬地，現在已用圓石填平。路的盡頭是關閉的圍牆門，裡面有一棟白色小屋。透過一叢松樹，他依稀看得見海景。

蒂妲在門外停車，踏著院子裡蔓生的雜草進去。她對這裡記憶模糊。上一次來這裡是十五年前的事了。當時父親帶她來。現在，景物似乎全縮水了。當時，祖父去世已久，祖母被送醫，房子求售。她隱約記得焦油的臭味，院子裡有幾個舊鰻魚水槽。現在全消失了。

「哈囉？」她對著颯颯的海風呼喚。

無人回應。

房子本身很小，但這裡不只這一棟建築物。旁邊另有一棟船庫，窗板封閉著。附近也有一棟木造工具室、一座穀倉，以及可能是三溫暖的建物。這裡靠海，地點絕佳，可惜所有建築都需油漆，四處全有一股荒廢荒涼的氣息。

她敲一敲小屋的門，沒人回應，不意外。這房子現在可能只是避暑屋，如耶洛夫所料。大衛森家族的痕跡已被抹盡。

從這裡看不見鰻岬，但蒂妲走過松樹，來到海邊牧草地時，能看見那艘破船在幾百碼之外，往南也看得到雙燈塔聳立地平線上。

她往水邊走去，坐在岸邊石頭上的一隻大鳥慢吞吞飛走，振翅的動作沉重。猛禽一隻。樹林邊緣另有一棟小屋，她留意到。這棟小屋前方的草坪上有一張椅子，上面有一堆毛毯。毛毯動了起來。一顆人頭從毛毯堆裡鑽出來，蒂妲才發現毛毯裡包著一個人，走近一看，見到一名大鬍子灰白的老人。他戴著羊毛帽，身邊有個保溫瓶，雙手握著長長的深綠色望遠鏡。

「妳嚇跑我的白尾海鵰了。」他大聲說。

蒂妲走向他。

「什麼？」

「海鵰，」老人說，「妳沒看見嗎？」

「有，看見了。」蒂妲說。

賞鳥人。一年不分四季，海邊常有。

「牠剛相中了那群鳳頭潛鴨，」野鳥專家說。他拿起望遠鏡，對準海邊，海面上有十幾隻黑白鳥隨波起伏。「牠們全年在這裡游水，跟猛禽相處，那些鳥可不好招惹。」

「非常有趣嘛。」蒂妲說。

「絕對是。」躲在毛毯裡的老人看著她的制服說，「警察來這裡，今天絕對是破天荒頭一遭。」

「嗯，這裡的確顯得滿平靜的。」

「對。至少冬天是。只有貨輪通過。偶爾也有幾艘汽艇。」

「冬天也有嗎？」

「今年冬天我倒沒看見，」老人說，「但是我曾聽到海岸遠端傳來引擎聲。」

蒂妲愣一下。「你是說，在鰻岬那一帶？」

「是的，或者更南一點。順風的話，引擎聲隔幾英里都聽得見。」

「早幾個禮拜，有個女人在鰻岬燈塔附近淹死了，」蒂妲說，「你幾星期前也在這裡嗎？」

「好像吧。」

蒂妲看著他，神情嚴肅起來。「你記得那案子嗎？」

「記得。我在報紙上讀過……不過，我那時候什麼也沒看見。這裡有樹，鰻岬被擋住了。」

「不過，在出事那一天，你記得聽見引擎聲嗎？」

野鳥專家沉思一陣。

「可能有。」他說。

「如果海灣有船經過，往南邊走，你看得見嗎？」

「有可能。我經常坐在這裡。」

這種證詞過於含糊。依拉監看公路的證詞遠勝過賞鳥老人對波羅的海的監控。

她感謝老人協助，準備走回停車處。

「可以保持聯絡嗎？」

蒂妲轉身。「什麼？」

「這裡有點寂寞。」他對蒂妲微笑。「風景美，可惜很寂寞。也許妳有空可以回來坐一坐？」

她搖搖頭。「大概不會，」她說，「你只好找一隻黃嘴天鵝來陪陪你了。」

午餐後，蒂妲在小學花了將近三小時，讓學童認識法治社會。她還要回派出所寫好幾份交通報告，但鰻岬溺斃案一直徘徊在心頭。

她整理思緒一陣子，然後拿起話筒，打電話去鰻岬莊園屋。

響三聲，尤瓦金・韋斯丁接電話了。蒂妲聽到背後有球在蹦蹦跳，也有兒童歡笑的聲音。好現象。但尤瓦金．韋斯丁接聽的語氣倦怠而疏離。他並非語帶火氣，只是講話有氣無力而已。

蒂妲略過寒暄的步驟。

「我想問你一件事，」她說，「你太太在厄蘭島有沒有認識誰家裡有船？住在你家附近的人？」

「這附近有船的人，我一個也不認識，」尤瓦金說，「卡翠妮嘛……她也從沒提過一個有船的人。」

「你在斯德哥爾摩的時候，在非例假日，她在家都做些什麼事？她有沒有跟你提過？」

「她在家整修房子，做室內裝潢，照顧小孩，手頭上的事挺多的。」

「那時，家裡有沒有客人？」

「只有我。就我所知。」

「好，謝謝，」蒂妲說，「我改天會再聯——」

「我也有個問題想問妳。」尤瓦金打斷她。

「什麼問題？」

「妳來我家時說過，妳有個親戚對鰻岬很熟……他是瑪內斯歷史學會的會員之類的。」

「對，耶洛夫，」蒂妲說，「他是我叔公。他幫學會的年度報告寫過一些文章。」

「我想找他聊一聊。」

「聊莊園屋的事？」

「想瞭解房子的歷史……瞭解一下鰻岬的一個傳說。」

「傳說？」

「和亡魂有關的傳說。」尤瓦金說。

「好。他對民間故事瞭解多少，我不清楚，」蒂妲說，「不過我可以問一下。耶洛夫通常喜歡講故事。」

「告訴他，我非常歡迎他來我家。」

蒂妲掛電話，已經下午四點三十分了。她啟動電腦，整理一些新案子，寫寫報告，其中一份有關一輛可疑的黑色廂型車。在民宅竊案的調查中，這是一條勉強算具體的線索。至於賞鳥老人提到鰻岬附近有汽艇的引擎聲，他的說法太含糊，不足以寫成報告。

寫著寫著，終於寫完報告，已經晚間七點四十五分了。

埋頭苦幹是避免想起馬丁的良方。最好能把他從自己的身心裡驅散一空。

蒂妲仍未把信寄給他老婆。

一九四三年冬

第二次世界大戰爆發後，鰻岬莊園屋被軍方徵用，燈塔熄火，士兵進駐屋內，以捍衛海岸線。

在這年代，穀倉閣樓牆上新增的名字只有一個，但不是男丁。

細字雕刻著：銘誌葛芮塔，一九四三。

——米雅．蘭姆貝

強烈暴風雪過境隔天，位於鰻岬的領空監控站警報聲大作，因為有一名十六歲少女失蹤了。

「她是在暴風雪中失蹤的。」綽號老爐的站長說。這天早上，七名壯丁集合在廚房，穿著灰色皇家部隊軍服。老爐的本姓是邦茲森，颳冷風的日子喜歡守在鐵製暖爐邊坐著，所以人稱老爐。而冬天在鰻岬，颳冷風幾乎是天天都有的事。

「希望大概很渺茫，」老爐繼續說，「不過，我們最好還是搜救看看。」

老爐鎮守室內，負責協調人力物力，其他人全數踏雪去救人。陸維格．魯克爾這年十九歲，是全站最年輕的部屬，他和艾斯吉．尼爾森一同朝西方出發，搜尋歐佛莫森泥炭沼一帶。

戶外氣溫低到只有攝氏零下十五度，風勢不大，比開戰頭幾年的冬天暖和許多。往年冬天，溫度計下探零下三、四十度時有所聞。

如果除掉昨夜的暴風雪不算，今年冬天在鰻岬算是平靜。德軍飛燕戰鬥機差不多已在沿海絕跡。在史達林格勒戰役之後，瑞典最畏懼的是蘇聯威震波羅的海的軍力。

艾斯吉的幾位兄長被調去哥特蘭島，整年住帳篷。鰻岬以無線電和哥特蘭島南部保持聯繫。如果蘇聯艦隊入侵，這裡的消息會領先瑞典其他地區。

一出門，陸維格馬上點菸抽，穿著靴子踩雪挺進。陸維格是菸槍，但他從不請別人抽。艾斯吉常懷疑他這麼多菸是從哪裡弄來的。

長久以來，莊園屋裡的物資採配給制。魚從海裡撈，牛乳來自穀倉兩頭牛，但燃料、蛋、馬鈴薯、布料、真正的咖啡卻嚴重短缺。最嚴重的是香菸配給。現在，每人一天只能領到三根。

陸維格卻似乎從來不愁沒菸可抽，不是有人郵寄給他，就是取自鰻岬附近村落。他怎麼買得起？義務役的日薪只一克朗。

兩人踏雪前進幾百碼，艾斯吉停下來，尋找主要公路。他看不見路，因為暴風雪把公路變走了。原本，地面插著成群的冷杉枝葉，好讓雪橇隊認路，可惜所有記號全在昨晚被颳跑了。

「不曉得她是哪裡人。」艾斯吉邊說邊爬上雪堆。

「她是馬姆托普人，在若爾比郊外。」陸維格說。

「你確定？」

「我還知道她姓名，」陸維格說，「葛芮塔．弗里伯格。」

「葛芮塔？你怎麼知道？」

陸維格微笑不語，再掏一支菸。

這時候，艾斯吉看得見西監控塔了。有一條繩索從公路旁指引方向。木造監控塔以松樹枝葉保暖，以灰綠色布料作為掩護，東邊被風雪堆積出一道幾乎垂直的牆壁。

鰻岬另一座領空監控塔位於南燈塔，戰前已改用電力，裡面有暖爐，坐著監控外國飛航器非常舒服。但他知道，陸維格比較喜歡獨自來泥炭沼。

艾斯吉當然懷疑，守監控塔時，陸維格不一定是獨守。若爾比的男孩們討厭陸維格，為什麼？艾斯吉自以為知道答案。若爾比的女孩愛死他了。

陸維格走向監控塔，用手套掃掉階梯上的積雪，走上去，不見人影一陣子，然後才走下來。

「給你。」他說著遞一個瓶子給艾斯吉。

那是一瓶杜松子酒，酒精濃度高，所以並沒有結冰。艾斯吉扭開軟木塞，猛灌一口，暖暖身，然後看著已經不到半瓶的酒。

「你昨天在監控塔喝過酒嗎？」他問。

「我昨晚在這裡。」陸維格說。

「所以，你冒著暴風雪走回家？」

陸維格點點頭。「其實比較像用爬的。雪太大了，伸手不見五指……幸好有條繩子。」

他把酒瓶放回塔裡，冒雪往北走向若爾比。

十五分鐘後，他們找到女孩的屍首。

在歐佛莫森泥炭沼以北的浩瀚雪地上，有個看似樺樹的細小樹枝突出冰雪。艾斯吉看著它，走過去。

剎那間，他發現，露在雪面上的不是樹枝，而是一隻小手。

葛芮塔．弗里伯格幾乎快走到若爾比了，可惜被風雪追上。撥開積雪後，他們發現她被凍僵的臉朝天，眼睛都被冰晶覆蓋。

艾斯吉看著她，無法轉移視線。他默默下跪。

陸維格站在他背後抽菸。

「是她嗎？」艾斯吉幽幽地問。

陸維格撣掉菸灰，彎腰看一眼。

「對，是葛芮塔。」

「昨天，她跟你在一起，對不對？」艾斯吉說，「在塔裡。」

「也許吧，」陸維格說，然後又說：「這件事，我最好稍微修飾一下，才向老爐報告。」

艾斯吉站起來。「少唬我，陸維格。」他說。

陸維格聳聳肩，捻熄香菸。「她說她想回家。她說她快冷死了，也怕如果和我在這裡過夜，她會回不了家。所以，她自己走進暴風雪，我走我自己的路。」

艾斯吉看著他，然後看著雪地中的大體。「該去找幫手了。不能把她丟在這裡。」

「可以用拖鍊雪橇，」陸維格說，「抬她上去，拖回去。我們去拿拖鍊雪橇。」

他轉身，走向鰻岬。艾斯吉緩步向後退，不願太急著轉身背對屍首。他跟上陸維格。

兩人無言，並肩在雪地上跋涉前進。

「你想去穀倉刻下她的名字嗎？」他問，「像上次我們刻渥納爾那樣？」

十七歲的渥納爾收到徵兵令，一九四二年夏天出海時落水，在鰻岬外海溺斃。依照艾斯吉的看法，葛芮塔的名字應該刻在他旁邊。但陸維格搖搖頭。

「我跟她幾乎不認識。」

「可是……」

「都怪她自己不對，」陸維格說，「昨天應該和我一起待在塔裡。我可以幫她保暖。」

艾斯吉不語。

「幸好，村子裡的女孩多的是，」陸維格繼續說，瞭望歐佛莫森泥炭沼另一邊。「這就是女孩子最棒的一點，永遠用不完。」

艾斯吉點頭，但他腦子目前容不下女孩。他只想著死人。

十二月

18

新的一個月又開始了，耶誕節眼看就快到來。這天是星期五下午，尤瓦金重回冰冷的穀倉，爬上閣樓，站在悼亡魂牆前，一手拿鐵鎚，另一手拿剛磨利的鑿子。

尤瓦金上閣樓時，離接小孩回家還有一小時，太陽快西下了，中庭的黑影愈來愈深。如果整修進度順利，他犒賞自我的方式就是上閣樓。

在閣樓坐著，雖然冷，但感覺安靜而輕鬆。他喜歡端詳著牆上的名字。他當然反覆看卡翠妮的姓名，宛如在誦經。

他漸漸記住多數名字。這面牆的木板有幾個瘤孔，也有扭曲的年輪線條，久看之下，他也漸漸記住紋路。左邊牆角中間的木板有一道較深的裂縫，尤瓦金愈看愈想進一步研究。

木板沿著年輪出現裂縫，向下呈對角線的裂縫更大。他伸手一按，木板裂開了。

所以剛剛尤瓦金才去拿工具過來。

他把鑿子戳進裂縫，用鐵鎚敲，鑿子的尖頭直鑽木板而過。

鐵鎚再重擊十幾下，木板的一頭就鬆開往下掉，從落地聲判斷，地板延伸到牆的另一邊。可惜裡面太暗，尤瓦金看不見東西。

這開口只有兩英寸寬。他彎腰往裡面瞧的當兒，一股錯不了的氣息撲鼻而來，迫使他閉眼靠牆。

是卡翠妮的氣味。

他屈膝跪地，左手伸進開口。他先伸手指進去，隨後是手腕，最後才將整條前臂伸進去。他四處摸索，沒摸到東西。

然而，當他手指向下降時，指尖碰觸到不明物體，一個軟軟的東西。觸感像粗布，像人穿的長褲或夾克。

尤瓦金趕緊縮手。

接下來，他聽見外面的小路悶悶傳來車聲，一束燈光照進穀倉窗戶，窗上覆蓋著白霜。一輛轎車正駛進院子。

尤瓦金再朝牆壁的開口瞄最後一眼，然後下樓。

來到院子，他被車燈照得目眩。車門關上。

「嗨，尤瓦金。」

這人嗓音明快，尤瓦金認得。她是幼稚園的園長瑪莉安妮。

「發生什麼事了嗎？」她問。

他一臉不解，凝視著她，然後拉起袖口看錶。在車燈照耀下，他發現已經五點半了。幼稚園在五點放學。他忘記去接小孩了。

「我沒去接……我忘了時間。」

「沒關係，」瑪莉安妮說，「我只是好擔心家裡出什麼事而已。我打過電話，可是你家沒人接。」

「對，我剛在……在穀倉做一點木工。」

「很容易就忘了時間。」瑪莉安妮微笑說。

「謝謝，」尤瓦金說，「感激妳帶他們回家。」

「不客氣，反正我家住若爾比。」瑪莉安妮揮揮手，回車上。「禮拜一見。」

瑪莉安妮倒車駛出院子後，尤瓦金進屋內，覺得自己很丟臉。他聽得見廚房裡有講話聲。

莉維亞和蓋布列爾已經脫掉靴子和戶外服裝，分兩堆扔在地上，坐在廚房桌前，分食一顆小橘子。

「爹地，你忘了去接我們。」見他進來的莉維亞說。

「我知道。」他輕聲說。

「瑪莉安妮只好載我們回家。」

莉維亞說得不慍不火，語氣較偏向訝異，因為作息跳脫了常軌。

「我知道，」他說，「我不是故意忘記的。」

蓋布列爾一瓣一瓣吃著橘子，顯然無所謂，但莉維亞的視線逗留在尤瓦金臉上許久。

「我來煮點東西餵大家吧。」尤瓦金說，趕緊走向食品儲藏間。

鮪魚醬義大利麵是孩子們最愛的餐點之一。他燒滾水煮義大利麵，熱一熱鮪魚醬。他幾度望向窗外。

穀倉矗立在院子較遠的一邊，宛如一棟黑城堡。

裡面藏著秘密。有一間無門密室。

那間密室裡一度充滿卡翠妮的香味。尤瓦金確定，剛才意識到她的存在。剛才，氣味從牆壁的開口一湧而上，讓他不能自已。

他想進那間密室。那道牆壁的木板很厚，唯有拿鋸子或撬棍才進得去，但他又怕破壞牆上的名字。尤瓦金動不了手。他不願褻瀆死者。

氣溫跌破冰點後，冷氣也開始鑽進屋子裡。在一樓，尤瓦金靠電暖爐和燒柴暖爐生熱，但地板和窗邊仍有幾許寒意。風大的日子，他沿著地板和牆壁尋找穿堂風，拆下表層木板，在表裡層之間塞一堆亞麻纖維，以阻絕漏洞。

十二月頭一個週末，太陽露臉時，氣溫在零下五度左右，入夜後則會降到零下十度。

週日早晨，尤瓦金從廚房向窗外看，發現海面凍結出一層黑冰，海水變成遠在幾百碼之外。據推測，昨夜岸邊開始結冰，然後緩緩包圍陸岬，向大海推進。

孩子們在餐桌前坐下，準備吃早餐時，尤瓦金對他們說：「再過不久，我們就能走過水面，一路走去哥特蘭島。」

「哥特蘭島是什麼？」蓋布列爾問。

「是一個波羅的海大島，比我們離內地更遠。」

「我們能走路過去嗎？」莉維亞問。

「不行，我只是在開玩笑而已，」尤瓦金趕緊說，「太遠了。」

「可是，我想走去。」

六歲小孩聽不出弦外之音，講笑話簡直對牛彈琴。尤瓦金望向廚房窗外，腦海裡浮現莉維亞帶弟弟踏上海冰，背對著海邊愈走愈遠，突然啪嚓一聲，冰面裂出一個黑洞，姊弟倆往下沉……

他轉向莉維亞。

「妳和蓋布列爾千萬不能走到冰面上。任何情況下都不准。因為妳永遠不知道冰夠不夠厚。」

那天夜裡，尤瓦金打電話給斯德哥爾摩的老鄰居赫斯林夫妻。自從麗莎和米凱爾離開鰻岬那一夜之後，他們一直沒聯絡。

「嗨，尤瓦金，」米凱爾說，「你在斯德哥爾摩嗎？」

「沒有，我們還在厄蘭島。最近怎樣？」

「還好。很高興接到你電話。」

然而，尤瓦金心裡想著，米凱爾的口氣有所警覺。可能是為了上次的事尷尬吧。

「你情況如何？」尤瓦金說，「工作還好吧？」

「一切都非常順利，」米凱爾說，「好玩的案子多得很。現在是有點手忙腳亂，因為耶誕節快到了。」

「很好……我只想問候一下，確定一切都好。再怎麼說，上次你們來作客，走得有點匆忙。」

「對，」米凱爾說，遲疑一陣才繼續：「不好意思。我也搞不清楚……我半夜醒過來，就一直睡不著……」

他講不下去。

「麗莎認為你做了惡夢，」尤瓦金說，「她說你夢見有人站在床邊。」

「她這樣說嗎？我不記得。」

「你不記得見到什麼人嗎？」

「不記得。」

「我在家裡從沒看見過怪現象，」尤瓦金說，「不過，我有幾次倒是有點感應。而且，在穀倉裡，我在閣樓發現一面牆壁，有人在——」

「最近整修得怎樣？」米凱爾打斷他。「進度如何？」

「什麼？」

「壁紙貼完了沒？」

「呃……還沒有。」

尤瓦金先是不解，隨即明瞭米凱爾完全不想談靈異經驗和惡夢。那一夜的事全被他深鎖進記憶大門裡面。

「你們耶誕節有什麼規劃？」尤瓦金改問，「待在家過節嗎？」

「我們大概會去哥特蘭島上的度假屋，」米凱爾說，「不過，新年我們打算待在家裡。」

「這樣的話，說不定我們可以聚一聚。」

之後，兩人話不多。掛掉電話後，廚房裡的尤瓦金望向窗外，瞭望無人的海邊和海面上的薄冰，荒涼的冰天雪地加上冷清的沿岸景觀，令他懷念斯德哥爾摩熱鬧的市街。

「這裡有個隱藏式的密室，」尤瓦金對岳母米雅．蘭姆貝說，「一個沒有門的房間。」

「真的？在哪裡？」

「在閣樓。很大間……我在穀倉外面走著算步數，然後上閣樓走，發現少了將近四碼就撞到牆。」他看著米雅。「妳不知道嗎？」

她搖搖頭。

「牆上刻了那麼多名字，我已經覺得夠刺激了。」米雅說。

米雅坐在大沙發上，向前彎腰，幫尤瓦金倒一杯熱騰騰的咖啡。然後，她拿起一瓶伏特加，問：「你的咖啡要不要加一滴？」

「不用了，謝謝妳。我不喝酒，而且──」

米雅短促一笑。「這樣的話，我就喝你的份。」她說著幫自己倒伏特加。

米雅住的這間公寓內部寬敞，地段接近卡爾馬大教堂。她邀尤瓦金帶小孩過來吃晚餐。

莉維亞和蓋布列爾終於和外婆認識了。剛走進外婆家時，兩人話不多，神態警覺。公寓一角立著男體上半身白色大理石雕像，莉維亞以狐疑的眼光看了好一陣子都沒開口說話。她帶著福曼和兩個玩具熊同行，把三個玩具介紹給外婆。米雅帶他們進畫室參觀，牆上掛著繪畫，有成品也有半成品，全以厄蘭島風光為主題，全是藍天綠地繁花似錦的平原景觀。

在此之前，米雅對孫兒女幾乎不聞不問，如今對他們卻是出奇地用心。他們吃完馬鈴薯肉丸後，米雅哄蓋布列爾過來坐她大腿，費了好大的勁，孫子才坐上去，但他只坐幾分鐘，就跑進電視廳，陪姊姊看兒童節目。

「看樣子，就剩我們兩個嘍。」米雅說，在客廳沙發坐下。

「也好。」尤瓦金說。

這一間牆上沒掛米雅的個人作品，只見兩幅她母親朵倫的暴風雪畫，兩幅皆描繪風雪進逼海岸的情景，宛如一道黑簾幕即將覆蓋雙燈塔。與鰻岬莊園屋裡的那幅一樣，這兩幅也刻畫冬景，危機四伏和邪魔將至的氛圍呼之欲出。

在岳母公寓裡，尤瓦金四下尋找卡翠妮的痕跡，一無所獲。卡翠妮向來喜愛明亮清爽的線條，母親的裝潢卻側重深色的小花壁紙和窗簾、波斯地毯、黑皮沙發和椅子。

米雅家中沒有女兒遺照，也看不到卡翠妮同母異父的手足相片，但公寓裡有幾張她和一個年輕男子的合照，大小不一，相片中的男子年齡少她大約二十歲，金髮沖天，蓄著金色山羊鬍。

見尤瓦金盯著相片看，她下巴指向男主角。

「伍爾夫，」她說，「他今天去打室內曲棍球了，不然可以介紹給你認識。」

「所以，你們兩個是一對……」尤瓦金說，「妳跟這個曲棍球球員？」

蠢問題一個。米雅微笑著。

「這令你不舒服嗎？」

尤瓦金搖搖頭。

「那就好，因為很多人覺得不舒服，」米雅說，「卡翠妮絕對不舒服，只不過她從來沒有明講……老女人不應該擁有性生活。不過，伍爾夫他好像也沒怨言。我呢，當然不會抱怨。」

「不但不會，甚至還顯得滿得意的。」尤瓦金說。

米雅呵呵一笑。「不是有人說過愛情是盲目的嗎？」

她喝著咖啡，點燃一支菸。

過了一會兒，尤瓦金說：「瑪內斯有個警官想繼續調查。她打電話給我兩三次。」

他無須解釋警方想調查的案子是哪一樁。

「嗯，」米雅說，「她想調查就調查吧。」

「對，如果能有個交代的話……不過，再調查也不能挽回卡翠妮。」

「我知道她是怎麼死的。」米雅邊說邊抽一口菸。

尤瓦金看她。「妳知道？」

「是那棟房子。」

「那棟房子？」

米雅乾笑一聲，但臉上無笑意。「那棟可惡的房子裝滿了不幸福，」她說，「住過那裡的家庭，沒有一個不毀。」

尤瓦金看著她，詫異於這種說法。「家庭不幸福，不能怪罪到房子上。」

米雅捻熄香菸。

尤瓦金改變話題。

「下禮拜有人會來我們家。他是個退休老人，對我們的房子有點認識。他名叫耶洛夫．大衛森。妳見過他嗎？」

米雅搖頭。「不過，他哥哥好像住過那附近，」她說，「拉格納。我認識他。」

「總之……耶洛夫想跟我介紹鰻岬的歷史。」

「我也能告訴你，如果你這麼好奇的話。」

米雅再灌一大口咖啡。尤瓦金發現，由於喝了不少酒，她的目光已經有點呆滯。

「以前，」他問，「妳和妳母親怎麼會搬去鰻岬住？」

「租金便宜嘛，」米雅說，「對我媽而言，便宜是最重要的因素。她從事清潔工作賺的錢全拿去買畫布和顏料，老是喊窮，所以我們住的地方被迫將就一點。」

「那年代，莊園屋已經顯得破敗了嗎？」

「差不多了，」米雅說，「鰻岬那年代還屬於政府的物業，不過廉價出租給一個島民……一個農夫，掏不出一毛錢整修房子。冬天準備住進那間附屬屋的人只有媽和我。」

她再喝一口摻酒咖啡。

在電視廳，孩子們不知看到什麼，哈哈大笑著。尤瓦金思考一陣，然後問：「卡翠妮有沒有跟妳提起伊莎？」

「沒有，」米雅說，「誰是伊莎？」

「我姊姊。去年過世了……幾乎快一年了。她有癮。」

「酒癮？」

「毒癮，」尤瓦金說，「其實都有，不過最近幾年多半是海洛因。」

「我向來對毒品沒多大興趣，」米雅說，「不過，我當然認同赫胥黎和提摩西・利里[12]那些人的主張……」

[12] Tim Leary，二十世紀中期美國心理學家。

「什麼主張？」尤瓦金問。

「毒品能為心靈敞開大門。尤其是我們這一型的文藝工作者。」

尤瓦金注視著她。他想起伊莎的無神表情，領悟到卡翠妮對母親絕口不提伊莎的原因。

隨後，他急著喝完咖啡，看錶：八點十五分。

「我們該回家了。」

回程，車子通過厄蘭島大橋，尤瓦金問：「你們兩個覺得外婆怎樣？」

「她很慈祥。」莉維亞說。

「好。」

「我們會再去嗎？」她問。

「有可能，」尤瓦金說，「不過，大概最近不行。」

他決定不要再想米雅・蘭姆貝。

19

蒂妲坐在沙發上，旁邊的沙發上坐著兩名老婦人，其中一人說：「我女兒昨晚打電話給我。」

「是嗎？她怎麼說？」另一位老婦人問。

「她說想跟我好好談談。」

「好好談談？」

「對，」老婦人說，「一次全講清楚。她嫌我從來不支持她。她說：『妳滿腦子只有妳和爸爸。時時刻刻都是。我們幾個孩子總是矮一截。』」

「我兒子也這樣說，」另一位老婦人說，「不過，我兒子正好相反。每年，他在耶誕節之前來電抱怨說，小時候我太關愛他了，搞砸了他的童年。這是他的說法。艾莎，妳不必胡思亂想了。」

蒂妲不再旁聽。她看錶。氣象預報應該結束了吧。她起身，去敲耶洛夫的房門。

「進來。」

蒂妲進門接耶洛夫時，見他坐在收音機旁，外套穿著，但似乎不想站起來。

「可以走了嗎？」她伸手想攙扶叔公。

「可以，」他說，「妳要帶我去哪裡？」

「鰻岬。」蒂妲說。

「對……去鰻岬，究竟為了什麼？」

「為了……過去聊一聊吧，」蒂妲說，「鰻岬的新屋主想聽聽房子的故事。我說你知道許多有關鰻岬的故事。」

「故事？」耶洛夫緩緩起身，看著她。「照妳這麼說，我成了指定講古師，一個坐搖椅的賢明老人，專門講鬼故事、談迷信，講得眼珠子炯炯發光？」

「不至於啦，耶洛夫，」蒂妲說，「以精神導師自我期許就好，去安慰一下家裡辦喪事的人。」

「喔？辦喪事一點也不開心，坐錯墳前亂哭一通的老人如是說。」

耶洛夫拄著拐杖動身，再說：「我們只要跟他講講道理就行了。」

蒂妲挽起他另一手。「要不要坐輪椅去？」

「今天不必，」耶洛夫說，「我的腿今天沒罷工。」

「出門有必要通知誰一聲嗎？」

耶洛夫鼻子一哼。「我自己能作主。」

十二月進入第二週，這天是星期三，蒂妲載著叔公前往鰻岬喝咖啡。耶洛夫和莊園屋新主人終於要見面了。

車子通過瑪內斯鎮中心之際，耶洛夫問：「最近工作怎樣？」

「我在瑪內斯的同事只有一個，」蒂妲說，「平常見不到他……他通常在波爾貢。」

「為什麼？」

蒂妲沉默了幾秒。

「對了……不過，昨天，我遇到《厄蘭島郵報》記者邦特．尼伯格，他說瑪內斯的新派出所已經有綽號了。」

「喔？」

「被叫做老婆婆派出所。」

耶洛夫倦怠地搖搖頭。「從前，島上只有女職員的火車站也被罵成老婆婆車站。男站長嫌女職員工作能力不如男人。」

「我敢說，女職員能力比男職員強。」蒂妲說。

「對啊，就我所知，沒有人抱怨過。」

蒂妲將車子駛出瑪內斯，進入一條荒涼的道路，外面是攝氏零度，平坦的沿岸景觀似乎被凍僵成灰白色的冬景畫。耶洛夫透過擋風玻璃看風景。

「好漂亮的海邊啊。」

「是漂亮，」蒂妲說，「但是你太誇張了。」

「我愛我這個島嘛。」

「你討厭內地。」

「我才不討厭，」耶洛夫說，「我不是心胸狹窄的島迷……不過，愛總是從家鄉開始。住在島上的我們總要維護、捍衛厄蘭島的尊嚴嘛。」

邊。

耶洛夫鬱悶的心情逐漸開朗，話變得愈來愈多。車子途經若爾比村的小墓園時，他指向路邊。

「剛不是提到鬼故事和迷信嗎？……我父親每年耶誕都講一個故事，妳想不想聽？」

「想。」蒂妲說。

「妳祖父的父親也就是我父親卡爾．大衛森，」耶洛夫說，「十幾歲時，他在若爾比村幫傭，曾經在村裡見到非常怪的現象。有天，他的哥哥去找他，黃昏時兄弟倆走過這棟教堂旁邊。那時候差不多是元旦，冷得很，積雪很厚。他們聽見背後有馬拉著雪橇過來。哥哥回頭看，驚叫一聲，抓住卡爾的手臂，拉他躲到路邊，跌進雪堆裡。卡爾起先搞不懂狀況，後來才看見雪橇經過。」

「這故事我聽過，」蒂妲說，「我爸以前講過幾次。」

但耶洛夫充耳不聞，繼續說下去。

「雪橇載著一堆乾草，是卡爾見過最小的一堆，四隻小不點的馬拖著走。乾草堆裡面有四個小男人爬來爬去，身高不到三英尺。」

「小妖精，」蒂妲說，「對不對？」

「我父親從沒這樣稱呼過他們。他只說，他們是穿灰衣戴灰帽的小矮人。卡爾和哥哥嚇得不敢動，因為小矮人的態度不友善。幸好，雪橇走了，沒出事。雪橇經過教堂墓園之後，馬轉出路面，消失進黑暗的草原。」耶洛夫自顧自地點著頭。「我父親發誓說是真的。」

「你母親不也見過小妖精嗎？」

「的確，她小時見到一個灰衣服的小矮人直線走進水裡……不過那是在厄蘭島南部。」耶洛夫看著蒂妲。「妳的祖先能看到一些異常的東西，也許妳也遺傳了這種特異功能吧？」

「希望沒有。」蒂妲說。

過了五分鐘，車子快到轉進鰻岬的路口了，但耶洛夫仍想休息一下，伸一伸腿。前方有一道石牆，另一邊是一大片草地，他指著。

「泥炭沼開始結冰了。要不要去看一下？」

蒂妲在路肩停車，攙扶耶洛夫下車，迎向冷風。沼澤表面覆蓋著一片片薄冰。

「島上的古沼所剩無幾了，這是其中一個，」耶洛夫瞭望石牆另一邊說，「多數不是被抽乾了，就是消失不見。」

蒂妲順著他的視線望去，突然見水面動一下，兩叢濃密的草叢之間黑光一閃，薄冰被抖碎了。

「裡面有魚嗎？」

「有啊，」耶洛夫說，「我敢說，裡面有幾條老狗魚……在春天，融冰形成小溪流進波羅的海，鰻魚也會游來這裡。」

「所以，在這裡能釣到魚？」

「可以是可以，可惜沒人要。我小時候聽說，從泥炭沼釣上的魚肉都有霉味。」

「這地方名叫歐佛莫森，意思是獻祭沼，有什麼典故嗎？」

「古人在這裡舉行獻祭儀式，」耶洛夫說，「考古學家在這裡發現過古羅馬金銀器，也撈過幾百具動物的骨骸。以前有很多馬被推下水。」他沉默下來，然後又開口：「裡面也有人骨。」

「活人獻祭？」

耶洛夫點點頭。「可能是奴隸或戰俘吧。我想，古代有個位高權重的人決定，奴隸或戰俘與其留著，不如押去獻祭。就我瞭解，他們落水後還活著，岸上的人拿長棍壓他們下去……然後，屍體停留在原地，最後才被考古學家發現。」他凝望水面，繼續說：「鰻魚每年來這裡的原因也許就是這個。牠們大概還記得那滋味，因為牠們喜歡吃的肉是——」

「別再講了，耶洛夫。」

蒂妲從石牆旁邊走開，看著他。他點點頭。

「好吧好吧，我只是愈扯愈遠了。上路吧？」

車子停妥後，耶洛夫下車，拄著拐杖，慢吞吞走在碎石子上，挽著蒂妲的手臂。她鬆手片刻，敲一敲廚房門的玻璃窗。

敲完第二聲，尤瓦金．韋斯丁開門了。

「歡迎光臨。」

他講話小聲，看起來比上次倦意更深，蒂妲心想。但他這次肯握手，甚至還微笑，生死烏龍事件的前嫌似乎盡釋。

「我很遺憾你痛失親人。」耶洛夫說。

尤瓦金點頭。「感謝你。」

「我自己也是鰥夫。」

「喔？」

「是的，但不是最近出意外，而是長期病痛的後果……我的艾拉有糖尿病，然後心臟又出問題。」

「是最近的事嗎？」

「好幾年了，」耶洛夫說，「不過，有時候當然仍很難調適。往事還很鮮明。」

尤瓦金看著耶洛夫，默默點著頭。「進來吧。」

小孩在幼稚園，採光充足的室內安靜而嚴肅。蒂妲看得出，這幾星期以來，尤瓦金一直在賣力整修房子，一樓幾乎全部刷好油漆、貼好壁紙，漸漸營造出居家的氣息。

「感覺幾乎像時光倒流了，」她邊說邊進迎賓廳。「好像走進十九世紀的莊園屋。」

「謝謝妳。」尤瓦金說。

他認為對方是在讚美，其實蒂妲主要是在羨慕迎賓廳的面積。她依然不想住這裡。

「這些傢俱是哪裡找來的？」耶洛夫問。

「我們找了又找……在厄蘭島找過，也在斯德哥爾摩找過，」尤瓦金說，「大的廳室需要大傢俱來佔地方。我們通常找可以修復的舊傢俱。」

「這構想不錯，」耶洛夫說，「近年來，珍視家當的人不多見了。東西壞了，很多人都不想修，直接拋棄了事。只會買東西，東西買了，卻懶得去好好呵護。」

蒂妲理解到，叔公喜歡走訪老房子。對耶洛夫而言，華美精緻的物品能賞心悅目，若得知有人在背後花多少苦心，他看得更高興。蒂妲曾幾次見過，他坐著欣賞自己的舊海員箱或全套亞麻手巾，彷彿能意識到伴隨這些東西而來的所有記憶。

「我猜你有點上癮了？」耶洛夫說。

「什麼癮？」尤瓦金問。

「整修房屋。」

耶洛夫嘴角掛著笑，但尤瓦金搖搖頭。

「不算什麼癮。我們又不像斯德哥爾摩有些家庭那樣，不是每年整修廚房……何況，這一棟是我們整修的第二棟房屋。在房屋之前，我們只整修過幾間公寓。」

「你們整修的第一棟房屋在哪裡？」

「在斯德哥爾摩郊區，布洛馬。美觀大方的獨棟住宅，被我們從頭到腳翻修。」

「那你們為什麼搬家？那棟房子有什麼不好嗎？」

尤瓦金迴避耶洛夫的眼光。「沒什麼不好的……我們真的很喜歡那棟房子。不過，偶爾能換個比較大的住處也是好事。最主要是理財問題。」

「喔？」

「去理想的地段找一間破爛公寓，辦貸款，搬進去住，利用假日和晚上整修，然後找對買主，高價脫手套利……之後再申請另一個貸款，去更高檔的地段，買另一間破爛公寓。」

「然後也把公寓賣掉？」

尤瓦金點頭。「當然，要不是房市需求這麼高，想靠買賣房子賺錢也是空談。畢竟，人人都想住斯德哥爾摩。」

「我就不想。」耶洛夫說。

「想的人多的是……房價一直往上飆。」

「所以，你和太太兩人都是修屋高手？」蒂妲說。

「我們其實是在看房子時結緣的，」尤瓦金說，言談間多了些活力。「有間大公寓開放參觀，屋主是一位老太太，養了好多貓，地段好得不得了，可惜公寓裡面臭氣熏天，只有我和卡翠妮受得了，進門以後繼續參觀。後來，我們一起去喝咖啡，聊聊那間公寓怎麼修才好……那一間就成了我們聯手整修的第一間。」

耶洛夫轉頭看看迎賓廳，表情陰沉。「你們搬來鰻岬，當然也想如法炮製吧，」他說，「搬進來，修一修，脫手套利。」

尤瓦金搖搖頭。

「我們打算在這裡住很多年。我們的構想是出租幾個房間，甚至開一間小餐館。」他望向窗外，又說：「我們並不是凡事都預先規劃好，只知道住在這裡一定會很幸福……」

他的活力再度消散了，蒂妲看得出來。白色的迎賓廳肅靜得令人胸悶。

參觀房子完畢，三人在廚房坐下，喝著咖啡。

「蒂妲說，你想聽聽這棟莊園屋的故事。」耶洛夫說。

「有故事可說的話，」尤瓦金說，「我願聞其詳。」

「有，多著呢，」耶洛夫說，「不過我猜，你想聽的是鬼故事吧？你的興趣是不是這一方面？」

尤瓦金遲疑一陣，彷彿擔心被人竊聽，隨即說：「我想瞭解一下，別人是不是也在這裡體驗過不尋常的事，」他說，「我曾經覺得……或者是想像力太豐富……鰻岬存在著亡魂。燈塔附近有，莊園屋裡面也有。來過這裡的人似乎也有類似的經驗。」

蒂妲不語，沉思著溺水事件後她曾在屋裡等苦主回家。當時全屋子只有她一人——卻不盡然有獨處的感受。

「以往住這裡的人還在這裡，」耶洛夫端著咖啡說，「不然你以為，他們只在墓園裡安息嗎？」

「他們的確是被葬在墓園裡。」尤瓦金輕聲說。

「不一定。」耶洛夫以下巴指向莊園屋後面的大片田地。「在這島上各地，亡魂是我們鄰居，不習慣也得習慣。整個鄉下地區到處是古墳……有的是石器時代有隔間的古冢，有的是銅器時代的石冢和石棺，也有維京海盜的喪葬地。」

耶洛夫轉頭望海，地平線被濕冷的冬霧掩蓋。

「另外也有一座教堂墓園，」他說，「整個東岸都是墓園，因為幾百年以來，擱淺在沙洲和被巨浪擊毀的船隻不下幾百艘，死亡的船員不計其數。在以前，很多出海的人根本不會游泳。」

尤瓦金點頭，閉上眼睛。「我本來什麼也不信，」他說，「我們來這裡之前，我不信人死後能陰魂不散……但現在，我不曉得能信什麼了。這裡發生過幾件奇事。」

廚房籠罩在沉默中。

「無論你對亡魂有什麼感想，無論你自以為看見什麼，」耶洛夫一字一字說。「讓亡魂支配活人的行為是件很危險的事。」

「對。」尤瓦金幽幽地說。

「最好別想召喚他們……或問他們問題。」

「問題？」

「會得到什麼回答，只有天知道。」耶洛夫說。

尤瓦金向下看自己的咖啡，點點頭。「可是，有個說法是，他們會回這裡，我聽了一直好奇。」

「誰會回來？」

「亡魂。有一天，我和鄰居喝咖啡，他們告訴我說，死在莊園屋裡的人，每年耶誕都會回家。我想知道，像這一方面的說法還有沒有。」

「喔，是古老的傳說啦，」耶洛夫說，「不只鰻岬，很多地方都有這種傳說。亡魂的耶誕守夜。每年過世的人都在這天回來，參加自己的耶誕儀式。這時候過去鬧場的人只能自求多福。」

尤瓦金點頭。「和亡魂正面衝突。」

「沒錯。以前人強烈相信，活人能再見到往生者……不只在教堂。在家裡也看得見。」

「在家裡？」

「根據民間信仰，耶誕節應該在家中窗前點一根蠟燭，」耶洛夫說，「指引亡魂回家。」

尤瓦金傾身向前。「指引死在家裡的人而已嗎？」他說，「或者也指引其他亡魂？」

「你指的是溺死的船員？」耶洛夫說。

「船員……或者在別的地方過世的親屬。他們也會在耶誕節回來嗎？」

耶洛夫瞄蒂姮一眼，旋即搖搖頭。「這只是一個故事罷了，」他說，「牽扯到耶誕節的迷信多得很……再怎麼說，耶誕節是一年的轉捩點，是黑夜最長、陰間最接近的日子。耶誕節一過，白晝愈來愈長，生氣也跟著復甦。」

尤瓦金不語。

「我期待，」他久久之後才說，「現在日子好黑暗……我期待轉捩點趕快來。」

幾分鐘後，三人在門外互道再見。尤瓦金伸出一手。

「你的家很美觀，」耶洛夫邊說邊和他握手。「不過你可要提防暴風雪。」

「暴風雪，」尤瓦金說，「這裡的暴風雪很恐怖，是真的嗎？」

耶洛夫點點頭。「不是每年都有，但我敢確定，這個冬天一定有。而且來得快。暴風雪快來的時候，最好不要待在海邊，兒童尤其要當心。」

「暴風雪快來時，厄蘭島居民怎麼知道？」尤瓦金問，「看天憑直覺嗎？」

「我們看溫度計，聽氣象預報，」耶洛夫說，「今年寒天來得早，通常是個壞預兆。」

「好，」尤瓦金微笑說，「我們會小心的。」

「好。」耶洛夫點著頭，朝車子前進，蒂姮攙扶著他。他突然止步，鬆開蒂姮的手臂，轉身說：「還有一件事……你太太出事當天穿什麼衣服？」

尤瓦金收起笑臉。「什麼？」

「你太太那天穿什麼衣服，你記得嗎？」

「記得……不過，沒什麼特別的，」尤瓦金說，「靴子、牛仔褲、冬衣。」

「你還留著嗎？」

尤瓦金點頭，再度露出飽受折磨的疲態。「被醫院包起來，交給我了。」

「方便我看一下嗎？」

「你是說……你想借走？」

「借走，是的。我只想看一看，不會損害到任何地方。」

「好……可是，東西還全包著，」尤瓦金說，「我去拿來給你。」

他走回屋裡。

「包裹可以交給妳嗎，蒂妲？」耶洛夫說著再舉步走向停車處。

蒂妲發動車子，駛出院子門，耶洛夫背靠向椅背。

「我們也只是隨便聊聊，」他嘆氣說，「看來我只是個喜歡胡言亂語的老頭子。」

他大腿上擺著一個牛皮紙包裹，裡面是卡翠妮・韋斯丁的衣物。蒂妲看一眼。

「死者衣物有什麼用？你為什麼要跟他借？」

耶洛夫低頭看包裹。「我們站在泥炭沼旁邊的時候，我突然想起一件事。泥炭沼的獻祭行為。」

「什麼意思？卡翠妮．韋斯丁被當成獻祭品？」

耶洛夫看著擋風玻璃外面，望向泥炭沼。「等我看過衣物再告訴妳，很快。」

蒂妲把車子駛上幹道。

「我本來擔心跑這一趟。」她說。

「擔什麼心？」

「我擔心尤瓦金．韋斯丁，擔心他的小孩……感覺上，你坐在廚房裡談民間傳說，他卻把故事當成事實看待。」

「對，」耶洛夫說，「不過我認為，稍微談一談，對他有益處。他還在為妻子哀悼，並不是什麼怪事。」

「對，」蒂妲說，「可是，我總覺得，他提起太太的時候，口氣像她還活著……像他以為有機會能再見到她。」

20

在哈傑比村夜闖醫師家，穿越樹林逃逸後，過了兩星期，索里琉斯兄弟重返波爾貢。有天晚上，他們突然出現在亨利克公寓門口，而且是在最不巧的時刻。

因為到了這階段，公寓裡的叩叩聲變得難以忍受，音量小，但節奏堅定，好像水龍頭關不緊的漏水聲。

起初，亨利克深信，叩叩聲來自那個古董馬廄提燈。連續被叩三晚，他再也無法忍受，提燈被他塞進車上。隔天早上，他開車前往東岸，把提燈放進船庫。

然而，夜裡，叩叩聲又來了，現在的來源是門廳的牆壁裡面。不是每次都從同一面牆傳出來，聲音似乎躲在壁紙下面徐徐飄移。

如果不是提燈在叩，那一定是他從樹林帶回來的東西，或是從他爬進去躲的那個該死的停屍地穴。

不然就是從通靈板溜進他公寓的什麼東西。索里琉斯兄弟夜裡帶通靈板過來，三人在廚房圍桌坐下，盯著小杯子在湯米手指下移動，當時廚房裡絕對有一股靈異感。

無論是什麼鬼東西，亨利克不勝其擾。夜復一夜，他在臥室和廚房之間來回走，怕回床上熄燈。

走投無路了，他打電話給卡蜜拉。兩人分手後，已經幾個月沒聯絡了，但聽她口氣，她很高興接到他電話。兩人一聊就將近一小時。

過了三天，亨利克快抓狂了，這時門鈴響起，他開門見湯米和弗列迪，心情並未好轉。

湯米戴著太陽眼鏡，兩手抽抽抖抖的，臉上無笑容。

「讓我們進門。」

這次重逢缺乏友善氣氛。亨利克想和兄弟檔分贓，但兄弟檔尚未脫手任何一項贓物。亨利克知道，他們想去厄蘭島北部再幹一票，但他不願附和。

此外，今晚他也不想觸及這話題，因為他家裡有客人。

「現在不方便談事情。」他說。

「有啥不方便？」湯米說。

「就是不方便。」

「誰呀？」坐在沙發看電視的卡蜜拉問。

兄弟檔好奇，引頸瞧一瞧這嗓音的女主人是誰。

「只是……兩個朋友，」亨利克回頭說，「從卡爾馬來的。他們一下子就走。」

湯米壓低墨鏡，瞪亨利克一眼，逼得他步出門外，把門帶上。

「恭喜，」湯米說，「是新的還是舊的那個？」

「是以前和我同居的女友，」亨利克快口回應。「卡蜜拉。」

「操……她跟你復合了？」

「是我打電話給她，」亨利克說，「不過，提議見面的人是她。」

「不錯，」湯米不帶笑容說，「可是，這下子我們怎麼辦？」

「什麼怎麼辦？」

「我們的合作計畫。」

「結束了，」亨利克說，「除了分錢以外。」

「不會吧。」

「結束了。」

亨利克和兩兄弟互瞪著。然後，他嘆一口氣。

「在樓梯談事情不好，」他說，「你們其中一個可以進來。」

最後，弗列迪垂頭喪氣回廂型車上。亨利克帶湯米進廚房，關上門。他壓低嗓門說：

「我們趕快把事情講完，然後你就可以走。」

但湯米仍對卡蜜拉比較感興趣，大聲以清晰的咬字說：「怎樣？她搬回來同居了嗎？所以你看起來才累成這樣？」

亨利克搖搖頭。「跟她沒關係，」他說，「是我最近睡不好。」

「是你良心在作怪吧，」湯米說，「不過，那老傢伙死不了啦，住院縫補一下就沒事。」

「媽的，是誰打倒他的？」亨利克咬牙問，「你不記得嗎？」

「是你，」湯米說，「被你踹倒的。」

「我？可是，在門廳的時候，我站在你背後啊！」

「你踩到老傢伙的手，害他骨折，亨利克。如果我們被查到，你就死定了。」

「操你的，我們全都死定了！」亨利克瞄一下門，沉聲下來。「我不能再講下去了。」

「你想要錢，」湯米說，「對不對？」

「錢，我有，」亨利克說，「我白天有工作，去你的！」

「可是，你需要更多錢，」湯米說，下巴指向客廳。「不花大錢可養不起妞啊。」

亨利克嘆氣。「我愁的不是錢的問題，而是堆滿船庫的贓物。不趕快銷贓不行。」

「會啦，」湯米說，「只要再先幹完一票嘛……去北部跑一趟。去那棟莊園屋。」

「哪一棟莊園屋？」

「掛滿名畫的那一棟……厄萊斯特報我們知道的那間。」

「鰻岬。」亨利克輕聲說。

「正是。去不去？」

「等一下……我今年夏天去過那裡，裡裡外外都走遍了，沒看見什麼名畫。更何況……」

「何況什麼？」

亨利克噤聲。他記得鰻岬莊園屋裡的房間和走廊充滿回音。那時候，女主人卡翠妮．韋斯丁帶著兩個小小孩一起住，他很樂意為卡翠妮效勞，但那棟房子即使在八月也覺得陰森森。即使主人大掃除過，也著手進行整修，氣氛照樣不太對勁。現在是十二月，不曉得屋裡的情況怎樣？

「沒事，」他說，「不過，我在鰻岬沒看見什麼名畫。」

「大概被藏起來了。」湯米說。

有人輕輕敲門。

亨利克嚇一跳，隨即回過神來，知道有人在敲廚房門，很正常。他走過去開門。

門裡是卡蜜拉，顯得不太高興。

「你還要談多久？再拖，我可要回家嘍，亨利克。」

「談完了。」他說。

卡蜜拉身材嬌小苗條，比在場男人矮得多。湯米對著她猛放電，伸出一手。

「嗨……我叫湯米。」他說，口吻輕柔客氣，是亨利克從未聽過他用的語調。

「我是卡蜜拉。」

湯米握手握得太起勁，夾克上的扣環跟著叮叮大響。握完手，他向亨利克點一點頭，往門口走去。

「好，一言為定了，」他對亨利克說，「我會再打電話給你。」

他出前門後，亨利克鎖上，然後去沙發陪卡蜜拉。兄弟檔上門，他和卡蜜拉看的電影被迫中斷，這時總算能靜靜看完。

半小時後，將近十一點，卡蜜拉問：「你覺得我該留下嗎，亨利克？」

「妳想留下的話很好。」他說。

午夜過後，兩人在小臥房裡共枕，亨利克感覺像搭乘時光機返回六個月前的時空，彷彿一切都踏上正軌。卡蜜拉回來了，感覺實在太美妙，如今唯一困擾他的是索里琉斯兄弟的糾纏。

另外就是叩叩聲。

亨利克側耳聽聲音，只聽見卡蜜拉柔和的呼吸。她毫無困難睡著了。

安靜無聲。沒有聲響從牆裡傳出來。

他現在不願去煩惱叩叩聲，也不願為了兄弟檔的糾纏而傷神。也不願去想鰻岬莊園屋。

卡蜜拉回來了，但亨利克不敢和她討論兩人目前究竟是什麼關係。總之不是同居。隔天一大早，他起床去瑪內斯工作。

他出門前，卡蜜拉仍在公寓，但回家時，家裡已空無一人，打電話給她也沒回應。

那一夜，他再度獨睡，燈一熄，門廳的叩叩聲再起。牆裡冒出叩叩叩音量不高但堅定。

躺在床上的亨利克抬頭。

「去你的，安靜啦！」他對著門廳大罵。

叩叩聲停息片刻，隨即繼續叩叩叩。

一九五九年冬

一九五〇年代進入最後一年，是我的個人史的開頭。米雅在鰻岬莊園屋的故事，以及朵倫和暴風雪油畫的故事，就此展開。

來到燈塔區的那一年，我十六歲，無父，幸好我有母親朵倫。她教導我認識一個天下女孩都該體認的事實：千萬不要仰賴男人。

——米雅．蘭姆貝

我母親朵倫崇尚藝術，最痛恨的兩人是史達林和希特勒。她誕生在第一次世界大戰爆發前兩年，在斯德哥爾摩的邦德街長大，但她生性好動，想出國闖天下。一九三〇年代初，酷愛繪畫的她先去哥特堡就讀藝術學校，然後前往巴黎。根據她的說法，巴黎人常誤以為她是葛麗泰．嘉寶。她的油畫頗受矚目，但大戰開打後，她歸心似箭，想從哥本哈根轉回瑞典。在哥本哈根，她認識一位丹麥藝術工作者，兩人有過一段露水情，但被突然殺上街的希特勒軍隊給拆散。

回到瑞典後，朵倫發現自己懷孕了。根據她的說法，她寫過幾封信給孩子的父親，也就是我的丹麥籍爸爸。她的說法有可能是真的。遺憾的是，對方始終沒回音。

我出生在一九四一年冬天，當時恐懼感瀰漫全世界。在那段期間，朵倫住在斯德哥爾摩，當時禁止開燈，所有物資實行配給制。未婚懷孕的她四處租屋，忍受房東老太太的異樣眼光，委身破爛小房間裡，去時尚的俄斯特瑪區幫有錢人打掃房子，自力更生。她沒空也沒錢作畫。她的日子不可能輕鬆。我知道，那種日子不好過。

我頭一次聽見鰻岬穀倉裡的亡魂低語，並不害怕。我在斯德哥爾摩有更慘幾百倍的經歷。

戰後有一年夏天，我七、八歲大，每次小便的時候感覺特別疼，朵倫說是我太常游泳，帶我去斯德哥爾摩鬧區看醫生。市區比那條街更寬的街道沒幾條。醫生留著大鬍子。母親說，他是好人，願意賠本醫治病童。

醫生對我說哈囉，態度非常友善。他是個老頭子，大概至少五十歲，醫師袍皺巴巴，口氣有酒臭味。

他帶我進診療室裡的一個專用房間，叫我躺下。這裡也有酒臭味。醫生進來後關門。

「解開裙子鈕釦，」他說，「掀起來，放輕鬆。」

裡面除了我，只有醫生，他的檢查非常仔細。終於，他滿意了。

「如果妳敢告訴別人，一定會被關進瘋人院。」他說著拍拍我的頭。

他扣好醫師袍，然後給我一枚亮晶晶的一克朗硬幣，帶我去候診室找媽媽。我腳步凌亂，兩腿不停顫抖，比進來之前更難受，但醫生說，檢查不出我有什麼大毛病。他稱讚我是個乖女孩，開合適的藥方給我。

我拒絕服用醫生開的藥片，把母親氣瘋了。

一九五〇年代初期，朵倫帶我搬去厄蘭島。我不認為她和厄蘭島有任何淵源，想搬去住純粹是突發奇想而已，正如同她去巴黎一樣，追求的是藝術創作的環境。當然，厄蘭島以明媚的風光著稱，也因成功捕捉到風光的畫家而聞名。常掛在她嘴上的是大畫家克魯格、卡爾斯登紐斯、艾克斯崇。

能逃離那個老醫生住的城市，我高興都來不及了。

我們搭渡輪，來到波爾貢，三個行李箱裡裝滿所有家當和她的畫布和顏料。波爾貢是個別緻的小鎮，可惜母親住得不開心。她嫌鎮民古板孤傲。而且，搬去鄉下住，生活費便宜多了，所以在波爾貢住了一兩年，我們再一次搬家，來到若爾比村的一棟紅色附屬屋。這房子一年到頭冷颼颼，睡覺要蓋三層棉被。

我去村裡的小學讀書，同學都覺得我在模仿大都市口音。我對他們的方言有何感想，我忍著不說，照樣還是交不到朋友。

下鄉不久後，我開始對畫畫產生興趣。我常畫紅嘴白衣人，朵倫以為我畫的是天使，其實是嘴巴被割破的那個老醫生。

在我出生的年代，希特勒是大壞蛋，但我童年最怕的是史達林和蘇聯。母親說，如果俄軍有意入侵，出動戰鬥機只要四小時，就能征服全瑞典。俄軍會先佔領哥特蘭島和厄蘭島，然後拿下內地。

然而，對於年紀小的我而言，四小時相當長。我常幻想，如果自由時間只剩四個鐘頭，我該怎麼運用?假如新聞報導,蘇聯已經出動軍機進攻,我會跑去村裡的雜貨店,巧克力塞滿口袋,吃光店裡所有零食,然後搶走蠟筆、畫紙、水彩跑回家。只要我能繼續作畫,我就不怕一輩子被共產黨統治。

我們租過的房子一間換過一間,各個都瀰漫顏料和松節油。母親靠清潔工作掙得的錢足夠溫飽,有空才帶畫架外出,一張接一張畫。

一九五〇年代最後一個秋天,我們又搬家了,這次搬進一間租金更便宜的地方,是鰻岬莊園屋附屬的一棟老房子,以石灰岩為建材,牆壁塗白粉漆。夏季大熱天,住這裡涼爽宜人,其他季節卻冷冰冰。

我一聽我們即將搬去住燈塔附近時,當然腦袋瓜子裡充滿奇思異想:昏天暗地的夜晚風狂雨暴,船隻在近海告急,燈塔看守員英勇救人。

朵倫和我在十月搬進去,我一住進就覺得不受歡迎。鰻岬是個冷而多風的地方。在這幾棟木造大房子之間走動,感覺像在荒涼的城堡庭院裡鬼祟潛行。

我憧憬的種種情境徹底幻滅了。燈塔看守員早已離開鰻岬,一年只來看幾次,因為大戰後一兩年,燈塔已改用電力,十年後更是全面自動化。燈塔有一位年邁的看守員,名叫拉格納・大衛森,常拖著沉重的身子在鰻岬走來走去,活像他是鰻岬老大似的。

搬來鰻岬兩個月後,我遇到第一場暴風雪,而且險些淪為孤兒。

那時是十二月中旬,我放學回家,找不到母親。她的一個畫架和顏料袋也不見了。夜幕低垂下來，開始飄雪，海風也逐漸增強。

朵倫沒回家。起先我一肚子火，然後漸漸害怕起來。窗外被颳著跑的雪好多，我從沒看過。雪花不是飄落，而是切穿空氣而下。強風打得窗戶頻頻顫。

暴風雪來襲大約半小時，中庭出現一個瘦小的身影，踏雪而來。

我衝出門，在母親垮下之前抓住她，扶她進門烤火。

顏料袋仍掛在她肩膀上，但畫架已被颳走。夾帶細沙的冰晶吹進她眼睛，兩眼因而腫得睜不開，近乎失明。我幫她脫衣服，發現衣服濕透了，全身被凍僵。

原來，在暴風雪來襲前，當時她坐在歐佛莫森泥炭沼最遠的一邊作畫。她見烏雲逐漸密布，想抄捷徑，走進草叢和泥炭沼之間，不料踩破薄冰落水，拚了命才搆上土地。她低聲說：

「亡魂從沼澤裡面爬出來……好多好多個，對著我猛抓亂扯……他們好冷，冷冰冰的。他們想要我的溫暖。」

朵倫胡言亂語著。我餵她喝熱茶，幫她蓋棉被。

她睡得安穩，睡了超過十二個小時，我守在窗前看護她。夜裡，降雪逐漸減輕。

朵倫醒來，依然講著走在暴風雪裡的亡魂。

她的眼球有刮傷，佈滿血絲，但隔天晚上，她依然在畫布前坐下，拿起畫筆揮灑。

21

蒂妲才不再日夜想念馬丁，公寓小廚房裡的電話卻鈴響。她直覺以為是叔公耶洛夫，毫無顧忌撈起話筒。

是馬丁・歐奎斯。

「我只想知道妳最近怎樣。確定一下一切都好。」

蒂妲語塞。胃裡的那股苦楚立刻湧回原地。她凝望港口空曠的碼頭。

「還好。」她最後說。

「是還好，或是勉強可以？」

「還好。」

「想不想見個客人？」馬丁問。

「不想。」

「妳一個人在厄蘭島，現在不再覺得寂寞了嗎？」

「寂寞，但我最近挺忙的。」

「好。」

通話過程並非難受，但為期簡短。馬丁最後問能否再打給她，她以細微的聲音說，可以。心和胃之間的那道傷口又淌血了。

她心想，剛才來電的人不是馬丁，而是雄性激素在作祟。他只是慾火正旺，受不了家常便飯，想嚐一嚐老婆以外的滋味……

最難過的是，她依然盼望馬丁來訪，最好是今晚就趕來。她想想都覺得噁心。

她老早就該郵寄那封信向他老婆告密。然而，信仍在她皮包裡。

蒂妲幾乎無時不在工作，以避免思念馬丁。

下班後，她長時間坐著準備教材，以便向中小學或地方商家行號宣導交通規則或法治常識。在演講、徒步巡行、處理公文的空檔，她盡量駕駛警車外出巡視。

週二下午，她行駛在荒涼的沿海道路上，見到鰻岬雙燈塔，煞車減速。她並未停車，而是轉彎駛向附近的農家。這家人姓卡爾森，她記得。她只去過一次。卡翠妮·韋斯丁溺斃當天長夜漫漫難熬，蒂妲曾帶尤瓦金前來，見他在鄰居門廳裡崩潰。

蒂妲按門鈴，女主人瑪麗亞·卡爾森一眼就認出她。

在廚房桌坐下後，瑪麗亞說：「我們今年秋天不太常見到尤瓦金。不是和他鬧翻了，完全不是，而是他平常都比較自閉。他的小孩有時候會跟我們家安吉亞斯一起玩。」

「他的老婆卡翠妮呢？」蒂妲說，「她帶兩個孩子住那裡時，你們比較常見到她嗎？」

「她來我們家喝咖啡兩三次……不過我想她也挺忙的，成天都在裝修房子。當然，我們每天也很忙。」

「她家有客人嗎？你們有沒有留意到？」

「客人？」瑪麗亞說，「呃，是有過幾個工人，在夏天快結束的時候。」

「有沒有見過那附近有船？」蒂妲說，「我指的是鰻岬海邊。」

瑪麗亞撩開額前髮，思索一陣。

「我印象中是沒有。即使有，從這裡也看不到，因為大致上被遮住了。」

她指向東北窗，蒂妲看得出，院子另一邊有一座大穀倉，妨礙到燈塔景觀。

「看不到，總聽得見船聲吧？」她追問著，「引擎嘟嘟嘟的聲音？」

瑪麗亞搖頭。「無風的日子，有時候的確聽得見船聲嘟嘟通過，不過，我通常不會去留意……」

蒂妲走到外面，站在車邊，向南瞥一眼。最近的岬角上有幾間紅色的船庫，但見不到一個人影。

也不見小船劃過海面。

她上車，領悟到，該讓這案子刑事調查的部分安息了。反正從來都不算是在調查。

回派出所後，她取出針對卡翠妮．韋斯丁所做的筆記，移到註明「非要務」的一層。

辦公桌上有厚厚四疊文件，有六、七個骯髒的咖啡杯。漢斯．麥諾爾的桌子在辦公室另一邊，桌面完全不見紙張，對比鮮明。有時候，她衝動想搬一大疊交通報告，丟到他桌上，但最後還是忍住了。

每天晚上，蒂妲脫掉制服，坐進自己的小福特車，在厄蘭島上走走看看，同時聽著她訪問耶洛夫的錄音。大部分錄音的品質不錯，兩人的對談聲都收進麥克風裡，她也聽得出，見面時，叔公愈來愈習慣侃侃而談。

就是在晚上開車的途中，她終於撞見依拉提起的那輛廂型車。

這天晚上，她開車南下到波爾貢，在市街兜風一陣子，然後往南走，渡橋到卡爾馬，進入街道繁多的市區，大型停車場也到處是。她慢慢駕車經過數百輛大小車，沒看見深色廂型車。這條線索查得她心灰意冷。

過了半小時，她聽見地方電台說，今晚有一場賽馬，於是離開市中心，前往賽馬場。封閉式的賽馬場以巨大的聚光燈照明，裡面玩著輸錢贏錢的遊戲，但蒂妲繼續開車周遊停車場。

突然，她猛踩煞車。

她剛經過一輛廂型車，車是黑色，而且車身寫著：卡爾馬管線焊接公司。

蒂妲記下車牌，倒車停進相隔幾輛車的車位，然後呼叫控制中心，請求過濾車牌號碼，比對出車主是四十七歲男子，無前科，戶籍是內地西南岸赫興堡郊外的村子。廂型車本身沒有違規紀錄，但八月起已經註銷車籍了。

有了，蒂妲暗喜。她也請求查詢「卡爾馬管線焊接公司」這家公司，但查無資料。

蒂妲熄火，安心坐著守株待兔。

耳機裡，耶洛夫說著：「對，拉格納常去鰻岬違法捕魚。有時候，他越界到別人的漁區去捕魚，不過他當然死不認帳……」

等了五十分鐘，終於散場了，民眾從門口魚貫而出，兩個年約二十五的壯漢停在黑色廂型車旁邊。

蒂妲摘掉耳機，在駕駛座上坐直。

其中一人身材較高，肩膀較寬，但她看不清長相。她眼睜睜看著男子上車，但願身邊有個望遠鏡。

是民宅失竊案的竊賊嗎？當然無從判斷。

這兩個不過是尋常的工人嘛，親愛的，她聽見馬丁在她腦海深處說，自信滿滿，但她置若罔聞。

男子把廂型車駛出停車場。蒂妲啟動車子，換成一檔。

廂型車離開賽馬場，駛上高速公路，前往卡爾馬，蒂妲尾隨過去，保持兩百碼的距離。

最後，車子抵達公寓大廈區，離醫院不遠。廂型車減速，靠邊停車，兩男下車，走進門口。

蒂妲坐著等。三十秒後，二樓兩扇窗戶裡亮起燈光。

她趕緊寫下地址。這兩個果真是竊賊的話，她起碼掌握到他們的住處。最好的辦法當然是直接進公寓搜贓，可惜她唯一的依據是老婆婆依拉指稱該車去過厄蘭島。不夠充分。

隔兩天，蒂妲約耶洛夫喝咖啡，說：「我放棄調查卡翠妮·韋斯丁案了。」

「妳指的是謀殺案？」

「不是謀殺。」

「怎麼不是？」耶洛夫說，「我認為是。」

蒂妲不語，只嘆息一聲，取出錄音機。

「要不要再做最後——」

耶洛夫插話。

「有一次，我看見有人差點被殺死，兇手的手都用不著碰到對方。」

「真的？」

蒂妲把錄音機擺在桌上，沒按「錄音」鍵。

「地點是在丁摩納本附近，在大戰爆發前幾年，」耶洛夫繼續說，「兩艘運岩石的貨輪並排靠港，開始的時候還相安無事，不巧的是，其中一艘船的大副是畢克索魯克人，另一艘船的水手是德格罕人，兩人不知為何大吵起來，站在舷緣隔海對罵。罵到後來，其中一個對另一個吐口水……衝突迅速升級。兩人從船上撿碎石頭砸對方，最後水手跳上舷緣，準備跳到對方船上，可惜他沒得逞，因為對手拿起一根鉤頭篙反制他。」

耶洛夫停頓一下，喝一小口咖啡，繼續再說：

「近年來，鉤頭篙是塑膠製品，一點也不結實，不過當年的鉤頭篙是木桿做的，很耐用，一頭有個大鐵鉤。惡煞想跳到對方船上，衣服卻被鉤到，整個人掛在半空中，然後像石頭垂直掉進兩船之間的水裡，上衣還吊在鉤頭篙上……落水以後，他沒有浮上來，因為他被對方壓住。」耶洛夫看著蒂妲。「手法和泥炭沼獻祭差不多，用桿子把那些可憐蟲壓進水裡。」

「幸好他沒死吧？」

「喔，對，我們過去勸架，把他救上船，命只剩半條。」

蒂妲看著錄音機。早知道剛才就按「錄音」。

耶洛夫彎腰，摸索著桌子下面的文件。

「總而言之，我當初要求看一看卡翠妮・韋斯丁的衣物時，心裡想的正是這一場打架事件，」他說，「我總算好好檢查過一遍了。」

他從紙袋裡取出一件衣服，灰色棉質帽兜衫。

「兇手駕船來鰻岬，」耶洛夫說，「他在防波堤旁邊停靠，卡翠妮・韋斯丁正在等他……她停留在原地，所以她一定是信得過他。他拿著鉤頭篙，這是很稀鬆平常的事，因為靠岸正需要鉤頭篙。不同的是，這鉤頭篙是舊款的……桿子很長，有個鐵鉤，纏住她的帽兜，把她拖下水，然後壓到直到她斷氣。」

耶洛夫在桌面攤開帽兜衫，蒂妲看見帽兜有破損痕跡，灰布被利器戳出兩個一吋長的破洞。

22

晚間，在廚房裡的尤瓦金如果望窗外，常見拉斯普丁溜出去找獵物，但有時候他以為自己瞥見屋外有黑黑的東西在動，有時是四腳獸，有時是兩腳的。

伊莎？

頭幾次，尤瓦金急忙衝上陽台台階，看個仔細，但中庭是如常的冷清。

入冬後每天傍晚，鰻岬一帶的影子愈拖愈長，尤瓦金覺得，隨著耶誕節接近，屋內不安的氣氛愈來愈濃。在屋簷下呼號的疾風起起落落，屋子裡外也時常傳出敲打聲和吱嘎聲。

若說莊園屋出現隱形訪客，他知道一定不會是卡翠妮。她仍和他保持距離。

耶洛夫拿著牛皮紙包裹，遞向桌子對面的尤瓦金，說著：「這包衣服還你。」

「有沒有查到什麼？」

「可能有。」

「不想告訴我嗎？」

「別急，」耶洛夫說，「等我推理完再說。」

印象中，尤瓦金從未進過老人院，因為他的祖父母和外祖父母都待在家裡養老，臨終才住進醫院。如今，他坐在瑪內斯安養院裡，在耶洛夫．大衛森的房間，默默和他對飲咖啡。唯一能增添耶誕氣息的飾品是燭台上亮著的兩支待降節蠟燭。

牆上掛著幾項舊物：輪船的名牌、裱框的輪船認證書，還有幾艘雙桅帆船的黑白相片。

「相片裡的船是我的貨輪，」耶洛夫說，「我前後有三艘。」

「還在嗎？」

「只有一艘。停在卡爾斯克隆納的帆船俱樂部。另外兩艘不在了……一艘失火，另一艘沉船。」

尤瓦金低頭看著卡翠妮的衣物包，然後望向房間唯一的窗戶。黃昏已逐漸降臨。

「再過一個鐘頭，我要去接小孩回家，」他說，「可以和我聊一下嗎？」

「當然，」耶洛夫說，「我今天下午唯一的活動就是在會客室跟你聊天。」

長久以來，尤瓦金一直想找人瞭解今年秋天曾發生什麼事，這人最好對鰻岬很熟。瑪內斯教堂神父的觀點似乎太保守，而岳母米雅．蘭姆貝只會聊跟她自己有關的事。後來，耶洛夫．大衛森上門找他，以行動證明自己是個用心的聽眾，尤瓦金才認為找到合適的人選。有點像聽取告解的神父。

「那天你來我們家，我沒機會問一件事……你相信這個世界上有鬼嗎？」

耶洛夫搖搖頭。「我不信，但也不是不相信，」他說，「我倒是收集了不少鬼故事，但並不是想證明鬼神的存在。關於鬼神的論述當然多到數不清……有的認定和古屋的架構有關，有的認定是電磁波作用。」

「或是因為眼角膜異常。」尤瓦金說。

「對，」耶洛夫說。他無言片刻，然後繼續：「當然，我可以告訴你一個我從沒在民俗史書裡發表過的鬼故事，不過我這輩子只有這個靈異體驗。」

尤瓦金點點頭。

「我十七歲就頂下我的第一艘貨輪，」耶洛夫說，「當時，我已經出海兩年了，一直在存錢，父親也給我一點。我心目中的船名叫英格麗．瑪麗亞，是單桅輪機帆船，停泊在波爾貢港，船主六十多歲，名叫格哈德．馬田，終生是貨輪人，可惜後來心臟有病，醫生說他不能再出海了。英格麗．瑪麗亞號求售，價格是三千五百克朗。」

「算是便宜吧？」尤瓦金說。

「對，在當時算很便宜的了。」耶洛夫繼續說著：「那天，我和馬田約好，晚上送錢去他家。下午，我去港口散散步，看看她。當時是四月，海峽冰才剛融化，太陽快下山了，除了老馬田，海港周圍看不到其他人。他在英格麗．瑪麗亞號的甲板上走來走去，好像捨不得她似的。我上船去，跟他聊一下。聊什麼，我沒印象了，只記得他帶著我在甲板上繞一圈，指出幾個小地方待修。他交代我好好照顧她，然後我們各走各的。我下船，走路回我爸媽家吃晚餐，順便拿那個裝有錢的信封。」

耶洛夫沉默下來，看著牆上的貨輪相片。

「差不多七點的時候，我騎腳踏車去馬田家。他們住在波爾貢北邊，」他繼續說，「到了他家，我卻發現，他們家正在辦喪事。馬田的太太在家，哭紅了雙眼。原來，馬田去世了。昨晚他在買賣同意書上簽好姓名，這天大清早帶著獵槍，走向海邊，對著自己腦袋開槍。」

「在早上？」尤瓦金說。

「對，同一天早上。所以，我在港口遇到馬田的那時候，他其實已經死了好幾個鐘頭。我怎麼想也想不透……我確實知道的是，我在那天傍晚遇見他。我們甚至還握了手。」

「所以說，你見鬼了。」尤瓦金說。

耶洛夫看著他。

「也許吧。但也不能證明什麼。絕對無法證明的是人死能復生。」

尤瓦金調整坐姿，視線再下垂，看著包裹。

「我很擔心我女兒莉維亞，」他說，「她才六歲大，常講夢話。她一直有說夢話的習慣……不過，我妻子過世後，她開始夢見她。」

「有那麼奇怪嗎？」耶洛夫說，「我有時候也夢見老婆，而她已經死好多年了。」

「對……不過，她做的是同一個夢，一直重複。莉維亞夢見母親來到鰻岬卻進不來。」

耶洛夫默默聆聽。

「有時候，她也夢見伊莎，」尤瓦金繼續說，「這才令我最擔心。」

「伊莎是誰？」耶洛夫問。

「我姊姊。她大我三歲。」尤瓦金嘆氣。「這應該也算是我親身經歷的鬼故事吧。」

「伊莎的事，說來聽聽吧。」耶洛夫幽幽說。

尤瓦金倦怠地點頭。是時候了。

「伊莎染上毒癮，」他說，「去年冬天的夜裡，她死在我們家附近……在耶誕節前兩個禮拜。」

「很遺憾。」耶洛夫說。

「謝謝。」尤瓦金說，隨後繼續，「上次我見你的時候沒跟你講真話……你問我們為什麼賣掉斯德哥爾摩郊區那棟房子搬來這裡。搬家最主要原因是我姊姊。伊莎死後，我們不想待在斯德哥爾摩了。」

他欲言又止。他想傾訴這事，卻也不太想。他不太願意回首伊莎的往事和死亡經過，也不想回憶卡翠妮揮之不去的憂鬱。

「你很懷念你姊姊對吧？」耶洛夫說。

尤瓦金思索著。

「有一點。」這樣說似乎太不近人情，於是他又補充道：「我懷念她以前的樣子……染上毒癮前的她。伊莎以前很健談，老是不停規劃將來，說什麼她想開一家美髮店，想當音樂老師……講了一陣子，大家聽都聽膩了，因為規劃一大堆，不戒毒也是空談。那種情況就像房子失火了，人還坐在裡面，火快燒到身邊了，還在計畫舞會該怎麼開。」

「她是怎麼染上毒品的？」耶洛夫小心問道，「我不是很瞭解現在的年輕人……」

「對伊莎而言，毒癮是從大麻開始，」尤瓦金說，「行話是『呼麻』。聚會和演唱會時呼呼麻是很酷的舉動。對十幾歲的伊莎來說，人生簡直是一場舞會。她會彈鋼琴彈吉他。也教我彈一些。」

他含笑著。

「聽來，你和這個姊姊很投合。」耶洛夫說。

「對，伊莎性情快活，人也風趣，」尤瓦金說，「她也是個小美女，異性緣很好。她常去參加舞會。有安非他命，她可以舞得更兇。她本來就瘦，上癮後一下子掉了差不多九公斤。她愈來愈少回家。後來，我們父親得癌症過世，我猜就是在那陣子，她改嗑海洛因……棕色海洛因。她的笑聲變得刺耳，也變得更加沙啞。」

他淺酌一口咖啡很快又說道：

「吸食海洛因的人，沒有一個自認毒癮上身，自以為不算真正的毒蟲。不過，海洛因吸食者遲早會改用針頭，因為比較便宜……每一針的劑量比吸食的分量少，就能滿足。即使用量減少，每天照樣要湊至少一千五百克朗才夠用。對於窮光蛋而言，這不是小數目。所以，她開始偷錢。偷走老媽的錢，偷老媽繼承到的珠寶。」

尤瓦金看著待降節蠟燭，繼續：

「耶誕夜那天，我們在母親家圍桌吃火腿和肉丸，總有一個空座位。伊莎承諾會來，結果和往常一樣，又食言了。她去市中心找毒品。對她來說，找毒品是例行事項，是家常便飯。而最難破除的就是例行事項，再可怕的例行事項也一樣。」

這時的他深陷告白的情緒，甚至不再在意耶洛夫是否聽得進去。

「所以，我知道天下會大亂，姊姊進市中心籌錢買毒品，她的社工從不回電……不過，我早上照常去教書，晚上陪家人吃晚餐，有空整修新家，盡量不要胡思亂想，情緒不要太多。」他視線低垂。「要嘛就遺忘，不然就努力去找她回家。我父親以前晚上常出去找人，後來病重才停止。我也是。我去大街小巷找，去廣場，去地鐵站，去緊急身心病房……不久，我們知道該上哪裡才找得到人。」

他沉默下來。腦海中，他重返市區黑街，走過嗑藥族和露宿族，走過半生不死的天涯淪落人。這些人大半夜在這裡周旋，尋尋覓覓。

「想必很累人吧。」耶洛夫輕聲說。

「對……不過，我不是每晚出去。早知道，我應該再為她多盡一點力。」

「你也可以早早就灰心。」

尤瓦金臉色凝重點點頭。關於伊莎，他還剩一件事沒告訴耶洛夫，是最難啟齒的一件事。

「絕路的起點其實是在兩年前，」他說，「那天冬天，伊莎進戒毒所，復健情況不錯。剛住院時，她體重不到四十五公斤，渾身是瘀青，臉頰像兩個大洞。出院後，她回斯德哥爾摩家裡，身體健康多了。那階段，她已經戒毒將近三個月，體重也回升了……所以，我們讓她住我們家客房。情況很不錯。我們不准她照顧蓋布列爾，不過她晚上常陪莉維亞玩，兩人相處很融洽。」

印象中，那陣子，他和卡翠妮又開始懷抱希望了。他們開始信任伊莎。沒有好到伊莎在家時他們敢邀請朋友來吃晚餐，但他們逐漸敢在晚上出去散散步，走遠一點，留下伊莎照顧莉維亞和蓋布列爾。每次情況都不錯。

「到了三月，有天晚上，卡翠妮和我出門看電影，」他繼續說，「過了兩個鐘頭，我們回到家，屋子裡黑漆漆，沒人影。家裡只有蓋布列爾睡在小床上，尿褲濕答答。伊莎走了，帶走我的手機，也帶走莉維亞。」

他講不下去了，閉上眼睛。

「我當然知道她去哪裡，」他繼續說，「癮頭又來了，她搭地鐵進市區買海洛因。同樣的事她做過無數次了。花五百克朗買一劑，躲進廁所裡打針，休息幾小時，然後癮頭又來了……問題是，這次她帶走莉維亞。」

那一夜的回憶湧上尤瓦金心頭。他想起恐慌在心裡漸增的那件冰冷往事。他衝上車，開進市區，在中央車站一帶打轉。他以前開車找過，有時自己來，有時和卡翠妮一起找。不同的是，以前，他擔心的是伊莎。

這一次，他為莉維亞惶恐難安。

「最後，我找到伊莎了，」他看著耶洛夫說，「她躺在克拉拉教堂陰森的墓園裡。莉維亞坐在她旁邊，穿著單薄的衣服，冷冰冰，神情麻木。我叫救護車，安排伊莎去戒毒。再戒一次。然後，我帶莉維亞開車回郊區。」

他沉默下來。

「那次之後，卡翠妮要我做出選擇，」他沉聲說，「我選擇家庭。」

「你的抉擇很正確。」耶洛夫說。

尤瓦金點頭，只不過，他仍寧可不要如此抉擇。

「那一夜之後，我叫伊莎別再靠近我們家一步……可惜她不聽。見我們不肯讓她進門，她會在院子門外站崗，穿著破爛的丹寧布夾克，一個禮拜兩三晚，直盯著我們家。有時候，她會偷拆我們收到的郵件，看裡面有沒有錢或支票可偷。有時候，她會帶男人一起來……一個像骷髏般的男人，站在她身邊發抖。」

他停頓片刻，想到，這是姊姊在他腦海留下的最後一幕：站在院子門外，臉色慘白，頭髮亂七八糟。

「伊莎常站在門外謾罵，」他對耶洛夫說，「她一般罵的是卡翠妮。有時也罵我，不過多半是針對卡翠妮。她大呼小叫的，吵得鄰居掀窗簾瞧外面，我只好出去塞錢給她。」

「這樣有用嗎？」

「有……當時有效，不過，錢又花光時，她當然會回來。這樣惡性循環下去，卡翠妮和我都快撐不下去了。有時候，我半夜醒來，聽見伊莎在門外吼叫，探頭一看，卻發現街頭沒人。」

「你姊姊在門外吼，莉維亞在家嗎？」

「多數時候都在。」

「她有聽見伊莎在吼嗎？」

「應該聽見了。她沒提過，不過我確定她聽見了。」尤瓦金閉上眼睛。「那段日子好黑暗……好悲慘。卡翠妮開始懷抱一個心願，希望伊莎趕快死。深夜躺在床上，卡翠妮會提起這願望。希望伊莎吸毒過量，遲早會暴斃。最好是趕快。我想，我和卡翠妮有同樣的心願。」

「結果，如願了嗎？」

「對，最後是。有天半夜十一點半，家裡電話響了。這麼晚有人來電，我們知道和伊莎有關，每次都是。」

才一年前的事，尤瓦金心想，卻覺得像過了十年。

來電者是母親英格麗，通知說，伊莎在布洛馬他們家那一區溺死了。

同一天，卡翠妮還聽見伊莎吼叫。那時大約七點，伊莎照常又站在門外，後來叫聲停息。卡翠妮向外望，發現她走了。

「伊莎走向岸邊的步道，」尤瓦金說，「走到一棟船庫，她在旁邊坐下，給自己扎了一針，然後跌進冰水裡，生命結束了。」

「那一夜，你在家嗎？」耶洛夫問。

「那天我比較晚回家……我帶莉維亞去參加一場兒童聚會。」

「或許是不幸中的大幸。對她比較好。」

「是的。那一陣子，我們希望一切能平靜下來，」尤瓦金說，「可是，夜裡我睡到一半常驚醒，以為聽見伊莎又在門外嚷嚷。至於卡翠妮，她每天快樂不起來……那段期間，我們剛把蘋果居整修完畢，家裡好漂亮，她偏偏就是沒辦法放鬆心情。所以，去年冬天，我們討論搬到鄉下，搬到南部，也許去厄蘭島找房子。最後我們搬來這裡。」

他沉默下來，看看錶。四點二十分。過去這小時，他覺得他講的話比整個秋天還多。

「我該去接小孩了。」他說。

「有沒有人問起你事後的心情？」耶洛夫說。

「我？」尤瓦金邊說邊站起來。「當然是棒透了。」

「我不信。」

「對。不過在我們家，我們向來不談心情。我們也不太討論伊莎的問題。」他看著耶洛夫。

「親生姊姊毒癮纏身，這種醜事怎麼能張揚？我透露的第一個人是卡翠妮……她可以說是被我拖累的。」

耶洛夫默默坐著，顯然陷入沉思。

「伊莎一直去你們家站崗，」耶洛夫說，「要的是什麼？只是討錢去買毒品嗎？」

尤瓦金穿上夾克，不願回答。

「不只為了錢，」尤瓦金最後說，「她也想要她的女兒。」

「她的女兒。」

尤瓦金猶豫著。這件事難以說出口，但遲疑一陣後，他還是實話實說：

「那個孩子沒有父親……他也是吸毒過量死了。卡翠妮和我是莉維亞的乾爸媽，四年前社會局把她的監護權移交給我們。去年，我們正式收養她……莉維亞現在成了我們的女兒。」

「可是，她是伊莎的小孩？」耶洛夫說。

「不。已經不是了。」

23

蒂妲針對黑色廂型車寫報告，發給波爾貢的總局，指稱該廂型車「行蹤可疑」，值得進一步觀察。然而，厄蘭島地廣警力稀，能四處巡邏的警察不多。

耶洛夫曾推論鰻岬出現一名船鉤兇手，她在報告裡一字不提。案發當時有無船隻停靠鰻岬，根本無從證明，想啟動刑事調查是不可能的事。光是死者衣服破幾個洞，不足以深入調查。

事後，耶洛夫打電話給她，說：「我已經把死者衣服還給尤瓦金．韋斯丁了。」

「有沒有向他提起你的謀殺推理？」蒂妲說。

「沒有……時機不對。他的情緒還不穩定。他八成相信，拖老婆下水的是幽靈。」

「幽靈。」

「他姊姊……生前有毒癮。」

耶洛夫轉述伊莎的生平，說明她吸食海洛因成癮，也有擾人安寧的惡習。

「所以他們才從斯德哥爾摩搬過來，」蒂妲在他敘述完畢後說，「喪事逼他們遠走。」

「是原因之一。他們也可能深受厄蘭島風光的吸引。」

蒂妲回想，帶叔公去見尤瓦金時，尤瓦金顯得多麼疲憊憔悴。她說：「他最好去看心理醫生。找牧師也行。」

「咦？妳嫌我不夠格當神父聽告解？」耶洛夫說。

每天下班回家，路過郵筒，蒂妲箭在弦上，幾乎忍不住想寄信給馬丁的太太，但如今，告密信仍在包包裡，感覺像揹著斧頭到處走。這封信能決定素昧平生者的命運。

當然，她也能左右馬丁。馬丁不時來電，想找她閒聊。假如馬丁要求過來再見她一面，她不知道自己會如何回應。

過了兩個多星期，厄蘭島北部不再傳出民宅竊案。然而，有天早上，派出所的電話鈴響，來電者是男性，住在厄蘭島西岸的岩灣村，語調溫文，方言腔很濃。他說他名叫約翰．哈格曼。她記得這名字。哈格曼是耶洛夫的朋友。

「聽說警方正在抓民宅竊案的小偷。」他說。

「是的，」蒂妲說，「我本來想打電話請教你……」

「對，耶洛夫告訴過我。」

「你最近有沒有見到小偷？」

「沒有。」

哈格曼不再多說。蒂妲等了一會兒，然後問：「你也許見過小偷留下的跡象吧？」

「有。他們來過我們村子。」

「最近嗎？」

「不曉得……今年秋天吧。小偷好像進過幾棟民房。」

「我過去看一看，」蒂妲說，「我去村裡怎麼找你？」

「現在村子裡就我一個人。」

警車裡的蒂妲下車，踏上碎石子路，站在一排暫時封閉的避暑屋中間，離海峽約一百碼。冷風中，她四下張望，想起自己的家族。她的祖籍是岩灣，先人曾在這片石灰岩遍野的土地上賣力維生。

一名老人走過來。他身材矮小，穿著深藍色工作服，戴著褐色帽子。

「我姓哈格曼。」他說。他點頭一下，指向一棟有大窗戶的一層樓深褐色民房。「那裡，」他說，「我注意到，窗戶被打開了。隔壁那棟也是。」

屋子的一扇後窗開著。蒂妲走近看，發現窗鉤附近的窗框有裂損的跡象。窗戶底下的遊廊查無足跡。蒂妲走過去，讓窗戶全開。室內是一片髒亂，衣物和工具被亂丟在石地板上。

「你有這棟房子的鑰匙嗎，約翰？」

「沒有。」

「這樣的話，我只好爬進去。」

蒂妲戴著手套，握住窗框兩邊，跳進漆黑的室內。

她置身一間小儲藏室。她開燈，但燈不亮。電源被切斷了。

然而，小偷留下的跡象明顯可見。儲藏箱全被人拖出來，倒在地板上。她走向客廳之際，見到地上有碎玻璃，如同在哈傑比村醫師家現場所見。

蒂妲走過去看個仔細。玻璃碎片之間躺著碎木頭。她看了一會兒才發現，被扔到地上摔碎的是瓶中船。

幾分鐘後，她爬窗戶而出。哈格曼仍站在草地上。

「小偷來過這裡，」她說，「把裡面弄得亂七八糟……有東西被摔碎。」

她舉起一個透明塑膠袋，讓哈格曼看她採集到的碎木片，也就是模型船的殘骸。

「是耶洛夫的作品嗎？」

哈格曼看著碎片，面露感傷，點點頭。「耶洛夫在村裡有一棟度假屋……他做瓶中船和模型船，賣給不少避暑遊客。」

蒂妲把塑膠袋收進夾克口袋。「那一夜，你沒聽見或看到這幾棟度假屋有什麼動靜嗎？」

哈格曼搖搖頭。

「這一帶也沒有出現不尋常車輛嗎？」

「對，」哈格曼說，「每年八月，屋主都回大都市去了。九月，有家公司來這裡換地板，在那之後，就沒有發現什麼了……」

蒂妲看著他。「地板公司？」

「是的……他們在這幾棟房子忙了幾天。不過，完工以後，他們一定把門窗全鎖好才走。」

「不是水電公司嗎？」蒂妲說，「不是『卡爾馬管線焊接公司』？」

哈格曼搖頭。「工人是來鋪地板的，」他說，「年輕小伙子。有好幾個。」

「鋪地板……」蒂妲說。

她想起哈傑比村醫師家的地板新亮，懷疑自己是不是在各案之間領悟出一個交集。

「你和他們交談過嗎？」

「沒有。」

蒂妲帶著哈格曼，再去附近幾棟度假屋查看，記下哪幾棟的窗框被破壞。

「最好趕快聯絡屋主，」她說。這時他們往警車的方向走著。「你有沒有屋主的聯絡方式，約翰？」

「其中幾個有，」約翰・哈格曼說，「懂禮貌的幾個。」

蒂妲回派出所後，致電十幾位秋天曾遭小偷而報案的屋主，範圍是厄蘭島或卡爾馬地區。她聯絡的屋主中，有四名曾在今年請地板公司去度假屋更換地板或磨光。他們請的公司位於厄蘭島北部，瑪內斯優質地板公司。

她也去電哈傑比村的醫師家，屋主已出院返家。貢納・艾德伯格一手仍裹著石膏，身體康復不少了。夫婦倆也曾請瑪內斯同一家公司鋪設新地板。

「施工很順利，」屋主說，「今年夏初過來工作五天……不過我們沒當面見過工人，因為那幾天我們去挪威。」

「所以，你雖然不認識對方，還是把房子的鑰匙借給他們？」蒂妲說。

「那家公司很可靠，」屋主說，「我們認識老闆，他住在瑪內斯。」

「你有他的電話號碼嗎？」

這下子，蒂妲躍躍欲試。和屋主通話一結束，她立刻打給瑪內斯優質地板公司負責人。她迅速說明她想取得近一年在厄蘭島北部從事地板工作的工人姓名。她也強調，工人並未涉及不法行為，希望公司負責人不要向員工提起這事。

沒問題。地板公司負責人提供兩人姓名，以及這兩人的地址和身分證字號。

尼可拉斯．林德爾

亨利克．楊森

負責人擔保說，這兩個都是好漢，懂禮貌，能力強，也很敬業。有時候兩人合作，有時候分開工作——通常是在島上的屋主到外地度假時，或在淡季避暑遊客回家以後才動工。有不少工作。

蒂妲向他道了謝，最後問他能不能列出一份今年夏秋季這兩人工作過的房子明細。

負責人說，公司電腦裡的行事曆查得到，可以列印出來，傳真過去。

電話一掛掉，蒂妲打開電腦，輸入林德爾和楊森的身分證號碼，和警方資料庫比對。七年前，亨利克．楊森曾因無照駕駛被逮捕罰款，當時十七歲。除此之外，兩人查無其他前科。

傳真機呼呼動起來。瑪內斯優質地板公司工作過的房子資料逐漸傳過來。

蒂妲迅速整理後發現，地板整修過的二十二棟當中，最近三個月共有七棟的屋主因竊案報警處理。

林德爾曾負責其中兩棟。亨利克．楊森則是全數七棟都有參與工程。

在森林裡，獵人見駝鹿接近，總會亢奮難耐，現在的蒂妲也有同樣心情。接著，她發現另一項重點：今年八月，亨利克．楊森曾經在鰻岬莊園屋工作過一星期。根據公司傳真資料，那項工程的項目是「一樓地板磨光」。

這意味著什麼呢？

亨利克．楊森家住波爾貢。根據傳真上的資訊，今天他會去畢克索魯克郊外的房子工作。當前是旅遊淡季，他能在無人打擾的情況下好好鋪地板。蒂妲需要再拖一段時間才約談他。

這時候，電話鈴聲劃破寂靜。她看時鐘，已經五點十五分了。她幾乎能篤定來電者是誰。

「瑪內斯派出所，我是大衛森。」

「嗨，蒂妲。」

沒料錯。

「妳好嗎？」馬丁說。

「還好，」她說，「抱歉，我現在沒空。我正在辦重要的事。」

「可是，蒂妲，等——」

「掰。」

解決了。她放回話筒，絲毫不好奇他來電的用意。在她心中，馬丁突然變成小蝦米了。她領悟到這一點，頓時覺得海闊天空。現在，她的心思全在亨利克．楊森身上。

蒂妲的目標是揪出亨利克，逮捕他，並且在拖他去坐牢的路上問他兩個問題。她當然想瞭解他為什麼對退休老人動粗，也想問他為何摔碎耶洛夫製作的瓶中船。

一九六〇年冬

那一年夏季，厄蘭島異常多雨，我們在鰻岬的第二個冬季比前一年更糟糕，不但低溫更低，雪也更厚。我記得，一月和二月，瑪內斯學校每週一都被迫停課，因為週末積雪太高，鏟雪車來不及開道。

——米雅・蘭姆貝

從暴風雪死裡逃生後，儘管我母親朵倫視力從此一蹶不振，她依舊繼續作畫。到那階段，她走路時勉強能前進，但眼力已經無法閱讀。

戴眼鏡也不見太大改善。在波爾貢，我們找到一種三腳大型鹵素燈，能發出炫目的白光，我們在鰻岬的附屬屋因此大放光明，兩個房間簡直像攝影棚。在耀眼如豔陽的燈光下，母親坐著畫畫，顏料是她能調配出最深的色調。

朵倫的調色刀和畫筆滑過緊繃的畫布，聲音像緊張兮兮的小老鼠。她的主題是去年冬天害她迷途的那場暴風雪，作畫時臉貼近畫布，鼻尖被染成深灰色，幾乎永遠洗不乾淨。她目不轉睛凝視顏料營造出的黑影。我認為，在她作畫時，她自覺仍置身泥炭沼，和水中亡魂為伍。

她畫布一張接一張揮灑成油畫，可惜因為沒人想買，藝廊也不肯邀展，她只好把作品捲起來，收進廚房旁邊那間乾燥的空房間。

有剩下的紙和顏料可用時，我也畫一些東西，但位於天涯海角的這個家氣氛依然陰鬱。我們家始終窮苦，母親的視力大不如前，無法再擔任清潔工。

十一月初，母親過四十九歲生日，獨自以一瓶紅酒慶生，開始怨嘆人生走到盡頭了。

我呢？我覺得人生根本還沒開始。

當時我十八歲，不再上學，接續母親的一些清潔工作，等著更好的機會出現。一九五〇年代的好壞事全被我錯過了。五〇年代結束後，我才接觸到幾本過期的《畫刊》，發現除了史達林駕崩、世人深怕原子彈爆炸之外，五〇年代是青少年的天下，流行白色淺口短襪、居家舞會，以及搖滾樂。鄉下哪會流行這些東西？我們家的收音機老舊，聽到的廣播通常夾帶沙沙聲和嗚嗚鬼叫聲。天氣熱到可以游泳了，我盡情玩掉整個夏天，之後是連續九個月的黑暗、強風、漫長而泥濘滿地的馬路、衣服濕答答，腳經常被凍僵。

在那一年，唯一的慰藉是馬庫斯。

馬庫斯・朗菲斯特是波爾貢人，那年秋天搬來鰻岬莊園屋，住進一個小房間。馬庫斯那年十九歲，大我一歲，在附近農場上打工，等候徵召令。

他不是我的初戀，條件卻絕對比前幾個好一大截。我之前的幾次戀情不外乎站在校園裡，含情脈脈看著某帥哥，等他過來扯我頭髮。

馬庫斯金髮高大，是附近最帥的男生，至少在我心目中是如此。

第一次面對面是在莊園屋廚房裡。「鰻岬鬧鬼，你知道嗎？」我問他。

「什麼意思？」

他絲毫沒有畏懼的模樣，連一絲興趣也沒有，但我已經搭訕到他了，非往前邁進不可。

「往生的人住在穀倉裡，」我說，「躲在牆壁裡講悄悄話。」

「是風颳出來的聲音啦。」馬庫斯說。

不盡然是一見鍾情。然而，我們開始湊在一起打發時間。我是討人厭的長舌婦，馬庫斯是沉默剛毅的男人。但我認為他喜歡我。臨睡前，我常在腦海喚起馬庫斯的影像，憧憬著和他一同脫離鰻岬。

在我看來，在鰻岬，有前途的人唯獨我和馬庫斯兩個。朵倫早已心死了，莊園屋裡的老男人也似乎滿足於白天工作、晚上坐著閒嗑牙的生活。

有時候，他們和捕鰻人拉格納·大衛森在廚房共飲自釀酒。隔著窗戶，我聽得見他們的歡笑聲。

在鰻岬，各人有各人的生活圈。這年冬天，我發現穀倉閣樓別有洞天。閣樓的作用是堆放乾草，但這裡乾草幾乎沒有，滿是被人棄置的物品。幾乎每星期，我都上閣樓探險。住莊園屋裡的家庭和燈塔看守員在這裡留下許多痕跡，簡直像博物館，有雜七雜八的船具、木箱、成堆的陳年航海圖、航海日誌。我把雜物推向兩旁，騰出前進的路線，方便我進一步在寶物和垃圾之間深入閣樓，最後來到閣樓盡頭的一面牆。

我發現牆上刻著好多名字：

卡洛琳納　一八六八
培特　一九〇〇
葛芮塔　一九四三
不勝枚舉。牆上幾乎每一塊木板都至少刻一個名字。
我讀著名字，對這些死在鰻岬的居民感到神往。感覺上，他們在閣樓陪伴著我。
這時候，我人生最大目標是勸誘馬庫斯上來陪我。

24

現在下午三點不到，暮色已籠罩大海和陸地，主要公路旁的孤燈愈來愈早啟動。在巨宅裡，尤瓦金四處走動著，希望自己的裝修工作能給他帶來些許成就感。

一樓的整修工作差不多完成了，粉刷、貼壁紙、裝潢也已經接近滿意。應該再添幾件傢俱才好，但他目前財務吃緊，尋覓新教職有心無力。然而，至少在迎賓廳，他已經添購一座十八世紀碗櫥、一張長餐桌、幾張高背用餐椅。他把巨大的圓形吊燈掛上天花板，在窗前擺放燭台。

秋天，屋外的裝修幾乎全停擺，因為他沒錢搭鷹架，但他直覺認為，住過這裡的居民必定仍會讚賞他整修室內的努力。獨處家中的時候，尤瓦金有時希望聽見這些人，聽他們慢吞吞走過樓上地板，聽他們在空房間裡喃喃細語。

但他不想聽見伊莎。他不准伊莎進這棟房子。謝天謝地的是，莉維亞好像已經不再夢見伊莎。

十二月中旬，母親英格麗來電問尤瓦金：「你來不來我這裡過耶誕？」

和往常一樣，她講得吞吞吐吐，音量小，尤瓦金好想直接掛電話。

「不行。」他匆匆說，望著廚房窗外。

穀倉門又開了。不是他開的。當然，原因可能是被風吹開，也可能是孩子們忘了關，但他意識到，這是卡翠妮放送的訊號。

「不過來嗎？」

「對，」他說，「我們打算待在這裡過耶誕。在鰻岬。」

「就你們幾個人嗎？」

也許不至於，尤瓦金心想，但他回答：「對，除非我岳母米雅過來。不過，我們還沒討論到。」

「你難道不能——」

「我們很樂意去妳家慶祝元旦，」尤瓦金說，「禮物可以到時候再交換。」

無論在哪裡慶祝，尤瓦金都沒有心情。

沒有卡翠妮，聖誕節還有什麼意義。

十二月十三日清晨，尤瓦金來到瑪內斯幼稚園，坐在黑暗中，觀看兒童慶祝瑞典的聖盧西亞節。六歲小朋友們一身白，手持蠟燭，面帶緊張的笑容，列隊步入家長等候的集會廳。幾名家長拿著攝影機準備錄影。

尤瓦金用不著對孩子們錄影。無論過幾年，他照樣能記得莉維亞和蓋布列爾唱什麼歌。他撫摸著結婚戒指，想著要是卡翠妮能看到這幕該有多好。

聖盧西亞節隔天，第一場風雪橫掃厄蘭島東岸，子彈似的冰晶叮叮撞擊窗戶。海面白浪滔滔，節拍有致的浪捲向岸上，搗碎岬角附近凍結的薄冰，撲向防波堤，海沫紛飛，浪花在燈塔小島周圍激盪。

在風雪襲擊莊園屋最厲害的階段，尤瓦金打電話給耶洛夫・大衛森。全厄蘭島上，他認識的人當中，只有耶洛夫對風雪感興趣。

「今年冬天第一場暴風雪來了。」尤瓦金說。

電話線彼端的耶洛夫哼一聲。「這算啥？」他說，「老天爺打個小噴嚏而已，稱不上暴風雪……不過，暴風雪就快來了，我估計在元旦之前會到。」

破曉前，勁風停息了。日出後，尤瓦金看見一層薄雪仍覆蓋著萬物。廚房窗外的樹叢戴著白帽，海冰被沖上岸，堆積如山脈。

在冰山外，海面迅速凍結另一層冰，宛如一片藍白色原野，黑裂紋交織其中。這層冰看起來不牢靠，因為黑色鴻溝周圍輻射出幾道深縫。

尤瓦金瞭望海天，只見交際線被一層亮眼的薄霧遮蔽。

早餐後，電話鈴聲響起，來電者是耶洛夫的親戚蒂妲・大衛森。蒂妲的開場白是，這通電話的目的是警務。

「我想向你查證一件事，尤瓦金。你說過，妻子住這裡時，家裡沒客人……不過，你們家請過工人吧？」

「工人？」

問題來得意外，尤瓦金不得不思考一陣。

「聽說你們家請人進來鋪地板，」蒂妲說，「對不對？」

尤瓦金這才想起。「對，」他說，「不過，是在我搬進來之前的事了。有個工人進來挖掉舊的軟木地板，磨光客廳的地板。」

「承包的是瑪內斯的公司嗎？」

「好像是，」尤瓦金說，「是房屋仲介推薦的。收據大概還留著，我可以找找看。」

「暫時還用不著。你記得工人叫什麼名字嗎？」

「不記得……和他接觸的人是我太太。」

「是幾月的事？」

「八月中……處理完地板幾個禮拜後，我們才把傢俱搬進來。」

「你從沒見過他嗎？」蒂妲問。

「沒有。但我說過，卡翠妮見過他。當時她和小孩住這裡。」

「鋪完地板後，他就沒有再回來了？」

「對，」尤瓦金說，「現在所有地板都整修完了。」

「還有一件事……今年秋天，你們家有沒有不速之客？」

「不速之……」尤瓦金說著，思緒即刻飄向伊莎。

「我指的是，有沒有差點遭小偷？」蒂妲說。

「沒有，還沒遇到那種事。問這做什麼？」

「近幾個月以來，島上發生幾件民房竊案。」

「這我知道，在報紙上讀過。希望妳早點抓到小偷。」

「我們正在努力中。」蒂妲說。

她放下話筒。

這天夜裡，尤瓦金在床上驚醒。

伊莎……

又是同一份恐懼。他舉頭看時鐘：一點二十四分。

他摒棄伊莎的所有念頭。莉維亞剛才喊過夢話嗎？屋子裡毫無聲響，但他照樣下床，穿上毛衣和牛仔褲，不開燈，步入走廊，再側耳傾聽。他聽見壁鐘滴答，但小孩房間全暗，聽不到聲音。

他往反方向走，來到門廳的窗前，向外望。一盞孤燈照亮中庭，看不出有何動靜。

這時候，他看見穀倉門又開著。門只打開大約四、五十公分，但尤瓦金幾乎確定自己在幾天前晚上把門關好了。

現在就過去關門。

他穿上雪靴，從遊廊走出去。

外面風大，但夜空無雲，星斗滿天，南燈塔明暗有節奏，幾乎和他的心律同步。

他走向半開著的穀倉門，探頭進裡面。一片漆黑。

「哈囉？」

無回應。

有聲音嗎?在木造的穀倉裡，他隱約聽見一種沉緩的嗚咽。尤瓦金伸手進裡面開燈，等天花板燈亮了，他才走進去。

他想再喊一次卻自我打住。

現在，他聽得見聲音了：低沉但規律的摩擦聲。尤瓦金敢確定有。

他走向陡梯。天花板燈泡的光度不太強，但他一步步爬上去。

進入閣樓後，尤瓦金再度止步，看著被遺忘的滿地舊雜物。總有一天，他應該上來大掃除。但今晚不行。

他在垃圾之間穿梭前進。來過幾次的他已熟記迷宮路線，不會撞到東西。他受到最遠一面牆的吸引，走向閣樓盡頭。

也就是摩擦聲的起源地。

看得見牆壁了，也看得見刻在木板上的死者名字。

他來不及再讀一遍，就又聽見嗚咽聲。他暫停動作。低頭看地板。

起先是嗚咽聲，隨即是拉斯普丁在嗷嗷叫。

那隻貓坐在牆腳，悉心舔洗著貓爪，然後抬頭看來人。尤瓦金的視線和牠相接。貓的表情近乎得意。得意也不足為奇。今夜辛苦牠了。

貓的前面躺著十幾個毛茸茸的棕色小屍體。老鼠，全被仔細扯得支離破碎，看情況是在尤瓦金抵達前一刻才遇害。

血淋淋的老鼠被拉斯普丁排成一行，擺在牆腳。場面像獻祭。

25

「現代人太愛窮擔心了，」耶洛夫說，「我的意思是，近年來，有些人出海遇到一點小風浪，就急著呼叫救生艇。其實，如果離岸邊太遠，遇到強風……乾脆漂流到哥特蘭島去登陸就好，把船拖上岸，倒翻過來，人躲進底下睡個大覺，等風停再航行回家。」

講完最後一個故事的叔公耶洛夫沉默下來，陷入沉思。蒂妲伸手過去，按掉錄音機。

「真是精采。你還好吧，耶洛夫？」

「我沒事。」

耶洛夫眨眨眼，思緒回到當前。

兩人面前各有一小杯香料熱紅酒。風雪揭開耶誕週的序幕，剛才蒂妲帶一瓶酒送給叔公，進廚房熱一熱這瓶甜味紅酒，加幾粒葡萄乾和杏仁，放在托盤上，端出來，見耶洛夫已經取出一瓶甜酒，為兩杯各摻幾滴。

「妳想怎麼慶祝耶誕節？」耶洛夫問她。這時，兩人的酒杯快見底了，蒂妲從頭頂到腳趾尖通體暖和。

「我想陪家人低調過耶誕，」她說，「我會在耶誕夜去我媽家。」

「好。」

「你呢，耶洛夫？想不想跟我一起去內地？」

「謝了，我想我大概會待在這裡，吃我的耶誕布丁。我兩個女兒邀請我去西岸，可惜我坐車不能坐太久。」

兩人沉默下來。

「要不要再錄最後一段？」蒂妲說。

「可以。」叔公說。

「你不覺得這樣聊天很有意思嗎？我認識好多我爺爺的往事。」

耶洛夫微微點頭。

「可是，我還沒講到最重要的部分。」

「我知道。」蒂妲說。

耶洛夫面露遲疑狀。「我小時候，我哥拉格納常教我認識氣象、風勢、捕魚、航海知識……全是很重要的知識。不過，我大了幾歲之後，發現他不值得信賴。」

「怎麼說？」蒂妲說。

「我發現，我哥不是老實人。」

兩人對坐的這桌再度陷入寂靜。

「拉格納是個小偷，」他繼續說，「徹徹底底的小偷。遺憾的是，我沒辦法講得順耳一些。」

蒂妲考慮按掉錄音機卻任其繼續運轉。

「他偷什麼東西？」蒂妲小聲問。

「他啊，大致上，能得手的東西都不放過。有時候，他半夜出門，去別人的水箱偷鰻魚。記得有一次……鰻岬莊園屋安裝新的排水管，院子裡擺著一箱排水管，被拉格納偷走。那陣子，其實他用不著排水管，不過他有燈塔鑰匙，所以把箱子搬進燈塔藏起來。我相信，直到今天，那箱贓物還在裡面。對他來說，有沒有需求並不重要，他重視的是可乘之機吧，我想。他老是在留意什麼東西沒上鎖或沒人看管。」

耶洛夫向前傾身，蒂妲認為他講話從來沒這麼激動過。

「可是，你從小到大，總不可能從來沒偷過東西吧？」她說。

耶洛夫搖搖頭。「妳錯了，我從來沒偷過。有幾次在港口，我和其他船長見面時，可能對船運價格撒點小謊而已，不過打架和偷竊的事情，我從來都沒做過。我只覺得，人類應該彼此互相幫忙。」

「這態度是對的，」蒂妲說，「同胞一家親。」

「我不太常想起我哥哥。」他說。

耶洛夫點頭。

「為什麼？」

「畢竟他過世好久了，記憶消散得差不多了……我任那些往事自動褪色。」

「最後一次見到他是哪一年的事？」

房間裡再次陷入沉默，良久，耶洛夫才回答：

「一九六一年冬天，在拉格納的小農場上。我去找他，因為他拒接電話。我們吵了一架……嚴格說，我和他站著互瞪。這是我們吵架的方式。」

「為什麼事吵架呢？」

「爭遺產，」耶洛夫說，「其實那樣做也解決不了問題，只不過……」

「什麼遺產？」

「我父母留下的一切。」

「遺產怎麼了？」蒂妲說。

「很多都消失了。是被拉格納侵吞的，他得手後還洋洋得意……我哥是個混帳，說實在話。」

蒂妲看著錄音機，想不出該如何回應才妥當。

「拉格納是個混帳，以他對待我的所有言行來說，」耶洛夫繼續說，搖著頭。「他搬光了我父母在岩灣的東西，多數被他拿去變賣，更把房子賣給內地人，賺到的錢自肥。他也拒絕討論這事。他只冷眼瞪我……再怎麼跟他理論也沒用。」

「全部都被他吞掉了嗎？」蒂妲說。

「我分到少數幾個東西做紀念，錢被他拿走了，也許他認為自己更能保管好這些東西吧。」

「可是……你拿他沒辦法嗎？」

「妳指的是按鈴申告？」耶洛夫說，「我們島上的人不會做那種事。我們把對方當仇人看待就好。即使是兄弟也不例外。」

「可是……」

「拉格納把家產據為己有，」耶洛夫繼續說，「畢竟，他是哥哥。他先佔據他想要的東西，然後高興時才跟我分產……所以，在他被風雪凍死的前一年秋天，我們不歡而散。」耶洛夫嘆一口氣。「《聖經》聖保祿致希伯來人書說：『你們務要常存弟兄相愛的心』，說得倒輕鬆……當然，最近我常回想的就是這檔事。」

蒂妲再一次看錄音機，面帶後悔的表情。然後，她按掉錄音鍵。

「我在想……最後這部分最好刪掉。不是因為我覺得你騙人，耶洛夫，只不過……」

「我無所謂。」耶洛夫說。

蒂妲把錄音機收進黑盒子後，他說：「我可能會用那玩意兒了。現在我知道該按哪一個地方。」

「真厲害，」蒂妲說，「看來你對這種高科技的東西還挺有天賦的，耶洛夫。」

「妳可以把它留在這裡嗎？等妳下次來再用。」

「錄音機？」

「如果我想再多說什麼時，可以拿出來錄音。」

「可以。」蒂妲遞給他。「想錄多少就錄多少。裡面有兩捲空白帶可以用。」

蒂妲回派出所，答錄機的燈閃爍不停。她聽取留言一下子，聽見馬丁的聲音，嘆氣按「刪除」。

馬丁該死心了。

26

耶誕節即將來臨，尤瓦金帶兒女去做最後一次採購。這天是耶誕節假期首日，他開車載小孩南下波爾貢。

選購耶誕禮物的人潮洶湧。進市區前，韋斯丁一家人先去大型超商，遊走長長的貨架，應景的食品和用品琳琅滿目。

「你們耶誕晚餐想吃什麼？」尤瓦金問。

「燒烤雞和薯條。」莉維亞說。

「我要喝柳橙汁。」蓋布列爾說。

尤瓦金買了雞肉、薯條、蔓越莓汁，也為自己買馬鈴薯、香腸、火腿、耶誕啤酒、脆餅。他選購冷凍絞牛肉做肉丸。魚櫃檯正在賣厄蘭島鰻魚，他也買了幾塊煙燻鰻。據說這些鰻魚曾在鰻岬近海出沒。

他還買了兩磅起司。每逢耶誕節，卡翠妮喜歡把這種起司切厚厚幾片，貼在麵包上一起吃。

上星期，尤瓦金做了一件不盡然合乎理性的事情：他竟然買耶誕禮物準備送卡翠妮。那一天，他南下波爾貢選購送小孩的禮物，路過櫥窗，看見一件淺綠色短袍，心想是卡翠妮會喜愛的款式。他去玩具店採買完畢，折返剛才那家丹尼爾森精品店買短袍。

「能幫我包起來嗎？麻煩一下……是耶誕禮物。」他說。店員以紅紙包裝，繫上白緞帶，然後交給他。

那是上星期的事。來到食品店旁的停車場，有人在兜售塑膠袋包住的耶誕樹。尤瓦金買了一株高加索冷杉，樹梢能觸及一樓天花板。他把樹扛上車頂固定好，然後載小孩回家。

島上氣溫降到零下十度，幸好回到鰻岬時，幾乎沒有一絲風。水面剛開始結冰，但地表仍只有一層薄雪。尤瓦金抱著大包小包食品，穿越院子進屋裡，喘出棉白的氣息，徐徐飄散。接著，他把耶誕樹扛進溫暖的家中。他知道，枝葉裡躲著成千上萬的小昆蟲，也偷渡進門了，但多數蟲子仍在冬眠中，永無甦醒的一天。

這種死法最好，尤瓦金心想。在睡夢中，毫無預警。

他把耶誕樹立在迎賓廳裡，樹梢直指白色天花板。餐桌和高背椅已就定位，但其餘擺設不多。隨著耶誕節接近，一樓的各廳室感覺愈來愈空蕩。

聖誕節的前兩天，韋斯丁一家三口忙著打掃，為耶誕節做準備。家裡有兩大紙箱的耶誕飾品，裡面有聖嬰床、燭台、廚房紅白手巾、掛窗前的耶誕星星，也有乾草束成的豬羊各一隻，擺在耶誕樹兩旁。

所有飾品從箱中拆開後，莉維亞和蓋布列爾幫忙裝點耶誕樹。在幼稚園，他們做了幾件紙飾品和木頭玩偶，分別掛上最低的枝椏。小孩搆不到高處，由尤瓦金掛彩帶、飾品、耶誕燭，一顆金星坐鎮樹尖。耶誕樹打扮就緒了。

最後，他們取出耶誕禮物袋子，排在樹下。在禮品陣旁，尤瓦金放下送給卡翠妮的禮物。

大家都安靜地圍在聖誕樹旁。

「媽咪是不是就快回家了？」莉維亞問。

「可能吧。」尤瓦金說。

兩小幾乎不再提起卡翠妮了，但他明瞭，莉維亞特別想念她。對兒童而言，可能與不可能的界線不如成年人那麼具體。也許，問題在於渴望見她的心願夠不夠強？

「到時候看情況吧。」他邊說邊看著禮品堆。

能再見卡翠妮最後一面該有多好。希望能和她講幾句話，好好道別。

電視氣象對厄蘭島和哥特蘭島發出耶誕風雪警報，離耶誕節也就兩天了，尤瓦金望向窗外，只見天空薄雲兩三朵，陽光普照，現在的溫度是零下六度，幾乎無風。

然後，他視線轉向廚房窗外的野鳥飼料檯，感覺到風雪確實將至。飼料檯上空空如也。球形鳥食和成堆的穀物仍在，卻不見野鳥啄食。

拉斯普丁跳上尤瓦金身旁的流理台，親眼證實窗外的確不見鳥蹤。海邊的牧草地同樣冷清，海上也不見疣鼻天鵝和長尾鴨。或許，鳥族全躲進森林避難了。野鳥不需看氣象圖，憑直覺預知即將變天。

放假第一天早晨，尤瓦金讓小孩睡到八點三十。他多想送他們去幼稚園，好讓自己一人待在家，奈何孩子們的耶誕假期長達兩星期，他想圖個清靜的願望很難實現。

「媽咪今天會不會回家？」莉維亞起床問。

「我不知道。」尤瓦金說。

然而，今天家中的氣氛變了，他能意識到，小孩似乎也有同感。全部粉刷成白色的家裡多了一分殷切期待的氣息。

早餐後，他拿蠟燭出來擺。這些蠟燭是他去波爾貢買的。照莊園屋的往例，蠟燭芯應該由小孩捻製，然後成年人在廚房製作蠟燭，這樣才有自家風格。但是，這些量產蠟燭的高度均一，擺在窗前和桌上的亮度也一致，掛在燈下圓形燭台上的光度也相同。

為亡魂燃燒的活燈。

正午，太陽爬到附屬屋的屋頂，一家三口在廚房吃一頓簡餐。太陽就快西下了。

午餐後，尤瓦金幫小孩穿上厚夾克，帶他們去海邊散步。路過穀倉，他瞥了一眼那扇關閉的門，但什麼也沒對孩子們說。

他繼續帶小孩走向海邊，默然不語。岬角上空仍飄浮著薄薄的羽狀捲雲，但天邊有一道冷鋒正醞釀中，猶如一面深灰色布幕。

岸邊冰薄而霜白，但更遠處的冰層穩固，呈深藍色。孩子們對著海冰拋擲卵石和碎冰，石頭和冰塊在光滑的冰面蹦跳滑行，毫無阻力，直衝黑色裂口。

過了一陣子，尤瓦金問：「你們冷不冷？」

蓋布列爾的鼻子紅通通，鬱悶點著頭。

「那我們最好趕快回家。」尤瓦金說。

一年白晝最短的一天剛過，現在才下午兩點三十，他帶小孩回家的路上，天色已轉為深藍，如同夏夜的暮色。尤瓦金自認頸背能感應到風雪將至的颼颼寒意。

進溫暖的家中，他再點燃蠟燭。入夜後，家裡的燭光能一路傳送到路上，也許甚至能遠及歐佛莫森泥炭沼。

那天晚上，莉維亞和蓋布列爾睡著後，家裡一片安靜，尤瓦金穿上羽絨夾克，手持手電筒走出家門。

他想去穀倉走一走。近幾星期以來，他動不動就想進穀倉，連續幾天沒進去的情況是少之又少。

夜空無雲，星光滿天，院子裡的薄雪被凍得乾硬，冰晶被靴底踩得粉碎。

來到穀倉門前，他停下來，四下望一望。附屬屋四周有一處處的黑影，不難想像有人站在那邊。一個瘦女人正在凝視他，面容枯槁，神情陰鬱……

尤瓦金拉開沉重的穀倉門，喃喃自語著：「走遠一點，伊莎。」

他步入穀倉，拉長耳朵，沒聽見滅鼠高手拉斯普丁的嗷嗷叫聲。

今夜，尤瓦金不走向直通閣樓的樓梯。他先在一樓繞一圈，走過空飼料槽和牛欄。在從前的冬季，這裡有一群乳牛一字排開站著啃食飼料。

穀倉盡頭的三角牆上釘著一個生鏽的馬蹄鐵。

尤瓦金走過去看。馬蹄鐵開口朝上，想必是避免福氣流失。

天花板的燈泡不夠強，光線不太能照到這裡，他只好開手電筒，照亮上面的屋頂樑。尤瓦金這時領悟到，這裡一定是閣樓密室的正下方。他把手電筒照向地上。

這裡的地板是石地，有人清掃過，不是全面清掃，只在靠牆腳掃出一道，所以這裡不見乾牛糞或陳年乾草堆。

除了卡翠妮，幾乎不可能有別人進來這裡掃地。

三角牆右手邊的角落有一排釘子，掛著漁網和粗麻繩，有些垂到地面，形同一道簾，但在簾子裡面，牆壁似乎有凹陷的現象。

尤瓦金向前跨一步，拿手電筒照，牆邊的陰影悄悄消散，靠近地板的牆上露出一個洞。木牆的這部分少了幾塊木板。尤瓦金撥開焦油味濃厚的麻繩和漁網，看得見地上的石板延伸進牆裡。

三角牆的牆腳有個開口，高度只到尤瓦金的膝蓋，但至少有六英尺寬。

他耐不住好奇心的慫恿，彎腰瞧洞裡，只見又是一片硬土地，以及飄來飄去的毛球。

最後，他趴到地上，匍匐前進，拿著手電筒，從木牆下面鑽進去。

才鑽到牆下，他鑽不進去了。牆裡面有另一道牆，材料是石灰岩。這道牆冰冷，可見是外牆。木牆和石牆之間僅有大約三英尺寬。裡面有最近織好的蜘蛛網，尤瓦金撥開後，居然能站直。

在手電筒光束中，他看得見這裡是兩道牆之間的狹窄空間，內牆是他剛爬進來的木牆，外牆是穀倉的西牆。前方兩碼處有一道舊木梯，向上直通暗處。

在他之前，有人來過這裡走動。地上有沉澱百年的灰塵，被人踏出幾條痕跡。

是卡翠妮嗎？畢竟岳母米雅說過，她不知道莊園屋任何地方有這麼一間密室。

眼前的梯子近乎垂直，梯頂一片漆黑。尤瓦金拿手電筒往上照，看見梯子通進一個方形的開口，上面黑漆漆，但他毫不遲疑，提腿登梯向上。

他爬到開口邊緣，來到梯頂，往裡面踏出一步。

他踏到木頭地板。左邊是一道素面的木牆。從木板的寬度，他認得出這一間正是他在閣樓發現的密室。

他挺直腰桿站好，以光束掃射前方。

在手電筒的黃光中，他看見長椅，幾排長椅。

教堂長椅。

這裡是閣樓的盡頭，他置身一間看似木造禮拜堂的場所，年代久遠，面積小，屋頂高挑有斜角，專門用來做禮拜。長椅共有四排，一旁有一條窄道。

木椅乾裂，邊緣破損，完全無裝飾，簡直像中世紀教堂的古物，年代想必是在穀倉興建的同期，尤瓦金推想，因為這一間沒有門，長椅運不進來。

禮拜堂裡沒有講壇，也沒有十字架。長椅前面的牆上高處有一扇骯髒的窗戶，下面有一張被釘在牆上。他走近一看，發現是從家族《聖經》撕下來的一頁：多雷版《聖經》的女子圖，主角可能是抹大拉，她詫然抬頭看著耶穌墳墓的大圓石動起來，滾到一旁，露出一個像黑洞的大開口。

尤瓦金看圖畫半晌。然後，他轉身，發現背後的長椅並不是空著。

在手電筒照射下，他看得見長椅上擺著幾封信。

幾束乾掉的花。

一雙白色的童鞋。

一張長椅上更有一個白色的小東西。他彎腰看，發現是一副假牙。

私人物品。遺物。

另外也有幾個小編織籃，裡面有幾張紙。尤瓦金伸手拾起一張，拿手電筒照在上面讀道：

卡爾，被世人遺忘，但我與主永誌不忘。莎拉敬上

另一張長椅上有一張泛黃明信片，正面是畫著天使的黑白圖，天使笑容安詳。尤瓦金拿起明信片，翻過來，看見背面有人以華麗的字體寫著：

謹此誠心緬懷愛姊瑪麗亞，我哀傷感懷妳，日日祈求天主上帝讓妳我早日重逢。喪姊之慟實難承受。尼爾斯．佩特敬上

尤瓦金輕輕將明信片放回籃中。

這間是祈禱室，是亡魂專用的密閉室。

一張長椅上擺著一本書。尤瓦金拿起來，發現是厚厚一本筆記簿，裡面通篇是手寫字，筆跡太小也太潦草，在黑暗中無法辨識，首頁以黑字寫著《暴風雪之書》。

尤瓦金收進夾克內袋。

他打直身體，臨走前再四下看一眼，注意到最前面的長椅旁邊牆上有個小孔。

他走過去，發現是他自己的傑作。幾星期前，他上閣樓劈砍出的洞正是這裡。

那一天，他曾盡可能伸手進牆裡。小洞下面的長椅上擺著他當時摸到的物體：

摺疊好的一個布包。

一件破爛的淺藍色丹寧布夾克。尤瓦金似曾相識。

夾克正面有幾個小徽章，上面寫著放輕鬆和平克・佛洛伊德，他一看清楚，頓時領悟夾克的主人是誰。那一夜在蘋果居，他躲在窗簾裡面望街頭，見到的正是同一件夾克。

主人是胞姊伊莎。

一九六一年冬

發現穀倉裡有個大閣樓的人是我，但我引誘馬庫斯上去，一起探險。他是我的初戀男友，也可能是我今生最愛。

可惜為期太短暫了。

——米雅・蘭姆貝

這年秋冬晚上，馬庫斯和我提著石蠟燈，潛行在繩索、鐵鍊、敞開的大箱之間，看著和燈塔相關的舊文件。

閣樓看起來是個垃圾場，但裡面有著令人神往的事物，蘊藏莊園屋百年來的許多史蹟。曾在鰻岬落腳的所有家庭和燈塔看守員留下的垃圾似乎全堆進閣樓裡，從此被遺忘。

探險幾星期後，我們搜走莊園屋裡閒置的所有毛毯，搬上閣樓，搭建一座小帳篷。我們偷麵包、葡萄酒、香菸，在閣樓辦起野餐，凌駕在柴米油鹽的俗世之上。

我帶馬庫斯去看亡魂紀念牆。我們用手指撫摸牆上的刻字。我幻想著從前鰻岬發生過的種種悲劇，愈想愈有趣。

我們也刻自己的名字，刻在地上緊緊依偎。

上閣樓野餐三次以後，馬庫斯才敢親我嘴巴。老醫生的魔爪陰影仍籠罩我心裡，所以我不准馬庫斯再進一步，但這一吻就足以讓我撐幾星期。

現在，我畫馬庫斯不必再遮遮掩掩了。

轉眼間，鰻岬在我眼裡不再是世界的盡頭，而是全世界的中心。我也開始相信並希望，馬庫斯和我將來能為所欲為，想去哪裡就去哪裡。我們在一起度過了漫長的冬季。

海水冰冷。和往年一樣，夏天拖拖拉拉好久才登陸厄蘭島，但在這年五月底，晴空萬里的驕陽重返牧草地。可惜，這也是馬庫斯準備動身的日子。他不帶我走，因為他收到徵兵令，即將赴內地服義務役一年。

我們承諾寫信保持聯繫。寫好多信。

他整理好行李，我送他到瑪內斯火車站，兩人默默站著，和島上其他居民等車。厄蘭島鐵路即將在這一年停駛，候車室裡的氣氛低迷不振。

馬庫斯走了，但拉格納・大衛森繼續把船停泊在鰻岬，上岸進莊園屋。

拉格納和我其實幾度討論過藝術，但也只是點到為止。最早一次是有天我走進附屬屋的門廳，發現中間的儲藏室門開著。我探頭一看，見拉格納站在正中央，看著掛滿牆上的黑色系油畫。

顯而易見，這是他頭一次發現朵倫為數眾多的作品集，而這些畫不合他胃口。他邊看邊搖頭。

「有什麼感想？」我問。

「整幅不是黑就是灰，」他說，「全搞黑色系。」

「夜裡的暴風雪本來就這樣啊。」我說。

「這樣的話，我覺得這些畫簡直就是垃圾。」拉格納．大衛森說。

「也可以從抽象的觀點欣賞嘛，」我建議。「主題是暴風雪夜景，不過也能代表心靈……一個女人飽受折磨的心靈。」

拉格納搖搖頭。

「狗屁。」他又說。

他顯然沒讀過西蒙．波娃。我當然也沒讀過，但至少我聽過她的大名。

我再努力為朵倫做最後一次辯護。「將來有一天，這些畫能賣很多錢喔。」

拉格納轉頭看我，當我是瘋子。然後他從我身邊走出去。

我回到另一間，看見母親朵倫坐在窗前，立刻瞭解剛才的對話全被她聽見了。儘管她幾乎已經全盲，她仍凝望著窗外。

我盡量找別的話題聊，但她搖一搖頭。

「拉格納說得對，」她說，「這些畫全是垃圾。」

馬庫斯去當兵後，我就不再上閣樓。閣樓太冷清了，會令我太想念他。

但是，我們當然彼此通信。我比他常寫，寫了幾封長信給他，換回短短幾封信。

馬庫斯信裡多半寫操兵情形，寄信頻率不高，但我見他遲不回信，動筆更勤，寫滿我的夢想和計畫。什麼時候能重逢呢？什麼時候休假？什麼時候退伍？

他不太清楚答案，只承諾我們會再見面。快了。

我漸漸明白，我非離開鰻岬不可。我想搭渡輪去內地找馬庫斯。但是，我怎能丟下母親不管？不可能。

27

被警方盯上了，亨利克知道。上星期，家裡的答錄機有兩則警方留言，請他進警局回答問題。他懶得去。

當然，他無法屢傳不到，但他想盡量拖延時間，以湮滅竊盜生涯的證據。最直接的證據絕對是一整棟船庫的贓物。

他打電話給湯米說：「我不能再藏那堆東西了。你趕快過來處理。」

「好啦……」湯米的語氣絲毫不緊張。「我們禮拜一開廂型車過去。大概三點左右。」

「你會帶錢來吧？」

「當然，」湯米說，「別擔心。」

星期一是耶誕節前兩天。亨利克去瑪內斯工作，但下午兩點就收工，開車直線南下至位於恩斯倫達的船庫。

車子駛進沿海道路時，他聽見氣象預報，今晚厄蘭島和哥特蘭島將有持續降雪和強風，波羅的海地區也發布風雪警報。但是，目前天氣還算不錯，天空湛藍，一片灰雲正從東方飄向厄蘭島，但亨利克不久即將回波爾貢。

船庫附近照常又沒有人跡。亨利克把車子掉頭，倒車幾碼，接近那輛載著白船的拖車。上週末，他帶卡蜜拉過來這裡。卡蜜拉想進船庫看看，被他勸退。當時，他把小船拖上岸，拆掉外掛型馬達，沒有覆蓋防水布。這時候，他拿防水布蓋好。

他下車，踏上草地，吸收海藻的氣息，回憶已故的祖父片刻，然後抬起拖車鉤，固定在車尾的拖曳桿上。

他進船庫，看著秋天累積下來的所有贓物，這時想到，應該把一些贓物藏起來才對。船庫裡的贓物大大小小，共有差不多一百件，新舊不一。亨利克不清楚這些贓物值多少錢，相信索里琉斯兄弟也沒概念。

這艘小船從未註冊過，警方無從得知他是船主。一旦把船航進波爾貢郊外的工業區，他就可以開車去那裡，想搬走贓物隨時都行。

亨利克決定照這方式進行。他拿起石灰岩古花瓶之一，帶上船。這花瓶在古董店的市價可能達五千克朗。

下雪了，羽狀雪花徐徐飄落地。

他謹慎地將古董花瓶放在副駕駛座旁，然後回船庫搬一箱陳年蘇格蘭威士忌。

亨利克總共搬走超過十幾項贓物，藏進小船的座位之間，地上幾乎塞滿了東西。他從船庫取來一張綠色防水布，從船頭到船尾蓋好，以一條長尼龍繩綁緊。

完工。

雪花持續飄灑，節奏悠閒，在地面形成一床白布。

亨利克回去鎖船庫門，這時颯颯風聲夾雜著遠方傳來的引擎聲。他轉頭看。

在樹另一邊，他看見一輛車接近中，一輛黑色廂型車。

索里琉斯兄弟來了，停在亨利克的小船旁邊。

車門打開，關上。

「嗨，亨利克！」

兄弟檔踏雪走來，兩人都面露笑容，穿著冬衣：羽絨黑夾克、雪靴、獵人雪帽。

湯米戴著滑雪眼罩，彷彿正在雪山度假滑雪。他肩膀上掛著偷來的舊毛瑟槍。

湯米不知剛嗑了什麼藥，精神亢奮。儘管瞳孔被眼罩遮住，亨利克依然看得出。肯定是冰毒。和往常一樣，他脖子上又有紅色搔抓痕，下巴不住顫抖著。情況不妙。

「看來，時候到了，」湯米說，「該互相說一聲耶誕快樂。」

見亨利克沒反應，他乾笑一陣。

「當然不只這樣啦……我們也想過來拿東西。」

「東西。」弗列迪說。

「我們的戰利品。」

「錢呢？」亨利克問道。

「當然。我們會像親兄弟一樣把錢分了。」湯米說，嘴角仍掛著淺笑。「不然你以為我們是什麼？小偷嗎？」

這個笑話倒是滿經典的，不過亨利克回應的笑容很僵，他意識到他們根本沒想要分贓。

他看見弗列迪走向船庫，把門開大，走進暗室，不久後出來，手裡多了一台電視機。

「我們的確說好了，」亨利克說，「像親兄弟一樣。」

湯米走過他身邊，走向小船。

「分完後，我想開船走，」亨利克說，「你們呢？也想走了嗎？」

「對……回哥本哈根去。不過，我們想先去雙燈塔旁邊那棟房子。」湯米大手朝北邊一揮。「去找那幾幅名畫。你跟不跟？」

亨利克搖頭。他看見弗列迪把電視搬上廂型車，再走進船庫。

「不行，我沒時間，」亨利克回答，「我說過，我非開船回家不行。」

「對，對，」湯米說，打量著拖車。「你把拖車擺進哪裡過冬啊？」

「波爾貢……放在工廠後面。」

湯米扯一扯防水布的固定繩，問他：「擺那裡安全嗎？」

「有圍牆圍著。」

亨利克的脈搏加速。早知就多加幾條繩索，緊緊固定防水布。為了分散湯米的注意力，他又開口：

「今年秋天我在這地方看見什麼，你知道嗎？」

「不知道。」湯米搖搖頭，但視線不離小船。

「那時候是十月，」亨利克說，「我來這裡卸下船上的東西……當時看見一艘汽艇，應該是從北邊來的。船停在鰻岬燈塔旁邊，有個男人站在船頭……同一天晚上，那女人就被發現溺死了，在同一個地點。我常回想這件事。」

他講太多話了，也講得太快。幸好，這次湯米總算轉頭過來。

「你在鬼扯什麼？」

「莊園屋的女主人，」亨利克說，「卡翠妮．韋斯丁。今年夏天，我幫她做過工。」

「鰻岬，」湯米說，「不就是我們正要去的……你看見那裡有人被殺？」

「沒有，我看見一艘汽艇，」亨利克說，「可惜不太容易看清楚……我只知道，後來女主人淹死了。」

「操，」湯米說，語氣不特別驚訝。「你有告訴誰嗎？」

「告訴誰？條子嗎？」

「不行，」湯米說，「條子會問東問西，問你在這裡幹什麼，甚至可能搜船庫，逮捕你。」

「那你們也脫不了干係。」亨利克說。

湯米又轉頭看小船。

「來這裡的路上，弗列迪講一個故事給我聽，」他說，「滿好笑的。」

「喔，是嗎？」

「故事是，有一對男女……他們去美國度假，開車到處逛，來到路邊野餐區，遇到一隻臭鼬。他們從來沒見過臭鼬，覺得這種動物長得好萌。女孩說她想抓牠回瑞典養，男人說，海關不可能讓野生動物通關。女孩提議說，臭鼬可以藏進她內褲，走私進去。男人說：『妳提出這點子是行得通，可是，臭味怎麼辦？』」

湯米搔搔脖子，在笑點前停頓一下。

「女孩說：『不成問題吧？臭鼬本身也臭啊。』」

他自己笑了起來。然後他轉身，抓住防水布。

「『臭鼬本身也臭啊。』」湯米又說。

「等一等……」亨利克說著。

但湯米不願等。他猛扯防水布，繩子只有一小部分脫落，但已經能夠看到大多數的贓物。

「啊哈，」湯米看著船底物品說。然後，他指著雪地說：「小亨啊，地上的腳印怎麼不掃一掃呢……你今天忙得很嘛，在小船和船庫之間來來回回好幾趟。」

亨利克搖搖頭。「我搬了幾樣東西……」

「幾樣東西？」湯米邊說邊走向他。

亨利克向後退一步。「那又怎樣？」他說，「我花了好大的心血弄到這些東西。每一次行動，都經過我規劃，你們兩個只——」

「小亨啊，」湯米說，「你話太多了。」

「什麼？你們……」

湯米聽不進去了。他揮重拳，擊中亨利克腹部，打得亨利克向後踉蹌，被身後的石頭絆倒。他癱在石頭上，看著地面。

夾克破了。一道細縫從夾克尾裂到肚臍。

湯米快動作上前，從亨利克口袋搜走車子的鑰匙。

「坐著別亂動……敢動就等著再挨揍。」

亨利克不動。他的腹部開始隱隱作痛。

腹痛一波剛停，下一波再起。亨利克一度痛到彎腰，垂頭在兩腿之間嘔吐。

湯米從他面前後退兩步，調整肩頭的槍，把尖銳的螺絲起子放進後口袋。

亨利克狂咳著，仰頭看他。

「湯米……」

湯米只搖搖頭。

「你以為我們真的叫做湯米和弗列迪嗎？那只是我們的化名。」

亨利克講不出話，也使不出力氣。他坐在石頭上無言。

在路上，弗列迪繼續搬贓物上廂型車。最後，他關上車門。

「搬完了。」

「好。」湯米打直身體，搔一搔臉頰，向亨利克瞥一眼。「你想回家，只好搭公車之類的東西了……誰曉得這裡有什麼交通工具。有馬車嗎？」

亨利克不應。他坐在石頭上，乾瞪著索里琉斯兄弟。弗列迪不慌不忙，坐上廂型車駕駛座，湯米坐進亨利克的紳寶車。

亨利克只能眼睜睜看著車船被兄弟檔搶走。

兩輛車緩緩駛上沿海道路，揚長而去。

最後，捧腹的他伸手看，灰色羽絨夾克的裂縫被染成紅色。

儘管如此，淌血並不太嚴重，其實只失血一點點。亨利克曾在波爾貢捐過一次血，被抽走整整一品脫。這一點血不算什麼。

一點點肚子痛，虛驚一小場，嘔吐一陣。沒什麼大不了。

過了一會兒，他奮力從石頭上站起來。傷口淌血和浪捲上岸的節奏差不多，幸好他還走得動。腸子和肝臟一定還健全。

海風變冷了。亨利克想著，祖父當年冬天孤零零死在這戶外。他趕走這想法。

他一手按著肚子，開始走向船庫。門開著，他來到門檻停下。

贓物全被搬光了。唯一的慰藉是，兄弟檔也搬走那個馬廄古燈。輪到他們嚐嚐被連環叩的滋味也好。

亨利克吃力地踏進船庫，走向祖父的工作檯。

亞格特的舊斧頭擺在工作檯上。這把砍柴用的斧頭小而耐用。角落擺著細長的長柄大鐮刀。

他拿起斧頭和鐮刀，緩緩出門，走回雪地中。

掛鎖剛掉在雪地上，亨利克找不到，只能關上門。光是關門就耗費他相當大力氣。

然後，他背對著馬路和船庫，朝海邊牧草地前進。

他繼續沿著海邊往北走，頭壓低，斜對著逐漸轉強的寒風挺進。他有羊毛帽和羽絨夾克的保護，但眼睛和鼻子被吹得刺痛。

亨利克無視於寒風，一心往前走。

真名不知是什麼的兄弟檔偷襲他，奪走他的船。他們剛才提到他們想去鰻岬。

既然如此，亨利克打算過去跟他們碰頭。

28

來到波爾貢，蒂妲在亨利克．楊森的公寓門口按門鈴，久久不縮手。她默默等著，身旁是波爾貢同事馬茲．托斯登森。

再過兩天就是耶誕節了。這案子早該結案才對。厄蘭島北部連番發生民宅失竊案，蒂妲打電話請亨利克來警局說明，但他遲遲不肯到案。如果他不準備主動前來，警方只好過來請他進局裡。

公寓裡沒聲響。蒂妲再按一次電鈴，照樣沒人開門。她耳朵貼門，也沒聽見聲音。她拉一拉門把，門鎖著。

「說不定他出門了，」托斯登森提示。「去爸媽家，過耶誕節。」

「他的老闆說他今天有工作，」蒂妲說，「只有半天班，不過……」

她再按電鈴，這時公寓大樓的外門轟然關上，她和托斯登森聽見靴子砰砰上樓聲。兩員警同時轉頭，只見上樓的人是個十幾歲的女孩，紅色羊毛圍巾半遮面，提著一袋子耶誕禮物。她對兩位穿制服的警官瞄一眼，走向亨利克對面的公寓，正要開鎖，蒂妲朝她跨一步說：「我們想找妳鄰居……亨利克。妳知道他去哪裡嗎？」

女孩看著亨利克門上的名牌。「去上班了吧？」

「我們查過了。」

女孩思索著。「他可能去船庫了。」

「在哪裡？」

「東岸那邊……今年夏天，他想帶我去那裡游泳，被我拒絕。」

「好，」蒂妲說，「祝妳耶誕快樂。」

女孩點點頭，怒視著手裡這袋子耶誕禮物，彷彿已經對耶誕節感到厭煩。

「辦不下去了，」托斯登森說，「我們只好等假期結束再偵訊他。」

「除非我們能夠在回程碰見他。」蒂妲說。

現在是下午兩點半，將近零下十度，街頭灰沉沉而冰冷，暮色業已降臨。

「再過十五分鐘，我就下班了，」托斯登森說著開車門。「我想去逛街……有幾個耶誕節禮物拖到現在還沒買！」

他看錶，心思極可能早已飛回家，手裡端著一杯耶誕節啤酒，坐著看電視。

「我先打個電話……」蒂妲說。

對她而言，五天連假也即將來臨，但她照樣不想就此放走亨利克·楊森。

她上車，再打電話給亨利克的老闆。這是今天第二通。老闆告訴她，亨利克的船庫在恩斯倫達。

在瑪內斯以南，相當接近鰻岬。

「我開車送你回局裡，」她說，「然後我可以北上恩斯倫達。我相信他不會在船庫，不過至少我能過去確定一下。」

「妳要的話，我可以陪妳一起去。」

托斯登森是個好好先生，儘管耶誕假期前事務繁多，這份好意無疑是誠心話，但蒂妲搖搖頭。

「謝了，不過我在回家的路上會通知一聲，」她說，「如果楊森在船庫，我會帶他回局裡，害他耶誕節泡湯。沒抓到人，我就回家去包裝耶誕禮物。」

「開車小心點，」托斯登森說，「暴風雪快來了，妳知道嗎？」

「知道，」蒂妲說，「幸好我裝了雪地輪胎。」

兩人開車回警局。托斯登森進去後，蒂妲把車掉頭過來，正要駛出停車場，警局的門又開了。

托斯登森對著她招手。蒂妲搖下車窗，探頭出車門。

「什麼事？」

「有人來找妳。」他說。

「誰？」

「妳的警校教官。」

「教官？」

蒂妲一時腦筋轉不過來。她把車子停妥，和托斯登森一起進警局。櫃檯無人值班。待降節蠟燭在窗前飄搖著，島上多數警官早已放假。

「我把她帶來了。」托斯登森說。

托斯登森講話的對象是一名寬肩壯漢。他正坐在等候室的扶手椅上，身穿夾克和淺灰色警察毛衣，見蒂妲走進來，面帶滿意的微笑。

「我正好來這附近，」男子起身說，拿著一個紅紙包裝的大禮物遞向她。「想說順道過來祝妳耶誕快樂。」

這人當然是馬丁．歐奎斯。

蒂妲繼續戴著面具，盡量保持笑容。

「嗨，馬丁……耶誕快樂。」

她的嘴唇迅速變僵，馬丁的微笑卻變得更燦爛。

「想不想出去喝杯咖啡？」

「謝了，」她說，「不過很抱歉，我正在忙。」

她還是收下禮物（感覺上是一盒巧克力），然後向同事托斯登森點一點頭，步出警局門，走進停車場。

馬丁跟著過去。她轉身。現在她不必再強顏歡笑了。

「你到底想幹什麼？」

「什麼意思？」馬丁說。

「你先是不停打給我……現在又跑來這裡送禮。為什麼？」

「呃……我想看看妳日子過得好不好。」

「我沒事，」蒂妲說，「你可以回家了吧……回去陪你老婆小孩。明天就是耶誕夜了。」

他繼續對她展現笑臉攻勢。

「全安排好了，」他說，「我告訴卡琳，我在卡爾馬過一夜，明天一大早趕回家。」對馬丁而言，只要謊言說得好，什麼都可以用謊言來解決。

「可以啊，」蒂妲說，「你可以待在卡爾馬。」

「去那裡幹嘛？我待在厄蘭島上也不錯。」

她嘆一口氣，走向車子。她打開車門，把馬丁的禮物扔進後座。

「我現在沒空聊天。我想去抓一個人。」

她關上車門，不給他回應的機會。隨即，她啟動引擎，駛出警局停車場。

不久，她看見一輛藍色馬自達轎車尾隨而至。

從波爾貢北上的途中，她懷疑自己為何心意不能再堅定一些，一口氣甩掉馬丁。她大可對馬丁吐口水，大叫大罵，說不定他能醒悟。

蒂妲來到東岸時，時間已經是三點三十分，天色幾乎全暗了，天空變深灰色，靜靜下著的雪愈來愈擾人。她暗想著，雪的侵略性轉強了。雪花不再漫無目標飄揚著，而是集結成軍團，蓄勢待發，一群群密集的小兵正面攻擊警車，黏貼在車窗上。

她轉彎駛進前往恩斯倫達的窄路。馬丁的馬自達仍在後方不遠處跟隨。在車頭燈中，蒂妲看得見前方雪地有幾道車輪痕跡。來到接近海邊大約五十碼處，車痕不見了，她以為會看見至少兩輛車子停在海邊。

然而，小小的迴車處完全不見車蹤。

這裡只見許多雜亂的新痕，大鞋子或靴子踩出的足跡，在輪痕和船庫之間奔走。雪花已開始埋沒這些痕跡。

馬自達開過來，停在她後方。

蒂妲戴好警帽，頂著強風，推開駕駛座的車門。

波羅的海邊陲的這地方酷寒而荒涼。寒意加上空曠感，令整條海岸線顯得不懷好意。海浪一波波捲上岸，已開始擊碎近海的冰層。

馬丁下車，走向蒂妲。

「妳想抓的這個傢伙……他會來這裡嗎？」

她只點點頭。她寧願不要對馬丁開口。

馬丁意有所圖，開始走向船庫，顯然已忘記自己的身分是教官，不再是警官。

蒂妲沒說什麼，只跟著過去。

接近船庫之際，他們聽見一陣有規律的撞擊聲，原來是船庫門沒關好，正隨著寒風擺動。雪地上幾乎所有足跡都通往這一棟建築物。

馬丁開門，往裡面瞧。「這棟是他的嗎？」

「我不知道……應該是。」

賊總怕遭小偷，蒂妲想著。賊無不想鎖好賊窩。如果亨利克·楊森忘了鎖好這棟船庫，這表示這裡曾橫生意外。

她走向馬丁，也探頭看漆黑的內部。船庫裡有一座工作檯，牆上有幾面舊漁網和漁具，除此之外不見太多物品。

「他不在這裡。」馬丁說。

蒂妲沒有回應。她走進去，彎腰一看，發現木頭地板上有幾小滴亮亮的液體。

「馬丁！」她驚叫。

馬丁轉頭，見她指著地板。

「你覺得這是什麼？」

他彎腰。

「鮮血，而且是剛留下的。」

蒂妲走出門，四下看一看。剛才這裡有人受傷，可能中彈或被捅，傷勢應該不是很嚴重，還能離開現場。

她走向海邊的牧草地，這裡風勢比船庫外面更強勁。雪地上有幾個不太清晰的腳印，一直線延伸向北。

蒂妲考慮循足跡沿著海邊前進，迎向淒冷的海風，卻又擔心足跡不久將被降雪吞噬一空。就蒂妲所知，在常人步行能到的範圍之內，往北走只有兩棟目前有人居住的民房：一是卡爾森家的農場，位於東北方，另一棟是鰻岬莊園屋。這足跡無論是不是亨利克．楊森留下的，目的地似乎是這兩處之一。

一股陣風推了蒂妲一下，她轉身往回走向車子，離開岸邊。

「妳想去哪裡？」馬丁對著她的背影大喊。

「不關你的事。」她說著繼續走向警車。

沒理會馬丁是否跟進，她坐上車，打開警用無線電，呼叫位於波爾貢的控制中心。她想報告船庫附近發生疑似鬥毆事件，讓中心知道她即將往北走。

無線電沒回應。

雪下得比剛才更大了。蒂妲發動車子，把暖氣開到最強，啟動雨刷，然後慢慢前進。從側照鏡，她看見馬自達裡的車燈亮起，因為馬丁剛開車門。隨後，馬丁打開車頭燈，開始跟著警車駛上碎石子路。

蒂妲踩油門，然後看東邊。海天交際線消失了，只見一堵灰白色的雪牆懸掛在海面上，正迅速對準海邊下墜。

29

在暮色中，尤瓦金站在廚房裡，看著屋子之間的降雪愈來愈密集。鰻岬今年慶祝的將會是銀色耶誕。

然後，他視線轉向穀倉門。門現在關著，雪地上也不見通往門口的足跡。昨晚進過穀倉之後，尤瓦金就沒有再進去過，但密室始終在他腦海縈繞不去。

亡魂專用的密室，備有專屬的教堂長椅。

伊莎的夾克摺得整整齊齊，擺在長椅上。長椅上另有其他舊遺物。他把夾克留在裡面。

放夾克進密室的人是卡翠妮。據推測，她必定是在今年秋天找到那件丹寧布夾克，拿進密室放在長椅上，瞞著尤瓦金。他甚至不知道夾克在卡翠妮手裡。

妻子有秘密瞞著他。

他打電話問母親，才發現夾克是母親寄來鰻岬的。在這之前，他一直以為母親把伊莎的衣物收進箱子裡，束之高閣。

「不對，我把夾克拿下來了，用牛皮紙包好，」母親說，「然後寄給卡翠妮……好像是八月份的時候。」

「你為什麼這麼做？」尤瓦金問。

「是她叫我寄的。夏天的時候，卡翠妮打電話給我，想借那件夾克。她說她想檢查一個東西，所以我就寄給她看。」母親停頓一下。「她沒告訴你嗎？」

「沒有。」

「你們兩個平常不講話啊？」

尤瓦金不語。他想說，他和卡翠妮當然沒有冷戰，兩人彼此完全互信互重。然而，在發現伊莎過世的那一夜，卡翠妮看著他，神情詭異，他至今仍記得。

那一夜，卡翠妮抱著莉維亞，看著尤瓦金，目光炯炯有神，彷彿剛發生一件好事。

夜幕降臨在廚房窗外後，尤瓦金動手烹調晚餐。十二月二十三日煮耶誕大餐，也許嫌有點急，但他想盡快把節慶的事項準備就緒。

去年也是一樣。去年十二月初，姊姊伊莎剛溺死，耶誕期間大家不但絕口不提她名字，卡翠妮和尤瓦金甚至比往年買更多禮物和食品，蘋果居裡到處是蠟燭和裝飾。

然而，當時大家仍覺得伊莎還在人間。每當卡翠妮舉杯，以不含酒精的蘋果酒敬他，他無不想念伊莎。

如今在廚房裡，他捧著《耶誕美味精饌》繼續翻閱食譜，忍住眼淚，盡力施展自己的廚藝。

窗外夜色漸濃。

他切好香腸和肉丸，下鍋炸一炸。他把起司切成細條，剁碎高麗菜，熱一熱豬肋排，炙烤從烤箱出爐的火腿，削馬鈴薯皮，為剛出爐的香料麵包塗上糖漿和水。他煮好鰻魚、鯡魚、鮭魚，也照兒女的意思煮特餐：烤雞加薯條。

一盤接著一盤，尤瓦金把美食端上桌。在桌子下面，拉斯普丁有一碗鮮鮪魚可吃。

半小時後，他叫莉維亞和蓋布列爾過來。

「大餐時間到了。」

小孩走進來，站在桌子旁邊。

「有好多東西吃喔。」蓋布列爾說。

「這就叫耶誕大餐，」尤瓦金說，「各人端自己的餐盤，每一樣菜都分一點進自己盤子。」

莉維亞和蓋布列爾照父親的指示，但不完全聽他的話。他們盤子上有雞肉和薯條，有馬鈴薯加一點醬，但不碰魚和高麗菜。

尤瓦金帶他們進迎賓廳，一家圍坐在吊燈底下的大餐桌。他倒蘋果酒，預祝兒女耶誕佳節有個歡樂的開始。桌上擺著第四份餐具，他等著孩子質疑，但兩個小孩都不問。

他並非真心預期卡翠妮今晚會回家。但是，看著空位子，他至少能幻想卡翠妮坐在那裡。

原本應有的團圓景象。

去年耶誕，母親也在家裡多準備一副餐具。當然，伊莎也沒回家。

過了十分鐘，莉維亞問：「我可以下桌了嗎，爹地？」

「不行。」尤瓦金趕緊說。

他看得出莉維亞吃光了整盤。

「可是，我已經把所有菜吃掉了啊。」

「一樣，繼續坐好。」

「可是，人家想看電視嘛。」

「我也想。」蓋布列爾說。他盤子上仍有很多食物。

「電視正在播騎馬比賽。」莉維亞說，好像這麼說就能說服爸爸了。

「繼續坐好就對了，」尤瓦金說，語氣之嚴厲超出他本意。「這很重要。我們要一起慶祝耶誕節。」

「真無聊。」莉維亞說著狠狠瞪他。

尤瓦金嘆氣。「我們一起慶祝耶誕節。」他再說一遍，口氣缺乏信服力。

之後，小孩安靜下來。起碼是安分了一些。最後，莉維亞端盤子進廚房，蓋布列爾跟進，姊弟舀了幾顆肉丸，端進來吃。

「雪下得真的好大喔，爹地。」莉維亞說。

尤瓦金望向窗外，看見大片大片的雪花席捲而過。

「好。改天可以去玩雪橇了。」

莉維亞的悶氣來得快，去得也快，不久後，姊弟倆聊起耶誕樹下的禮物。兩人似乎都不把餐桌第四個位子看在眼裡，尤瓦金則不然。他的目光一直轉向空位。

期待著什麼？期待前門會打開，卡翠妮會走進迎賓廳嗎？

牆上的摩拉老爺立地鐘只敲了一下，五點半了，窗外的天色幾乎全黑了。

尤瓦金把最後一顆肉丸戳進嘴裡，視線轉向蓋布列爾，看得見兒子在打瞌睡。兒子今晚的進食比平常分量多出一倍，現在木頭人似地坐著，凝視空餐盤，眼瞼下垂。

「蓋布列爾，要不要去小睡一下？」他說，「這樣的話，今天晚上可以晚一點睡？」

起初，蓋布列爾只點一點頭，隨後他說：「這樣的話，我們就可以玩。你跟我。和莉維亞。」

「可以啊。」

尤瓦金驚覺，兒子極可能已經忘掉卡翠妮了。他想到自己，三歲時的往事記得多少？一件也不記得。

他吹熄蠟燭，收拾餐桌，把剩菜放進冰箱，然後把蓋布列爾抱到床上，幫他蓋被子。

時辰還早，莉維亞不想睡。她想看賽馬，於是尤瓦金把小電視搬進她房間。

「這樣可以嗎？」他說，「我想出去，一會兒就回來。」

「去哪裡呀？」莉維亞問，「你不想看賽馬嗎？」

尤瓦金搖搖頭。「我去一下子就好。」他說。

他離開房間，去樹下拾起卡翠妮的耶誕禮物，帶著禮物和手電筒進門廳，穿上厚毛衣和靴子。

他已經準備好了。

他站在鏡子前，對著漆黑的走廊，他幾乎看不見自己，只意識到自己能看清室內的線條。

尤瓦金覺得自己化為幽靈，成為莊園屋靈異世界的一員。他看著鏡子周圍的白色英國風壁紙，看著掛在牆上的舊草帽，營造出鄉村生活情調。

倏然間，一切事物顯得毫無意義。一年又一年，卡翠妮和他不斷翻修裝潢，為的是什麼？一家人住的房子一間大過一間。一件工程完成後，緊接著又進行下一件工程，無所不用其極消除前人住過的痕跡。為的是什麼？

一陣低沉的嗷嗷叫打斷他的思緒。尤瓦金轉頭，看見碎呢小地毯上趴著一隻四腳小生物。

「你想出去嗎，拉斯普丁？」

他走向玻璃隔間的遊廊，但那隻貓沒跟過來，只乾瞪著他，然後悄悄走進廚房。

風在屋外打轉，動搖著遊廊的小窗。

尤瓦金打開外門，覺得門快要被風搶走了。現在，勁風一陣一陣吹襲，似乎一陣比一陣強，雪花化為銳利如針的冰砂，席捲院子而過。

他走下階梯，步步當心，瞇著眼睛抵擋風雪。

海上的夜空比往常更黑暗，彷彿太陽掉進波羅的海，永遠爬不上來。海面以上的雲層灰黑交錯，陰影若隱若現，模樣猙獰。來自東北的大朵雪雲已開始壓境，朝東岸逼近中。

暴風雪快來了。

尤瓦金踏上建築物之間的石板步道，投入風雪的懷抱。人在暴風雪中迷路的機率很高，耶洛夫的警告言猶在耳。然而，地表的積雪仍薄，穀倉也不遠，迷途的風險似乎不大。

他走向寬大的穀倉門，拉開。

裡面毫無動靜。

眼角突然光線一閃，令他動作暫停。他轉頭，原來是燈塔的光芒。北燈塔被穀倉遮住了，但南燈塔的紅光正對著他眨眼。

尤瓦金走進穀倉，感覺彷彿風推著他進去，彷彿風想跟隨他進門。他一進門就把門帶上。

幾秒後，他開燈。

穀倉猶如漆黑的外太空，掛在天花板的幾顆燈泡是恆星，散發著微弱的黃光，無法驅散石牆邊的陰影。

他聽得見狂風在屋頂哭嚎，所幸穀倉的棟樑穩固，不為所動。這棟穀倉歷經過不知多少惡劣天候。

閣樓上的那道牆刻著卡翠妮的名字，也刻著所有往生者的名字，但尤瓦金今晚也不走樓梯上去。他走過每年冬季關著乳牛的牛欄。

最遠的一間牛欄的石板地面依然無塵土和乾草。

尤瓦金跪下去趴著，緩緩扭身鑽進木板牆下面的小洞，一手握著手電筒，另一手拿著送卡翠妮的禮物。

鑽進這道偽牆後，他站起來，打開手電筒，光度不夠強，換電池的時刻快到了，但他至少看得見直通黑洞的梯子。

尤瓦金側耳傾聽，穀倉裡依舊一片死寂。

在這裡，他可以站直，也可以爬行。他遲疑一陣。他憂愁一會兒，想到風雪將至，莊園屋裡只有兩個小孩。

不想了。他抬起右腳，登上梯子最下面一階。

尤瓦金口乾舌燥，心臟噗通跳，但內心裡是期待多於恐懼。一階接一階，他逐步接近天花板的黑洞。此時此刻，他只願置身此地。

卡翠妮近了，他感覺得到。

一九六二年冬

馬庫斯回到厄蘭島了，他想見我，但見面地點不是鰻岬。他叫我南下波爾貢，約在一家咖啡廳重逢。

這階段，母親朵倫幾乎連明暗都分不清楚。她交代我買馬鈴薯和麵粉。麵粉和根莖作物，這是我們果腹的主食。

儘管已經十二月初，灰沉沉的波爾貢仍在等待冬季降臨。這是我倆最後一次見面。

——米雅·蘭姆貝

溫度計顯示攝氏零度，但波爾貢並沒有下雪。我穿著舊冬衣，走在筆直的市街上，感覺像個土包子。

馬庫斯回厄蘭島是想見住在波爾貢的雙親，也想見我一面。他的軍營在埃克舍，放假的他穿著灰色軍服，長褲的褶線熨燙得瀟灑。

約見的這家咖啡廳客人主要是外表體面的仕女，見我進門，她們全都用異樣的眼光看著我——當年，瑞典小鎮的咖啡廳裡沒多少年輕人。

「嗨，米雅。」

見我走向他那桌，馬庫斯禮貌地站了起來。

「嗨。」我回應。

他稍微抱我一下，動作彆扭，我發現他開始用刮鬍爽膚水。我們已經幾個月沒見面了，氣氛起初很僵，但兩人的話匣子漸漸打開。鰻岬的情況，我能向他報告的不多，畢竟在他走後，鰻岬不曾發生過大事。但我向他關心軍旅生活，問他是否住在帳篷裡，和我倆在閣樓搭建的帳篷一樣。他說，去野地操演時，的確是睡帳篷沒錯。他告訴我，他的營曾被派去北九省地區駐紮，氣溫是零下三十度，保暖的方式是在帳篷外面堆雪，堆積成近似冰屋狀。

兩人對坐著，陷入無言狀態。

「我在想，我們可以等到明年春天，」我最後說，「如果你要的話。我可以搬去一個比較接近你的地方，例如卡爾馬，等你退伍，我們可以住在同一個市鎮……」

這構想不夠具體，但馬庫斯對著我微笑。

「明年春天，」他說著伸手摩挲我臉頰。他的笑容擴大，壓低嗓門接著說：「妳想不想去看我爸媽的公寓，米雅？從這裡轉彎就到。他們今天不在家，我小時候的房間還在……」

我點頭，從椅子站起來。

在馬庫斯童年臥室裡，我們第一次做愛，也是最後一次。他的床太小，我們只好把床墊拖到地板上躺。公寓裡到處很安靜，但我們以自己的喘息聲填充。起先，我擔心他父母會走進來，但過了一會兒，我就忘記他們了。

馬庫斯很積極，但也很小心。我認為，這也是他的第一次，但我不敢問。

我夠小心嗎？稱不上。我沒有避孕措施。這種事令我始料未及，所以才如此美妙。

過了半小時，我們在街上各分西東。在寒風中的道別時刻短暫，只隔著層層衣物笨拙抱一下而已。

馬庫斯回公寓打包行李，然後搭乘渡輪到海峽對岸，我則前往公車站，搭車回鰻岬。

我獨自一個人，但我仍能感受他貼近我身體的暖意。

我本想搭火車，可惜鐵路已經停駛了。我只好走上公車坐下。

車上乘客不多，氣氛低迷，我卻覺得很適合我。感覺上，我是個燈塔看守員，即將奉命前往海角天涯，執勤六個月。

公車來到瑪內斯南邊，我下車，天色快暗了，寒風刺骨。在若爾比村的雜貨店，我幫自己和母親買糧食，然後走沿海道路回家。

轉向鰻岬的路上，灰如石板的雲朵掛在海面上空，勁風快颳到厄蘭島了，我加快步伐。暴風雪登陸時，人一定要躲進室內，否則情況會和朵倫在泥炭沼的遭遇一樣。甚至更慘。

回到莊園屋，多數窗戶裡看不到燈火，但我們住的小房間裡有一抹溫馨的黃光。

我正要進門找母親，這時眼角瞥見海邊一道閃光。

我轉頭，看見燈塔在入夜前開燈了。

北燈塔也亮著，散發著穩定的白光。

我把一袋子食品放在台階上，穿越院子，走向海邊。北燈塔繼續發亮。

我凝視著北燈塔的當兒，地上忽然有東西從我身邊吹過去。一個長方形淺色的物體。

在我追過去撿起來之前，我已經知道是什麼。

畫布。朵倫的暴風雪畫之一。

「妳回來了啊，米雅？」有個男人說著，「妳去哪裡了？」

我轉身。他是拉格納．大衛森，捕鰻人，正從房子裡走向我。他穿著油亮的漁夫裝，捧著一大堆東西。

他懷裡的東西是朵倫的作品，大約十五到二十張。

我記得他在附屬屋裡說過：整幅不是黑就是灰，全搞黑色系……簡直就是垃圾。

「拉格納……」我說，「你在幹什麼？你想把我母親的畫拖去哪裡？」

他從我身邊走過去，絲毫不停留，回答說：「去海邊。」

「你說什麼？」

「屋子裡擺不下了，」他回頭大喊。「附屬屋裡的儲藏室以後歸我用了。我想把鰻魚網擺進儲藏室。」

驚愕不已的我看著他，然後看著散發慘白光輝的北燈塔。我轉身，背對著海邊和海風，箭步衝回家找朵倫。

30

沿海地區的風勢已增強至暴風等級，陣風動搖著警車，蒂妲緊緊握住方向盤。

暴風雪，她心裡嘀咕著。

降雪橫掃路面，宛如黑白電影的一幕，在車頭燈光束中迴旋。她趕緊放慢車速，湊近擋風玻璃，以看清前方路況。

雪愈來愈像濃密的白煙，席捲海岸地帶。只要是雪能附著的地方，積雪逐漸堆疊，迅速蓄積成山。

蒂妲知道天候瞬息萬變。暴風雪將石灰岩草原轉變為一片純白冰雪沙漠，令島上車輛寸步難行。即使是雪上摩托車也陷入深雪，無法自拔。

她獨自駕駛警車往北前進，馬丁仍緊跟在後。他不死心，但蒂妲非忘記他不可，一定要專心路況。

路面被雪覆蓋，車輪抓地有困難，簡直像開車通過粗棉花。

蒂妲留意著有無來車，但眼前除了雪還是雪，一片灰白，看不見迎面而來的車頭燈。

來到泥炭沼附近，車子前方的路完全消失在風雪中。路旁通常有標識顯示路面的邊線，她看了又看，始終找不到。不是早被吹走了，就是沒人過來插路標。

從後照鏡，她注意到馬丁的車子靠得更近了，而這正是她一時失察的部分原因。她的視線在後照鏡多逗留了一秒，沒注意黑暗的前方有一處彎道，發現時已經來不及了。

路向右彎，蒂妲急轉方向盤，動作不夠快，前輪突然沉進雪堆裡。

猛撞一聲後，警車停下。過了一秒，她遇到更劇烈的撞擊，這次伴隨玻璃粉碎聲。警車被推向前，卡進泥炭沼旁邊的溝渠。

她被馬丁的車追撞。

駕駛座上的蒂妲緩緩挺直腰桿，肋骨和後頸部似乎都沒什麼大礙。

她催油至最大極限，想把警車開回路面，奈何一個後輪在雪堆裡空轉，抓不到地面。

「可惡。」

蒂妲熄火，盡力緩和情緒。

從後照鏡，她看見馬丁打開他的車門，踏雪走過來。風颳得他微微踉蹌。

蒂妲也打開車門。

風雪從路上呼嘯而過，灰黑色的景物令蒂妲聯想起她在莊園屋見過的那幅暴風雪畫。她下車，整個人被風制住，風似乎有意把她拖進泥炭沼，但她奮力掙脫，摸索著警車身前進。

被追撞後，警車頭栽進溝渠，車身歪一邊，導致右後輪懸空。

車門已開始積雪，輪胎也已經被覆蓋住。

挨著車身，蒂妲跋涉往後走，一手按住警帽，以免被風颳跑。她走向馬丁。

她終於決定該如何對待馬丁了：不把他當成以前的警校教官，也不把他視為分手情人，而是把他當成普通人看待。一個老百姓。

「你跟得太近了！」她對著強風說。

「妳煞車太急了！」他大吼回敬。

她搖搖頭。「又沒人叫你跟著我，馬丁。」

「哼，妳車上有無線電，」他說，「還不去呼叫拖吊車。」

「別對我發號施令。」

她轉身背對馬丁，但心裡知道馬丁說的有道理。她可以去呼叫，只不過，今晚拖吊大隊必定是疲於奔命。

馬丁回他的馬自達，蒂妲拚了命走回警車，回歸溫暖安靜的世界。一上車，她立刻拿起無線電，第二度呼叫波爾貢警局，這次有人回應了，沙沙的聲音從擴音器傳來。

「控制中心嗎？」她說，「我是一二一七，完畢。」

「一二一七，收到。」

她認得這人的嗓音。負責無線電的員警是漢斯．麥諾爾。他的口氣比平常急。

「目前有什麼狀況？」蒂妲問。

「一片混亂……差不多是全面混亂，」麥諾爾說，「上級正在考慮全面封閉大橋。」

「封閉大橋？」

「到明天早上，對。」

如此看來，蒂妲明瞭，侵襲厄蘭島的風勢已晉升暴風等級，因為唯有遇到極端惡劣的氣候，厄蘭島大橋才禁止人車通行。

「妳在哪裡，一二一七？」麥諾爾問。

「東岸路上，在歐佛莫森旁邊，」蒂妲說，「動彈不得。」

「瞭解，一二一七……妳需要援手嗎？」麥諾爾的語氣居然帶有關懷的意味。他繼續：「我們會派人過去，不過，可能會晚一點。古堡附近山坡路上有一輛卡車進退兩難，所以我們出動所有車過去幫忙。」

「除雪車呢？」

「只開通主要道路……積雪是除掉了又來。」

「瞭解。這裡也一樣。」

「妳暫時還挺得住吧，一二一七？」

蒂妲遲疑不語。她不願提起馬丁在身邊的事實。

「我沒咖啡可喝，不過暫時不會出事，」她說，「如果溫度再下探，我只好走路去最近一間民房求救。」

「瞭解，一二一七，我會把妳的狀況註記下來，」麥諾爾說，「祝妳好運，蒂妲。通話完畢。」

蒂妲放下無線電，停留在駕駛座上。該怎麼辦，她拿不定主意。她看著後照鏡，但後車窗已被厚厚一層雪遮蔽。

最後，她拿起行動電話，撥號去瑪內斯，響了三聲，有人接聽，但車外狂風呼號，吵得她聽不清楚。她提高音量。

「是耶洛夫嗎？」

「是我。」叔公的嗓音低沉而遙遠。

「我是蒂妲！」她呼喊。

聽筒傳來一陣摩擦聲。野地的收訊不良，但她聽得見耶洛夫在問：

「妳該不會冒著暴風雪開車吧？」

「對，我在車上……在沿海道路上。離鰻岬不遠。」

又傳來耶洛夫的聲音，但她聽不清楚。

「什麼？」蒂妲對著行動電話吶喊。

「我說這可不好。」

「是啊……」

「妳狀況怎樣？」

「還好。我剛——」

「妳的狀況是真的還好嗎，蒂妲？」耶洛夫打斷她，音量加大。「我問的是妳的心靈狀況。」

「什麼狀況？你剛講什麼？」

「我嘛，我只是在擔心妳最近可能不太順心……妳把錄音機留在我這裡，背包裡有一封信。」

「一封信？」

剎那間，蒂妲悟出叔公的意思。最近幾天以來，她的腦袋只裝得下警務和嫌犯亨利克．楊森，完全不把私生活放在心上。如今，私事全回流了。

「那封信不是寫給你看的，耶洛夫。」她說。

「對，可是……」他的言語被一陣嘶嘶聲淹沒，隨即恢復。「……沒有封住。」

「對，」她說，「所以，你看過內容了？」

「我讀了頭幾句……然後稍微讀一點結尾。」

蒂妲閉上眼睛。她累慘了，情緒也太焦躁，不想為了叔公搜她背包而暴怒。

「你可以把那封信撕掉。」她簡單說。

「妳要我銷毀它？」

「是的。扔掉。」

「好，我會的，」耶洛夫說，「不過，妳現在心情還好吧？」

「好不好都是我活該。」

耶洛夫小聲講了一句，蒂妲聽不清楚。

蒂妲想對叔公吐露一切實情，但她難以啟齒。她說不出口的是，馬丁的太太卡琳懷孕期間，馬丁照樣和蒂妲交往。當時有馬丁在身旁，蒂妲既幸福又滿足，顧不了那麼多。甚至在卡琳陣痛的那一晚，馬丁到半夜才趕去醫院，為錯過兒子出娘胎的時刻而道歉連連。

蒂妲嘆氣說：「我老早就該喊停了。」

「對，對，」耶洛夫說，「幸好妳現在覺醒了吧，我猜。」

她看著後照鏡。

「對。」

然後，她看擋風玻璃。雪的厚度持續增高，她幾乎看不清前方。這輛警車快變成一座小雪山了。

「我最好該想辦法離開這裡。」她對耶洛夫說。

「妳在雪地能開車嗎？」

「不能……車子卡住了。」

「這樣的話，建議妳走去鰻岬，」耶洛夫說，「不過，走路時可要當心眼睛……暴風雪會連帶捲起沙土一起颳。」

「好。」

「另外，千萬不要坐下休息，蒂妲，再累也不准坐。」

「對，當然不能坐下。待會兒再聯絡。」蒂妲說完按掉通話鍵。

她吸飽一口車上的暖氣，開門踏進雪地。

風貼上身，在她耳際尖叫著，對著她拉拉扯扯。她鎖好車子，舉步上路，步步艱辛如早期潛水員穿著鉛靴，在海床上走動。

她走到馬自達時，馬丁搖下車窗，被強風吹得直眨眼，提高嗓門：「派人來了嗎？」

她搖搖頭，大喊回應：「我們不能在這裡停留！」

「什麼？」

蒂妲指向東。「那邊有一棟房子！」

他點點頭，關上車窗。幾秒後，他下車，鎖上車門，跟隨蒂妲而去。

粉雪在柏油路面上奔馳，她踏雪前進，走進溝渠，然後攀爬石牆而過。

蒂妲帶頭走向鰻岬，馬丁跟在她身後幾步。兩人的步伐遲緩。每次她舉頭迎向風雪，簡直像被冰冷的樺樹枝鞭笞一頓。她不得不審慎慢行，幾乎半蹲，才不至於被推倒。

蒂妲只穿短靴，她但願腳下踩的是滑雪板。雪鞋也行。

最後，她轉身，對著背後的身影伸出雙手。

「來吧！」她喊著。

在寒風中，馬丁已開始發抖打顫。他的外套是薄薄的皮夾克，沒戴帽子。沒穿暖是他自己的錯，但蒂妲照樣對他伸手。

他接下手，不多說什麼。兩人相依偎著，持續向鰻岬的民宅挺進。

31

在伸手不見五指的大雪中，亨利克．楊森不顧一切往前走，在呼嘯的風中低著頭，下巴貼胸，只大致上知道該往哪裡去。

他猜測，他已來到鰻岬燈塔以南的海邊牧草地，但他什麼也看不見。眼睛一睜開，眼球就被雪片刮傷。

白痴。早知道就別出門。每當暴風雪來襲，他總是待在家裡。

七歲那年的一月某週末，他在祖父母的小屋裡過夜，當時做過一個惡夢。他夢見半夜出現一群獅子，對著他低吼，在房間裡走來走去。

早晨醒來，獅子不見了，祖父家一片安寧。然而，他起床一看，發現建築物之間的地面全是一片白雪皚皚。

「昨晚來了一場暴風雪。」祖父亞格特解釋。

高低不平的積雪幾乎堆到窗台，使得小亨利克打不開正門。

「爺爺，你怎麼知道是……暴風雪？」

「暴風雪什麼時候來，人不曉得，」亞格特說，「殺到眼前才知道。」

如今亨利克明白，暴風雪颳到波羅的海沿岸了。登島之前的陣風只不過是預警而已。

祖父的鐮刀在風中搖擺不定，拖累他的腳步，他被迫將鐮刀棄置雪地上，但斧頭仍保留在身上。他朝冰封的地面踏出三步，縮身休息一下，然後再跨三步。

過了一陣子，每走一步，他就不得不休息。

海面的薄冰被一波強過一波的浪擊碎。亨利克聽見拖得很長的隆隆浪濤聲，但再也看不見海。現在四面八方完全看不見了。

腹部的傷痛消退了，可能是冰風有止痛止血的神效，但在此同時，他覺得全身慢慢麻木中。他的意識逐漸渙散。有時候，意識飄好遠，彷彿靈魂出竅了，浮沉在肉身旁邊。

亨利克想起在鰻岬溺斃的卡翠妮。為她磨光更換地板是一大樂事。金髮嬌小的卡翠妮和卡蜜拉差不多。

卡蜜拉。

他回味著兩人同床的溫馨。可惜這念頭迅速被風打散。

掉頭回船庫已經太遲了，現在的他連船庫在何方都糊塗了。他媽的，雙燈塔在哪裡？亨利克對著風雪用力看，瞧見遠方有一道若有似無的閃光，所以說，他的方向沒錯。

吸一口氣，往前走，吐氣。

隨後，海風使勁推他一把，令跨出半步的他暫停動作。亨利克本以為，強風不可能再增強了，沒想到現在居然更強。

他腿軟跪下去，這時，斧頭掉進雪堆，但他費盡力氣拾起斧頭，把斧柄插進夾克。這把斧頭是用來孝敬索里琉斯兄弟的，不能丟掉。

他往北爬行。是不是向北，他無從確定。他想不出其他辦法了。假如停下來，在風雪中休息，保證他一定會被凍死。

他聽得見祖父說著：小偷都欠揍，在世上唯一的好處是用來當肥料和餵魚吃。

亨利克甩一甩頭。

不行，爺爺始終信得過他。他只欺騙過老師、幾個朋友、父母和地板公司老闆約翰。也騙過那幾棟房子的屋主。卡蜜拉當然也在列。他和卡蜜拉在一起時，曾幾度欺騙她，最後她厭倦了。肚子被螺絲起子捅一下，大概算他自己該死。

忽然，亨利克覺得有人想抓他。他先是慌張，隨即發現想抓他的不是手，而是在風中亂舞的蘆葦長葉。

他停下腳步，閉眼，在凜風中瑟縮。如果身心一鬆懈下來，不再拚命前進，他勢必迅速麻木，從腹部麻木到全身其他部位。

死亡的滋味是冷是暖？或者是半冷不暖？

他腦海裡隱約浮現索里琉斯兄弟的咧嘴奸笑狀，氣得他再次抬腿挺進。

32

尤瓦金站在穀倉裡，聽著大屋頂外的狂風怒吼聲。隔著樑柱和石綿板，他也能感受到風勢，所幸風掃不到他。

幾分鐘前，他爬梯子上來，重回閣樓裡的密室。

密室裡鴉雀無聲。高高在上的尖頂構造給他一種步入教堂的錯覺。

手電筒裡的電池即將用罄，但他仍能勉強辨識黑暗中的教堂長椅，也看得見長椅上的舊物。

這一間是追思鰻岬逝者的祈禱室，也是亡魂每年耶誕節的集結場所，尤瓦金認定是。

亡魂是今晚或明天來？不重要。他想待在這裡等卡翠妮現身。尤瓦金緩緩移向長椅間的窄道，看著死者遺物。

來到最前面的長椅，他停下來，以手電筒照著整齊摺疊在長椅上的丹寧布夾克。

昨夜他發現這件夾克，幾乎不敢伸手碰，把夾克留在原位，只帶走岳母米雅．蘭姆貝寫的那本書回臥房，開始展閱，但他並不想把伊莎的夾克帶進家中。他唯恐莉維亞又夢見姑媽。

尤瓦金伸手撫摸這件舊夾克，彷彿摸一摸就能解答心中所有疑惑。

他握住一邊的袖子時，裡面有東西窸窣一聲，掉在地板上。

是一小張紙。

他彎腰撿起來，看見上面寫著簡單一句。在昏黃的手電筒光束裡，尤瓦金讀著這幾個用力寫在紙上的字：

務必
讓那毒蟲妓女
消失

紙條拿在手上，他緩步向後退。

毒蟲妓女。

尤瓦金反覆讀這句話幾遍，明瞭這紙條的對象並非伊莎。這訊息針對的是他和卡翠妮。

務必讓那毒蟲妓女消失。

然而，他從來沒見過這紙條。

紙條沒有泡水的痕跡，墨汁黑而清晰，所以伊莎落水那一夜，這紙條不在她口袋裡。他推理出，紙條是事後才被塞進夾克裡。可能是卡翠妮先向尤瓦金的母親取得這件夾克，然後才把紙條放進去。

尤瓦金回憶著，住在蘋果居那段期間，夜裡伊莎常站在門前的街道上叫罵。有幾次，他看見鄰居掀開窗簾，臉色蒼白驚恐，窺視著伊莎。

是鄰居寫的告誡語。可能是卡翠妮單獨在家時開郵箱看見，認為這事不宜再鬧下去了。半夜接二連三罵街，鄰居已經受夠了。

大家都再也無法忍受伊莎。非祭出手段不可。

這時候，尤瓦金倦怠不堪，在伊莎夾克旁邊坐下，繼續凝視手中這張紙條，最後聽見風聲以外另有微弱的摩擦聲。

來自他背後地板上的黑洞。

有人進穀倉了。

一九六二年冬

北燈塔亮燈時，鰻岬即將出人命。我聽過這種說法，但那一晚我從波爾貢回家，看見北燈塔亮著白光，當時沒放在心上，因為我看見拉格納．大衛森搬走朵倫的作品走向海邊，我再哭再喊也沒用。

有幾捲作品掉在雪地上，我想過去撿，可惜大部分被風吹跑了，最後搶救回屋裡的只有兩幅畫。

——米雅．蘭姆貝

風對著我背後吹，我衝進附屬屋門廊，走進儲藏室，只不過我早已知道眼前的景象會是什麼。

幾面白色空牆壁。

儲藏室裡原本滿是朵倫的暴風雪畫，如今只剩少數幾捲掉在地上，另有幾疊漁網。

通往我們住處的門關著，但我知道母親朵倫坐在裡面。我不能進去找她，無法告訴她實情，只能無奈癱坐地板上。

附近的桌上有半杯酒和一個瓶子。不是我們家的東西。

我趕緊走過去，對著杯子嗅一嗅，也聞聞看瓶裡的透明液體。是甜酒，很可能是拉格納．大衛森的暖身酒。

屋裡有幾個類似的瓶子，裡面的液體互不相同。我考慮片刻，想到一個點子。

我衝過中庭，沒看見任何人影。我打開穀倉門，摸黑進去。我對裡面的環境太熟悉了，不開燈也能在垃圾和寶藏之間行走。角落擺著一個特製金屬桶，外面畫著黑色十字。我把桶子抱回家。

我將儲藏室裡拉格納那些甜酒瓶全部倒進散發焦油臭味的漁網上，然後把金屬桶裡的透明液體倒進酒瓶，分量相當於酒瓶原有的容量。桶裡的液體幾乎無臭味。

儲藏室角落有個木製碗櫥，我把金屬桶藏進去。

然後，我又在地板坐下，等著。

過了五或十分鐘，門嘩嘩動起來，風的呼嘯聲大起，然後門砰然關上，風聲中斷。沉重的靴子聲踏進門廊，砰砰踩幾下，抖掉雪。我認得這股汗臭和焦油味。

拉格納．大衛森走進來，看著我。

「妳去哪裡了？」他問，「妳一早就走，也不說一聲。」

我不回應。我滿腦子是該如何向朵倫解釋那些畫的下場。絕對不能讓她得知事實。

「肯定跟男人約會去了。」拉格納自問自答。

他繞著我，慢慢踏著水泥地板，我想再給他最後一個機會。我舉起一手，指向海邊。

「我們最好去把她的畫撿回來。」

「不可能的事。」

「怎麼不可能？有你幫我就行。」

他擺擺頭，走向桌子。「畫全漂走了……都快到哥特蘭島了。被風浪沖走了。」

他倒滿一杯，舉向唇邊。

我大可以警告他一聲，但我閉著嘴巴，冷眼觀看他暢飲三口，杯子幾乎見底。

然後，他把杯子放在桌上，嘴巴嘖嘖出聲，說著：「好了，小米雅……妳現在有什麼打算？」

33

亨利克醒來，發現已逝祖父亞格特站在身旁，宛如粉雪紛飛中的一道陰影。祖父向他彎腰，穿著靴子的他舉起一腳。

快動啊！你想死不成？

他意識到腿和腳被連番重踩幾下。

起來啊！愛偷東西的狗雜種！

亨利克慢慢抬頭，擦掉眼睛裡的雪花，眼珠轉向上，凝視著風雪。祖父的幽靈不見了，但他遠遠看得見探照燈無聲掃射夜空。血紅的燈光將他上空的雪幕照得亮晶晶。

在稍微更遠處，他好像看見另一道燈光。一道不閃不爍的白光。

是鰻岬雙燈塔在發光。

意識渾沌的亨利克跋涉了好久，一步接一步，終於在風雪中抵達目的地。

牛仔褲濕透了，激醒他的東西是水。這時候，浪頭高至半空中，對著岸邊撲擊，即使他離岸甚遠，躺在草地上，海沫照樣能打濕他的褲子。

他緩緩起身，背對著海。他雙手不聽使喚了，兩腳也是，幸好腿還能動。

亨利克雙腿抖個不停，仍有一絲氣力殘留。他再一次動身，手臂無力垂掛著。

夾克裡有個長方形木塊動了一下，冰冷的鐵器戳向喉嚨。

是祖父的斧頭。他記得剛才把斧柄插進夾克，但已忘記帶斧頭前來的原因。

想一想，對了：為的是對付索里琉斯兄弟。他拔出斧頭，繼續往前走。

兩座灰色的燈塔逐漸在風雪中成形，大浪在塔底翻攪，晶瑩的白冰被衝刷上燈塔所在的小島。

亨利克終於走到鰻岬了。他停下來，被風吹得搖擺不定。接下來怎麼辦？

他想走去莊園屋。大概是在左邊。他向左轉彎，遠離燈塔。

風推著他的背，一切忽然顯得省力。他被風吹著走，踏過凍結在草地表面的雪。他已開始能辨識強弱不等的風勢，較弱的風和強大的陣風交錯來襲。

走了大約一兩百步，他逐漸能辨別前方幾個寬大的黑影。

一道木造圍牆突然擋住他的路，但他還是找到了一道小門。鰻岬三棟建築物聳立著，宛如夜海中的三艘巨輪。亨利克走進三角牆之間的遮蔽處。

他終於成功了。

在黑暗中，莊園屋擁抱著他提供庇蔭。他終於安全了。

和海邊的風相形之下，院子裡的風就像是在他臉龐上輕撫，但建築物之間的積雪比剛才更厚。雪像麵粉似的，一直從屋頂滑下來，在他臉上融化，雪深幾乎及腰。

透過雪幕，亨利克依稀看見莊園屋的遊廊。他穿過積雪前進，終於走到門階。

他停在最下一階，喘喘氣，向上看。

門被撬開了。鎖已經被破壞，門框有裂損的跡象。

索里琉斯兄弟進過這一間。

亨利克被凍到無心警惕了。他踉蹌走上門階，拉開遊廊門，差不多是一頭栽進門檻，倒向柔軟的碎呢小地毯。門在他身後關上。

暖意。風雪被關在外面了，他聽得見自己咻咻氣喘聲。

他放下斧頭，動一動手指頭。起初，手指如冰棒，後來暖意和知覺漸漸回歸手腳後，痛又來了。腹部傷口又開始隱隱作痛。

他渾身既濕又累，但不能在這裡躺平。

他慢慢站起來，在下一個門口跌跌撞撞。周遭暗得很，但有些地方亮著小黃燈和燭火。白壁紙是新的，天花板修繕過，也粉刷過，和他上次來這裡的情況大不相同。

他向左轉，倏然發現自己置身廚房。今年夏天，他來過這裡進行地板更新磨光的工程。一隻灰黑色的貓坐在窗前，望著窗外。空氣裡瀰漫著煎肉丸的餘香。

亨利克看見水龍頭和洗手台，步履蹣跚走過去。

水不是很熱，淋到被凍僵的手卻有被燙傷的感覺。他咬牙等著神經回暖。水嘩嘩淋手幾分鐘後，總算又能動了。

貓轉頭看他，隨即又回頭繼續觀賞風雪。

流理台擺著一個刀座，上面插著幾支不鏽鋼菜刀。亨利克將最大的一支切肉刀抽了出來。

他拿著那把刀重新回到主屋。

他盡力回想這棟房子的配置圖，但困難重重。突然間，他來到一條長走廊，站在一個小房間的門口。

小孩的房間。

一個年約五、六歲的金髮女童坐在床上，抱著一個白色絨毛玩具和一件紅毛衣，床前地上擺著一台沒開的小電視機。

亨利克張嘴，腦筋卻整個空白。

「嗨。」他只擠出這麼一句。

聲音有點沙啞。

女童只是看著他，並沒有說話。

「妳剛才有沒有看見別人？」他問，「像我這樣的……好人來過嗎？」

女童搖搖頭。「我只聽見他們，」她說，「他們在樓上砰砰砰走來走去，把我吵醒了……我好害怕，不敢出去。」

「沒關係，」亨利克說，「妳最好待在這裡……妳爸媽去哪裡了？」

「爹地出去找媽咪。」

「媽咪在哪裡？」

「在穀倉。」

亨利克來不及思考這回答，女童指著他又說：「你拿刀做什麼啊？」

他的視線往下墜。「不知道。」

看自己拿著大刀，感覺非常怪異。這把刀看起來很險惡。

「你是想切麵包嗎？」

「不是。」

亨利克閉上眼睛。腳逐漸恢復了知覺，感到一陣刺骨的痛。

「你在做什麼啊？」女童問。

「我不知道……總之，妳應該待在這裡。」

「我可以去蓋布列爾的房間嗎？」

「誰是蓋布列爾？」

「我弟弟。」

亨利克略微吃力點點頭。「可以。」

女童快動作下床，絨毛玩具和毛衣仍在懷裡，快步衝過他身邊出去。

亨利克鼓起僅存的氣力，轉過身去。不一會兒，他聽見隔壁臥房門關上。他朝反方向走，尋找兄弟檔。以前進過這條走廊嗎？他心想自己一定來過。

他走回房子的正面。

他排除風聲，仔細聽屋內的動靜。聽了幾秒，他自認聽見樓上有一陣陣敲擊聲，大概是窗板沒閉緊。隨即，屋內恢復平靜。

門廳角落有個扁平的深色物體。亨利克靠近看。

他見到一個被用力拋甩在地上的東西，是索里琉斯兄弟的通靈板，小杯子躺在通靈板旁邊，宛如一顆破蛋。

亨利克走回遊廊，這裡空氣較涼。雪黏在窗框上，但他隱約能辨識院子裡有動靜。

他靜靜俯身，拾起祖父的斧頭。

兩個身影正在動，冒著風雪慢慢接近遊廊，亨利克看得出一人握著黑黑的東西。槍嗎？

他不確定來人是不是兄弟檔，但他還是舉起了手中的斧頭。

外門一打開，他舉起斧頭劈下去……

34

蒂妲踉蹌前進，走向茫茫風雪形成的牆。馬丁仍在她身旁，但兩人不再講話。在風雪中對話是白費力氣。

這裡是一片空地。有幾次，蒂妲想放眼前方以認清方向，卻被雪片戳眼，如同被火星擊中。警帽被颳跑了。她覺得耳朵簡直快被凍成冰塊。

稍稍能提振士氣的是，一絲絲燒柴味隨著風雪飄來，稍縱即逝。她猜測，煙味來自壁爐或火爐，推想民房就在不遠處，可能已經到鰻岬了。

前面出現一道長方形的雪堆。蒂妲想強行穿越，卻突然被擋住。雪下面是一堵石牆。她慢慢爬牆過去，馬丁跟在後面。牆另一邊的地勢較平坦，可能是一條小徑。

蒂妲突然聽見牆的另一端傳來吱嘎聲，隨即是硬物摩擦聲和悶悶一聲砰響。

過了約莫一分鐘，他們來到兩座方形的小雪山，裡面各埋著一輛車，隨風搖動。

在比較高的那一輛車前，蒂妲抹掉車身的雪，忽覺似曾相識。這輛黑色廂型車上註明：卡爾馬管線焊接公司。

靠牆停的另一輛是側翻的拖車和一艘小船，看樣子是被風吹翻了。

小船仍被金屬框固定住，但船頂的防水布裂開了，琳琅滿目的物品散落在雪地上，有音響、鏈鋸、古董石蠟燈、壁鐘。

看起來是贓物。

馬丁喊了一句，蒂妲聽不清楚。她緩步沿著廂型車旁邊走，開門看看。駕駛座的門鎖著。她繞到另一邊，試試看副駕駛座的門，啪的一聲，門開了。

蒂妲上車喘喘氣。

馬丁從她背後探頭進來，頭髮和眉毛盡是白雪。

「妳還好吧？」他問。

蒂妲揉一揉被凍僵的耳朵，疲憊點點頭。「還可以。」

廂型車裡仍有餘溫，她總算能正常呼吸了。她轉頭看後座，發現更多贓物堆疊著，有珠寶盒和幾箱菸酒。

她回頭看馬丁時，發現副駕駛座車門上的褐板脫落了，裡面露出白白的東西，以塑膠袋裝著。

「夾層藏著東西。」她說。

馬丁看了一下，隨即伸手握住塑膠袋，拖出來，整塊板子掉在雪地上。

夾層裡露出更多塑膠袋。

馬丁取出最上面一包，拿汽車鑰匙劃開一小道縫，伸一指進去沾，然後舔舔指尖的白粉，說：「甲基安非他命。」

蒂妲相信他。在警校，他曾教她這一班認識各種毒品。她從中拿起兩包，放進口袋。

「證物。」她說。

馬丁看著她，彷彿又想講話，但蒂妲不想聽。她解開槍套，掏出西格紹爾警槍。

「歹徒在這附近。」她說。

她從馬丁身邊下車，迎向疾風，開始再沿著小徑前進。

離開車子和小船之際，她首度瞥見燈塔的光束。橫掃大地的光線只能勉強穿透風雪。

快到鰻岬了。蒂妲看得見莊園屋窗戶透著閃閃微光。

是燭火，她明白。尤瓦金．韋斯丁的車停在門前，被雪覆蓋。

這家人一定在家。最壞的情境是，全家淪為竊賊的人質，但蒂妲不願胡思亂想。

大穀倉出現在前方。她辛苦走完最後幾步，來到穀倉的紅木門，終於找到避風港。這項成就可不小——她呼出一口氣，用夾克袖子擦掉臉上的融雪。

接下來，她只需進屋內查看一家人的狀況即可。

她拉開夾克拉鍊，取出手電筒，另一手握著警槍，緊貼穀倉牆壁慢慢潛行，來到轉角，偷看一下。

雪，映入眼簾的全是雪。從屋頂滑下的是雪幕，建築物之間被颳著跑的也是雪。

馬丁從她背後的暗處彎腰走來，靠牆避風雪。

「妳原先想來的就是這裡？」他喊著。

蒂妲點頭，深呼吸一下。「這裡就是鰻岬。」她說。

莊園屋距離穀倉約十碼，屋裡的廚房亮著燈，但看不見人蹤。

她再開始行動，從穀倉走進被白雪吞噬的中庭，有些地方雪深及腰，她只能強行穿雪而過，一步步走向莊園屋，擺好射擊姿勢。

這裡的雪地上有一排足跡。有人才剛走過院子，踏上石階。

蒂妲來到漆黑的遊廊，看著門。

被撬開了。

她慢慢上石階，握住門把，戰戰兢兢開門，走完最後一階。

就在這時候，某種灰色細長的金屬製品從門縫劈下來，她直覺閉上眼睛，來不及閃躲或舉手。

斧頭，她腦海只閃過這念頭，臉就已經被劈中。

她的頭顱傳出碎裂聲，一股激痛旋即竄升進鼻骨。

她聽得見馬丁遠遠吶喊著。

但此刻，她已經向後栽向門階，掉回雪地。

35

兇手從樹影中走出來，走向伊莎，悄悄說：

「想不想跟我來？如果妳不出聲，跟我走，我就讓妳看我口袋裡的東西……不對，不是錢，比錢更棒。跟我一起走到岸邊，我就給妳海洛因爽一下，完全免費。妳身上帶了針、湯匙和打火機，對吧？」

伊莎點點頭。

尤瓦金打一陣哆嗦，趕走腦海裡的夢境。突然一陣隆隆的聲音讓他清醒過來。

這下，他完全清醒了，看了看四周。知道自己坐在祈禱室的前排，卡翠妮的耶誕禮物放在大腿上。

卡翠妮？

天將近全黑了。手電筒已經沒電，唯一的光源來自閣樓裡的那顆燈泡——燈光透過牆縫滲了進來。

剛才的隆隆聲是什麼？穀倉並沒有遇到雷擊，也不見閃電。原來是暴風雪正從海邊揮軍入侵內陸的聲響。

暴風雪的強度到達巔峰了。

穀倉一樓的石牆堅不可摧，但其他部位被風吹得直打顫。在尤瓦金四周，見縫就鑽的風聲時起時落，宛如警報聲。

他仰頭看屋樑，好像看得出屋樑在發抖。破表的強風如黑浪沖刷鰻岬，颳得木牆吱嘎叫、砰砰響。

感覺像穀倉即將被暴風雪撕裂。

然而，尤瓦金自以為能聽見其他聲響。密室裡窸窸窣窣的，像有人緩步走在木頭地板上。黑暗中有一些不安分的動態。交頭接耳聲。

背後的教堂長椅紛紛有人就座。

他看不見來人是誰，只覺得室內有一股漸增的涼意。來人很多，大家開始坐下。

尤瓦金繃緊身體聆聽著，但他維持在原位不動。

這時候，長椅安靜下來。

然而，長椅旁邊的走道姍姍走來一個人。他聽見黑暗中有謹慎的動作聲，聽見來人走過一排排長椅，腳步聲沙沙，朝他接近。

眼角出現一個身影。一張蒼白的臉在他長椅旁駐足，木頭人似地站著。

「卡翠妮？」尤瓦金低聲說，不敢轉頭看。

身影緩緩在他旁邊的位子坐下。

「卡翠妮。」他再一次低聲說。

在黑暗中，遲疑的他伸手去摸索，手指磨蹭到另一隻手。他握住對方，觸感僵硬冰冷。

「我來了。」他低聲說。

對方不回應。垂下頭，彷彿在祈禱。

尤瓦金也向下看。他看著身旁的丹寧布夾克，繼續低語：

「我找到伊莎的夾克了。也看到鄰居寫的紙條。我認為……卡翠妮，我認為我姊姊是妳殺的。」

儘管如此，對方依然不回應。

一九六二年冬

就這樣，在附屬屋裡，捕鰻人拉格納．大衛森和我坐著，大眼瞪小眼。

到這時候，我已經極度疲乏。暴風雪快來了，我只搶救回幾幅朵倫的油畫，現在身旁躺著六七張。其他作品全被拉格納丟進海裡了。

——米雅．蘭姆貝

拉格納．大衛森為自己再添一杯甜酒。

「妳真的不想來一杯嗎？」他問。

我緊緊抿唇一下，他舉杯灌一大口，然後把杯子放在桌上，嘴巴嘖嘖作響。

他看著我，似乎不停動著歪腦筋，但在他敲定主意之前，他的胃腸打結了——總之是我從他的外表推測的。他捧腹扭身，雙臂按著肚子。

「糟糕。」他嘟噥著。

拉格納想放鬆全身，卻又突然發僵，彷彿忽然想起一件事似的。

「唉，糟糕，」他說，「我想……」

他語塞，轉頭看旁邊，仍在動腦筋，接著，整個上半身劇烈抽搐起來。

我坐著不動，冷眼盯著他，不發一語。我可以關心他一句，問他怎麼了，但我不必問就知道答案：杯子裡的毒藥終於生效了。

「杯子裡的東西不是甜酒，拉格納。」我說。

拉格納這時疼痛不已，緊挨著牆壁。

「瓶子裡的東西被我掉包了。」

拉格納勉強站起來，搖搖晃晃經過我身邊，走向門口。這時，我突然不知哪來的力氣。

「滾出去！」我大罵。

我從角落拎起一個空金屬桶，對準他的背部砸下去。

「滾！」

他照我的話出門，我跟隨他踏進雪地，看著他朝圍牆走。他找到圍牆口，走出去，走向海邊。

在降雪的籠罩下，南燈塔閃爍著血紅色光芒，北燈塔則是一團漆黑。

在黑暗中，我看得見拉格納的無罩式汽艇停靠在防波堤旁，載浮載沉。海浪沖刷著岸邊，激起綿長的呼吼聲。我當時應該制止他，但我停留在原地觀望，看著他搖擺不定走上防波堤，解開繩索，然後暫停動作，又彎腰，對著海水嘔吐。

他放下繩索，海浪撥弄著汽艇，把它從防波堤旁拐走。

拉格納似乎中毒太深，無心去留意汽艇。他看了一眼大海，又往內陸踉蹌而去。

「拉格納！」我喊著。

假如他向我求救，我會去救他，但他好像聽不見我的聲音。回到岸邊後，他繼續往北走。想回家。不久，他消失在黑暗中的雪地。

我回到附屬屋，找到朵倫。她仍醒著，和平日一樣，坐在窗前的椅子上。

「嗨，媽。」

她不轉頭，只問：「拉格納．大衛森去哪裡了？」

我走去站在壁爐前，嘆氣說：「他走了。他來這裡待一下子……已經走了。」

「油畫被他扔掉了嗎？」

我屏息轉身。「油畫？」我說，難過得喉嚨哽塞。「妳怎麼以為他想丟掉妳的畫？」

「拉格納說他想搬出去丟掉。」

「沒有啦，媽，」我說，「妳的油畫還放在儲藏室裡面。我可以去拿——」

「他應該拿去丟掉才對。」朵倫說。

「什麼？妳這話是什麼意思？」

「是我叫拉格納扔到海裡去的。」

過了四、五秒，我才會意過來，頓時腦殼裡好像有一層薄膜裂開了，毒液開始混進腦細胞。

我看見自己衝向朵倫。

「去妳的，給我好好坐在這裡，妳這隻欠揍的老母牛！」我破口大罵。「坐在這裡等死算了！妳這個欠揍的老瞎……」

我用手掌一次又一次拍打她，她只能默默承受。她沒料到我有這種舉動。

我打了她六下、七下、八下、九下。數到十二，我才停手。

事後，我和朵倫都大聲喘著氣，接近哮喘。嗚咽的風聲隔窗聽得見。

「妳幹嘛留我跟他在一起？」我問她，「妳沒看見他有多髒嗎，媽咪，臭死人了……妳怎麼能讓我進那裡，媽咪。」

我停頓一會兒。

「妳老早就瞎了。」

朵倫身體僵直，盯著前方，臉頰泛紅。我認為，她大概不知道我在講什麼。

我在鰻岬的日子過不下去了。我離家出走，再也不回頭。我不再和朵倫聯絡。我幫她在安養院安頓下來，但母女從此不再交談。

隔天新聞報導，昨晚厄蘭島航向內地的渡輪在浪濤中傾覆，多名乘客溺死在冰水中。死者名單上有馬庫斯．朗菲斯特。

死於暴風雪的民眾另有一位：拉格納．大衛森，生前以捕鰻為業，落難一兩天之後才陳屍岸上。對於他的死，我毫無愧疚，一絲感受也沒有。

在我和朵倫之後，附屬屋好像再也沒人搬進去住了。此外，好像也沒有人在莊園屋裡長住。夏天偶爾一個月有人租用而已。整個地方全被傷感滲透。

過了六星期，我搬到斯德哥爾摩，開始上藝術學校，我發現自己懷孕了。

隔年，卡翠妮．孟絲卓樂．蘭姆貝誕生，是我的第一胎。

妳有雙和爸爸一樣的眼睛。

36

「哈囉？」亨利克對著跌進雪地的人高喊。「沒事吧？」

傻問題一個，因為躺在雪地上的人臉上有血，一動也不動，已經慢慢被雪覆蓋住。

亨利克不知所措發愣。情況來得太突然了。

他以為剛瞧見索里琉斯兄弟從外面走來，見第一個人打開遊廊門，立刻用盡全力，舉起祖父的斧頭劈下去，正中入侵者的頭。他確定他用的是斧頭鈍的一邊，而不是斧鋒。

他停留在遊廊門口。藉著室外的光線，他突然發現，被砍中的人是女性。

她背後幾碼站著一個男人，彷彿在大雪裡被凍成冰棍。隨後，男人箭步上前來跪下。

「蒂妲？」他大叫，「醒醒啊，蒂妲！」

虛弱的她移動雙臂一下，想抬起頭來。

亨利克出門，踏在門階上，背對著室內，寒風撲向臉，這才發現女人穿著深色制服。

警察。她倒在門階最下面，幾乎被大批積雪蒙蔽，一道黑血從鼻孔涓流而出，流到嘴角。

頓時之間，萬物全靜止了，唯有雪繼續降。

肚子又痛起來了。

「哈囉？」他再說，「沒事吧？」

兩人都不回應，但男人拿起斧頭，踏門階上來。

「放下！」他對亨利克吶喊。

男人背後的女警忽然咳嗽，對著積雪狂吐一陣。

「什麼？」亨利克說。

「快放下！」

男人指的是亨利克手中的切肉刀。亨利克這時才發現，刀還握在他手上。

他不想放下刀。索里琉斯兄弟正在附近埋伏，他需要這把刀自衛。

女警停止嘔吐，一手摸著臉，小心檢查鼻子，雪花飄落在她肩膀和鼻子上，血已經在臉上凝結成黑塊。

「你叫什麼名字？」門階上的男人問。

女警抬頭，在狂風中對著亨利克反覆呼喊著同一句話，最後他總算聽出她在喊什麼。他的姓名。

「亨利克！」她喊著，「亨利克．楊森！」

「放下刀子，亨利克，」男人說，「我們需要好好聊聊。」

「聊聊？」

「你因涉及暴力強盜罪被逮捕，亨利克，」躺在雪堆裡的女警繼續說，「也涉嫌強行入侵民宅……刑事毀損罪。」

亨利克聽見她的話但不回應，因為他太累了。他往後退一步，搖著頭。

「那些事……全是湯米和弗列迪幹的。」他輕聲說。

「什麼？」男人問。

「全是那兩個欠幹的兄弟幹的，」亨利克說，「我只照著他們意思去做。不過，和摩戈一起的時候比較好，我從沒想到——」

在這時候，亨利克右耳邊兩英寸突然爆出叮的一聲，咻然穿風而來，聲音紮實。

亨利克轉頭，看見遊廊窗戶的小玻璃出現一個參差不齊的黑洞。

是被風雪吹破的嗎？可能是。意識混淆之中，亨利克的第二個念頭是，儘管女警不再握槍，這一槍卻是衝著他而來。

然而，當他望向風雪，朝穀倉的方向望去，這時他發現另外有一個人。

一個黑影從半開的穀倉門走出來，雙腳打開，站在雪地上。在室外的光線中，亨利克看得見那人雙手握著一支細長的棍子。

錯，不是棍子，當然是槍。亨利克看不太清楚，但能確定是一支舊式毛瑟槍。

那男人戴著黑頭套。湯米。那人對著院子吼一聲，手中的獵槍抖一下。再抖一次。

這次窗戶沒破，但站在亨利克前面的男人倏然臉肉糾結成團，倒地。

37

馬丁中彈的那一刻，蒂妲看得一清二楚。

當時她已經被斧頭砍倒。被劈中之後，她幾乎但願能喪失意識，但她的大腦保持清醒，能留意周遭一切狀況。劇痛、倒地、手槍從手裡噴飛。

向後跌倒之際，積雪如軟綿綿的床鋪接住她。

她繼續躺著不動。鼻梁骨折，熱血流進嘴巴，在風雪中長途跋涉的她已經耗盡最後一滴元氣。

今晚我盡一己之力了，她心想。夠了。

「蒂妲！」

馬丁彎腰呼喚著她，背後有個男人從遊廊出來，低頭看她，手握一把大刀，喊了幾句，但她完全聽不懂。

萬物靜止了一會兒。蒂妲沉入溫暖而昏沉沉的境界，隨後才一陣暈眩，把頭偏向一旁，對著雪地嘔吐。

蒂妲咳嗽一下，抬起頭，想爬起來。她看見馬丁走向男人，喝令他放下刀子。

站在門階上的人是亨利克・楊森，是連續入侵民宅案的嫌犯，是她捉拿的對象。

「亨利克？」

蒂妲喊他名字幾次，嗓音混濁，同時極力回想他涉嫌的所有罪名。

她沒聽見亨利克回應，只聽見槍聲。

開槍的地點是在院子另一邊的穀倉，聲音是悶悶的一響，沒有回音。子彈擊中遊廊，亨利克旁邊的一片玻璃碎裂。

他轉頭，看著彈孔，一時搞不清楚狀況。

馬丁繼續踏上門階，走向他，行動鎮靜，秉持警校教官的態度，以堅定的口吻對歹徒喊話。

亨利克向後退。

蒂妲發現，這兩人都沒聽見槍響。

她張嘴想警告他們，這時又砰砰幾聲。

她看見門階上的馬丁狂抖一下，上身扭曲，腿軟倒地，重重摔進雪堆，離蒂妲只有幾碼。

「馬丁！」

馬丁背對著她躺著。她爬向馬丁，頭不敢抬高。風吹不散微弱的呻吟聲，她聽得見。

「馬丁？」

有無呼吸，有無失血，有無休克。她在警校學過，遇到刀傷或槍傷，一定要檢查這三項。

有無呼吸？風雪中難以判斷，只知馬丁氣若游絲。

她將馬丁的上身翻成接近側躺的復甦體位，扯開他的夾克和滲血的毛衣，最後發現子彈射入的小孔，位置很高，在脊椎偏左處，彈孔看起來很深，血流如注。子彈射中大動脈了嗎？

不能把他丟在這裡，但蒂妲無法把他拖進室內。時間上來不及。

她解開夾克右口袋鈕釦，掏出彈性繃帶包。

「馬丁？」她再喊一次，同時用力將繃帶按壓彈孔。

無回應。馬丁眼皮睜著，在風雪中毫不眨眼，可見他已陷入休克狀態。

蒂妲摸不到脈搏。

她把馬丁翻回仰躺姿勢，彎腰開始以雙手壓胸急救。用力按一下，稍停，再用力按一下。

沒救了。他似乎不再呼吸。蒂妲搖一搖他，他渾身毫無生命跡象。雪花掉進他眼睛。

「馬丁……」

蒂妲放棄了。她癱坐在旁邊的積雪上，吸著鼻血。

整個狀況根本是從頭錯到尾。馬丁根本不該來，不應該一路尾隨她前來鰻岬。

忽然間，她聽見穀倉再傳來兩聲槍響。蒂妲壓低頭。

手槍呢？剛才倒在雪地，她的手槍掉了。

警槍是黑色鋼鐵製品，在一片雪白的地方應該很容易找。她伸手在四周摸索，同時也以雪堆為屏障，留意環境。

一個身影正踏雪而來。這人頭戴黑頭罩，雙手舉槍。

男人爬過一堆雪，發現蒂妲看見他，他對著風大喊一句。

蒂妲不回應。她的一手仍在雪裡找警槍。她突然摸到沉甸甸的硬物。起初，硬物滑一下，她沒抓住，然後才握緊。

她從雪中抽槍而出。

她猛敲槍口幾下，把雪震出來，解除保險，瞄準穀倉的方向。

「我是警察！」她喊話。

蒙面男子回應一句，聲音被風打散。

「好兄弟……好兄弟。」聽起來像是。

蒙面男放慢腳步，微微彎腰，但仍持續朝她走來。

「站住，放下槍！」蒂妲的語調變得尖銳而單薄，她聽得出自己聲音多虛弱，但她照樣喊，「否則別怪我開槍！」

她說到做到，朝夜空鳴槍示警，槍聲幾乎和她的語音一樣弱。

蒙面男站住了，但槍仍握在手上。他在兩堆雪之間跪下去，離她不到十碼。他舉起槍，再度瞄準她，她迅速連開兩槍。

接著，她以雪堆為掩護，而就在這當兒，燈熄滅了。窗裡的檯燈和中庭的提燈同步熄滅。四周一片漆黑。

鰻岬不敵暴風雪，電力中斷。

38

伊莎於是踏進幽暗的小路，沿著岸邊林蔭步道前進。在水濱，民房的燈火和首都街燈在黑水裡閃爍。

來到船庫的陰影處，伊莎聽話坐下，然後只需進行習慣動作：拿湯匙加熱黃褐色粉狀物，用針筒抽取，注射進手臂。

安寧了。

兇手耐心等候著，等到伊莎頭往下垂，漸漸昏睡……這時兇手才走過來，對著毫無抗拒心的身體使勁一推，直接推進寒冬的水裡。

尤瓦金仍癱坐在密室的長椅上，沒有動作。這間祈禱室裡無燈火，但也並非徹底黑漆漆。他能依稀辨識木牆、窗戶、耶穌空墳圖。他的四周也有一抹微光，彷彿是遙遠的月光。

暴風雪持續在屋頂上空嚎叫。

有人陪伴著他。

妻子卡翠妮坐在他身旁。他眼角能看見妻子蒼白的臉。

背後的長椅坐滿了人。尤瓦金聽得見微弱的吱嘎聲，正像教堂裡的教友想領聖餐，等得不耐煩。

教友們開始上前去。

尤瓦金聽見後，自己也起立，覺得自己選錯日子，來錯地方，心裡一陣不舒服。再過一會兒，他即將被揭穿真面目。

「來吧，」他低聲說，「相信我。」

他拉一拉卡翠妮的冰手，想拉她站起來，她先是不依，最後才遵從。

他聽見吱嘎的腳步聲接近。背後的身影逐漸移進狹窄的走道。聚集在一起時，這裡顯得人山人海，愈來愈多黑影似乎擠滿了整間祈禱室。

尤瓦金不敢從人群鑽出去。無處可走的他只能停留在長椅前面，木頭人似地站著，緊握卡翠妮的手。

室內的空氣變冷，尤瓦金打一陣寒顫。他聽得見舊衣物摩挲聲，也聽見地板微微吱嘎著，來賓在他周圍聚集。

大家似乎都被凍壞了，可他沒辦法給他們溫暖。大家想領聖餐。這時候，尤瓦金僵住了，但眾人依然蜂擁前來。在狹窄的空間裡，大家的動作不自然，宛如正在婆娑慢舞，他也跟著動作。

「卡翠妮！」他低語著。

但卡翠妮已不在他身邊。她的小手從他手裡溜走，兩人被室內的人潮沖散。

「卡翠妮？」

她走了。尤瓦金轉身，想擠進人群找她回來，無奈沒有人幫他找，大家都站著擋路。

倏然間，他聽見風聲之外的聲響，從穀倉的縫隙傳進來：有人在叫嚷，接著是悶悶的砰砰砰。聽來像步槍或手槍連續射擊，方位像在閣樓正下方。

尤瓦金怔住了，仔細聽。他不再聽見其他聲響，也不再聽見祈禱室有人聲或動靜。鑽透牆縫而來的閣樓燈光，原本就光度微弱，這下子全暗了。

尤瓦金意識到停電了。

他在漆黑的環境裡站著不動。感覺上，現在只剩他一人，彷彿其他人全走光了。

過了幾分鐘，穀倉某處開始有一道閃光，淡黃色的光度迅速增強。

39

蒂妲眨掉眼中的融雪，抓起一把雪，小心翼翼按在疼痛的鼻子上，然後緩緩起身，重心欠穩，右手握著手槍，頭和鼻子一樣痛，但至少身體還能站直。

這時候，莊園屋完全陷入黑暗，建築物之間的積雪頓時變成輪廓朦朧的丘陵。背後，穀倉在陰影裡聳立，宛如大教堂。鰻岬似乎停電了，厄蘭島北部也可能全數供電中斷。樹被颳倒，扯斷高壓電線，以前也發生過。

在蒂妲身邊兩三碼外，馬丁躺在地上，沒有動作。她看不清馬丁的臉，但靜止的馬丁全身已經快被降雪掩埋。

她掏出行動電話叫救護車。忙線中。她打去波爾貢警局試試看，也同樣無法接通。

她把電話收好，在中庭裡左右張望，看不見剛才對她射擊的歹徒。當時她曾開槍反擊，有沒有命中不得而知。

她轉頭看門階，也看不見亨利克．楊森的蹤影。

蒂妲繼續舉槍對準穀倉，向後退，直到腳觸及最下一階門階為止。

視覺慢慢能適應黑暗了。她快步走上階梯，壓低上身前進，往開著的遊廊門裡窺視。

最先映入眼簾的是一雙靴子。門口躺著一個黑黑的身影，身穿戶外服裝，半身躺在碎呢小地毯上，呼吸沉重。

「亨利克・楊森？」蒂妲說。

幾秒無回應。

「我在這兒。」他終於開口道。

「別動，亨利克。」

蒂妲悄悄走向門口，用槍瞄準他。亨利克停留在原地，一臉倦怠看著警槍，毫無逃脫的意圖，一手抓著地毯，另一手按著腹部。

「你受傷了嗎，亨利克？」她問。

「我被捅了一刀……肚子。」

蒂妲點點頭。又是血腥暴力事件。她多想抓人過來叫罵一頓，但她只拾起亨利克的刀，甩向雪地，然後檢查他的長褲和夾克。查不到其他刀槍。

她從口袋掏出消毒包以及第二捲繃帶，遞給亨利克。這是最後一捲繃帶。

「躺在那裡的是馬丁，」她幽幽說，「他中彈死了。」

「他是警察嗎？」亨利克問。

蒂妲嘆氣。「以前是……後來在警校當教官。」

亨利克打開消毒包，搖搖頭。「他們是瘋子。」

「誰，亨利克？開槍打死馬丁的人是誰？」

「有兩個，」他說，「湯米和弗列迪。」

小偷是老美？蒂妲滿臉狐疑看著他。他聳一聳肩膀。

蒂妲想起在卡爾馬賽馬場外面遇見的兩名男子。

「這麼說來，你們聯手來這裡偷東西嗎？你們是同一夥人？」

「以前是。」他掀起毛衣，開始擦拭腹部傷口。「捅我的人是湯米。」

「他們帶著什麼槍械，亨利克？」

「他們有一支獵槍。是舊式的毛瑟槍……他們另外帶了什麼，我不清楚。」

蒂妲彎腰幫他按壓傷口，好讓他纏上彈性繃帶。

「好，翻身趴著。」她說。

「為什麼？」

「我要銬住你。」

亨利克看著她。「如果妳被他們射中，他們會接著過來找我算帳，」他說，「妳要我被銬在這裡，坐著等死？」

蒂妲思考幾秒，然後將手銬掛回腰帶上。

「我馬上回來。」

她轉身，跳下門階，潛伏在雪堆之間，朝馬丁的遺體瞄最後一眼。

她採半蹲彎腰姿勢，在雪地上前進，方向是穀倉。

前進時，她眨眨眼，趕走雪花，以便看清前方，隨時提高警覺，因為子彈隨時可能飛過來。

穀倉旁兩碼外有長長一道翻騰中的積雪，在積雪後面，她發現槍手的蹤跡。有人曾穿著靴子在這裡踏來踏去，也有人趴過這裡，留下身體的輪廓，但現在人槍都不在場，她也看不見任何血跡。

歹徒一定是躲回穀倉裡了。

蒂妲回想著馬丁血淋淋的背部，逗留在院子裡不進不退。寬大的穀倉門敞開著，猶如山洞入口。她不想進去。

右邊不遠處另有一道窄門，漆成黑色，材質是木板。她舉步緩緩走過去，緊貼著石牆，細雪嘩嘩落下，在她的頸背融化。

來到窄門前，蒂妲握住門把打開，盡量開到積雪擋不住的極限。

她往裡面瞧。

漆黑一團。電力尚未恢復。

她保持射擊姿勢，走進窄門裡，踏到泥土地，直接陷入黑暗和幽靜。

她在牆邊滯留片刻，聆聽著聲響。鼻子又痛了起來。裡面什麼也看不見，很難判斷是不是有人埋伏其中。

進了穀倉，風雪被隔絕在外，但高高在上的大屋頂吱吱嘎嘎叫著。過了大約一分鐘，她再度前進，身手靜悄悄，步步為營。進穀倉裡，她當然不必再和積雪搏鬥，但地板凹凸不平，有時踩著的是土，有時是石頭。

前方有個偌大的影子，差點令她舉槍瞄準，結果她踢到一個巨大的橡皮輪胎，上面有個麥寇米克商標的引擎蓋。

這是一輛老農機，一個生鏽的四輪大怪獸，想必已經被閒置多年。

她悄悄繞過去。她看見地板上有舊油漆桶和幾疊木板，這才想到，這地方是位於穀倉東區盡頭的儲藏室。

穀倉內部傳來輕微的砰聲。她急忙轉頭，但沒發現背後有何動態。

亨利克剛才說，這裡面躲著兩人。說也奇怪，蒂妲隱隱覺得，穀倉裡其實人很多，全躲在她四周的黑影裡觀望她。這種感覺很模糊，令她心裡發毛，怎麼趕也趕不走。

視覺漸漸適應了黑暗後，她看見對面的石牆。

突然，她聽見左邊傳來微弱的叮叮聲。來自穀倉內部。

大約一秒後，周遭稍微亮了一些些，她看見身旁的木牆有個門口，想必能通往穀倉內部。這裡的光線來自內部，一道飄搖不定的光。

蒂妲嗅到煙味，料想事態不大對勁。她趕緊衝向門口，往內部看。

前方幾碼有一道陡峭的木樓梯，直通閣樓，樓梯旁失火了，石蠟的臭氣混雜煙味撲鼻而來。剛才有人收集一大堆陳年乾草，然後拿起瓶裝石蠟彈點火，猛砸地面。這時候，火勢已不可收拾，火舌也已開始舔舐樓梯木板。

在火場的另一邊，閣樓下面站著一名高大的男子，年齡和亨利克差不多，一手拿著黑頭罩或帽子，似乎沒注意到她，兩眼凝視著愈燒愈旺的火勢，滿臉火光，一副興奮狀。

一幅加框的油畫靠在男子身旁的木柱上，不見槍枝的跡象。

蒂妲再四下看最後一次，見不到任何人潛伏在她背後，然後深吸一口氣，踏進穀倉內部，雙手握警槍。

「我是警察！」她喝斥，「不許動！」

男子抬頭注視她，表情主要是驚訝。

「趴下！」

男子保持站姿，嘴巴開著。

「我哥在找出口，」他說，「在房子後面。」

蒂妲往前走，來到只差男子兩步遠的地方。

男子後退，靠向一旁，朝門口退去，蒂妲亦步亦趨。

「趴下！」

男子再不遵命，她會開槍嗎？她自己也不清楚。但她直直瞄準男子的頭部。

「趴下！」

「好，好……」

男子點著頭，趴向地上，動作有點吃力。

「雙手放背後！」

蒂妲來到身旁，已經解下腰帶上的手銬。

她敏捷地揪住男子手腕，拉向他背後，戴上手銬。男子被制伏了，趴在石地上，方便蒂妲搜身。她從長褲口袋搜出一把露營刀，除此之外別無槍械。不過他身上還藏有許多藥丸。

「你叫什麼名字？」

男子似乎在思索這問題。

「弗列迪。」他最後說。

「報上真名。」

他遲疑了一會兒。「史文。」

蒂妲認為難以採信，但她僅僅說：「好，史文……保持鎮定就沒事。」

她站起來，聽得見火聲劈劈啪啪。火焰在石地上無法竄燒，但目前已看準樓梯，朝著閣樓邊緣往上爬。

蒂妲找不到消防毯或滅火器，四處也看不到能提水救火的水桶。

她脫掉制服夾克，對著樓梯救火，但火苗改往兩旁燒，變得更旺，似乎想直衝上樓去和風雪較量。如今，樓梯有一半以上陷入火海。

可以踢一踢樓梯，看能不能把樓梯踹垮，以搶救閣樓？

她抬起右腳，看準樓梯，隨即發現眼角有人影接近中。她轉身。

來人身材高挑，穿牛仔褲和毛衣，從穀倉暗處衝向樓梯，停下腳步看火，目光隨即轉向弗列迪和蒂妲。

她差點沒認出這人是尤瓦金．韋斯丁。

「我滅不了火！」她叫嚷著，「我拚命想……」

尤瓦金只點點頭。他的態度顯得鎮定，彷彿世界上比這場火更嚴重的事多得很。

「雪，」他說，「可以用雪滅火。」

「好。」

咦？尤瓦金是從哪裡冒出來的？他臉色蒼白疲倦，見穀倉多了幾個外人，似乎不特別詫異。即使火燒穀倉，他也似乎不太在意。

他轉向穀倉門口。

「我去拿鏟子。」

「你自己去，用不著我吧？」蒂妲問。

尤瓦金只點點頭，沒有停止腳步。

蒂妲離開燃燒中的樓梯。她必須退回黑暗中。

「待在這裡，」她對弗列迪說，「我去找你哥。」

但她留在穀倉深處的門內，等候尤瓦金回來。過了大約半分鐘，尤瓦金鏟起一大疊雪進來。兩人互相點頭一下，她走進農機所在的儲藏室，背後聽得見尤瓦金以雪滅火的滋聲。

她再度舉起手槍。

陰影和寒意再一次包圍她。她覺得聽見前方有動靜，卻什麼也看不到。

她沿著北牆走，厚石牆上的幾扇小窗戶全被雪封住。

蒂妲這時看見一道門，走進去。

門裡的房間很大，比剛才更冷。蒂妲駐足。黑漆漆的環境裡不只她一人的感受又來了。她放下手槍聆聽，向前跨出一步。

一顆子彈激射而出。

她急忙閃躲，不知道自己是否中彈。槍聲導致耳鳴的她輕聲咳嗽，吸進乾空氣。她靜候著。

狀況平息了。

蒂妲終於抬頭望穿黑暗時，看見另一道門關著，離她四、五碼。這距離有點遠，但門前站著一個人。一名男子。

是弗列迪的兄長湯米。不可能另有他人。他把頭罩捲到額頭上，蒼白的臉孔酷似弗列迪。湯米肩上扛著一支舊步槍。

蒂妲穩住握槍的手，瞄準湯米。

「槍放下。」

但湯米站著不動，彷彿在夢遊，幾乎也像被人押住。他的眼皮下垂，右手停在門把上，彷彿正要開門離開，雙腿卻不聽使喚。

「湯米？」

他不應。

是迷幻藥導致的精神錯亂？她緩步走向殺害馬丁的兇手，心懷恐懼但腳步堅決，然後靜靜把手伸向他肩膀，小心解下步槍。她發現步槍處於保險狀態。她把槍扔向自己背後的地上。

「湯米？」她再說，「你能動嗎？」

蒂妲輕搖一搖他的手，他突然抖一下，驚醒過來。

他向後跌，鐵製的門把順勢被壓下去，門因而打開。門等於是被強風颳開。他跌進雪堆中，爬起來，蹣跚離去。

蒂妲衝過去，跳過低矮的石階，迎向陣風，看得見十幾碼外的樹幹隨風搖擺著。

「湯米！」她喊，「站住！」

叫聲被風砍得支離破碎，湯米頭也不回繼續走，風雪中的腳程加快。他回頭喊一句，拔腿飛奔，朝森林的方向直衝而去。

蒂妲對著風雪鳴槍示警，然後採取高跪姿，舉槍瞄準，手指維持在扳機上。

她知道她能射中湯米的腿，但她狠不下心對著逃跑中的人開槍。

來到森林邊緣，湯米躲進矮樹下面，這裡的積雪較薄，他的動作可以加快。逃了十五、二十步之後，他變成林中的灰色身影，接著消失無蹤。

可惡。

蒂妲繼續待在外面幾分鐘，不再看見其他動靜，四周只有風雪。暴風雪仍持續侵襲海岸線。手指漸漸失去知覺時，她轉身，背對著風，走回穀倉，拾起掉在門口的毛瑟槍。

回去找尤瓦金的途中，儘管寒風颳得她幾乎體力不支，她決定沿穀倉牆外走。她不願冒險在陰暗的穀倉裡再遇見其他人。

40

尤瓦金鏟雪滅火奏效了，但火熄滅後，整座通往閣樓的樓梯幾乎焦黑，濃煙在屋頂樑之間縈繞不去。

尤瓦金不耐空氣乾燥而咳嗽，在冒煙的樓梯最下一階坐下，兩腿痠痛，手仍握著剛從家裡取出的雪鏟。

他甚至連思考的力氣都沒有了，也無力揣測今晚這些不速之客是哪裡來的，更不願思索樓上教堂密室裡的現象。他明瞭一點，耶洛夫．大衛森說的沒錯：今晚的種種現象已罩上一層失憶的薄紗。

剛才真的在樓上遇見卡翠妮嗎？她真的坦承親手推他姊姊下水嗎？

不對。卡翠妮沒有這麼說。

尤瓦金看著趴在牆邊的大個子。尤瓦金不清楚他是誰，也不知道他為何被銬住，但既然他被蒂妲．大衛森警官逮捕，警官必然有所定論。

幾乎在同一時間，他似乎聽見穀倉外再傳槍響。

尤瓦金仔細聽，沒再聽見槍聲，這時候他朝牆邊望去。

「這是你的傑作嗎？」他問。

幾秒後，趴在地上的人輕聲回應。「抱歉。」

尤瓦金嘆氣。「我只好再蓋一座樓梯上閣樓了……改天吧。」

他往後靠，隨即想起莉維亞和蓋布列爾仍在屋子裡獨處。

他怎麼會蠢到留孩子們在家？

穀倉門邊突然有搔刮聲，他轉頭一看，發現蒂姐渾身是雪，踉蹌從風雪中進來，一手握著手槍，另一手拿著一支舊獵槍。

她癱靠著木牆坐下，長吐一口氣。

「他跑了。」她說。

地板上的弗列迪抬頭看。

「跑了？」尤瓦金說。

「他衝進森林去了，」蒂姐說，「不見了……幸好他現在沒槍了。」

尤瓦金起身。「我該去看孩子們了，」他說著走向門。「留妳在這裡一陣子可以吧？」

蒂姐點點頭，繼續垂頭坐在地上。

「如果你從陽台進去……會發現那邊還躺著兩個人。」

「他們受傷了嗎？」尤瓦金說。

蒂姐的視線往下移。「一個受傷……另一個死了。」

尤瓦金不再過問。他最後瞄她時，見她取出行動電話，開始鍵入號碼。

進入中庭，他在一堆比一堆高的積雪中前進，彎腰降低風阻。這地方今晚感覺渺小，在暴風雪蹂躪下，三棟建築狀似一群被嚇慘的狗。強風扯掉屋瓦颳走，隨風遁入夜空。

尤瓦金走進陽台，關上門。地毯上躺著一名男子。死了嗎？不對，只是熟睡中。

風雪颳得莊園屋正面的窗戶咔咔響，油灰和窗框吱嘎叫著，幸好它們仍挺得住。

尤瓦金走進屋裡，但在門廳駐足。

他聽得見走廊有吱吱嘎嘎的聲音。

沙啞的喘息聲。

伊莎來了。

她站在小孩房間的門口。她想來帶走女兒。伊莎準備帶走莉維亞。

尤瓦金不敢走向她。他只低下頭，閉上雙眼。

別怕。

他睜開眼睛，繼續往屋內走。

小孩房間外的走廊空無一人。

41

蒂妲隱約記得，深夜有人攙扶她走上遊廊門階，外面仍寒冷，但海風似乎逐漸減弱中。攙扶她的人是尤瓦金．韋斯丁，陪著她走在剛除過雪的小路上，兩旁是高高的雪牆。

「妳打電話請求支援了嗎？」他問。

她點頭。「他們說會盡快派人過來……至於什麼時候來，我就不清楚了。」

路過一堆積雪，有一塊布料露在雪外。是一件皮夾克。

「他是誰？」尤瓦金問。

「他名叫馬丁．歐奎斯。」蒂妲說。

她閉上眼睛。今晚發生的事歷歷在目，她不停地問自己：到底做錯了什麼事，做對了什麼事，能改進的部分有哪些。如果從頭來過，她又應該怎麼做。但她目前無力思考這麼多。

房子裡靜悄悄。尤瓦金帶她進走廊，來到一個大房間，裡面有一張床墊擺在地上，上有床具，附近有暖爐，感覺溫暖，她躺下之後鬆懈身心。鼻子痛，鼻腔充滿血，因此她閉口無法呼吸。

風在屋外打轉呼嘯著，但她終於沉沉入睡。

蒂妲睡得很熟，偶爾被頭疼痛醒，想起馬丁陳屍雪地的模樣，寒意直竄脊骨，深怕再回漆黑的穀倉裡，只見蒼白的手臂和手指伸向她。好一陣子之後，她才放鬆。

天亮前不久，一道身影從她上空籠罩下來。她猛然驚醒。

「蒂妲？」

又是尤瓦金．韋斯丁。他繼續講話，咬字清晰而遲緩，把對方當成幼兒似的。

「妳同事來電了，蒂妲……他們很快就到。」

「很好。」她說。

因為鼻梁斷了，她的嗓音因此混濁。她閉眼問，「亨利克呢？」

「誰？」

「亨利克．楊森，」蒂妲說，「躺在陽台的那個人……他情況怎樣？」

「他情況不錯，」尤瓦金說，「我幫他換了新的彈性繃帶。」

「湯米呢？他在這裡嗎？」

「他不見了……警方趕來以後，一定會去找他。」

蒂妲點點頭，倒頭再睡。

不知過了多久，她被一陣嗡嗡聲吵醒，但她實在沒力氣去思考發生什麼事。

然後，她又聽見尤瓦金在說：

「車子開不進來，蒂妲……他們剛向陸軍借了一輛悍馬車。」

不久後，房間裡人來人往，聲音此起彼伏，她被人粗手粗腳地從床上攙扶下來。

暖氣忽然飄散一空，她重回寒冷的室外，幸好現在幾乎一絲風也沒有。她走在鏟過雪的小徑上，四周盡是雪堆。

明天就是耶誕節了，她突然想起。

有一道門關上，另一道門打開，她被扶上一張雙層床，天花板掛著一顆有氣無力的燈泡。之後，沒人來打擾她。

一片寧靜。

她躺在軍車裡，看得見她底下有個人，仔細一看，才發現是一具被塑膠袋裹住的屍體。

接著，她聽到旁邊有人在咳嗽。蒂妲抬頭，看見另一人躺在幾碼外，雙腿蓋著灰毛毯，有些許動作。

是一個男人。他躺著，後腦勺對著她，但她認得那身衣物。

「亨利克。」她說。

沒有回應。

「亨利克！」她大叫，肋骨因而疼痛。

「什麼事？」男子說著轉頭面向她。

蒂妲總算能看清他的長相：亨利克．楊森，地板工兼小偷，外形和一般二十五歲男子沒兩樣，面容卻白如紙，模樣疲憊。蒂妲深吸一口氣。

「亨利克，媽的，我的鼻子被你的斧頭砍斷了。」

他不出聲。

蒂妲問：「你另外做了什麼我該知道的事嗎？」

依然不語。

「今年秋天，鰻岬出了一件命案，」她繼續說，「有個女人淹死了。」

她聽見亨利克動了一下。

「在她出事那天，有人聽見鰻岬那附近有船聲，」蒂妲說，「是你開的船嗎？」

亨利克陡然睜眼。「不是我的。」他輕聲說。

「不是你的？」蒂妲說，「不然是誰的？」

「我當時的確有看到別的船。」亨利克說。

「真的？」

「她出事那天，我站在碼頭附近……」

「死者叫卡翠妮·韋斯丁。」蒂妲說。

「那天有人跟她在一起，」他繼續說，「那人開一艘白色的大船。」

「你看過那艘船嗎？」

「沒見過，不過，那艘比我的船大，航程比較遠……是一艘小型遊艇。船停在燈塔旁邊，有人站在船上，我想——」

「好了。」

蒂妲突然發現自己無力再交談下去。

「我親眼看見那艘船。」亨利克說。

蒂妲的視線和他相接。

「我們可以……以後再談，」她說，「相信你以後會有很多接受偵訊的機會。」

亨利克吐氣，順便沉重嘆息一聲。

軍車裡再度安靜下來。蒂妲只想閉眼打盹，以擺脫傷痛和馬丁的身影。

「你昨晚在屋裡有沒有聽見什麼？」亨利克突然問。

「什麼？」

外面傳來關門聲，軍車的引擎隆隆啟動，車子上路了。

「叩叩叩的聲音？」

蒂妲不懂他的意思。「我什麼也沒聽見。」她在隆隆引擎聲中說。

「我也沒聽見，」亨利克說，「沒有叩叩聲。我認為是那個提燈在搞鬼……不然就是通靈板。幸好全都安靜了。」

他被捅了一刀，入獄在即，但蒂妲仍覺得他聽起來像如釋重負。

42

在耶誕節前一天的清晨，鰻岬天還沒亮，供電仍未恢復，窗外積雪盈尺。

昨天深夜，三名警官帶一隻警犬搭乘悍馬車趕來，搜遍三棟建築物，找不到殺害馬丁的歹徒。尤瓦金准許他們任意搜索。大約凌晨三點，警官帶蒂妲．大衛森和被捅一刀的男子前往醫院後，尤瓦金居然能睡個幾小時。

幾星期以來，他首度能睡得安穩，然而，早上八點前後，他在靜謐的家中醒來，想再睡卻睡不著。屋裡仍黑漆漆，尤瓦金只好下床，點燃兩盞石蠟燈。一個小時後，被雪蒙蔽的窗戶遮不住戶外的強光。

太陽從海面揚昇了。尤瓦金想看日出，只能上樓去，打開歇腳處的窗戶，推開護窗板，這才能好好眺望海景。

海岸線被風雪揮灑成一幅冬景畫，深藍色天空底下是亮閃閃的雪堆。在耀目的白雪中，穀倉的紅牆幾乎近似黑墨。

四面八方籠罩著一股北極圈的肅靜，到處不見一絲風，這可能是尤瓦金搬來之後第一次遇到風停。

暴風雪過境了，臨走前在海邊捲起一道三英尺高的海冰牆。

尤瓦金瞭望著海邊。他曾讀過老燈塔不敵劇烈天候掉進海裡的事件，所幸鰻岬雙燈塔挺過了這場暴風雪，聳立在海冰之上。

九點左右，尤瓦金點燃暖爐，驅散寒意，然後去叫子女起床。

「耶誕快樂。」他說。

姊弟倆沒換睡衣，擠在蓋布列爾的床上睡覺，一如昨夜尤瓦金從穀倉進屋子見到的情景。當時他為他們蓋好毛毯，讓他們繼續睡。

小孩醒來後，必定會針對昨夜提出種種疑問，例如槍聲和其他騷動，尤瓦金已有回答的準備，但莉維亞只伸一伸懶腰。

「睡得好不好？」

她點點頭。「媽咪來過。」

「來過這裡？」

「你不在的時候，她進來這裡看我們。」

尤瓦金看著女兒，然後看兒子。蓋布列爾慢慢點一下頭，好像在說，姊姊講的話字字屬實。

尤瓦金想說，不許說謊，莉維亞。媽咪不可能來這裡。

但他只問：「媽咪怎麼說？」

「她說你馬上就會回來，」莉維亞看著他說，「可是你沒有。」

尤瓦金在床緣坐下。「現在不是來了嗎？」他說，「我不會再失蹤了。」

莉維亞以懷疑的目光看他，然後默默下床。

尤瓦金叫醒弗列迪。兄長不在身旁的他沉默寡言，神態鎮定。軍車擠不下，弗列迪只好留下來，被銬在門廳的暖氣機上。

「還是找不到你哥的蹤影。」尤瓦金說。

弗列迪疲倦地點點頭。

「你們來這裡，到底是想偷什麼東西？」

「什麼東西都可以……只要值錢。」

「朵倫．蘭姆貝的油畫？」尤瓦金說，「我們家只有一幅。你們進穀倉，是以為裡面還有更多幅嗎？」

「房子裡只有一幅而已，」弗列迪說，「通靈板說別的地方還有，所以我們去穀倉放火燒樓梯。」

尤瓦金看著他。

「你們為什麼這麼做？」

「我也不知道。」

「你會再放火嗎？」

弗列迪搖搖頭。

蒂妲走前留下手銬鑰匙給尤瓦金。他這時決定，明天就是耶誕節了，應該展現一點善意和信心，於是解開銬在暖氣機的弗列迪。

上午大約十一點左右時電來了，弗列迪在電視機前坐下，收看耶誕節目，等警方過來押他回局裡。他面帶哀傷的表情，看著耶誕老公公卡通，看著民眾圍著耶誕樹起舞的直播，也看雪景山莊裡拍攝的烹飪節目。

莉維亞和蓋布列爾坐在他旁邊，但姊弟倆都不說話。儘管如此，家裡仍有一股耶誕節和樂融融的氣氛，大家顯得輕鬆。

尤瓦金坐在廚房，展閱他在伊莎夾克旁邊發現的筆記簿，作者是岳母米雅．蘭姆貝。他讀了一小時，藉她戲劇化的筆法體會鰻岬人生，也認識她在鰻岬的遭遇。

筆記簿後面有幾頁空白，最後有人寫了兩頁，作者不是米雅。

尤瓦金仔細一看，突然認出執筆人是卡翠妮。她的筆跡潦草，看似匆忙。

他反覆詳讀幾次，不太能通透理解她的意思。

正午十二點，尤瓦金做好耶誕米布丁，請大家享用。

電話線恢復正常了，第一通電話在午餐後響起，尤瓦金接聽。電話線另一端是耶洛夫．大衛森沉沉的嗓音：

「你總算嘗到正宗暴風雪的滋味了吧？」

「對，」尤瓦金說，「我們確實嘗到了。」

他望向窗外，回想起昨夜的不速之客。

「情況不出所料，」耶洛夫說，「起碼我不感到意外。只不過，我以為風雪會晚一點才到……你們災情如何？」

「還好。所有建築物都還挺立著，只有屋頂受損。」

「路況呢？」

「不通，」尤瓦金說，「除了雪還是雪。」

「以往啊，暴風雪過後，有些民房的路起碼一個禮拜以後才開通，」耶洛夫說，「不過最近比較快。」

「我們不會有事的，」尤瓦金說，「我照你的勸告，提前買了很多罐頭食品。」

「那就好。家裡只剩你和小孩嗎？」

「還有一個客人在。昨晚是來了幾個客人，不過現在走得只剩一個……今年耶誕苦哈哈。」

「我能體會，」耶洛夫說，「蒂妲今早從醫院打給我。她說她去你家抓小偷。」

「小偷進我們家偷畫，」尤瓦金說，「朵倫．蘭姆貝的名畫……他們不曉得聽信什麼鬼話，以為我們家藏了好多幅。」

「喔？」

「可是，我們家只有一幅而已。其他油畫幾乎全被毀了，不過毀畫的人不是作者也不是她女兒米雅，而是被一個漁夫扔進海裡。」

「哪一年的事？」

「一九六二年冬天。」

「六二年啊，」耶洛夫說，「是我哥拉格納在海邊被凍死的同一年。」

「拉格納．大衛森……他是你哥哥？」尤瓦金說。

「是我哥沒錯。」

「我不認為他是被凍死的，」尤瓦金說，「我認為他是被毒死的。」

接著，他告訴耶洛夫，他讀到米雅．蘭姆貝記載她在鰻岬的最後一夜，讀到捕鰻人迎風走進風雪。耶洛夫只聽不問。

「照你這麼說，拉格納好像是喝了甲醇，」耶洛夫只說，「甲醇的滋味應該和一般甜酒差不多，只不過含有毒性，人喝了肯定會中毒，甚至還會致死。」

「我猜米雅覺得這是對他最公平的懲罰。」尤瓦金說。

「可是，拉格納是真的把油畫丟進海裡嗎？」耶洛夫說，「我只是有點懷疑。照我哥的個性，他偷到東西都據為己有……他太小氣了，不會隨便破壞東西。」

尤瓦金啞然無言。他正在思考。

「另外有件事我提一下，以免忘記，」耶洛夫說，「我剛錄下一段話想給你。」

「一段話？」

「我剛坐在這裡想事情，」耶洛夫說，「邊想邊錄下我對鰻岬的幾個想法……郵差又能送信的時候，你就會收到錄音帶。」

耶洛夫掛電話半小時之後，警方從卡爾馬來電通知，即將前來鰻岬帶歹徒回局裡，請尤瓦金在住家附近整理出一片平坦的空地，以便直升機降落。

「這裡全是空曠的地方。」尤瓦金說。

掛電話後，他走到外面，在後院空地劃出一片正方形，在冰凍的雪地砍出一個黑黑的十字，好讓直升機飛行員一眼看得見。西南方的天空傳來呼呼聲響時，他進客廳打擾正在看電視的弗列迪。

他帶弗列迪出門，在空地等待直升機，這時他問弗列迪：「那兩輛是你們的車嗎？」他指向前來鰻岬路上的兩座小雪山，幾個金屬稜角從雪堆裡露出來。

弗列迪點點頭。

「另外有一艘小船。」他說。

「偷來的？」

「對。」

直升機飛過來，在空地上空盤旋，這時對話難以再續。直升機激起地面白塵滾滾，最後降落在十字的交叉處。

兩名戴頭盔、身穿深色連身服的警官下直升機，走過來。弗列迪毫無抗拒之意，跟著他們離開。

「你這裡一切都沒問題了吧？」一名警官對著他大喊。

尤瓦金只點頭代答。見弗列迪揮一揮手，他也揮一下。

直升機飛向內地，消失在空中之後，尤瓦金涉雪走向馬路上那兩輛深陷雪堆的車。

他來到較大的一輛旁邊。這輛是廂型車。他撥開車身上的雪，往駕駛座看。

裡面一動不動地坐著一個人。

尤瓦金抓住門把，打開車門。

車上的男人蜷縮成一團，彷彿拚命想保存駕駛座上的溫度。

尤瓦金不需為他把脈就知道他死了。

鑰匙插在匙孔裡，處於啟動狀態，想必是通宵運轉到燃料耗盡，車外的寒氣逐漸反攻成功。

尤瓦金輕輕關上車門。然後他走回家，撥電話給警方，告知他剛逮到最後一個小偷。

43

接下來幾天，鰻岬陽光普照，沒有起風。

積雪頑強不肯融化，但懸掛屋簷的冰雪不時脫落一塊，無聲墜落在地積成雪堆。庭園裡的野鳥重返廚房窗外。二十六日上午，一輛巨大的除雪車從瑪內斯前來，打通連接外界的命脈，才終止孤立狀況。除雪車繼續順著沿海道路直線前進，但整輛車看似在一片白海上航行。

他取出吹雪機，動手在門前掃出一條路，目標是在一小時之內從門口清除到沿海道路，結果耗了兩個多小時才完工，但打通之後，家人總算能輕鬆出門了。

尤瓦金為手電筒更換電池，從遊廊踏階而下，走向穀倉。

閣樓的樓梯被燒得焦黑殘破，但四周已不再冒煙。

他放眼看穀倉最遠的那邊，遲疑一陣，然後走過去，從偽牆底下鑽進去。

進入密室後，他打開手電筒，聆聽樓上有無聲響，但什麼也聽不見。然後，他爬梯子上去。

淡薄的日光從牆縫滲入，他攀梯上去祈禱室。

到處靜悄悄。長椅上仍擺著書信和遺物，但這時沒有人坐著。

他走過一張張長椅，來到最前面，看見伊莎的夾克和他送卡翠妮的耶誕禮物都在。

不同的是，包裝被打開了，緞帶被抽走，紙被摺向一旁。

尤瓦金把包裝留在原地，不敢查看那件綠短袍還在不在裡面。

他首度拿起伊莎的丹寧布夾克，手指突然摸到一個扁平的小物體在夾克裡滑動一下。

耶誕節過兩天，尤瓦金拿塑膠袋保存伊莎的夾克，等宏布拉德督察開私家車前來。在這之前，救護車和拖吊車已來過鰻岬，運走最後一名嫌犯的屍體。刑事鑑定小組也來過，在雪地裡挖掘子彈。本地電台新聞報導指出，風雪侵襲期間，鰻岬莊園屋有兩人喪生，其中一人聽得出是湯米，但記者並未指名道姓。厄蘭島北部這場風雪定名為「耶誕暴風雪」，也在二次大戰後的風雪榜上名列前茅。

宏布拉德下車，先祝尤瓦金佳節愉快。

「謝了，我也祝你佳節愉快，」他說，「謝謝你跑這一趟。」

「其實我休假到元旦，」宏布拉德說，「我是想來關心一下。」

「現在一切都平靜得很。」尤瓦金說。

「看得出來。風雪過境了。」

尤瓦金點點頭，然後問：「蒂妲．大衛森呢？……她情況怎樣？」

「以她的遭遇……還算相當不錯，」宏布拉德說，「我昨天和她講過電話……她出院了，回家去陪母親過節。」

「可是，那天她單獨一人來這裡嗎？不是有個同事……」

「不是，」宏布拉德說，「是她在警校的教官……兩個小孩的爸。真是太不幸了。他其實不該來的。」宏布拉德若有所思，隨即又說，「當然，大衛森警官處置得當，才大難不死。」

「對，」尤瓦金說著打開家門。「我有幾件東西想拿給你看。你可以進來一下嗎？」

「可以。」

尤瓦金帶他進廚房。他事先把桌子清理乾淨。

「這裡。」他說。

桌上的塑膠袋裡有伊莎的夾克，以及他在夾克裡發現的物品，其中之一是手寫的字條，另一件是藏在夾克襯裡的一個金色小盒子。

「這是什麼東西？」宏布拉德說。

「我不太確定，」尤瓦金說，「我希望是證物。」

宏布拉德告別後，尤瓦金揹著背包，穿越雪地，走向北燈塔。途中，他朝北邊的森林瞄一眼。多數樹木似乎逃過風雪劫，只有少數幾株最接近海邊的老松樹躺平。

在深藍色天空下，雪白的燈塔閃閃發亮。甚至在他踏上防波堤之前，他就知道，進燈塔不是一件容易的事。暴風雪來襲期間，大浪撲向燈塔所在的小島，為燈塔外殼佈滿一層白如粉筆灰的冰晶，宛若被醫生打上石膏。燈塔下半身白了一圈，彷彿落入北極圈的擁抱。

來到燈塔門外，尤瓦金放下背包，打開拉鍊，取出燈塔鑰匙、一支大鐵鎚、一罐開鎖用的潤滑油噴霧器，以及三個裝滿滾水的熱水瓶。

他花了將近半小時，才為整道門完成除冰工作並開鎖。門只能開一小道縫，但尤瓦金總算能擠身入內。

他帶著手電筒，進門之後點亮。

鞋底在水泥地板上產生的聲響再小，也能在塔壁裡迴盪，但他聽不見樓梯傳來腳步聲。如果老看守員仍住在樓上，尤瓦金不願去打擾他，所以留在樓下。

耶洛夫・大衛森曾說，不排除有這麼一個可能性。我哥拉格納有燈塔的鑰匙，所以東西可能被他藏進那裡面。

樓梯底下有個小儲藏室，尤瓦金過去開小木門，彎腰進去。

石牆上掛著一九六一年的年曆，地上有幾個汽油罐、空酒瓶和舊提燈，令他聯想到閣樓上那堆舊雜物。但是，這裡的物品不是那麼雜亂無章，而且沿著弧形外牆的牆腳擺著幾個木箱。

箱蓋並未封緊。尤瓦金走向最近一箱，拿手電筒照進裡面。

他看見箱底排列著一堆舊金屬管，長約三英尺，數十年前無緣進莊園屋連結成排水管之用，原因是它們被拉格納・大衛森偷來藏進燈塔裡。

尤瓦金伸手進去，謹慎拿起其中一截管子。

44

元旦前兩天，尤瓦金載著一車子東西，帶著莉維亞和蓋布列爾離開鰻岬。莉維亞問：「我們要去哪裡啊？」

她的心情仍然不是很好，尤瓦金注意到。

「先帶你們去卡爾馬向外婆拜年，然後去斯德哥爾摩看祖母。」他說，「但我們先要去看媽咪。」

莉維亞不再開口。她一手放在貓籠子上，看著車窗外的雪景。

過了十五分鐘，車子來到瑪內斯教堂。尤瓦金把車子停好，從車上帶一包東西出來，打開墓園的木門。

「來吧。」他對子女說。

出事到現在，尤瓦金只來過這裡幾次，但如今心情好轉了。稍微好轉。

教堂墓園裡的積雪和沿海地區一樣高，但主要的步道除過雪，保持暢通。

「要走很遠嗎？」莉維亞問，這時尤瓦金帶他們走向教堂旁邊。

「不遠，」尤瓦金說，「就快到了。」

最後，他們一字排開，面對卡翠妮的墳墓。

墓碑被雪覆蓋住，和墓園裡的其他墓碑一樣，只露出一角。尤瓦金彎腰，快手撥乾淨，顯露出碑面的刻字。

上面寫著：卡翠妮・孟絲卓樂・韋斯丁，以及生辰忌日。

尤瓦金向後退一步，站在莉維亞和蓋布列爾之間。

「媽咪就住在這裡。」他說。

這句話並未讓時空暫停，但他左右兩個孩子一動也不動。

「你們覺得……這裡還漂亮嗎？」尤瓦金打破沉默問。

莉維亞不回答。先有反應的是蓋布列爾。

「我覺得媽咪一定很冷。」他說。

說完，蓋布列爾踏著父親的足跡，走向墳前，默默撥掉所有的雪。他先抹乾淨墓碑，然後推走下面的積雪，露出一束枯萎的玫瑰花。上次尤瓦金掃墓時帶這束花過來，當時還沒下雪。除雪的成果似乎令蓋布列爾滿意。他用戴著手套的小手揉揉鼻子，看著父親。

「做得好。」尤瓦金說。

然後，他從塑膠袋取出一盞墓園燈。地面結冰了，但把墓園燈壓進地面並非不可能。他在裡面插一根粗蠟燭，一燒可以延續五天，光明到新的一年。

「可以回車上了吧？」尤瓦金看著孩子們問。

蓋布列爾點點頭，卻彎腰下去。卡翠妮墓碑旁的積雪壓著異物，蓋布列爾想拉出來看。是一塊淺綠色的布，冰封在地上。是毛衣嗎？蓋布列爾拉扯出的一角看似袖子。

一股寒意驟然順著尤瓦金脊背往下竄。他箭步上前去。

「別亂摸，蓋布列爾。」他說。

蓋布列爾看著父親，放開手裡的布料。尤瓦金趕緊彎腰用雪覆蓋住。

「可以走了吧？」他說。

「我想多待一會兒。」莉維亞說，定睛凝視著墓碑。

尤瓦金牽起兒子的小手，往回踏向步道，在步道上等她。莉維亞依然站著看墳墓。幾分鐘後，她走過來會合，一家三口默默走回停車處。

上車坐幾分鐘，蓋布列爾昏昏入睡了。

車子駛回主要公路後，莉維亞才對尤瓦金開口，不提卡翠妮，只問假期還剩幾天，提一提幼稚園開學後她有什麼打算，閒聊幾句而已，尤瓦金樂於聽她講話。

大約十二點，一家來到卡爾馬，按米雅．蘭姆貝的門鈴。米雅並未特別為耶誕節而打掃公寓，拼花地板上有灰塵，堆在地上的書甚至比上次更高。客廳裡擺著一棵耶誕樹，但裝飾品付之闕如，而且松針已開始脫落。

米雅在門廳迎接客人，說：「我本來想在耶誕節那天去拜訪你們，可惜我沒直升機。」

米雅的年輕男友伍爾夫也在，見到他們似乎是真心高興，尤其喜歡和小孩認識。他帶莉維亞和蓋布列爾進廚房，讓他們看看他正在爐子上調製的太妃糖。

尤瓦金從背包取出《暴風雪之書》，將它還給米雅。

「謝謝妳借我看。」他說。

「精采嗎？」

「對，」尤瓦金說，「而且，現在我對有些事物有更深的瞭解。」

米雅默默翻閱著手寫的內容。

「這本是紀實文學，」她說，「卡翠妮說你們想在鰻岬買房子的時候，我才動筆寫的。」

「最後幾頁是卡翠妮寫的。」尤瓦金說。

「寫了什麼？」

「呃……算是對於一些事情的解釋吧。」

米雅把書放在兩人中間的桌上。

「我等你們走了再讀。」她說。

「讀這書時，我心裡有個疑問，」尤瓦金說，「住過鰻岬的那些人，妳對他們的認識怎麼這麼深？」

米雅以威嚴的神態看他。「我住那裡時，他們常找我聊天，」她說，「你從來沒跟死人講過話嗎？」

尤瓦金答不出話。

「所以，裡面寫的全是真的？」他以反問代替回答。

「那就無從確定了，」米雅說，「畢竟是幽靈講的東西嘛。」

「至於妳遭遇到的那些事……是真的發生過嗎？」

米雅視線往下垂。「差不多，」她說，「我確實去波爾貢咖啡廳見馬庫斯最後一面。我們聊一聊……然後他帶我回他家。他爸媽出去了。我們上去他們的公寓，他拉我躺在地板上。不盡然是深情誘惑啦，總之我准他動手——唉，我當時以為，這能證明我們……我們是一對。可是，事後馬庫斯站起來，我也把被壓皺的裙子穿好，他就不肯正眼看我了。他只說，他在內地另外交了一個女朋友，快訂婚了。他的意思是說，剛才的事就算道別了。」

客廳裡充滿寂靜。

「這麼說來，妳男友馬庫斯是卡翠妮的生父嘍？」

米雅點點頭。「他是個前途遠大的青年……以正大光明的方式結束我倆這段情，然後走上他的路。」

「可是，他沒有死在渡輪沉船事件吧？」

「對，」米雅說，「不過，那種可能性不能說沒有。」

兩人再度無言以對。尤瓦金聽得見莉維亞在廚房裡的歡笑聲，聽來像她母親但多了一分清脆。

「妳早該向卡翠妮說出她生父的身分，」他說，「她有權知道。」

米雅只哼一聲說：「不知道也能過日子啊……我自己也不曉得生父是誰。」

尤瓦金不想和她爭了。他點點頭，站起來。「我們帶了一些耶誕禮物來，」他說，「你們過來幫我搬上樓。」

「伍爾夫能幫你，」米雅說，「是送我的禮物嗎？」

尤瓦金望向她的畫室，裡面每一幅都是色彩鮮豔的夏日風情畫。

「對啊，」他說，「好多好多禮物。」

離開米雅公寓五小時之後，尤瓦金帶子女抵達斯德哥爾摩。這裡的低溫能媲美厄蘭島。母親英格麗住的這區環境清幽。她的房子裡面和米雅的正好相反，打掃得一塵不染，準備迎接新的一年。

一起吃晚餐時，尤瓦金告訴她：「我找到工作了。」

「在厄蘭島嗎？」英格麗說。

他點頭。「我昨天接到電話通知……校方叫我二月去波爾貢教美勞。我可以利用晚上和週末繼續整修房子。我想把附屬屋和二樓裝潢得舒服一點，好讓客人借住。」

「你們會把房間租給避暑遊客住嗎？」英格麗說。

「也許吧，」尤瓦金說，「在鰻岬，人多一點比較好。」

飯後，大家在英格麗的小客廳交換耶誕禮物。尤瓦金遞給她一個長長的大禮物。

「耶誕節快樂，媽，」尤瓦金說，「米雅．蘭姆貝送妳的。」

這禮物將近三英尺長，以牛皮紙包裝。英格麗打開，以疑惑的神情看兒子。禮物是拉格納．大衛森藏進燈塔的排水管之一。

「看看裡面。」尤瓦金說。

英格麗將管口轉過來，面對自己，往裡面看一看，然後伸手進去，抽出一捲畫布，小心翼翼攤開看。這幅大油畫以黑色為主，描繪著霧濛濛的冬景。

「這是什麼？」英格麗說。

「是一幅暴風雪畫，」尤瓦金說，「朵倫・蘭姆貝的作品。」

「可是……是送我的嗎？」

尤瓦金點點頭。「多的是……總共將近五十幅，」他說，「這些畫全被一個漁夫偷走，藏進鰻岬的一座燈塔裡，一藏就是三十多年。」

英格麗凝視著大油畫，講不出話。

「不知道現在值多少錢了？」久久之後她才說。

「那不重要。」尤瓦金說。

晚上，祖母帶莉維亞和蓋布列爾去屋外堆雪燈。

尤瓦金上樓去，路過伊莎多年前住過的房間，門關著。他走進他青少年期住過的房間。所有海報和多數傢俱不復存在，但床和床頭櫃都在，也有一台舊錄音機。幾年前在一次聚會中，這台錄音機曾不慎落地，黑色塑膠殼被摔出裂痕，但本身功能正常，仍能打開卡座門。

尤瓦金放進一捲錄音帶。兩天前，耶洛夫・大衛森的錄音帶寄到鰻岬了。

他在兒時的床上坐下，按「播放」鍵，聽聽耶洛夫想說什麼。

45

元旦前一天大約下午三點，尤瓦金搭乘地下鐵至布洛馬，冥祝亡姊新年快樂，另一個目的是想跟她的兇手講講話。

地鐵站旁有家花店，他停下來買一小束玫瑰花，然後上街，沿著水邊的一排木屋前進。他覺得這些房子像堡壘。太陽剛西下，家家戶戶亮起燈來。

走了幾百碼，他抵達蘋果居，走向院子門。門關著。他凝視著老家。看起來沒人在家，但門廳亮著燈，可能是用來嚇阻小偷。

尤瓦金彎腰，把玫瑰花靠在圍牆邊的電箱上，站幾分鐘，追思著伊莎和卡翠妮，然後轉身離去。

隔壁的這一家燈火通明。這棟是老鄰居赫斯林夫婦的豪宅，是本鄰里之光。

尤瓦金記得米凱爾·赫斯林在電話中提過，他們會待在家裡過新年。他沿著庭園步道來到院子門前按電鈴。

麗莎·赫斯林前來應門。見到客人是誰，她滿臉欣喜。

「進來吧，尤瓦金，」她說，「祝你新年快樂！」

「也祝妳新年快樂。」

他走進門，站在門廳的厚地毯上。

「想不想來杯咖啡？香檳也可以，要不要？」

「不用麻煩了，」他說，「米凱爾在家嗎？」

「正好不在……他剛帶兒子們去加油站，想加買一些煙火。」麗莎微笑著。「從耶誕節到新年，家裡的煙火全被他們放光了。你願意等的話，米凱爾應該馬上就回家。」

「好。」

尤瓦金走進客廳，窗外可見光禿禿的幾棵樹，也看得到坡底的水灣結冰。

「妳想不想讀一個東西？」他問麗莎。

「什麼？」

「這張紙條。」

尤瓦金伸手進夾克內袋，掏出他在穀倉伊莎夾克裡發現的紙條影印本。

他交給麗莎。麗莎接下，讀著：

「『務必讓那毒蟲——』」

她陡然噤口，滿臉疑惑看著尤瓦金。

「繼續讀，」他說，「是不是妳寫給卡翠妮的？」

她搖搖頭。

「不是妳，一定是米凱爾。」

「我……我無法想像。」

麗莎把紙條交還給尤瓦金。他收下後站起來。

「可以借用你們家的音響嗎？」他說，「我有東西想放給妳聽。」

「當然可以……是音樂嗎？」

尤瓦金走過去，放錄音帶進卡座。「不是，」他說，「其實只有獨白。」

錄音帶啟動後，他向後退兩步，在麗莎正對面的沙發坐下。錄音開頭是麥克風的沙沙聲，然後耶洛夫．大衛森開口，聲音單薄，語氣略嫌粗魯：

「好，嗯……我向蒂妲借了一台錄音機，現在好像可以錄音了。尤瓦金，我最近反覆在思考你妻子命案的疑點。如果你不願回憶這件事，你最好不要聽下去……不過如我所言，我滿腦子想個不停。」

麗莎面露疑問看著尤瓦金，但錄音帶裡的耶洛夫繼續：

「我認為，卡翠妮的案子是他殺。兇手既然沒有在沙灘留下痕跡，肯定是來自海上。我不清楚兇手的身分是誰，只能認定他是體格健壯有力的中年男人，住在哥特蘭島南部，也可能在那裡買了一棟房子，同時也擁有一艘附有船上型馬達的大船。船一定是大型快艇，能在哥特蘭島和厄蘭島之間一日往返，但噸位也不重，輕到可以停靠鰻岬防波堤，因為那一帶的水深不超過三英尺。他一定是——」

「尤瓦金，是誰在講話？」麗莎說。

「妳聽就對了。」尤瓦金說。

「……而且，乘船前往厄蘭島，想對準雙燈塔上岸並不特別困難，」耶洛夫繼續說，「問題是，兇手怎麼曉得你太太那天單獨一人在家？我認為，卡翠妮認識他。卡翠妮在家聽見船聲從海面飄來，她就去岸邊等。見她走上防波堤，兇手站上船頭，一手握著凶器。你妻子見到凶器怎麼不起疑心？因為他握著的東西很常見，是船舶靠岸時幾乎人人都用的工具。」

耶洛夫輕咳幾聲，然後繼續：

「凶器是一支木製鉤頭篙……長而重，一頭有一個大鐵鉤。我在海上看過有人拿鉤頭篙打架。鉤子一伸，就能鉤住敵手的衣服，然後一拉，對方失去重心，就跌進海裡。想淹死敵手的話，當然只要握緊鉤頭篙，不讓對方浮出水面就行，不留指紋，對方身上也不會出現重大傷痕，事後只在衣物上留下一個奇怪的小洞。你妻子的衣服上就有類似的痕跡。」

耶洛夫再停頓一會兒，隨即繼續錄完最後一段話：

「好了，尤瓦金，我推測的事發過程就是這樣，你聽了未必能減輕悲慟，我曉得……不過，疑問能得到解答，我們心裡都會舒服一些。我歡迎你有空過來喝杯咖啡。我這就關掉這台……」

錄音帶的沙沙聲止息，音響這時只播放著微弱的嘶聲。

尤瓦金走過去，取出錄音帶。

「就這樣。」他說。

麗莎已經從沙發站起來。

「他是誰？」她再次問，「講話的人是誰？」

「一個朋友。一個老人，」尤瓦金說著把錄音帶收進口袋。「妳不認識的人……不過，他講的是事實嗎？」

麗莎張嘴卻似乎不知該說什麼才好。最後，她勉為其難說：「不是。你該不會相信那堆鬼話吧？」

「你們在哥特蘭島有棟度假屋。卡翠妮出事那天，米凱爾人在那裡，對不對？」

「我哪知道？事情發生在秋天……我不記得了。」

「他到底什麼時候去過哥特蘭島的度假屋？」尤瓦金追問，「夏天結束，船不拖上岸過冬不行，他一定要去島上，對不對？」

麗莎看著他，沒有回答。

「卡翠妮溺死的那天，我人在斯德哥爾摩，」尤瓦金說，「我記得來你們家按門鈴，沒人在家。」

他得不到回應。

「米凱爾有行事曆嗎？我們可以查一下嗎？」尤瓦金問。「日記也行。」

麗莎轉身背對他。「夠了，尤瓦金……我該去準備晚餐了。」

她走向正門，打開來，回頭望著尤瓦金。

尤瓦金不語。牆上掛著幾幅相片，臨走之前，他仔細看其中一張：米凱爾．赫斯林和白色汽艇的合照。相片裡的米凱爾站在船頭，對著鏡頭招手，舷緣炫目，看不見鉤頭篙。

「船滿不錯的。」尤瓦金輕聲說。

他走後，麗莎趕緊關門。尤瓦金聽見門閂扣緊的聲響。

他嘆一口氣，走上街，這時候聽見遠遠傳來微弱的聲音。是汽車引擎聲。

車子轉進這條街時，尤瓦金發現是米凱爾的車。

米凱爾駛進車庫，熄火下車，腋下夾著四支長長的煙火，兩個兒子從後座跳出來，跑向門口，各自提著一袋鞭炮。

「尤瓦金，你回來了！」米凱爾走向他。「新年快樂！」

米凱爾對他伸出一手，但尤瓦金沒反應，只問他：

「米凱爾，那天，你來鰻岬，在我們家半夜醒來大叫。你夢見什麼？……見鬼了嗎？」

「什麼？」

「我太太是你殺的。」尤瓦金說。

米凱爾臉上仍帶笑，彷彿沒聽懂這話的涵義。

「另外，在之前那年，你把伊莎引誘到水邊，」尤瓦金繼續說，「給她海洛因……然後把她推下水。」

米凱爾收起笑臉，準備握手的一手也放下。

「沒錯，她是攪得大家不得安寧，」尤瓦金說，「另外，毒蟲也可能害這地段蒙上惡名……不過我相信，兇殺案嫌犯對名聲的殺傷力更強。」

米凱爾只微微搖頭，彷彿這位老鄰居沒藥可救了。

「你想誣賴我殺人？」

「我有證據。」尤瓦金說。

米凱爾看著自己家，又微笑起來。

「算了。」他直接走過尤瓦金身旁，好像他根本不存在。

「這就是證據。」尤瓦金說。

米凱爾繼續走向院子門。

「你的名片，」尤瓦金說，「之前放在什麼地方？」

米凱爾站住。他不轉身，只站著聽。尤瓦金接近他幾步，提高嗓門。

「有毒癮的人常手癢，老是留意有什麼東西好偷。我姊姊被你帶到水邊的途中，趁機從你身上偷走一樣東西……是你放在外套口袋裡的貴重物品。」

尤瓦金從口袋取出一張拍立得相片，鏡頭下的主角是一個扁平的金色小物體，放在透明塑膠袋裡，正面刻印著赫斯林理財服務，是他的名片盒。

「伊莎把偷來的名片盒藏進夾克裡，」尤瓦金繼續說，「是黃金嗎？我相信我姊姊認為是。」

米凱爾不回應。他再向尤瓦金和相片看一眼，打開院子門進去。

「我已經把這東西交給警方了，米凱爾，」尤瓦金說，「相信他們會跟你聯絡。」

站在路上嚷嚷，他自覺有點像伊莎，但他再也不在乎了。

他駐足路上，看著米凱爾消失在步道。

倉促的步伐洩了米凱爾的底。尤瓦金可想而知，米凱爾在新的一年日子一定很難熬：不時望窗外，冒著冷汗，等待警車突然趕來，兩名警官下車，打開院子門，來到氣派的正門前按鈴。

同一條街上的鄰居會好奇，紛紛掀開窗簾一角，偷看到底是怎麼一回事。

「新年快樂，米凱爾！」尤瓦金喊道，看著米凱爾打開正門入內。

門轟然關上。

路上又只剩尤瓦金一人。他長吐一口氣，視線向下垂。

他踏上地鐵站的方向，途中再一次在蘋果居的院子門外停留。靠著電箱的玫瑰花被風吹倒了，他彎腰下去扶正。

他佇立片刻，懷念著胞姊。

我應該再為她多盡一點力，他曾對耶洛夫說過。

尤瓦金嘆氣，再對這條街看最後一眼。

「妳跟不跟？」他問。

他等幾秒，然後再出發，重回自己的小家庭慶祝跨年夜。

在遙遠的東邊，斯德哥爾摩上空出現第一道煙火，在夜空劃出細長的白線，炸成如雨而降的光點，宛如悠遠的燈塔。

《暴風雪之書》筆記

卡翠妮．韋斯丁

媽，我讀完妳寫的書了。既然最後有幾張空白頁，我想寫幾句筆記再交還給妳。

在這本書裡，妳講了許多故事。妳自稱我的生父是小兵馬庫斯．朗菲斯特，他在一九六二年冬天搭渡輪去內地途中沉船。但是，這裡從來沒發生過妳說的沉船意外。我請教過島上幾個人，沒人聽過這新聞。

當然，我習慣了。從小，我聽過好幾種說法。妳曾說我父親是妳在藝術學校的同學；曾說他是美國外交官的兒子；曾說他是挪威探險家，在我出生前搶銀行入獄。妳總愛編天花亂墜的故事。

妳住鰻岬的時候，真的毒死一個老漁夫嗎？妳真的在風雪交加的冬夜，把半瞎的母親朵倫打一頓，丟下她不管嗎？

是有可能，沒錯——但是，妳總顛倒順序，編造情節。日常生活太無聊，責任的包袱太沉重，妳老是避之唯恐不及。在妳這種家長的拉拔下長大不是一件容易的事。每次和妳對話，我總不忘盡力分辨妳的言語真偽。

我曾經期許自己，我孩子成長的環境一定要比我更平靜更安全。

我幫尤瓦金的姊姊照顧她女兒，她反過來恨我。都怪她自己沒養兒育女的能力。媽，毒品害人多深，不是妳憑浪漫情懷能想像的。

幾年下來，伊莎的恨意有增無減。就算她在我們家外面再站崗鬼叫十年，我照樣不會再讓她照顧莉維亞。

伊莎惹的麻煩太多，左鄰右舍都受夠了。

我之前就有種預感，覺得大事快發生了，我嗅得到。然而，那天晚上，我看見一個鄰居走向門外的伊莎，我竟然坐視不管。而且，在她溺死之後，我也感受不到一絲哀傷，但我知道，那件事對尤瓦金的打擊很大。他很思念姊姊。如果有人對她下毒手，他會想揪出那人的身分。

部分疑問仍有待釐清，不過把伊莎帶去水邊的男人允諾我，他今天會來厄蘭島交代清楚。我會去岬角和他碰頭。

妳寫的書暫時就擱在長椅上，和伊莎的夾克擺一起。

和妳一樣，媽，我也喜歡坐在穀倉黑漆漆的這裡。這地方感覺好安寧。

目前為止，這密室的秘密留在我心裡，等尤瓦金搬過來，我打算帶他上來看，因為這裡坐兩人綽綽有餘。

這密室有許多鰻岬居民留下的遺物，感覺很特別。以前的居民現在一個也不剩。他們把房子和土地的責任移交給我們，一去不回，空留名字、年分，以及明信片上的短詩。

有朝一日，我們亦會如此。
將記憶和靈魂留在這裡。

謝辭

厄蘭島沿岸壯麗的燈塔不勝枚舉，也有不少古代以活人和牲口獻祭的地點，但本故事裡的鰻岬和周遭地名以及人物純屬虛構。

創作本書過程中，有一本關於厄蘭島的書對我意義特別重大：《暴風雪——厄蘭島天災大全》（*FÅK - Öländsk ovädersbok*），作者庫特．倫葛蘭（Kurt Lundgren）。

在此感謝Anita Tingskull讓我參觀她位於Persnäs的優美住家，感謝Hakan Andersson帶我參觀位於波爾貢的壯麗皇居，感謝Cherstin Juhlin，感謝父親是燈塔看守員的Kristina Osterberg。

在此也感激三名「摩人」（Stockholmers）：Mark Earthy（協助我找到外公Ellert的貨運碼頭）、Anette C. Andersson、Anders Wennersten。

也感謝居住厄蘭島的耶洛夫森家族，最感激的莫過於家母Margot與親戚Gunilla、Hans、Olle、Bertil、Lasse，以及他們的親屬。

至於《密室》的幕後工作人員，我想藉此特別感謝Lotta Aquilonius、Susanne Widen、Jenny Thor，以及Christian Manfred。

在此擁抱Helena與Klara、家父Morgan以及胞姊Elisabeth與其親屬。

約翰．提歐林

Storytella 127

密室

Nattfåk

密室/約翰.提歐林作；宋瑛堂譯. -- 初版. -- 臺北市：春天出版國際文化有限公司, 2022.03
面；　公分. -- (Storytella；127)
譯自：Nattfåk
ISBN 978-957-741-497-7(平裝)

881.357　　111000575

ISBN 978-957-741-497-7
Printed in Taiwan

Nattfåk (The Darkest Room)

作　者　約翰・提歐林
譯　者　宋瑛堂
總編輯　莊宜勳
主　編　鍾靈

出版者　春天出版國際文化有限公司
地　址　台北市大安區忠孝東路四段303號4樓之1
電　話　02-7733-4070
傳　真　02-7733-4069
E－mail　bookspring@bookspring.com.tw
網　址　http://www.bookspring.com.tw
部落格　http://blog.pixnet.net/bookspring
郵政帳號　19705538
戶　名　春天出版國際文化有限公司
法律顧問　蕭顯忠律師事務所
出版日期　二〇二二年三月初版

定　價　499元

總經銷　楨德圖書事業有限公司
地　址　新北市新店區中興路二段196號8樓
電　話　02-8919-3186
傳　真　02-8914-5524
香港總代理　一代匯集
地　址　九龍旺角塘尾道64號 龍駒企業大廈10 B&D室
電　話　852-2783-8102
傳　真　852-2396-0050